非洲短篇小说选集

African Short Stories

非洲短篇小说选集

[尼日利亚] 钦努阿 · 阿契贝 [澳大利亚] C.L. 英尼斯 编 查明建 等 译

African Short Stories

译林出版社

译序

一

非洲文学是世界文学的重要组成部分。非洲大陆有着灿烂的古代文明和历史悠久的口头文学传统，但长期的殖民统治和非人道的奴隶贸易，不仅给非洲人民带来了巨大的痛苦，也阻碍了其本土文化的发展，传统文化遭到了断裂和分化。非洲大多数国家到19世纪末20世纪初才出现书面文学。撒哈拉沙漠以南的大多数民族，由于长期遭受殖民统治等多种原因，没有发展出自己的书面文字，只能用殖民语言进行创作。

虽然非洲书面文学起步较晚，但勃兴迅速，尤其是20世纪60年代后，非洲国家纷纷独立，脱离殖民统治，政治上获得解放，民族文化开始复苏和兴起，并迸发出巨大的活力。非洲文化的复兴在文学领域表现得尤为突出。非洲文学从传统的口头文学起步，实现了跳跃式的发展，在世界文坛异军突起，成为继“拉美文学爆炸”

后又一壮观的世界文学现象。

20世纪60年代之前，非洲作家创作主要缅怀非洲的过去，描述风土人情，或者诉说殖民统治下的遭遇和痛苦。独立后的非洲国家，并未出现如人所愿的和平与安定，而是生产力水平低下，经济落后，生活贫困，内战连绵，社会问题丛生，世风日下。作家创作的关注点，从独立前的本土居民与殖民者的矛盾，转向了后殖民时代新出现的社会问题，如内战频仍给人民带来的痛苦，资本主义的发展对宗法制社会和传统道德价值观的冲击，社会上蔓延的贪腐、欺诈等现象，等等，表达了他们对社会现状的关切和批判。在创作方法上，非洲文学与拉美文学有相似之处，将本土叙事传统与西方现代文学手法相结合，既从民间文学创作中汲取灵感，又敏于借鉴西方现代文学的优长。

非洲文学出现了令人瞩目的作家群，如彼得·亚伯拉罕姆斯、纳丁·戈迪默、约翰·M. 库切、费尔南多·索洛梅尼奥、蒙哥·贝齐、利奥波德·桑戈尔、夏班·罗伯特、恩吉古·西翁奥、森贝内·奥斯曼、斐迪南·奥约诺、沃莱·索因卡、钦努阿·阿契贝、马·桑托斯等，都进入了当代世界文学重要作家行列，为非洲文学赢得了世界性声誉。

1986年10月，尼日利亚作家沃莱·索因卡获得诺贝尔文学奖，成为首位获得此奖的非洲作家。1988年，埃及著名作家纳吉布·马哈福兹成为第二位获得诺贝尔文学奖的非洲作家。其后，南非作家纳丁·戈迪默和约翰·库切先后于1991年、2003年获得诺贝尔文学奖。库切还是第二位两度获得布克奖的作家。2007年，尼日利亚作家钦努阿·阿契贝以其卓越文学成就获得了国际布克奖。2021

年，坦桑尼亚作家阿卜杜勒–拉扎克·古尔纳获得诺贝尔文学奖。

非洲作家相继获得国际文学大奖，以自己的文学实力充分说明，非洲文学不再是世界文学的边缘者，而是有着自己独特文学品格的世界文学劲旅。非洲作家以文学创作维护了自己民族文化的尊严，并赢得了世界对非洲文化的尊重。正如索因卡在获奖后接受法国《晨报》记者采访时所说："这不是对我个人的奖赏，而是对非洲大陆集体的嘉奖，是对非洲文化和传统的承认。"[1]

二

中国与非洲有上千年的文化交流史。在非洲北部和东部沿海，曾出土过大量中国唐宋时期的瓷器和钱币。据《明史》记载，明朝郑和船队曾抵达现今索马里和肯尼亚一带的东非港口，并向当地居民赠送了绸缎、瓷器、漆器，表达了中国人民的友好情谊。

文学翻译是文化传播和交流的重要途径。增进中国读者对非洲和非洲文化了解的一个重要途径便是对非洲文学的译介。我国的非洲文学译介始于晚清。1890 年（光绪十六年），著名回族学者马安礼翻译了埃及古代著名诗人补虽里的《衮衣颂》(今译《斗篷颂》。因该诗模仿《诗经》体，故又称《天方诗经》)，以中阿文对照的形式在成都出版。20 世纪上半期，我国对非洲文学译介比较少，主要翻译出版的有张近芬、周作人合译的南非著名小说家奥丽芙·旭莱纳的短篇小说集《梦》(1923)、作家李劼人翻译的法属加蓬作家赫勒·马郎的小说《霸都亚纳》(1928) 和埃及著名作家塔哈·侯

1　伦纳德·S. 克莱因主编：《20 世纪非洲文学》，李永彩译，北京：北京语言学院出版社，1991 年，第 7 页。

赛因的自传体小说《日子》节译本（1947）。

20世纪五六十年代，亚非拉文学成为我国外国文学译介的重点之一。中非有着相似的历史遭遇，新中国政府和人民对争取民族解放斗争的非洲人民始终抱以真挚的同情，并给予了力所能及的经济援助和政治支持，为非洲国家的独立和经济发展做出了积极的贡献。非洲国家也对新中国恢复在联合国的合法席位，给予了强有力的支持。20世纪五六十年代中国对非洲文学的译介，既是帮助中国读者通过文学作品了解非洲，同时，也是对非洲国家友好的表示。在当时专门译介外国文学的期刊《译文》及其改名后的《世界文学》上，对非洲文学有不少译介。一些非洲文学作品也在这一时期得以翻译出版，如埃及的古代诗歌总集《亡灵书》、补虽里的《天方诗经》新译本、塔哈·侯赛因的自传体小说《日子》全译本、《埃及短篇小说集》、《埃及现代短篇小说集》，阿尔及利亚当代作家穆罕默德·狄普的长篇小说《大房子》、《火灾》和短篇小说集《在咖啡店里》，南非作家彼得·亚伯拉罕姆斯的长篇小说《怒吼》、《矿工》和哈利·勃洛姆的长篇小说《插曲》，塞内加尔小说家森贝内·奥斯曼的长篇小说《塞内加尔的儿子》、《神的女儿》和诗人大卫·狄奥普的诗集《锤击集》，几内亚诗人吉·塔·尼亚奈创作的非洲民族史诗《松迪亚塔》，摩洛哥诗人穆罕默德·阿齐兹·拉巴比的诗集《苦难与光明》，马里诗人马马杜·戈洛戈的诗集《非洲的风暴》，加纳诗人乔治·阿翁纳尔·威廉斯的诗集《黑色的鹰觉醒了》，喀麦隆作家斐迪南·奥约诺的中篇小说《老黑人和奖章》和本杰明·马迪的中篇小说《非洲，我们不了解你！》，埃塞俄比亚作家G. 特克勒－哈瓦里亚特的长篇小说《阿拉亚》，莫桑比克诗人马尔塞林诺·多斯·桑托斯的《桑托斯诗集》以及《安哥拉诗集》，等等。

改革开放后，中非不仅经贸关系发展迅速，人文交流也日益频繁。我国的非洲文学译介呈现出新的气象。过去，我国对非洲文学的译介，较多关注反映殖民压迫、剥削和非洲人民反抗题材的作品；80年代后，扩大了译介选择范围，非洲文学翻译的数量有了大幅度增加，拓展了我国读者的非洲文学、文化视野。

译介数量最多的，是埃及、南非、尼日利亚、阿尔及利亚、坦桑尼亚等国文学作品。

埃及是非洲文学大国，非洲文学中，我国对埃及文学的翻译数量也最多，纳吉布·马哈福兹、陶菲格·哈基姆、尤素福·西巴伊、伊赫桑·阿卜杜·库杜斯等埃及著名作家的作品，翻译出版了多种。南非文学是20世纪八九十年代我国非洲文学译介方面的一个亮点。纳丁·戈迪默、约翰·库切获得诺贝尔文学奖后，文学期刊迅速对他们进行译介，其作品很快有了中译本问世，此外，还翻译出版了南非作家理查德·里夫、丹尼斯·布鲁特斯等人的作品。尼日利亚文学方面，沃莱·索因卡和钦努阿·阿契贝是重点译介对象，他们的主要作品都翻译了过来。

除以上作家外，还陆续翻译出版了坦桑尼亚的夏班·罗伯特、艾迪·姆·斯·干泽尔、W. E. 姆库亚、M. S. 穆罕默德，塞内加尔的森贝内·奥斯曼、阿·索·法尔、A. 萨季，肯尼亚的J. 恩古吉，喀麦隆的斐迪南·奥约诺，阿尔及利亚的M. 玛梅利、阿·哈·海杜卡，塞内加尔的利奥波德·桑戈尔，尼日利亚的奇玛曼达·恩戈齐·阿迪奇埃，利比亚的艾·易·法格海，几内亚的吉·塔·尼亚奈、卡马拉·莱亚，扎伊尔的思广博·穆巴拉，苏丹的塔伊布·萨利赫等非洲现当代著名作家的代表作或主要作品。另外，还翻译出版了非洲当代短篇小说选《相逢在黑夜》(1985)、《非洲诗选》(1986)、《非洲现代诗选》(2003)等。外国文学出版社还在80年代出版了一套“非洲文学丛书”。

三

这本《非洲短篇小说选集》是由钦努阿·阿契贝和C. L. 英尼斯编选的《非洲短篇小说选》和《当代非洲短篇小说选》之合集。阿契贝被人们誉为“非洲现代文学之父”，英国《独立报》称他为“非洲最伟大的小说家”，纳丁·戈迪默赞誉他是“一位充满激情、文笔老辣、挥洒自如的伟大天才”。我国读者对阿契贝应该比较熟悉。从60年代开始，我国就开始译介阿契贝的作品。《世界文学》1963年第2期曾译载其著名小说《瓦解》的节译，作家出版社1964年出版了该小说全译本。《外国文学动态》1977年第5期发表了《尼日利亚作家阿契贝及其主要作品》一文，对其进行介绍。1988年，外国文学出版社出版了其中篇小说中译本《人民公仆》。2008年，重庆出版社开始陆续推出了一套阿契贝文集，包括《瓦解》《人民公仆》《荒原蚁丘》《神箭》。阿契贝不仅在文学创作上表现出杰出的天赋，并且还有着宏阔的世界文化视野和博大的文化胸襟。他对一些人的非洲中心心态提出批评，倡导与西方文化沟通，但同时，他又对非洲文化抱有深切的认同，有着强烈的民族文化自尊。他指出：“非洲人民并不是从欧洲人那里第一次听说有‘文化’这种东西的，非洲的社会并不是没有思想的，它经常具有一种深奥的、价值丰富而又优美的哲学。”[1]20世纪60年代之前，世界上大多数读者所阅读到的非洲，大多是西方作家笔下的非洲形象，如英国作家康拉德的小说《黑暗之心》。阿契贝提倡“非洲人自己书写非洲人的故事”，向世界传播非洲文化。这本《非洲短篇小说选集》就是“非洲人自己书写非洲人的故事”。

《非洲短篇小说选集》中的作品是编选者从众多非洲短篇小说中精心挑选出来的，既注意所选作品在区域、民族和时代上的代表性，体现非洲短篇小说创作多样化的形态特征，更注重作品的文学性，力争将非洲最优秀的短篇小说呈献给读者。他们希望通过这些作品，传递非洲的形象、非洲的声音、非洲的色彩、非洲的文化性格，让读者了解非洲的风土人情与非洲人的生命理念、生存状态和生活方式。

本书第一部分《非洲短篇小说选》选自1983年之前的非洲短篇小说，大多采取的是现实主义白描手法，糅合了民间传说、童话、神话故事、寓言等，有很浓的民间文化色彩和口头文学的痕迹，似一幅幅非洲原生态生活的剪影和世态人情风俗画。第二部分《当代非洲短篇小说选》里的20篇短篇小说，则大多发表于20世纪八九十年代。从诺贝尔文学奖获得者纳丁·戈迪默笔下南非的严酷现实，到布克奖获得者本·奥克瑞所描述的奇幻世界，从莫桑比克米亚·科托的魔幻现实主义，到加纳科乔·莱恩的超现实主义，既反映了当代非洲生活的变化，又表现了小说创作手法的更新。这些小说将传统叙事技巧与现代小说艺术手法相结合，熔写实、梦

1　伦纳德·S. 克莱因主编：《20世纪非洲文学》，李永彩译，北京：北京语言学院出版社，1991年，第5页。

幻、幻想、意识流于一炉，呈现了从口头叙事向现代小说跳跃式发展的轨迹。

从《非洲短篇小说选》到《当代非洲短篇小说选》，我们既可了解非洲人从殖民时代到后殖民时代的生活变化，又可看到非洲小说创作的嬗变及其现代性发展。

林文月先生说："我们写文章，初或以无为无用之心情为之，终将及于有为有用。文学是借文字以表达个人经验感思的；然而透过文字，我们都留驻了许多感思经验，以与无限的人交往沟通，共享世事人生的许许多多欢乐与伤悲。"(《没有文学，人生多寂寞》)令人遗憾的是阿契贝2013年3月21日逝世，看不到《非洲短篇小说选》和《当代非洲短篇小说选》的中文版了。让我们借着这部小说选集，感受阿契贝的文化用心和人文情怀，走进非洲人的心灵世界，共享他们许许多多的欢乐与伤悲。

查明建

目 录 | Contents

非洲短篇小说选

东部非洲

当代非洲短篇小说选

非洲短篇小说选

张　曼　郑清斌　顾　悦　译
查明建　校

前言

从彼得·亚伯拉罕斯（Peter Abrahams）1942年的作品集《黑暗的证言》（*Dark Testament*）到现在，短篇小说已获得非洲作家的关注与喜爱。大家可以承认此文体长期受到欢迎，而不必接受一位外国评论家荒唐的观念：短篇小说为非洲所固有，因此根深叶茂，而长篇小说是外来事物，也便虚弱矮小！

本选集做出这样一个假设，即小说（story）并非必然是短篇小说（short story），后者实际上是比长篇小说更晚近的短篇虚构作品的一种现代形式。

非洲的长篇小说与短篇小说无疑均源于一种共同的口述遗产。但在其最优秀的创作者手中，各自也都形成了鲜明的特色。乔莫·肯雅塔（Jomo Kenyatta）的《丛林里的绅士》（*The Gentlemen of the Jungle*，1938），考虑到其时间与环境背景，可能会让人期待它展示出强烈的过渡特征，然而，其实这并非夜里讲述的故事，而是这部选集中最为成功的现代典范之一。

编辑们将现代非洲文学创作受惠于其丰富的口述传统视为不言自明的事实，认为没有必要把传统故事收入本书以进一步展示这一联系。同样，由于为数众多并且还在增长的优秀短篇小说中，只有小部分可以在这里展现，因此编辑们必然只能将长篇小说选段排除在外。

非洲自身的千差万别在本书中得到了全面的体现：北部的小说如伊斯兰书法一样清癯，相形之下，南部的作品更为紧凑、浓郁；西部海岸上，种族题材处于边缘地位——几乎可为之自满了，而在南部，不可避免地要与种族主义发生痛苦的联系。但同样（或许程度更甚）令人讶异的是一种一致的精神，这并非政治上的老生常谈。例如，尽管阿利法·里法特（Alifa Rifaat）和阿玛·阿塔·艾杜（Ama Ata Aidoo）背景迥异，但他们那发生于撒哈拉一南一北的故事，都扼要地讲述了当女儿第一次面对在一个男性主导的世界中注定被威胁和背叛的命运时，母亲让女儿遭受的永世不变的痛苦。

虽然编辑们留意到体现不同地区、性别和年代的作家的优势，但他们的标准还是基本的文学品质。在选择过程中他们也会意外获得佳篇，足以满足其他考量！随后将这些作品按地理区域划分，这看来是一种便利而实际的安排。但本也可能采取任何其他方式的：我们可能会按字母顺序排列作者，或者按时间顺序排列作品，诸如此类。

我向非洲及其他地区的优秀作品爱好者们推荐此书。在将这些作品结集成册时，我们心中便想，要让此书面向广大读者。但在位于恩苏卡的尼日利亚大学讲授非洲小说的数年经验告诉我，大部分来上课的学生阅读量很小，因而面对要研究的长篇小说时，会被其篇幅吓到。我找到了一种缓解他们恐惧的方法，就是每次开讲时，先看六七篇非洲短篇小说。我希望其他的学生和老师发现，这部操作性、可读性强的选集将引领他们进入非洲小说的艺术世界。

钦努阿·阿契贝

1984 年于加拿大安大略省

圭尔夫大学

西部非洲

假先知

[塞内加尔] 森贝内·奥斯曼

森贝内·奥斯曼
Sembene Ousmane, 1923—2007

电影导演、作家。出生于塞内加尔。曾做过渔民、管道工、砖匠、机修工，后做过法国马赛码头搬运工和工会主席。他根据这些经历写了《黑人码头工》（*Le Docker Noir*，1956）。其他长篇和短篇小说有《上帝的木片》（*Les Bouts de Bois de Dieu*，1960）、《部落伤疤》（*Voltaique*，1962）、《汇票》（*Le Mandat*，1966）、《夏拉》（*Xala*，1973）和《帝国最后一个人》（*Le Dernier de l'Empire*，1981）。导演的影片包括《汇票》和《夏拉》。

马哈茂德·法尔，面如青铜，鹰钩鼻子，脚步飞快——尽管没有他那如鹰般的目光快。他是塞内加尔穆斯林后裔，忠实地恪守着其祖先的遗训：“我的东西是我的，你的东西我们也要分享，无可抗拒。”马哈茂德不干活，更确切点说，他不乐意为了干活而浪费生命。孩子们调皮地问他：“马哈茂德，为什么你老家那里没有猫？”他总是说：“我确实不知道。”

他总是这样搪塞过去，避开猫的话题。因为猫像他一样，喜欢靠人喂养而无所事事——这正是在上塞内加尔看不到猫的原因。那里土地贫瘠，当地居民黄昏时支起帐篷，黎明时收起。流浪者养不起动物。常言道物以类聚，可这两类却相克。在那个地方，偶尔看到猫，就会让人生起怜悯之情。

马哈茂德·法尔厌恶了无所事事，口袋空空。他决定往太阳落山的方向去，也就是比拉勒人居住的地方。在他看来，这些皮肤似乌木的人都低他一等。把这些人阉割了，叫他们去守护他的成群妻妾倒合适，不会有为孩子的生父发生争执的问题。

来到塞内加尔后，马哈茂德·法尔换了个名字。他自称艾德拉，这个名字让他畅通无阻，所到之处皆受到应有的礼遇。艾德拉在毛里塔尼亚学习过《古兰经》——塞内加尔人对这样的人一直充满敬意——他就靠这来渔利：主持祈祷仪式，耽于没完没了的跪拜礼。当地人满怀敬畏，感到高贵的艾德拉有一位后裔来当他们的伊玛目，是他们三生有幸。

像他的同行猫一样，马哈茂德弓着背，驮着这些赞语。他天生有副美妙的歌喉，得以愉悦周围人，把音节努力吟诵得变化有致，诗行结尾处平缓而止。每天五次祷告之间，他就蹲在一张羊皮上，数他的念珠。

吃饭的时间到了，马哈茂德坚持与其他人分开用餐。他会把自己的唾沫惠赠给儿童和成人，仅以此表示谢意。他们一边把唾沫抹到脸上，一边说着“阿门！阿门！”，不禁让人猜测，在马哈茂德的意识深处，当他与真主独处时，他是如何看待自己行为的。

因为不习惯于定居，他赶着场子，从这个地方到那个地方，每到一处总是以传统习俗受到接待：“每个陌生人都能分享他杯中的羹。”这位贵客一开始百依百顺，但是渐渐地，他越来越挑剔。按照他的逻辑，晚上睡不着是因为吃了蒸粗麦粉的缘故，因此抱怨消化不好。招待他的主人们因为滞留在通往天国的路上纷纷焦急起来；他们尽力将吃的做得可口，满足他挑剔的口味。但是有时他无所顾忌地奔到厨房，命令做他爱吃的。这往往只是兄弟之情的体现。

马哈茂德一边享受着丰盛的食物，一边在积攒着钱币，尽管他从未觉得自己获得了应有的报酬。这些黑人肯定不会敬重祈祷的价值。而且还有一件事——为什么他们坚持养猫？每次他在一家人家看到猫，就觉得头发竖起，仿佛雄猫发怒时耸起的毛。他拉长着脸，把猫赶出去。有时他布道，宣传猫如何无用。

虽有这些小小的不愉快，马哈茂德·法尔还是感觉到，经过了几个月，他作为一名传道者的声誉与日俱增。满腹经纶、受人敬重的人遍布各地，然而这些学经者、隐士、注经人嘴里念叨的只有一句话："我的摩尔人，我的摩尔人。"马哈茂德私下想，他们疯了。"我的摩尔人！我的摩尔人。为什么是**我的**？有谁曾听说过黑人买摩尔人？果真如此，世界岂不颠倒了！"

他在纸片上画了更多的符号，让人们随身带着。他布道更加卖力，借此隐藏他的出身和真实意图。为了进一步提升自己的威望，他甚至宣布他的身体被驱出了非纳里迪安南，即地狱。民众居然欣然相信了他的话，接受了他所做的一切。

几个月过去了，马哈茂德发现他的钱在稳步增加。一天早上，他悄无声息地走了，就像来时一样出人意料。年长的人凭着智慧说："如果夕阳引来陌生人，不要在旭日东升时去找他。"

马哈茂德肩上扛着战利品，兴冲冲地朝着心爱的阿特拉斯山脉走去。他日夜兼程，只稍微休息了几次，一路上边想着怎么花掉这笔巨款，边小心不要碰上可疑的人。为此他抄近道向北走，走这条道，他必须穿过蒂德家族领地。该家族是异教徒，崇尚拜物教，当然马哈茂德是不知道这一点的。他一边走一边不停地乐着："谢谢撒旦，我相当懂得这门艺术——占用别人财产的艺术。"

此时正当旱季。太阳的射线，仿佛火焰喷射器，向稀稀拉拉的绿色草丛喷射着火苗；风肆虐着，草丛一律倒向远处的岸边，风呼啸着，仿佛要打破单调的、令人无法容忍的沉寂。热浪从炙热的地面向空中弥漫。动物的残骸经过多次肢解、剔除后干干净净，让风一吹，渐渐被沙子掩盖了。空中的鸟飞过时惨叫着，仿佛在向大自然申诉。宁静和不安交织在一起。

就马哈茂德目力所及，没有看到任何生物。只有一棵形单影只的树。一棵奇怪的树——树上长着繁茂的叶子，因而奇怪。这是地狱里唯一的幸存者，一棵罗望子树。

差不多该祈祷了。马哈茂德由于长途跋涉累得不行，又由于天气热得受不了，便在树边踌躇，不知道该在睡一觉之前祷告，还是睡好觉之后再祷告。必须做出决定，而最终他决定先睡一觉，便在罗望子树荫下躺下。可这是什么？他突然坐起来，大叫道："嘿！嘿！就是你，上面的人，下来！"尽管只有他一个人，声音还是很响。

声音在四周回响着。他一连叫了三次，都没有人回答。他站起来，忽左忽右，又忽西——朝着夕阳的方向——忽东地跑着。但是只有他孤零零的一个人。只有他还有那棵树。他更加疑虑重重，内心深处有个声音催他赶紧把财宝埋起来。他挖了个坑，挖到可以伸进整个前臂时，对四周观察了一番，没有发现什么。他返回到原地，继续往下挖，一直挖到原来两倍的深度，再次对周围观察一番，还是什么都没有发现。没有一个人。他手搭凉棚，以便更加清晰地看见茂密的树叶深处。没有人藏在里面。他再次回到坑边，继续往深处挖。挖好后，他坐到坑里面，数着他的迪拉姆，在寂静中钱币发出清一色的叮当声。马哈茂德高兴了，再次确认后，就把所有的钱都埋到了坑里，然后伸展身体，躺在埋起来的宝藏上，准备睡觉。但是他记起来，该给真主的那份也在坑里，因此对着真主承诺："我欠着您的……"

所有的事情都办妥了，不一会儿睡意袭来，马哈茂德睡着了。他做了个甜美的梦，在梦中他飘越过沙漠。放眼望去，沙漠浩瀚无垠，沙丘处处。骆驼像平静海面上的航船，沉稳前行，头连着长长的颈子上下摆动；尽管正刮着风暴，缰绳却牢牢地拴在铜制鼻环上。沙粒比钢还要硬，刺穿了衣服，戳着皮肤。接着梦变得有些真实了。马哈茂德发现自己被一个精瘦半裸的黑人举起。那个人把坑中宝藏洗劫一空，然后不慌不忙地开始剃他的头。谢天谢地！马哈茂德终于站起来，头晕眼花地感谢了真主，打了个哈欠。

马哈茂德是位好信徒，他想起了祷告的事——一天里的第一次祷告。（如果没有水，沙浴也是允许的。）他先用沙子慢慢搓着双手、双臂，清除上面所有的污垢，然后抹到脸上和头上。做着做着，他突然一惊：浓密的头发摸不到了。他连忙用双手摸头，指头在头上找着。头发没了——头是光的。他费了九牛二虎之力，慢慢地、小心翼翼地，才控制住自己。他把手移到面颊上，发现胡子也没了。马哈茂德虽然气得眼冒金星，却惊得呆住了，他开始明白一件奇怪的事降临到他头上了。他认为他能听到各种声音。那么声音就在这儿，但发自意识深处：

"是真主把你的毛发剃光了。"第一个声音说。

"你怎么会这么想？真主不给人剃发的。"

马哈茂德听着对话，气得脸色发青。接下来的话遭到了嘲笑。

“要信仰真主，他的仁慈无处不在！”

“哈哈！你真好笑。当你在欺诈那些可怜的家伙时，你是以谁的名义？”

马哈茂德拼命摇头，试图让这些声音消失，但是没有效果；他只好用双手捂住耳朵。他什么也不想听，但是声音依然在继续：

“祈祷吧！”一个声音命令他，“你已经漏掉两次祈祷了。”

“先看看你的钱吧。”另一个声音建议道，“没有钱，就没有人尊敬你，你就买不起骆驼，你就会忍饥挨饿。先看看钱在不在吧！保证每天能吃饱肚子了，祈祷就容易得多。”

马哈茂德听从了这最后的劝告，他爬着四处寻找，用尽浑身力气把土和沙子扒到一边，用力之猛，非常人能做到。羊陷入绝境会乱咬，谁要是阻止马哈茂德找藏宝的坑，他一定会咬谁。他浑身是汗，蹲在地上，伸着舌头，很容易被看作是只巨蟹。他用双脚把土从坑里推开。遮裹身体的长袍束缚了他，让动作慢了半拍，他用力扯开了衣领，再次聚集力气，继续挖下去。终于挖到了底，令他惊愕的是，里面埋的竟是他柔滑光亮的黑发。

他举起自己的头发，困惑地看了一眼，又盯着空空的坑。他抬起双眼看着树，让真主做证：“向真主起誓，这个人不是我。”

他一手拿着头发，一手撕扯着，眼里布满泪水。“向真主起誓，我不是马哈茂德·法尔！”他又说了一遍，语带抽泣。

突然他歇斯底里地叫道：“我的朋友，我的老朋友马哈茂德·法尔，来吧，救我，告诉我我是谁！”

回声比叫声更响，把叫声压下去，闷闷地抛向平原，像一块石头掉到镀锌铁皮屋顶上。声音消失在远方。他慢慢地喃喃道：“老朋友马哈茂德·法尔，别跟我玩这把戏了。我们早认识了……”

他竖起耳朵，凝神听着眼力无法到达的地方，但是什么都没有听到。只是一片空虚。过了一会儿，嘲讽的声音回来了。

“你还不去祈祷？”第一个声音说。

他几乎不知道该做什么好。他站起来，面对着麦加，然后举起双手过太阳穴。“伟大的真主！伟大的真主啊。”他开始祈祷起来。

但是他的目光却溜到了藏宝的位置。

“你遭到抢劫时，仍然能祈祷吗？”

“问问真主谁是贼。”另一个声音说道。

马哈茂德站在那儿，举着双臂，不知所措。突然他想起了刚才做的梦。“我刚才没有睡着。”他想。

他见到过那个贼，他被剪发时甚至都觉察到了。真主没有阻止贼，这一切是真主让做的。

“不，我不再祈祷了。”他低声说，心想安拉不会听见他的话。

他绕着树走了三圈，期望能发现脚印，但是什么都没有看到。高高的天上，迁徙的鸟儿开始快乐地唱着歌。马哈茂德对着鸟儿咆哮，诅咒。突然他觉得自己很孤独。

“以摩尔人的名义，”他喃喃说，“这些奴隶的儿子都是贼。”

他愤怒了，像疯子一样从树旁跑开，冲进沙漠，已被撕破的长袍在风中拍打着。他这才懂得了，做贼不必信仰安拉！

南方传来的消息

[加纳] 阿玛·阿塔·艾杜

阿玛·阿塔·艾杜
Ama Ata Aidoo, 1940—

加纳著名作家。作品有戏剧《鬼魂的困境》(*The Dilemma of a Ghost*, 1965)和《阿诺瓦》(*Anowa*, 1970),长篇小说《我们的扫兴妹妹》(*Our Sister Killjoy*, 1977)和《改变》(*Changes*, 1991),短篇小说集《这里没有甜蜜》(*No Sweetness Here*, 1970)等。曾获英联邦作家奖。

阿萨娜妈妈对那堆烂可乐果瞥了一眼，吐了一口口水，拎起碗状芦苇篮。然后她放下篮子，从果堆里拣起一粒，咬了咬，扔了回去，又吐了一口口水，才直起身来。左耳下方突然一阵刺痛，仅一阵，随即双眼一阵模糊。

“我得看看柴火够不够。”她这么想着，估摸着刚才眼前发黑，是这冰凉的空气刺着她的眼睛了。她俯下身，继续挑拣果子。

“谁知道都有什么可恶的家伙在这些草地上觅食，他们不会放过这么点小东西，我要拣快点。”

回村的路上，她双眼要特别盯着那些乱七八糟的圆圈，有圆圈就表示那里是挖过矿的。过去这个时候，要是冷不防会有一个矿坑，该多好啊！就像过季了，还能挖到剩下的东西，会异常兴奋，差不多就像做爱时的感觉，或者就像男人瞧着老婆挺着九个月大的肚子站在面前时的感觉。

怀孕、出生、死亡、疼痛，然后又是死亡……只有不再怀孕，才不会再有出生，因此也就不会再有死亡。但是人只有一次死亡的机会，所以仅有一次痛苦的经历。

给我看看新鲜的尸体，护士，我忍不住要哭了，为你流下该死的眼泪。

瘪下去的肚子变凉了，子宫也复位了，她只好靠着门框。二十年来，富塞尼是被怀上和出生的唯一一个孩子。二十年，第一个孩子，一个男孩！放在以前，还会有不少雄鹿，你要是给孕妇吃母鹿，会受指责。但现如今，政府保护区里那些卑鄙的偷猎贼把他们可怜的母鹿给偷走了，那些母鹿可真不幸！是啊，他们甚至把那些母鹿悄悄送到了南方那些有钱人家。

那些日子，时间过得真快，一眨眼，人也就上了岁数了。然而，有了孙儿孙女，人是不是又期望自己变得年轻？感谢真主给了我外孙。

等她回到屋里，灶火依然烧得很旺。阿萨娜妈妈放下篮子，把头伸进角落里瞧瞧柴火，这些柴火还能烧到下个礼拜。那一晚上，她一直坐着，在准备第二天上集市要带的东西。

晚祈祷做完了。钱装进口袋里了。牧场静悄悄的，哈瓦睡着了，富塞尼也睡着了。阿萨娜妈妈走出屋子，来到院门口，想先看看外面是否收拾停当，再关上院门。她听见轻轻的脚步声，但没有看到人影。从踩在草上发出的轻轻的沙沙声可知，来人想尽量不发出声音。

“这个人要是我丈夫，那该多好。”

但是可以肯定，此人不是！

“谁啊？”

“是我，妈妈。”

“你，伊萨，我的孩子吗？”

“是的，妈妈。”

“他们都睡了。”

“我想也是，所以我才现在过来。”

说完，好长一段时间没有人说话，他们都不知道该怎么办好。阿萨娜妈妈在想，是否该让女婿进去看看哈瓦和富塞尼；伊萨也在想，自己是否应该进去。谁也不说话，但都在纠结着。

阿萨娜妈妈虽然没有看见，但是她感觉到伊萨赢了。她跨过门槛，关上身后大门。伊萨走在前面，但是没有走多远。沿着畜栏他们拐进了两根伸出去的柱子间一拐角处。仿佛事情本该如此，他活该遭到冷遇，事情都是因他倔强的性格引起的，只有这样其他人才会感到欣慰。

“妈妈，富塞尼好吗？”

“好。”

“妈妈，哈瓦好吗？”

“好。”

“妈妈，求你了，富塞尼是不是真的很好？”

“嗯啊，嗯，孩子。你何苦这么自寻烦恼？富塞尼出生不过十天，我怎么跟你说他很好呢？孩子刚出生，父亲却跑到别的村子住着……”

“妈妈？”

“什么事？”

“没什么事，妈妈，没什么。”

“孩子，我不知道你今晚来做什么……是啊，家里男人跑到别的村子住着，如果是你，你能说，刚生完孩子几天，自己过得很好吗？”

“不能。”

“你还没吃惯他们的饭食？你难道还不知道，至少你和你的羊有水喝了？”

“没有，妈妈。”

“那你怎么问我富塞尼是不是很好？他肚脐愈合得很快……肚脐怎么会不愈合得很快呢？在这个村子里，我剪的脐带还没有一个感染过。我现在怎么会剪了我外孙的脐带，然后坐在那儿，看着肚脐化脓？但是我不保证他的小鸡鸡。马拉姆把小鸡鸡清洗干净了，也收拾妥当了，现在一定没有大碍。你家男人从来就没有乱搞的名声，现在还是吗？”

“是，妈妈。”

“那么，把心放到肚子里吧，富塞尼好着呢，不过我们不敢说他有多好。”

“我听到了，妈妈。妈妈？”

“嗯，孩子。”

“妈妈，我要去南方。”

“你说要去哪里？”

“南方。”

“多远的地方？”

“要到遥远的海边，妈妈，我原以为你会懂我的。”

“我那样说过吗？”

“没有，你没有说过。”

“那你为什么那样说？”

“我也说不好。”

“那你去那儿做什么？”

“找活儿做。”

“做什么活儿？”

“我不知道。”

“不，你知道，你去那儿是割草。”

“也许吧。”

“但是，孩子，不过是割草，为什么跑到那么远的地方去？周围的草还不够割吗？就是这个畜栏周围，你父亲家的畜栏还有村子里所有其他人家的畜栏周围？你为什么不割呢？”

“妈妈，你知道这是两码事。如果我在这儿割草，别人会认为我是疯子。但是在南方那边，我打听过了，不仅当地人希望我们去割草，而且政府还给补贴。”

“就算是那样，村里的男人也不该到南方去割草。那儿的草该由更远的北方人去割。北方土地荒莽，该他们去，而不是我们这里的男人去。”

“求你了，妈妈，已经到出发的时候了。哈瓦刚刚做了妈妈，富塞尼是我的长子。”

“可你要抛下他们，去南方，去割草。”

“但是，妈妈，我留在这里看着他们挨饿有什么用？你自己也知道所有的果子都坏掉了，哪怕果子不坏，以现在的行情，你觉得我靠果子又能赚多少钱？所以我得去南方啊。生意已经没法做，既然我们都不晓得什么时候情况才会有所好转，我想不如让我出去闯闯。”

“哈瓦知道吗？”

“不，她不知道。”

“你这么晚来叫醒她，要告诉她此事？”

“不是。”

“算你聪明。”

“妈妈，我把所有的东西都交给了阿马度，他明天来看哈瓦。”

“那好。

“我们什么时候能盼到你回来？

“伊萨。”

“妈妈。”

“我们什么时候能盼到你回来啊？”

“妈妈，我现在没法告诉你，或许明年的斋月吧。”

“那好。”

“那，我走了。”

“真主保佑你。”

“愿祂的先知能保佑你们。”

妈妈回到屋里，径直上了床，但是一直醒着。她怎么能睡得着？天快亮了，她双眼还是睁得很大。

“这个家里的男人都臭名远扬吗？不，肯定不是。是我们，是我们这些女人世代不幸着。他们男人一定有问题……我们怎么就看不住自己的男人？真主，怎么会这样？

“二十年前。二十年，也许二十多年……也许二十多年，真主，请赐予我勇气去跟哈瓦说。

“我还是先去集市，回来后再跟哈瓦说？不，哈瓦，哈瓦，瞧瞧你直挺挺地伸在那儿，像根木棍！做妈妈了，哪有这么个睡相？哈瓦，哈——哈——瓦——瓦，哦，我不能把你一个人丢在家里……你睡着的时候就像死人一样，夜里宝宝哭了，你哪会听得见？

“听听她问我的那些话！是的，现在是大白天。你要是真的死了就好了。要是天冷，就用毯子裹住，听我说，我有话跟你说。

“哈瓦，伊萨到南方去了。

“你为什么眼睛睁这么大瞪着我。我在跟你说话，伊萨到南方去了。

“你问的是什么话啊？你带着孩子，孩子的肚脐还没有愈合，他怎么带着你一起走？

“他昨天晚上走的。

“别问我为什么不来叫醒你。我把你叫醒了，又有什么用？伊萨没在门口等你。邻居都还没有起来，你不要惹我大喊大叫……你做事怎么像个孩子？你现在当妈妈了，你必须要让自己长大……你起来要去哪里？听着！我告诉你伊萨走了。他昨天晚上走的，他要大清早赶公家路过塔马利的车，所以……

“哈瓦，啊啊，你在哭？你为什么要哭？因为你丈夫要出去工作离开了你吗？你哭吧，因为他要挣钱回来给我养老，而不是给你……

“你说我不懂？也许我不懂……看看你，你把富塞尼吵醒了。坐下，给他喂点奶，听我跟你说。

“听着吧，我要跟你讲讲另外一个男人，他抛下他刚刚出生的孩子走了。

“他回来过吗？没有，他再也没有回来。你不要再问我了，我把所有的事情都跟你讲。

“他常常是走了又回来，然而有一天他走了，再也没有回来。他跟其他人不一样，不是非要走不可……

“哦，他们是兵，我在跟你讲一个当兵人的故事。他本来不必要去当兵。毕竟，他父亲那时是这里最有钱的。他不是长子，是的，但是有许多事情他都可以去做，养活他自己，结婚了也可以养活他妻子。但是他就是听不进任何人的话。他怎么可以无动于衷，让别人比他聪明。

“他们的衣服熨烫得闪闪发亮……我说，你本来可以在他们当中选一个人先做了解，让他们的臭毛病都暴露在你眼皮底下。再看看他们的鞋，看看他们怎么狂笑！你自己知道当兵的德行。哦，当他们从南方来的时候，这里一片骚乱！妈妈们苦口婆心地跟女儿们讲着，选择一桩门当户对的婚姻的好处，而父亲们匆忙完成儿子们的订婚仪式。多数人家都害怕娶到像梅莫娜特那样的姑娘家。梅莫娜特父亲喂牛，什么活儿都做，而她却跑去跟一个当兵的玩。哦，丢人啊，她在给自己丢脸啊！

“这个梅莫娜特是谁？不，她不是你朋友的妈妈。不，这个梅莫娜特最后自己跑到南方去了。我们听说她在城里变成了一个坏女人，而且挣了很多钱。

“不，我们现在没有她的消息了。她也没有死，因为听说这样的女人都要回到家里才死的。她还从未回过家。

“但是我们，我们不一样。我从来没有订过婚。

“你问我为什么说‘我们’？因为这个男人是你父亲。啊啊，你张着嘴，睁大眼睛，做什么？是的，孩子，我在说你父亲。

“不，我跟你说他死了，我没有撒谎。你不要吭声，听我说。他打算去南方买一幢房子，租给已结婚的士兵住。

“不，那时候他回来过。他回到这里，但不是接我过去。

“他问我们是否听说过战争。

“我们没有听说过战争吗？买罐头鱼、煤油和布之类的东西不难吗？

“听说过，我们回答道。但是我们原以为只是由于做生意的人不把货运过来。

“那是的，他说，但是做生意的人甚至在南方都弄不到货。

“那是为什么？我们问道。

“哦，你们这些人，没有听说过德国人吗？他对我们开始不耐烦了。他跟我们说，在南方他们把德国人的名字编成黄色歌曲来唱。

“我问他，那我们什么时候去南方？

“他却告诉我，他回来的目的就是告诉我他不能带我去南方。你看，他说我们现在是英国人统治，而他们正在与德国人打仗。

“孩子，你问我吧，因为我也想问他。谁跟谁打仗关我跟你什么事？我为什么就不能跟你去南方？

“因为到达我的目的地，得穿越大海，经过打仗的地方。

“别人的战场？孩子，你就像当时在场一样，我就是这么问他的。

“但是事情没有那么简单，他说。

“我们都不知道他什么意思。你可以不去啊，他父亲说。你可以不去南方，因为不是我们在跟格龙西人或是贡贾人打仗。

“我听说过英国人，但是没有听说过德国人。不过这关我什么事，他们在他们自己的国家。

“当然，他父亲是说着玩的，我也是说着玩的。

“士兵必须服从命令，他说。

“我拣了很多东西想让他带上，可是他只带了果子。

“后来消息传来，我没有往脑子里去，都是些空话。我当时一心想子宫的事，你才刚刚出生三天。

“传来的话就像在我干瘪的肚子上点燃了一团火，火苗一次又一次往上冒，子宫变得干枯，肠子烧焦了，火苗一直在往上冒，往上冒着，直到烧到脑子里，我发疯似的狂叫起来。

“等你出生了，我对自己说女孩也没什么大不了的。所有的礼物，只要是真主赐予的都好，反正等他回来了，我们会有许多许多的孩子，许多的儿子。

“但是，哈瓦，你的生命力很强，我不知道你是怎么活下来的。你才出生三天，突然就像一条小河遭到干燥的热风袭击一样，我的奶水干了。哈瓦，你的生命力很强。

“后来，别人告诉我，如果我去南方，跟政府的人证明我是他的妻子，我会领到一大笔钱。

“但是我没有去，我要的是他的人，而不是拿他的身体兑换金子。

“我从来没有见过南方。

“你‘哦’什么？孩子，我一直在告诉你这个世界很久以前就有了，人们看到的是老年而不是青年。所以不要说‘哦’。

“那些人，那些政府的人，来来去去的，跟我们说现在生意不好做，现在又没有了罐头鱼和布了。但是，这次他们说将来有一天我们的孩子会有很多的罐头鱼和布的。

“伊萨去南方了，因为看着妻子怀着孕，他连买点新鲜羊肉的钱都没有。只有去南方，富塞尼才能和妈妈在一起，才能吃得上母牛肉是吗？嗯，他会活着回来的……或许不是下个斋月，而是下下个斋月。现在，女儿，你知道另一个人去打仗了，他去别人的战场打仗去了，他再也没有回来。

“我要去集市了。早点起来把富塞尼洗洗。希望那些烂果子能换回几个钱。家里的米够你们两个吃的，不是吗？

“好了，今天哪怕把所有的钱都花了，我也想买些熏鱼，买一条最大的熏鱼，我们做一次真正美味的酱汁。”

学徒

［尼日利亚］奥顿·巴洛贡

Odun Balogun, 1946—
奥顿·巴洛贡

曾任教于尼日利亚贝宁大学，1992年起任教于美国特拉华州立大学。著有《黑人文学中的地位和自我身份》（*Place and Self Identity in Black Literature*）等。

奥贡莫拉终于熬过了学徒期，这多亏他曾有过类似的经历。这样的经历可追溯到他的曾祖父奥巴。曾祖父奥巴，一位杰出的首领。睿智的统治者。

奥贡莫拉本可以选择去上学，但是他拒绝了。他目睹了祖父的命运，他的身份由此改变。

那时他只是个孩子。他祖父正当权力的顶峰。生活日复一日悠闲自在。就像他祖父的父亲，杰出的奥巴当政时一样。祖父受到臣民的拥戴和尊敬，国家一片安宁、和平，人民生活惬意、祥和……

然而，他们来了。不请自来。仿佛这样还不够，他们居然说祖父不懂得如何管理国家。他的祖父！功勋卓著的奥巴的后代！无论是贫穷还是富有的时候，无论是叛乱还是和平时期，无论是瘟疫肆虐还是人民安康的时候，他都能沉着应对，因此成为传奇式人物！

不仅如此。他们还说，臣民生活不该如此。要推翻一切，彻底进行改革。必须要有一个全新的开始……

的确，他们立即改革，速度非人能及。奥贡莫拉，仅仅是一个孩子，目睹了这一切。他被眼前发生的事情给搞糊涂了，但他很快就懂得了，祖父为了什么而早死。当他知道了父亲不能继承祖父王位的时候，他惊恐万状。不再有人能接替功勋卓著的曾祖父的位子！他自己就没法有权有势了……

除此之外，他们要他去上学！上学意味着他接受了改革。他们还宣称他们是神派来的，公正无私！他，奥贡莫拉，英明的首领奥巴的曾孙！他永远，永远，永远，永远不会屈服。身体里流的是高贵的血，有人劝告他屈服于卑劣的统治者，信奉虚假的神，他激烈地抵抗着。那时，他仅是个孩子。

但是他得做事。他已经活在这个世上，身处这样的处境又何妨？难道那不是他出生的目的？难道就不能让这样的生活过得有意义？

奥贡莫拉接受了挑战。他决定做名手艺高超的铁匠。接着漫长的学徒之路开始了。从此生活将变得意义非凡。他这么想着。

他错了。学徒之日是他灾难之日的开始。他跟着师傅奥莫塔亚学了差不多一年，有一天师傅把他叫到一边：

“奥贡莫拉，”师傅声音温和、慈祥，“我爱你，把你当成我的儿子。你当学徒，我对你充满崇高的敬意。而且我坚信你一定不会辱没我的名声。可我看了你最近做的活，感到很伤心。”

奥贡莫拉热爱并且尊敬师傅，听了这些话，他深感愧疚，情绪很激动，声音哽咽地说：“师傅，我能否知道我做错什么了，让你这么伤心？只要是我力所能及的，我就尽力改正。”

“你看你做的这些锄头、短剑、刀子等东西，”师傅继续说道，

“没有一点特色，乱七八糟。不管怎么仔细检查这些东西，我都知道我费尽心力教你的，你没有学到手。我不止一次说过，打一把锄头，实用又便宜即可。一把锄头打得漂亮，可是所有人，**所有人**都买不起有什么用？事已至此，要不了多久大家就会说，你在学奥莫托拉。”师傅说毕，懊悔不已。

对奥莫塔亚而言，说他徒弟打的东西像奥莫托拉铁匠铺打出来的，是对手下徒弟最严厉的批评。奥贡莫拉知道这一点，他不知所措。师傅的批评，大部分是事实，但是在他内心，有一种感觉，这种感觉只属于他个人。在打造锄头的时候，他会把这种感觉融入到锄头里，使锄头更实用、更便宜、更顺手，也更漂亮。因此，他不停地打着锄头，渐渐地进入了佳境。但是他越是朝着目标迈进，打成的锄头越远离师傅的要求。他注意到了这一点，开始担心，但又希望师傅觉察不出。但是，唉……

“师傅，”奥贡莫拉开始为自己辩解，“我没有模仿奥莫托拉，我只是想以我自己的方式打锄头。”

“你还是不说的好，孩子。说些陈词滥调没用啊。他们要反对你，他们就会这样说。但是你却按照他们说的去做！你，我这么爱你！你是……”师傅情绪激动得说不下去了。然而，过了一会儿，他坐直身子，又声音严肃、不容辩解地说道：“记着，如果你选择做我的敌人，别忘了：敌人就是敌人！”

奥贡莫拉害怕了，他尽力辩解：

“我不是你的敌人，师傅。”

没有人相信他。渐渐地，在师傅的铁匠铺里，他的日子一天比一天艰难。他想抑制自己的想法，可是，他打的东西，总有一种与师傅打造的东西不同的特质。一种毫无疑问属于他的东西。然而，师傅看到这种东西，越来越觉得他是在模仿奥莫托拉。慢慢地他对徒弟的喜爱变成了讨厌，不久又发展为敌意。解释于事无补，只会使事情变得更加糟糕。

在学徒期间，奥贡莫拉尽量沉浸到对过去的回忆中，以逃避残酷的现实。他重新回味着妈妈曾经讲给他听过的功勋卓著的家族的故事。这些事情仿佛他都亲眼看见。每天晚上他都梦见曾祖父奥巴，一位英明的首领。在梦里，他再次生活在奥巴过往的英雄事迹里，兴奋至极。

“突然瘟疫来临了。”他妈妈跟他说，“那时，奥巴统治着，国家殷实富有，臣民很是满意。生活简单而有意义，但是突然瘟疫来临了。

“疫情发展很快，是场灾难。成百成百的人死去。不久，局势变得很明显，人们要被消灭了。这时智者请示了神谕。

“‘土地神被冒犯了，要用不同寻常的方式来补偿。必须用男人的生命来赎罪，但不能靠说服，而是要出于绝对的自愿。赎罪的动机只有一个——个人对人民的热爱。否则的话，神灵就不宽恕。’所有的神谕都这么说。

“很长一段时间，没有人自愿去牺牲自己。由此开始有成千成千的人死去。一天一大早，奥巴，睿智的首领，人民爱戴的首领，把一家人召集在一起，他款款深情地拥抱了每个人，然后宣布了他的决定。

“他的话像野火一样迅速蔓延。劝阻声不绝于耳。人们自发聚拢到一起商量着办法，派了一群代表来见奥巴。‘我们像小鸡那样死去还不够吗？我们还必须失去首领吗？失去像您这样的首领？我们宁愿都去死，也不愿失去您这样的首领。’人们劝说的话远远不止这些，但是奥巴决心已定，无人能动摇他。

“那天下午天气阴霾。大家都很伤心。每个人的脸上都写着‘恐惧’二字。英明、功勋卓著的首领奥巴，神情泰然地向着高地走去。寂静笼罩着悲伤的人群，他们目送首领最后一程。寂静中，不时从沿途三三两两屋子里传出撕心裂肺的恸哭声，他们为失去的亲人悲痛。几乎首领每走一步，就突然间有人身子一挺，倒下去死了，而在刚才他们还活得好好的。仿佛腐烂的干树干被风一吹就折倒一样。每个人的心是悲戚的，每个人的脸上都写着恐惧。

“奥巴加快了步伐，不一会儿就到了悬崖边。当首领从高地跳下时，人们个个惊恐万状。他消失了，消失在无底的深渊中，消失得无影无踪。

“土地的神灵平静了。新的生活开始了。你祖父继承了王位，他踩着功勋卓著的父亲——你曾祖父——奥巴的脚印。他是这片土地的骄傲。再一次，这片土地一片辉煌，臣民过着富足而又舒适的生活，生活过得简单而又情趣盎然……

“突然，他们来了，不速之客来了……你知道后面发生的事了，孩子。”妈妈最后说道，声音悲伤。

妈妈七年前死去，但是如今回想这些事，他觉得妈妈还活着，仿佛自己又回到了六岁时无忧无虑的光景。想到曾经的生活是那么情趣盎然，想到曾经的首领是如何治理国家，想到有一天还会有另一位首领……他十分幸福。

在艰难的学徒期，他靠这些回忆支撑着。不久奥莫塔亚开始仇恨他，很快就把他赶走了。奥贡莫拉没有拿到证明他完成学徒期的证书，他无法以此谋生。尽管如此，他觉得自己已经打好了基础，仅凭一己之力就能成为手艺高超的铁匠。不知不觉他来到河的对岸，敲开了奥莫托拉的门。

“啊，看看谁来了！进来，快进来。我不是一直说欢迎你到我家来的吗？是的……真的！我其实一点不惊讶。奥莫塔亚疯了，难道还用问吗？出了这样的事我很开心，真的。我一直梦想着有你这样的徒弟。跟我学，会完全不一样的。你可以按你的意愿，自由地打各种锄头、短剑、刀子等东西。你绝对是自由的。当然，谁愿意打一把锄头，既不经久耐用又不漂亮？买的人都知道要买质量好的，自然他们也愿意为其他方面额外付点钱。干吗担心这个人那个人的。即便这个人买得起我们的锄头，他能保证好好用它？所以，你知道的，欢迎你来，进来吧。”

奥贡莫拉就这样被他前任师傅奥莫塔亚的劲敌奥莫托拉接纳了。奥贡莫拉明白奥莫托拉接受他是有条件的，但是他也明白奥莫托拉答应给他自由。然而，近一年过去了，奥莫托拉叫住他让他解释。

“我给了你足够的时间，让你消除奥莫塔亚硬塞到你脑子里的那些混账东西。你显然漫不经心，或许，你根本就不打算……是的，是的，我完全明白。你根本没有预料到，你总是在说你无时无刻不在抵制一样东西。但是，孩子，这是老生常谈，答案就像《圣经》一样古老。你不能同时拜两个师傅，你要么赞成我，要么反对我。现在你该宣布你的立场了。”

生活对于奥贡莫拉而言，再次异常艰难。他该怎么做？他选择拒绝上学，以此维护个人的荣誉，但是结局却让事情变得更加艰难。时势艰难，尊严遭到凌辱，权力受到挑战，自己身陷他人的家庭争吵中。

奥莫塔亚和奥莫托拉，正如谣传所说，是孪生兄弟。完全一样的孪生兄弟。一个跟另一个一样个子高挑，身材健壮；一个跟另一个一样身体健康，很爱热闹；一个跟另一个一样天分很高，工作努力；一个跟另一个一样性情温和，善于社交；两个人做师傅都是好手……

还可以继续数出他们的相似。然而，这两个双胞胎首先会否定他们的相似之处，否定他们之间有任何关系。他们一开始就不认识。你没有研究过地理吗？你怎么可以把住在河这边的人和住在河那边的人混淆呢？你不会辨别时间的标记吗？而且，你为什么不会区别通往未来的路和退回到过去的路呢？

争论无休无止。

奥贡莫拉都听到了。在这场家庭争吵中他压根儿不想担任仲裁人的角色，不想被迫卷入兄弟间的交火中。他只想做一名匠人，简简单单的匠人，用他自己的方式打造锄头，遇到逆境不顺心时，在梦中能见到奥巴，他的曾祖父，一位英明的首领。但面对争吵，他却不知所措，不知道该怎么才说得清楚。

是不是问得太多了？奥贡莫拉无法回答。他只知道现在他在学徒期，他希望能熬过去。

安拉的意愿

[尼日利亚] 戴维·奥沃耶莱

戴维·奥沃耶莱 David Owoyele

尼日利亚北部约鲁巴人，在当地信息服务部门任过职。曾在不少期刊上发表过短篇小说和文章，并被收入文集。

刚才还一轮明月，现在就漆黑一片。多戈抬头看看夜空，原来是几朵飘浮的乌云遮住了月光。

多戈清清喉咙，对同伴说："一会儿要下雨了。"

苏莱没有马上回答。

苏莱高个子，长得身强力壮，不过那张脸长得与多戈一样，像副木讷的面具，难以吸人眼球。

苏莱和多戈结伴以做贼为生。他刚才走路一颠一跛，样子很奇怪。"不会下雨。"过了一会儿，苏莱说道。

他用手指摸摸挎在左肩上那把弯曲的带鞘长刀。在他——用他自己的话说——"当班"的时候，总是带着这把刀。同伴多戈手臂上也挂着一个类似的东西，看上去很吓人。

"你怎么这么肯定？"

"肯定？"多戈反问道，口气不耐烦。多戈在当地话里是高的意思。他五短身材，挺壮实，横向发展，就是跟高扯不上关系。他用手指着空中急速飘移的云，说："你只想着看云朵。我这辈子已经淋了很多次雨，天上那是雨云。"

他们一声不吭地走了好大一会儿。城里暗红色灯光傲慢地在他们身后弯弯曲曲的街道两旁闪烁着。已过了午夜，空旷的路上几乎没有行人。再往前走半英里，就到了家乡，他们的目的地。夜里，小镇显得懒懒散散，弯曲的街道两边，电灯没有一盏亮着。这虽然令人失望，却正中两位的下怀。"你不是安拉，"苏莱终于说了，"你没有预言的本事。"

苏莱是个铁石心肠的罪犯。犯罪于他是家常便饭，上次审判时，他这么跟法官说。那次审判让他坐了几个月牢。"社会理当受到保护，以防被你这样的败类危害。"威严的法官在肃静的法庭里，这样庄重地警告他。他站在被告席上，直着身子，无动于衷，不觉羞耻。这样的话他已经听过不止一次。"你，还有你这类的人，危害他人的生命和财产，本法庭要按照法律让你们受到应有的惩罚。"法官说完狠狠地瞪了苏莱一眼。苏莱冷冷地看了一眼法官：这样的眼神他见得多了，才不会那么容易被吓到。除了安拉，他无所畏惧。法官抬起象征法律威严的下巴，说："你就从未好好想想，犯罪只会招致失败、惩罚、牢狱之苦？看样子，你什么活都能做，为什么不尝试着改变，过上有尊严的生活？"苏莱耸了耸又宽又厚的肩膀。"我怎么生活，我知道。"他说，"我乐意选择这样的生活。"法官坐了下来，背靠着椅子，灰心丧气。过了一会儿，他又俯身向前，再次企图说服他。"做贼、盗窃、犯罪，你难道就能无视其中的错误之处吗？"苏莱再次耸了耸肩。"我对我现在的活儿很满意。""满意！"法官大声责备道。听证席上一阵窃窃私语。法官敲敲小木槌，示意大家安静。“你对触犯法律也很满意？”“我无路可走啊。”苏莱说，“法律很烦人，总是挡着道。”“屡次被捕，屡次坐牢，做笼中鸟，你感觉很舒坦吗？”法官眉头紧锁，质问道。“干哪一行都有危险。”苏莱哲人似的答道。法官抹了一把脸。“那好，伙计，你不能犯法。犯法，你要是想这样做，最终被犯的就是自己。”苏莱点点头。“我们也差不多这么说。”他对话似的评论道，“谁想撼动木桩，栽跟头的肯定是他自己。”他抬起头，看见法官眉头紧紧地拧着。“有一样东西就像一根粗粗的木桩，那就是法律，嗯？”法官判他三个月监禁。苏莱耸耸肩。“这是安拉的旨意……”

刹那间，一道闪电火舌似的点亮了漆黑的夜空。苏莱抬起头望了望。“当然看起来像要下雨了，但是你刚才没有说，天会下雨。你不过是凡人罢了，你只会说，如果这是安拉的意愿，天就会下雨。”从他的信仰来说，苏莱对宗教虔诚。他的宗教禁止教条主义，禁止对未来任何事情做预言。他对安拉的恐惧非常真诚。他坚信安拉的意愿是，每个人如何谋生，由他自己裁决。他还相信安拉给予有些人的要远远大于他们所需，这样，其他不足的人可以自行从前者处取用所需。有些人酒足饭饱，有些人却饥肠辘辘，这肯定不是安拉的意愿。

多戈从鼻孔里哼了一声。在全国，几个大城市的监狱他都待过，坐牢对他就是回家，从这个家到那个家。像同伴一样，他无所畏惧，但与苏莱不同的是，他只信自我保护，不信宗教。“你和你的宗教。”他讥讽道，“给你带来了不少好处啊。”苏莱没有搭腔。苏莱对宗教敏感，凭经验多戈晓得他发脾气了。苏莱动了动身子，仿佛要一拳打在他头上。这两个人从未假装过，他们结伴是出于爱、友谊，甚或其他奢侈原因：两人同时从牢房里放出，就结伴了，因为这样对双方都方便。两人都觉得结伴能给自己带来特别的好处，而没有衡量对方的品性。“今晚你看到那个女人了吗？”多戈换了话题，问道。这不是因为他害怕苏莱生气，而是他跳跃的思维所致。他喜欢从这件事一下子跳到别的地方。“嗯。”苏莱应和着。“怎么样？”他没有继续说下去，于是多戈问道。“杂种！”苏莱说道，他没有发怒。“谁？骂我吗？”多戈声音轻轻地问道。“我们在说那个女人。”苏莱回答道。

他们走到一条小河边。苏莱停下，洗洗胳膊、腿，又洗洗推得光光的头。多戈蹲在岸上，在石头上磨着刀。“现在去哪里？”“去那边的村子。”苏莱说，边漱了漱口。“还不知道你在那儿还有个相好呢。”多戈说。“我不找女人。”苏莱说，“我想收集些零碎东西——如果这是安拉的意愿。”

“去偷，你意思是？”多戈追问道。

“是的。”苏莱承认道。他挺了挺身子，用粗壮的胳膊指着多戈：“你也是小偷……而且还是个杂种。”

多戈一声不吭，一边在胳膊上试着刀锋，一边点点头。“半夜在小河里洗洗也是你宗教信仰的一部分？”

苏莱没有马上回答，他爬到了较远的岸上，才说道：“看到小河，就洗洗；什么时候才能遇见另一条，完全由安拉掌控，由不得你。”他一瘸一拐地走着。多戈跟着他，问道：“你为什么说她是杂种？”“因为她是。”“为什么？”“她跟我说她把大衣和那只黑色袋子卖掉了，只卖了十五先令。”苏莱低头左右打量了一下同伴。“你是不是在我之前就识破她的诡计，然后教她怎么说？”“我都一个星期没有看见她了。”多戈辩解道，“大衣很旧了，我觉得也就值这么点钱。我觉得她真的卖了个不错的价钱。”“那当然。”苏莱说道，他不相信多戈，“要是我跟她分了这钱，我也会这么想……”

多戈没吭声。苏莱一直怀疑他，他也很乐意回敬。他们互相猜疑着，有时事出有因，有时却无凭无据。多戈耸耸肩。“我不知道你在说什么。”“是的，我觉得你不会。”苏莱干巴巴地说。“我只对我那份有兴趣。”多戈继续说道。“你的意思是再来一份。”苏莱说，“你们两个都拿到了一份——你这个没爹教的骗人小子，还有他妈的那个可恶女人。”他停了一下，又说：“她扎伤了我的大腿——这条母狗。”多戈暗自一阵高兴。“我一直在纳闷你怎么走路一瘸一拐的。用刀扎了你大腿？奇怪了，是不是？”苏莱恶狠狠地看着他：“有什么好奇怪的？”“你要她交出钱来，所以她才扎了你。”“跟她要？我才没跟她要。跟她那种人能要到什么。”“哦？”多戈说道，“我一直以为你要做的就是要钱呢。真的，那件大衣不是你的，但是你却叫她卖掉。她买卖赃物也是个老手了，应该清楚你有权拿到钱。”“一件大衣，一个袋子，只有傻子才拿到十五先令就高兴呢。”苏莱说。“那你不是傻子，对吗？”多戈抿着嘴笑笑，“你想怎么办？”“揍她，揍晕她。”苏莱粗声粗气地说。“那样也好。”多戈支持苏莱的话。“麻烦的是，你得到的比你给她的多呀。”多戈又抿着嘴笑笑。“扎伤人可不是开玩笑。”苏莱不耐烦地说。“谁在开玩笑？我老早不也被扎过。你不可能晚上背着刀到处转，而指望不偶尔挨扎吧。我们应该把这样的麻烦事看作是职业风险。”“那是。”苏莱咕哝着说，“但这治不了伤啊。”“是，去医院，那儿能治。”多戈答道。“这我知道，可是在医院，他们会问个不停，还不知道什么时候才给治上。”

他们正走进村子。眼前宽阔的道路分成了许多岔道，房子又把岔道切断。苏莱稍作停留，很快走上一条小路。他们脚步很轻，不时朝周围看看。泥屋拥挤不堪，黑沉沉的，没有一家亮着灯。每一扇窗户上的小洞也封得死死的，好像是为了防止暴风雨侵袭。东面隐隐约约传来隆隆的雷声，无精打采的。路上只有他们两人，不时会有一群山羊或者绵羊被脚步声惊吓得站立起来。每隔一会儿，苏莱就会在一座可以下手的房子边停下，两个人四处小心张望。苏莱低着头看着多戈，用眼神问他什么，多戈则摇摇头，然后，两人又继续往前走。

他们就这么一直走着，大约过了一刻钟，一道闪电差不多烧了他们的眼珠。他们由此下定了决心。“我们得抓紧。”多戈轻声说，“风暴马上要来了。”苏莱一声不吭。前面几码远有一幢样子像坍塌的房子，虽破旧不堪，他们依然锁定了它。他们走上前去。经验教会了两人，房子外表破旧，不表示里面没有值钱的东西。一些茅屋虽散发着臭味，却藏着丰富的宝藏。多戈朝苏莱点点头。“你在外面守着，打起精神。”苏莱说。他又朝着一扇紧闭的窗子点点头，说：“你可以站在那扇窗子下面。”

多戈按照他的指示，走到窗子下面。苏莱想方设法打开粗木门。即便多戈的耳朵经过了千锤百炼，异常灵敏，也难以从声音辨别，苏莱是否已经进到屋里。他站在那儿，仿佛过去了几年似的——实际上刚刚过去几分钟。当看到身边的窗子慢慢打开的时候，他靠在墙边呆住了。但那是苏莱，他从窗子里伸出一双大手，递给多戈一个硕大的葫芦。多戈接过葫芦，重得令人吃惊，他的心突突地跳起来。当地的人宁愿相信葫芦也不相信银行。“去小河边。”苏莱从窗子里面递出话。多戈心领神会，把葫芦顶到头上，迈着大步朝小河方向走去。苏莱会想办法出屋子跟上去。

来到河边，多戈小心翼翼地放下葫芦，打开有雕刻的盖子。他猜想如果这里面的东西值钱，他和苏莱不必平分。还有，他怎么知道，苏莱从窗子里把葫芦递给他时，是不是已经从中拿了一部分？他把右手伸进葫芦，立刻感到手腕一阵剧烈的刺痛。他尖叫了一声，猛地把手抽出来。他贴近看看那只手腕，然后一字一顿、恶狠狠地咒骂起来。他用会说的两种语言诅咒天底下所有的事情。该死的，去死吧！他坐在地上，握着手腕，轻声诅咒着。听见苏莱走近的脚步声，他把盖子盖到葫芦上，等着苏莱。“遇到麻烦了？”苏莱走到他身边时，多戈问道。“没有。”苏莱答道。他们俩同时朝葫芦俯下身。多戈不得不用左手握着右手腕，苏莱因为面向葫芦，没有看到多戈的手腕。“你打开过？”苏莱问道。“谁，我吗？嘿，没有！”多戈说。多戈知道，苏莱不信任他。“里面是什么，这么沉？”多戈好奇地问道。“一起看看吧。”苏莱答道。

苏莱打开盖子，把手伸进葫芦口，感到手腕一阵刺痛。他猛地把手抽出来。他站了起来。多戈也站起来。苏莱这才看到多戈用另一只手紧紧握着手腕。他们对视了许久，谁也没有说话。“你总是觉得我们该平分。”多戈漫不经心地说。慢慢地，苏莱开口了，声音轻得几乎听不见。他把他搜肠刮肚想到的脏话全都泼到多戈身上。多戈也不示弱，两人一直对骂到语塞才罢休。“我回家了。”多戈宣布。“等等。”苏莱说。他用那只好手在口袋里摸索着，掏出一盒火柴，艰难地划着了火，凑到葫芦口，看看里面究竟是什么，然后扔掉了火柴。“不必回去了。”他说。“为什么不必？”多戈坚持道。“里面是一条被激怒的眼镜蛇。”苏莱说。令人窒息的感觉迅速蹿上了胳膊，整只手臂疼痛难忍。他坐下了。“我还是搞不明白，为什么我不能回去。”多戈说。“凡是被眼镜蛇咬的都会死在眼镜蛇旁边，你没有听说过这个说法吗？蛇的毒性很大，正适合像你这样下流坯子的儿子。你永远都回不了家了，乖乖坐在这儿等死吧。”多戈不这么觉着，但是锥心的刺痛让他无法站着。

有一会儿工夫，他们谁都没有说话，周围不时划过几道闪电。多戈终于说道：“好笑啊，你最后一次偷到的东西居然是耍蛇人的葫芦。”“我觉得更加好笑的是，里面装着一条眼镜蛇。你是不是也这么觉得？”苏莱说。他开始呻吟了。“我估摸着在我们死之前，还会有更加好笑的事情呢。”多戈说，“哎哟！”他疼得蜷缩起来。“比如说，再来些没有害处的死亡。”苏莱提出建议。“干脆杀死那条要命的蛇。”多戈接着说。多戈试着站起来，从河边捡一块石头，可是他无法站起来。“啊，唉。”他一边说，一边躺到地上，“不过没什么关系。”

雨啪嗒啪嗒地开始落下来。苏莱生气地说：“为什么要死在雨里？”“要是从这儿直接进地狱，可以让你浑身湿透地去死。”苏莱咬紧牙，把自己拖到了葫芦边，他用没有受伤的手拿着刀，闭上眼睛，呼吸急促，连刀带手伸进葫芦里，恶狠狠地刺着里面蠕动的身体。等他爬回到原地，躺在那儿休息片刻后，鼻孔里发出的是哨声。他手臂上满是蛇的毒牙留下的痕迹，但是蛇死了。“那是蛇的最后一次表演。”苏莱说。多戈没有说话。

几分钟的沉默，毒性到了致命的时刻，尤其是苏莱，不停地呻吟着。眼看也就剩下几秒钟的光景了。“可怜啊，你只能这么死了。”多戈咕哝了一句，他感觉迟钝了，“不过，你是个偷窃的恶棍，死了也不算坏事。”“我因你而泪流满面。”苏莱一字一顿地说，他已经筋疲力尽，“执迷不悟，下场都是如此。但是你早该知道，总有一天要结束的。你这个坏蛋，杂种！”他深深地长叹一声。“我上午终归不用去医院了。”苏莱咕哝道，手指颤抖地指着大腿上的伤。“啊，”他无可奈何地吸了一口气，“这是安拉的意愿！”雨开始啪嗒啪嗒地下起来。

国内和平

[尼日利亚] 钦努阿·阿契贝

钦努阿·阿契贝
Chinua Achebe, 1930—2013

生于尼日利亚东部奥吉迪。著有长篇小说《瓦解》（*Things Fall Apart*，1958）、《不再安宁》（*No Longer at Ease*，1960）、《神箭》（*Arrow of God*，1964）、《人民公仆》（*A Man of the People*，1966）及《荒原蚁丘》（*Anthills of the Savannah*，1987），短篇小说集《战地姑娘及其他》（*Girls at War and Other Stories*，1973），诗集《当心，黑人兄弟》（*Beware, Soul Brother*，1973）等。曾获英联邦诗歌奖、国际布克奖、德国书业和平奖等。

乔纳森·伊韦布感觉自己格外幸运。战争刚结束的那几天里，天空虽然雾蒙蒙的，但是朋友们见面打招呼，都会说“活下来真好！”。这句话对乔纳森而言，意义远非如此。这句话直入他心扉。战争培育了他，赐予他五件至宝——他的脑袋、老婆玛丽亚的脑袋和三个孩子的脑袋（他本有四个孩子）。外加一件额外的犒赏——那辆破旧的自行车——也是个奇迹，不过自然无法与五颗脑袋的安全相比。

这辆自行车是有点小来头的。一天战斗正打得激烈，这辆自行车被征用去执行“紧急军事行动”。当时，如果乔纳森对军官的诚信无半点疑心的话，即便损失再严重，他也会斩钉截铁地让这辆车去执行任务。军官衣衫褴褛，脚上穿的帆布鞋一只蓝色，一只棕色，脚指头都伸在鞋外，军服肩章上的两颗星星明显看出是用圆珠笔匆忙画上去的，但是这些都没让乔纳森烦恼；许多骁勇善战的士兵都跟他穿得一样，甚至比他还要破旧不堪。是因为他的言行举止里缺少坚定自信。乔纳森担心自己在威压之下会屈从，这样自行车就有去无回了。他赶紧在酒椰袋里翻拣着，找出了两块钱，这钱一直用来买柴火，然后由老婆零售给军营文官，再用赚来的钱额外买些鱼干、玉米粉。这次他用这钱把车赎了回来，并当晚就把车埋进了灌木丛一块空地里，空地里还埋着军营里死去的士兵和他最小的儿子。一年后，敌军投降，他把车挖了出来，车完好无损，只需要擦点棕榈油就可用。“什么都难不倒上帝！”他惊奇地说道。

乔纳森把这辆车当出租车使用，运载军营文官和他们的家属，送他们到离此地四里远的柏油路上，他因此小赚了一笔比夫拉[1]钞票。他每跑一趟标准收费是六镑，那些有钱的人也乐意花这点钱。两周后，他赚了一百一十五镑，发了一笔小财。

然后，他去了一趟埃努古，发现又一个奇迹正在等着他。他简直不敢相信自己的眼睛，房子就立在那儿，他擦擦眼睛，又看了一眼，没有错。但是，不用说，即便是这不朽的神恩，也完全比不上这一家五个人的脑袋。这次的奇迹是他们家在欧谷边上的那座小房子依然完好无损。真的，什么也难不倒上帝！一座水泥大厦，不知哪个有钱的承包商在战争爆发前临时建的，离此地仅隔了两座房子，现在变成山似的一堆碎石。乔纳森的小屋居然完好无损！这座屋子是用土砖砌成，外面贴了一层锌皮。如今看来，当初建这屋子是值得的。当然窗户和门都没了，屋顶上也少了五块薄板，但是那有什么关系呢？不管怎样，他回到了埃努古，回来得算早，趁着成千上万的人还没有从森林的洞穴中跑出来，抢

1　比夫拉：又译作比亚法拉，尼日利亚东南部分离主义者建立的国家，存在时间为 1967—1970 年。其宣告成立导致了尼日利亚内战。

先一步，把周围零零碎碎的锌、木头和湿透的木板这些东西捡走了。然后，找了一位木匠，木匠穷得叮当响，工具袋里只装着一把生锈的斧子、一把钝了的刨子和几根生锈的弯钉。他只花了五尼日利亚先令或者说五十比夫拉镑的钱，就用木板、纸和铁片等乱七八糟的东西把门窗修好。付了钱，他就带着全家搬进来了。五个人的肩上，都驮着一个脑袋。

他的孩子在部队墓地附近捡拾芒果，几个便士——现在是真正的便士——卖给士兵，他老婆做一种叫阿卡拉球的早点，卖给脚步匆匆开始重新生活的邻居。他骑车到周围乡村，用这些钱收购新鲜棕榈酒，回到家里再兑上水——最近沿路的公共水龙头又开始淌水了。他开了一间酒吧，招揽士兵和其他有钱的幸运儿。

一开始，他每天都去煤矿公司的各个办公室串门，后来隔一天去一次，最后一星期才去一次。他曾是那家公司的矿工，去各个办公室串门，是想探个究竟。最终，他总结出，自家的那个小屋是上帝的恩赐，这个恩赐超过了他原来的想象。他的几个前矿友一天等下来，无处可回，就睡在办公室门边。他们吃的是从人家丢弃的保必塔罐头里搜刮出来的东西。几周过去了，仍然没人能说得清会怎么样，乔纳森彻底断了每周来公司办公室串门的习惯，专心打理棕榈酒吧。

但是什么都难不倒上帝。赚得意外之财的日子又来了。一连五天，他顶着烈日，排在财政部门外长长的队伍里，拖着步子往前移动，有时也趁机插队，终于上缴了手里的叛军钞票。政府因此犒赏他二十镑，他双手合在一起，看着钱放到手掌里。他，还有那些跟他一样的人，看到开始发犒赏了，仿佛在过圣诞节。他们把这叫作鸡蛋熏肉片（因为没有人知道它的正式名称）。

二十镑一到手，乔纳森本能地紧紧抓住钱，并把抓着钱的拳头塞进了裤子口袋。他得格外小心，因为就在几天前，他亲眼看到一个男的，刚拿到二十镑奖励，就不知被哪个没良心的恶棍偷走了。当时是人山人海，那男人即刻在人群前瘫倒，差不多快要疯了。尽管不该在他悲痛不已的时候去责骂他，但是队伍中仍有许多人私下怪着，尤其是看到他把口袋掏了个底朝天，露出了口袋上的大洞（这个洞可以钻进小偷的头）时，都说那男的太大意了。但是，那男的还不死心，认定钱在另外那只口袋里，他又把那只口袋翻出来，发现它相对还是完好的。所以，还是小心为妙。

不一会儿，乔纳森又把钱换到左手里攥着，把攥着的左手塞在口袋里。这样右手就腾出来了，因为右手需要抬起来，跟别人握手。尽管眼睛一直盯着左边口袋，就看不见从身旁经过的人的脸，但他坚信不疑，不到家，没必要抬头。

平日里他睡觉很沉，但是那天晚上，他听着邻居家的声音挨个地沉寂下去。远处传来守夜人敲着什么金属报时的声音，守夜人报完一点后，就再也没有声音了。这一定也是乔纳森睡着前最后想着的一件事。然而，他刚睡着不久，就被猛然惊醒。

“谁在敲门？”他老婆低声问道，他们睡在地板上，她躺在他身边。

“不知道。”他屏住呼吸轻轻答道。

敲门声再次响起，声音响亮，像命令，破门摇摇欲坠，仿佛要倒了似的。

“谁在敲门？”他朝门外问道，声音发干，颤抖。

“不是做贼的，也不是贼的同伙。”传来冷冰冰的回答声，“快把门打开。”接着又是一阵猛烈的敲门声。

玛丽亚第一个惊慌失措起来，接着乔纳森和三个孩子也慌起来。

“警察——哦！有贼——哦！邻居们——哦！警察——哦！我们遭难啦！救命啊！邻居们，你们睡着了吗？快醒醒！警察——哦！”

叫声持续了很长时间，然后突然停了。或许他们把贼吓走了。外面一片死寂。可是，只持续了一会儿。

“你们喊完了吗？”外面的人问道，“你们这帮小不点，我们帮你们喊吧。哦呀，大家喊啊！”

“警察——哦！贼——在——这里！邻居们——啊！我们有麻烦——哦！警察——哦！……”

从说话的声音判断，外面除了头头，旁边至少还有五个人。乔纳森和家人吓得瘫在那儿。玛丽亚和孩子像丢了魂似的无声抽泣着，乔纳森不停地咕哝着。

贼一阵恐吓之后，又沉寂下来，但寂静里布满着恐惧。乔纳森只得恳求头头再开金口，提条件。

“老朋友，”他终于说话了，“我们尽量不叫他们，但是我想说他们还在睡着呢——哦……所以啊，不如啊我们现在拿钱？有时候，你想叫当兵的？或者你想找我们给你叫当兵的？当兵的最好去报告警察。不是这样吗？”

“不是这样！”几个贼说道。从声音判断，乔纳森觉得外面的人比刚才多了，他喘着粗气，两条腿软在那儿，喉咙就像砂纸一样刮人。

“朋友，干吗又不说话了，我要叫你说，你要我们叫当兵的来？”

“不要。”

“好吧。现在我们谈正事吧。我们不是很坏的贼，我们不想找麻烦。麻烦结束了。战争结束了，一切看里面的了。不再有内战了，现在国内和平。不是吗？”

“是啊！”其他人齐声说道，声音恐怖。

“你想从我这里要什么？我穷，所有的东西都被战争毁了，你们干什么来找我？你们知道哪些人有钱的。我们……”

“好啦！我们知道你没赚得多少钱，但是我们自己一个子儿都没有，所以你把窗子打开，然后给我们一百镑，我们立刻走。要不的话，我们现在就想法子进去，把你那些小孩子给……”

一连串开火声响彻夜空，玛丽亚和孩子又开始大声哭起来。

“啊，夫人又哭啦。不必哭啦，我们刚说过我们是好贼，我们只是拿我们那么一点点份子的钱，然后就走。不识相，妈的，我们不识相了吗？”

“一点没有。”外面齐声说道。

“朋友们，”乔纳森开始嘶哑着声音说道，“我听到你们的话了，我谢谢你们，我要是有一百镑……”

“你看伙计，不是玩的，我们不是来你家玩的。我们要是搞错了，让我们进啊，你没有的话，我——哦就走。所以，所以……”

“向上帝发誓，如果你进来了，发现有一百镑，你就拿走，并且一枪崩了我、我老婆和孩子。我向上帝发誓，我这辈子仅有的一点钱，就是这二十镑鸡蛋熏肉片，他们今天刚刚给我的……”

“那好。我们得走了。打开窗子，把二十镑拿过来，我们这事就算了。”

外面人群中有人大声反对：“不，男人撒谎，那男人撒谎，他有许多钱……我们进去，进去搜……只给我们二十镑？……”

“闭嘴！”头头大声喝道，像是空中一发枪声，立刻没有了议论声，“你在窗那儿吗？快点把钱拿来！”

“我马上就来。”乔纳森在黑暗中笨手笨脚地摸着小木盒的钥匙，这钥匙他一直放在他睡觉的床垫边上。

天一亮，邻居、路人纷纷聚拢在一起，对他的遭遇深表同情。乔纳森已经把五加仑容量的细颈坛子绑到了自行车的后座上，他老婆汗流浃背地在火上翻着装着热油的敞口黏土碗里的阿卡拉球。拐角处，他大儿子正在冲洗着瓶子里的棕榈酒渣滓，昨天，他用这些破旧的啤酒瓶装了棕榈酒。

“我觉得这没什么。”他跟前来表示同情的人说，边盯着他绑东西的绳子，“什么是鸡蛋熏肉片？上个礼拜我靠它才活过来吗？它比被战争毁掉的东西还重要吗？我说啊，让鸡蛋熏肉片在火苗里消失吧！让这件事像过去那些事一样过去吧。什么都难不倒上帝！”

东部非洲

丛林里的绅士

[肯尼亚] 乔莫・肯雅塔

乔莫・肯雅塔
Jomo Kenyatta, 1891—1978

1963年肯尼亚独立后出任总理，后担任总统。《丛林里的绅士》（*The Gentlemen of the Jungle*）收录在他一本对基库尤语进行研究的书《面向肯尼亚山》（*Facing Mount Kenya*，1938）中，以故事的形式，讲述了基库尤人与欧洲人之间的关系。

从前一头大象和一个人交了朋友。有一天，天下起了滂沱大雨，夹杂着阵阵雷声。大象来到森林边的一座小屋旁——他朋友的住处，对他说："亲爱的好心人，能让我把鼻子伸到小屋里，避避这倾盆大雨吗？"看到朋友有难，那个人答道："亲爱的好心肠的大象，我这屋很小，但是能装得下我和你的鼻子。请慢慢地把鼻子伸进来吧。"大象谢过朋友，说："你为我做了一件好事情，总有一天我会报答你的恩情。"但是接下来发生了什么呢？大象刚把鼻子伸进了小屋，慢慢又把头伸了进来，最后竟然把那个人粗暴地推到了雨中，自己舒舒服服地躺在了朋友的小屋里。"我亲爱的好朋友，你的皮肤比我的厚，既然屋小，地方不够容纳我们两个，那么你可以经得住雨淋，而我要保护我娇嫩的皮肤，不能淋着冰雹。"大象说。

看到朋友竟这样对他，那个人开始抱怨起来。附近森林的动物们听到吵闹声，过来看个究竟。动物们都站在周围听着那个人和大象激烈的争吵。在一片混乱中，狮子咆哮着走过来，大声说道："你们都不知道，我是丛林里的国王吗？谁竟敢扰乱我王国的和平？"听到狮子的咆哮，大象，丛林王国有名望的大臣，神情镇静，回答道："尊敬的阁下，您的王国没有人破坏和平，我在这里只是与朋友发生了小小的争执，看谁该拥有这座小屋，阁下您看到了我现在正在里面呢。"狮子只想维持王国的"和平与宁静"，他用高贵的声音回答说："我命令我的大臣们组建一个调查委员会，彻底调查此事，要如实汇报。"然后，他转过身，对那个人说："你与我的臣民交朋友，做得很好，尤其是与大象交朋友，他是本国最有名望的大臣之一。不要再抱怨了，小屋该是你的，就不会丢。等着帝国委员会开庭吧，那时你会有很多机会做陈词。"听到丛林国王说了这些亲切的话，那个人高兴极了，天真地等着做陈词的那一天，相信这间小屋自然会回到他身边。

那头大象遵照主子的命令，忙着与其他大臣一起组建调查委员会。以下年长者被任命为委员会成员：1. 犀牛先生；2. 水牛先生；3. 短吻鳄先生；4. 狐狸先生阁下（担任委员会主席）；5. 豹先生（担任委员会秘书）。看到成员名单后，那个人表示反对，问是否应该在成员里有他这边的。但是他被告知这不可能，因为他这边的人接受的教育不够，理不清丛林法律的复杂头绪。而且，他不必害怕，委员会的成员威望高，判案时都是秉持公正。这些绅士都是上帝挑选出来，维护牙齿和爪子天生都不够锋利的各族利益的。他尽可以放心，他们会事无巨细地调查此事，并且公正上报。

委员会开始取证。先传讯大象阁下。大象趾高气扬地走来，用象夫人给他的小树枝刷刷牙齿，权威般地说道："丛林绅士们，没有必要浪费你们宝贵的时间，再听我陈述一遍你们肯定都知道的事情经过。我一直把保护朋友的利益当作我的职责，这件事好像引起了我和朋友间的误会。他请我去看着那座小屋，免得被飓风刮倒。飓风之所以能侵袭小屋，是因为小屋的空间没有被利用。出于朋友利益的考虑，我觉得我有必要亲自坐到里面，让空置的空间得到更加经济的使用。遇到类似的情况，你们任何人都有义务，像我一样迅速地、毫不犹豫地去这么做的。”

听了大象阁下的总结性陈词，委员会召唤了土狼先生和其他丛林长者，他们都赞同大象先生的话。然后传讯那个人，他开始讲述争吵的经过，但是委员会打断了他。“好心人，请把话题限制在相关的事情上。从各种公正的渠道，我们已经听说了当时的情况。我们希望你说的是，小屋空着的地方在大象占用之前，是否有其他人用过？”那个人开始说：“没有，但是——”没等那个人说完，委员会便宣布他们已经从双方听到了充足的证据，接着宣布休庭，商议审判结果。大象先生阁下花钱请他们吃了一顿精美的午餐后，他们做出了裁决，传讯那个人，宣布裁决如下：“根据我们的判断，这场争论是由令人遗憾的误解造成的，其原因是你观念陈旧。我们认为大象先生在保护你的利益方面履行了他神圣的职责。事实明摆着，为你着想，空间应该得到最经济的使用，而且你本人身材还没有长大到占满小屋的所有空间，因此我们觉得有必要进行调解，使双方都满意。大象先生继续使用你的小屋，但是我们允许你找个地方再造一间小屋，这个小屋必须更加适合你所需，我们保证你会得到很妥善的保护。”

那个人别无选择，担心如果拒绝的话，委员会的成员会用牙齿和爪子撕他，就按照他们的建议去做了。但是他刚建好小屋不久，犀牛先生低着牛角冲进来，命令那个人离开小屋。高贵的委员会再次受命调查此事，事情的经过与上次雷同。这样的程序重复数次，直到水牛先生、豹先生、土狼先生和其他先生都住上了新屋才告一段落。既然调查委员会对他无用，那个人觉得他必须采取有效的办法保护自己。他坐下来，说道："Ng'enda thi ndagaga motegi."这句话的字面意思是"地上走的不会不掉进陷阱"。或者换一种说法，就是"你可以愚弄人一时，但是不能愚弄人一世"。

一天一大早，丛林霸主们霸占着的所有小屋开始腐烂、倒塌，他就在不远处建了一座更大、更好的小屋。犀牛先生一看到这座屋子就冲了进来，可是他看到，大象先生已经住在里面，正在睡觉呢。豹先生接着走到窗子旁边，狮子、狐狸和水牛先生也走进屋子，此时土狼挤在暗中，正在咆哮着争霸一块地方，短吻鳄在屋顶上晒着阳光。即刻间他们开始为抢占地盘大吵起来，然后又打了起来。就在他们打得热火朝天的时候，那个人一把火点燃了小屋，把小屋、丛林霸主和所有的东西烧成了灰烬。然后，他回到家，说："和平是要付出代价的，但是值得付出！"从此他过上了幸福的生活！

绿叶

[肯尼亚] 格雷丝·奥戈特

格雷丝·奥戈特
Grace Ogot, 1930—2015

在肯尼亚尼亚萨中心市区长大。做过护士、助产士，写过剧本，当过广播员、社区发展办公室职员，还做过公共关系方面的工作。出版有长篇小说《应许之地》（*The Promised Land*，1966）等，但主要成就在短篇小说上，著有短篇小说集《没有雷声的地方》（*Land Without Thunder*，1968）等。

那是一场梦。当时声音越来越响，尼亚加把毯子拿开，露出耳朵专注地听着。对的，他的判断没错，低沉的脚步声和说话声越来越近。他转过身，想叫醒老婆，但是老婆不在床上。他爬起来，冲到门边，门也没上锁。尼雅蒙德赫哪里去了？“她怎么偷偷地溜回自己小屋了？”他寻思道，“我不止一次跟她讲过，走的时候把我叫起来，好闩门。看她明天怎么来见我！”

“就在那里，就在那里！”声音就在附近——约三十码远。尼亚加用一块被单裹住壮实的身体，摸索着拿起矛和木棒，离开了家。

吧嗒，吧嗒……一群人正朝着他家门口的方向跑来。他打开大门，躲在篱笆边上。他不想让那群人看见，因为他肯定他们在追坏人。

三四个人从他家门口跑过，不一会儿，后面一大群人跟上来。他钻出来，跟着人群。

“那几个该死的把我六头牛全偷走了。”他听到有人在骂。

“不要担心——他们会遭报应的。”有人安慰道。

尼亚加赶上了奔跑的人群。他搞清楚了，原来那刚跑过去的三四个人，是偷牛贼。人群绕过一个弯道，三十码的前方有三个人影，他们肯定就是贼了。

“他们逃不掉了。”一个人大喊道。

“他们跑不了了。”大家一起回应着。

距离越来越近。新月消失了，一片漆黑。

“不要扔矛。”一位长者提醒大家，“要是没有刺中，他们会拿来刺我们的。”

贼拐错了弯，没有找到过奥波克河的桥。奥波克河的一边住着马萨拉族，另一边住着密洛基族。他们拐到右边，想过河，却突然发现陷进了漩涡中。他们慌忙挣扎着从水中爬出。

“那边，那边。”追赶的人群中有人喊道。

几个贼还没有找到过河的地方，人群就赶上了他们。他们用手里的木棒把贼打倒在地。空中充满被抓获的人的号叫声。但是人群丝毫没有怜悯他们。

在殴斗时，一个贼逃脱了，躲到了河边浓密的灌木丛中。

“跟上他！跟上他！”有人喊道。

三个人喘着粗气，朝着贼逃跑的方向追去。灌木丛长得浓密，到处都是刺。他们站着，听着动静。没有一丝的声音。他们用手中的棍子抽打着灌木丛，仍然没有人出声。贼逃掉了。

另一个贼见一群人在追赶他，就拿出身上的刀，刺进一个人的肩胛骨，那个人立马倒下，刀还扎在身上。贼趁机爬起来，在混乱中径直朝漩涡跑去。惊奇的是，大家看到，他轻易地就游过了漩涡，到达了河对岸。

尼亚加把奥莫罗肩上的刀拔出来，然后用手捂住伤口止血。奥莫罗疼得还在发抖，摇摇晃晃地站起来，靠着尼亚加。一股股的血还在沿着后背往下流，屁股上湿了一片。

有一个贼躺在草地上呻吟。因为另外两个都跑了，人们打算惩罚他，杀一儆百。他们在他头上、胸口乱打，他呻吟着，张着胳膊和腿仿佛死了似的。

“啊啊，啊啊，”奥莫罗提高声音说，“你们不要亲手杀死敌人。他的阴魂会待在村子里不走的。等我们回到家再让他断气吧。”

人群听从了奥莫罗的劝告。他们从附近的树上摘下绿叶，把贼盖得严严实实。天亮后他们会召集全部族人到此，然后把他埋在河边。

人们不声不响地回家了。奥莫罗肩膀的血止住了。两个人搀扶着他，把他送回了家。天还是很黑，但是他们此刻已经习惯了黑暗。他们到了尼亚加的家——大门依然开着。

“记着明天早点到。”有人提醒他，“我们必须在现场看着，不要让妇女到河边去。”

尼亚加进了屋，其他人头也不回继续走。村子很安静。妇女们一定都醒着，但她们不敢跟丈夫说话。不管发生什么，她们觉得，天一亮就什么都知道了。丈夫安全回来就好，她们翻个身又睡了。

尼亚加进了屋子，摸索着找药袋，最后在角落里摸到了。他打开药袋，拿出一个竹筒，打开，然后从里面舀出一些灰状的东西，放在舌头上，和着口水吞下去了。他放了一些在掌心上，然后对着大门口的方向吹去。等他把竹筒放回袋里，心不再跳得那么厉害了。

他坐在床边，开始脱衣服，可又改变了想法，只是坐在那儿，干瞪着眼。最终他决定一个人回到死人那儿去。

他慢慢地打开门，又把门轻轻地从身后关上，悄无声息。

他没有在门口迟疑，而是径直往前走着。

“我关上大门了吗？”他想道，回头看看，哦，大门关过了——或者大门看上去是关着的。

除了一个不祥的声音——偶尔夜晚也会有的，到处静悄悄的。天快亮了，东方地平线露出微弱的金黄色亮光，预示着新的一天来临。“他口袋里一定有许多钱。”尼亚加大声说道。他知道，偷牲畜的贼早些时候就已经把偷来的牛卖掉了。

“那些人真傻，没有在贼的身上搜搜。”他停下来，听着。有人要来？不会，他听到的只是他自己脚步的回声。

“或许另外那两个跑掉的贼现在又回来了。”他一阵紧张，“不会，他们不会在那儿的。他们不会傻到留在那儿不走。”

已经能看见那堆绿叶了。感觉脊椎一阵又麻又疼。他猜想着，他的心肯定不再跳动了。他停下来看看心是否还在跳动，还好，心还在跳。他只是紧张而已。他加快了脚步，脚步的回声让他心烦。

当尼亚加到了尸体现场，他注意到，现场跟他们刚才离开时完全一样。他站了一会儿，不知怎么办才好。他朝四周看看，确认不会有人要来。周围没有人。他只是一个人跟死人在一起。他又紧张起来。“你为什么打扰死人？”内心有个声音问他，“你要钱做什么？你有三个妻子，十二个孩子。你有许多头牛，吃的粮食也够了。你还要钱做什么？”那个声音还在问着。感觉自己更加紧张，他后悔，想返回去，但是又有一股更加急促、更加强烈的欲望在怂恿他不要后悔。

“你走了这么多路就一个目的，那个人就躺在那儿，就在你面前。你只要把手伸进他的口袋，所有的钱就是你的了。不要欺骗自己，说你的财富够用了。世界上财富是无止境的。”

尼亚加在死人面前弯下腰来，很快就把树叶从他身上扒开。他把手伸过去，碰到那个人交叉着搭在胸前的胳膊。胳膊还是温的。他浑身一阵恐惧，站起来。但是，他打消了这个想法。或许他只是紧张而已，是想象而已。他又弯下腰来，把他翻过来，背朝上。他完全像个死人。

他快速地摸索着，寻找口袋。他把手伸进一只口袋。里面是空的。摸到另一只口袋——也是空的。心里一阵失望。突然他想起来了，做牛生意的人常常把钱装在一个小袋子里，然后用细绳子系着，挂在脖子上。

他在死人旁边跪下，摸到了脖子。脖子上真的系着一根绳子，绳子上面吊着一个小袋子。他嘴角露出一丝胜利的笑容。没有刀子割断绳子，他打算把绳子从死人头上取下来。当尼亚加抬起那个人的头时，有人对着他的右眼猛地一击。他踉跄了几步，就倒在地上不省人事了。

贼刚刚苏醒过来，仍然很虚弱，但没时间了，他试了两次才站起来。他浑身是血，但大脑清楚。他把所有的绿叶聚拢起来盖到尼亚加的身上。然后，竭力朝着桥走去，就是刚才在混战中没能跑上的那座桥。

他赶紧离开——刚才他躺在那里时，灵魂应该还没有离开肉体。差不多天快要亮了。他要赶快，要即时赶到米瓜河，把衣服上的血洗掉。

太阳还没有出山，部落首领奥利罗打起了葬礼鼓，通知大家赶快集合。不到一个小时，一百多个族人就聚集到欧坡壳树下，族里如果发生犯罪或者民事事件，这里常常是族里年长者聚会听事的地方。奥利罗对着人群说：

“听着，我的族人。你们有些人可能已经听说了昨晚发生的事情。贼破门闯入奥莫罗院里，偷了他家六头耕牛。”

“啊！”人群一片哗然。

奥利罗接着说道：“结果呢，发生了一场流血事件。那里现在就躺着一具尸体。”

“是这样吗？”一位长者问道。

“是的，就是这样。”奥利罗回答道，“听着，尽管我们的法律禁止蛮横的杀戮，但是贼和奸夫是我们的敌人。不管谁杀了贼或者杀了奸夫，都不是杀人犯，反而是为社会除害的英雄，是要受到尊敬的。作为回报，社会有责任保护他和他的孩子。大家都知道，贼或者奸夫应该立即铲除，以免他们再次毒害他人。但是白人的法律跟我们不同，根据他们的法律，即便你看见一个人偷了你的牛，或者发现他睡在你妻子的屋中，你如果杀了他，你就是有罪，所以必须杀了你。因为白人认为他们的法律比我们的法律高贵，我们应该小心行事。我们有自己的祖先——白人没有。所以啊，他们就把死人埋在离家远远的地方。

“我们今天要做的就是这个。我们要派三十个人到白人营地去，跟他们说我们杀死了一个贼。请相信我，孩子们，白人的诡计只能对分裂的民族有效，如果团结一致，我们绝不会有一个人死。”

“长辈说得有理。”大家大声喊道，挑选了三十个人，他们立即朝白人营地出发了。

为了壮大力量，其他很多的人包括妇女也都来了。他们朝着河边用树叶盖着死贼的地方走去，在那里等着白人的到来。

尼雅蒙德赫在尼亚加的另一个妻子旁边走着。“尼亚加在哪里？我没有看到他。”

尼亚加的另一个妻子在人群里搜寻着，然后说：“我估计他在那三十个人里边。他很早就出门了。我今天早上起来得很早，但是大门是开的。他到村外去了。”

她们走上通向河边的小路。他可能在哪里呢？尼雅蒙德赫又想了想。脚被晨露打湿了。长草上面露水密布，被压弯了腰，俯身斜过小路，仿佛在祈祷着，欢迎黎明的到来。她想问问尼亚加的另一个妻子，她们的丈夫有可能去哪里了，但是，看到她冷冰冰的样子，就没有再问。

“我们过来的时候，一只黑猫从我们面前冲过去，我不喜欢那只猫。”尼雅蒙德赫对尼亚加的另一个妻子说。

“是的，一大早一只黑猫从跟前跑过，这是凶兆。”

听到卡车的声音，她们抬起头，看到一团灰尘，又看到两辆警用卡车开过来。

两辆车子在绿叶堆旁停下。车上走下一个欧洲警官和四个非洲警官。他们打开一辆车的后门，下来的是刚才前去警察局的那三十个人。

“族里的长者在哪里？”白人警官问道。

奥利罗往前走了一步。

“跟我如实地说，发生什么事情了？我一点不相信这些人说的话。你派他们去要跟我说什么？”

奥利罗用多卢奥语说起来，语速缓慢，充满忧伤，但字字清晰。非洲警官负责翻译。

“我派他们通知你们，昨天晚上我们杀死了一个贼。”

“什么！你们杀死了一个人？”白人警官朝奥利罗走过去。另一位警官跟着他。

“不，我们杀死了一个贼。”奥利罗坚持道。

“我跟你们说过多少次，你们应该废除这种相互屠杀的野蛮习俗？只有在法庭上，找到罪证，经过判决才能认定谁是贼。你们的人真是聋了。”白人警官凶恶地用手中的棍子指着奥利罗。

“这次我要让你看看如何遵守法律。谁杀死了他？”白人警官气愤地问道。

“我们所有的人。”奥利罗指着人群说道。

“不要傻了。谁先打他的？”

人群开始骚动，人们纷纷气势汹汹地拥向五个警察。

“我们都打他了。”他们喊道。

“要是你想抓我们，那就来吧。你们最好多派几辆车来。”

“死人呢？”白人问奥利罗。

“那儿。”奥利罗指着那堆绿叶。

警察朝着绿叶堆走去，人群也向前拥去，他们也想在尸体被白人运走之前，看看那个人。

前一次，也是在这个地方一个人被杀死了。警察把尸体运到了基苏木，在那儿把尸体剁成几大块。然后又拼到一起，送还给当地人，对他们说：“这是你们的人，埋了他吧。”有人说，从尸体里取一些胆汁，让警犬嗅嗅，警犬就能跟踪着找到贼的家。许多人对这个传说深信不疑。他们肯定警察也会把这具尸体带走。

白人警察叫其他警察扒掉尸体上的覆盖物。他们略做迟疑，遵照吩咐做了。

奥利罗当着众警官的面看着尸体，难以相信自己的眼睛。他抬头看看人群，又看看警官。他是不是病了？贼到哪里去了？他又看看尸体，他没有病，尸体是尼亚加，他的侄儿，一根粗木棍戳穿了他的右眼。

尼雅蒙德赫挤出了人群，径直奔向尸体，扑倒在丈夫的身上，痛哭流涕。突然，她转身朝向人群，大声哭号着：“你们杀死的贼呢？贼在哪里？”

紧张气氛在升级，人群散开，三三两两聚拢在一起。女人们开始抽泣，前天晚上参与杀贼的男人们你看看我，我看看你，都不相信眼前的事实。他们和尼亚加分手时，看见尼亚加进了他的房子，而他们继续各自回家。他们可以发誓事实就是这样。奥利罗满脸是泪，他也不想掩盖，恳请人们道：“乡亲们，罪恶的手伸向了我们。不能让它坏了我们的社会。尼亚加虽然死了，但他的灵魂依然活在我们中间。”

但是奥利罗的话尼雅蒙德赫丝毫没有听进去，她也不相信那些男人，他们发誓看到尼亚加在贼的事之后进了屋。警官把她丈夫的尸体抬到后面车厢里，准备送到基苏木，她疯了似的拦着。一位警官向她保证，要在全村范围内展开调查，查明她丈夫的死因。

但是尼雅蒙德赫却摇着头，说：“如果你们说把活着的他还给我，我才信你们。”

尼雅蒙德赫撕扯着自己的衣裳，裸露着上身。她慢腾腾地跟在送葬人群的后面，双手举过头顶，边哭边唱。

我亲爱的奥奇昂的儿子
奥莫洛的儿子
雨就要下下来了
是啊，雨就要下下来了
夜夜都将黑暗
夜夜都将寒冷、漫长。
哦！妈妈的女婿
我心无法宽恕，
我心无法原谅
所有送葬的人都在骗我
是的，他们骗我
可是当太阳回家，黑夜降临，
他们会丢下我。
夜深寒冷的时候
每个女人抱着她的男人
男人中没有一个
绝对没有
没有女人会把他的男人
在夜晚时借给我
啊，我的爱人，奥奇昂的儿子
妈妈的女婿。

博西

[坦桑尼亚] 阿卜杜勒-拉扎克·古尔纳

Abdulrazak Gurnah, 1948—
阿卜杜勒-拉扎克·古尔纳

生于坦桑尼亚桑给巴尔，曾任教于英国肯特大学。著有《离别记忆》（*Memory of Departure*，1987）、《多蒂》（*Dotlie*，1990）、《天堂》（*Paradise*，1994）、《海边》（*By the Sea*，2001）、《遗弃》（*Desertion*，2005）、《最后的礼物》（*The Last Gift*，2011）、《砾心》（*Gravel Heart*，2017）、《来世》（*Afterlives*，2020）等小说。其作品曾数次进入布克奖、《洛杉矶时报》图书奖决选名单。2021年，古尔纳获诺贝尔文学奖。瑞典文学院的颁奖理由是“因为他对殖民主义文学的影响，以及对身处于不同文化夹缝中难民处境毫不妥协且富有同情心的洞察”。

那已经是很早以前的事了，我们坐在藤壶密布的码头上，两只脚在空中摇摆着。玛格丽特公主码头笼罩在午后长长的阴影里，我们望着脚下的大海浪花飞溅，变幻出胳膊、腿和亮闪闪的牙齿。我给他讲了个很长的故事，连篇的谎言，温文有礼而不失睿智。我告诉他，有一个人站在海边撒尿，就这样尿个不停，仿佛一条看不到头的舌头，盘绕在人的体内。在玛格丽特公主码头，我们看着费雷杰像一条鲨鱼一样喝着水。他获得了联校比赛冠军那天，水面泛着波涛，明亮耀眼。1956 年的一天，就在这个码头，善良的公主双脚踏上这片卑微的土地。在欢迎仪式上，安放在码头另一边面朝大海、用水泥加固的四门大炮响了起来。

信就在那天早上送到，一张脏兮兮的纸片，撕碎了我为自己营造的宁静。航空信封的背面，清晰地写着卡里姆的名字。手写的“新年快乐”几个字，占满信封其余的空间。

亲爱的哈吉：

（哦，走向应许之地的朝圣者）

我正坐在我们的办公室里，确切地说，是在我们的储物间里，享受着各种声音，锯木声、刨平声、砂纸摩擦声、钻机的钻孔声，还有锤子敲在钉帽上的铿锵声，这些汇聚成一首岁末别具特色的交响曲。这嘈杂的环境丝毫没有干扰我给你写信，写这些只是让你知道，我现在跟一个名叫拉赫曼的独眼巨人签了契约，这出“木工交响乐”正是为了建造他的洞穴。要是告诉你我还跟他的女儿同居，我想你一定很讶异。

今天是我参加“到西部去吧，年轻人”活动的一周年纪念日。听到此话，你一定还会惊讶吧。其实去的地方，不过向西二十英里，但是你知道，这距离真够长的。就在一年前，一个礼拜天下午，我跟另外几个热爱自由的人正在准备着出海，跟着船长贾比厄·杜马斯将军（人称哈姆雷特）远征。他是一位伟大的天才、大师，像发电机一样精力充沛，也是我们这次远征的组织者和领航员。告诉你一个秘密，就在我们扬帆起航时，我得知了这位大师的真实身份。可为时已晚，来不及退出了。就在我们深情地跟心爱的故土——那永远青翠葱郁的故土——告别时，冒出一个地头蛇，拦下了我们。为了搞定他，我们花了一笔不菲的贿金。那次行程险阻重重，显然我们的哈姆雷特也辨不清南北，但是，我们还是在一个海滩上了岸，后来才发现这个地方是在我们目的地往北大约八十英里处。上岸后，行程顺畅轻松了很多。时至今日，我也应当庆幸，当我们到达这里时，虽然人人疲惫不堪，但至少毫发无损。关于那次被迫无奈的探险就写到这里吧。

这一年来，你过得怎样？随着时间的推移，你好像更加沉默不语了。上一封信，你只写了一行字，还让我不知所云。你还在工作吗，还是已经在读大学了？兄弟，写信跟我说说你的近况吧。跟我说说那些让你应接不暇的女性的情况。如果可以，给我寄一张你的快照吧。我想看看你到底胖了些没有。

我一直还在夜校学习。刚从工厂回来，就直奔学校，真是太费力费神了。你大概也猜到了，我的日子可不大好过。每晚都得去上课。早晨七点就得开始干活，腾不出多少时间在家学习。不过，正所谓不劳无获，我现在开始迷上了法国象征主义诗人，可你也知道，在这个地方找不到什么书。如果你看到这类书，买了寄给我，那我就太感激你了。钱我会通过信鸽寄给你的。知道吗，我很怀念以前我们之间的那些谈话。这儿找不到人倾谈，跟他们无法谈论严肃的话题。大家只想聊谁因挪用公款被逮捕了。

这里现在聚集了许多家乡的伙伴。哈桑设法和几个果阿女孩一起乘小船逃跑，被抓住了。他们被关了几天，又被放了，没有人知道为什么。哈桑后来还是想了别的办法跑出来了，现在也在这儿。那个巴里斯特去了波士顿，在一所大学学意向化学。你别问我，他就是这么说的。前不久我碰到他弟弟，跟我说我们的巴里斯特从美国政府那里赚得了一大笔美金，他的学费也是美国政府支付的。所以，我也在考虑向山姆大叔提交申请。

你圣诞节过得好吗？这里死气沉沉的，不过巴丘喝醉了酒，开始称我们的岛主为“哈姆内克（hamneck）”。可怜的伙计，因骂老板是一头驴，结果被踢出了办公室。刚好想起一件事，你还记得拉希德的妹妹阿米娜·玛尔黑穆吗？你离开时，她该有十岁了。她现在是个妓女。信纸写不下了，就此搁笔。

尽快回信，别忘了照片。代伙伴们问候你。

你的，卡里姆

1973 年 12 月 31 日

过去的错事如今记录起来却充满着快乐。有一次……可我们做得既莽撞又自私。如今这个品德恶劣的傻瓜会取笑你妹妹了。他在那里找不到法国象征主义诗人的书，要我寄给他几本。你错过了最惨的一幕，拉希德。你错过了最惨的一幕，我的博西。你妹妹仅仅充当了一个注脚，没人为她流下一滴泪。你也是，你和我，我们看着邻居沦为乞丐，卖掉女儿换回鲨鱼肉，也会坐视不理，也会一笑而过。那些人专横地骑在我们头上，来教我们如何温顺。你和我，我们有些东西……在这个冰冷且总是充满敌意的地方，我经常想起你。十二月的一天早晨，我第一次为你哭泣。可那时，无情的泥土已将你的鲜血变成了灰尘。

那是十二月一个明丽的早晨，天气极其干热。我们去借船冲浪，因为假期里无事可做，实在无聊。他往一边走，我往另一边走。他借到了船。我空手而返。

“这是你的船长在说话。”他装出一副命令的语气。

看我无意争辩，他就建议再去找个人，跟我们一起走。就在那时，一个叫尤尼斯的人出现了，他还没来得及走过来跟我们搭话，我们就慌忙支开船的外伸支架。尤尼斯，绰号“金属丝”，因为明显看得出他脑子里肯定有些线路没连上。他绝不会害人，但他脑袋里装的都是些痴念妄想。我看着他站在拉斯马坦高地望着我们，心里有点愧疚。大家老是躲开他，他大概也习惯了。

我在认识拉希德之前，和金属丝一起玩过很长时间。他跟我讲他那些疯狂的计划，我也把我的计划告诉他。他打算建一艘轮船，亲自驾驶。他手头可有不少建造轮船手册和航海手册。航运控制办公室的那些人很了解他，称他为船长来取悦他。你跟他说话，金属丝好像从来没有听见，连小孩子也欺负他。有一回，我看到他躺在树荫下，一个六岁的小男孩对着他的嘴巴撒尿。金属丝一声不吭地爬起来走了。在一旁看着的大人们一边笑，一边拍了拍小男孩的后背。我还看见过金属丝经过一群年轻人身边时，害怕得口吐白沫。但在码头旁的一排树下，很少有人会来骚扰我们。我们组成了二人俱乐部，那就是个战犯集中营。我是少校，而他，自然是船长。我向他吹嘘我在学校里成绩有多么棒，而他则给我杜撰他父亲在印度有房地产。

他的父亲住在我父亲的一栋房子里。那房子本该是间店铺，而且显然有一阵子生意还很红火。但自我记事起，店里仅剩下几盒锈铁钉和摆在橱柜上的旧鱼钩鱼线。不管什么人只要停下来到店里买东西，金属丝的父亲就会向人家借钱。他天天往清真寺跑，一天五次，每次都向人要钱。他跑遍了邻居家，向他们要钱。他去福利所，也向他们要钱。我不知道他这么不辞劳苦，到底有没有要到钱，但我清楚他从来没有给我父亲付过房租。他身形瘦小，脸颊上的皮肤如皮革一般，而且松松垮垮。他的下巴内陷，因为牙齿掉光了。金属丝跟我说，他父亲在印度有大量的房地产，但还没有攒够钱回家一趟。金属丝要造一艘轮船，把他的家人都带回家。在这期间，他父亲费尽心思，劝他找份工作，但金属丝总是拒绝，理由是，那样他就无法继续他的海事研究了。

我看他站在拉斯马坦高地的水边，回想起过去的一些时光，我们曾一起坐在那排树下，吃烂掉的水果和偷来的饼干。我父母当时很担心，他们以为我也少了根筋。我看着那傻瓜站在岸边，眼睁睁望着我们朝他父亲在印度的房地产方向驶去。

拉希德边笑边说，刚才真的好险啊。当整个海滩进入我们的视线后，拉希德开始模仿金属丝的那些疯狂举动。他双脚并拢，上身有节奏地前后摇摆。金属丝小时候曾几个小时重复不停地做这个动作。他咧着嘴笑着，目送着我们，依然笑着跟我们挥挥手，然后转身离去。

“你刚才为什么要这么做？”我对拉希德说。

他没理我，脱下衬衫。我想是因为我曾经和金属丝有过一段友谊，他因此感觉自己被玷污了。

“我们快点吧，”他说，“如果你想到岛上去，又想赶回来吃晚饭的话。”

现在的博西可谓春风得意，做什么都得心应手。我对船一无所知，他却是个行家。他是游泳冠军，全国四百米游泳纪录的保持者。他还曾是个有潜力的足球运动员，同时也是个十分能干又稳重的左手投球手。他皮肤白皙，长相俊俏，戴着银表带的腕表。那是英国俱乐部给他的礼物，奖励他得了二十三分，把七名击球手杀出了局。刚开始，我为能成为他的朋友感到骄傲，不过随着时间一年年过去，我们彼此了解后，我也就不再对他唯命是从了。

上帝啊，说这些真让人伤心，仿佛过去的这些事未曾发生过似的。我和博西一前一后地走街串巷。我们给哈基姆写情书，并签上卡罗尔的名字，看他如何趾高气扬，扬扬自得，吹嘘自己被人暗恋。我们甚至安排他和“卡罗尔”见面，并总在最后一刻取消约会。夜幕降临后，我和博西常常在板球场边畅叙过往，憧憬未来。

十二月的那天，我们出发前往监狱岛。英国人曾将此岛短暂作监狱用。如今只有监狱的围墙还在。岛上风景秀丽，群山迤逦，泉水汩汩地从地下涌出，汇入溪流。这岛本是禁止游客入内的，不过没有人把它当回事。

微风徐来，轻推外伸支架上的帆，我们在水上滑翔，只听到微弱的扯帆声响。晨光中，大海显得宁静而幽蓝，拉希德开始唱起歌来。他唱得很糟，只是为了逗人一笑罢了。他回头看了一眼陆地，我至今还记得这一幕，因为他接着就转身对我说，从这里望去，那儿不是很美吗？周围平静而安宁，微微的风刚好能吹动船只往前走，也让我们倍感凉爽。不仅如此，你感到仿佛终于逃离了让人窒息的闷室，如今正在旷野中自由奔驰。这里的水很凉，是你可以想象的那般凉，不像水龙头流出的水。从这里望过去，城镇反倒显得不真实，犹如摆在建筑师办公室里的一具古老的模型。在这里，没人在意你穿的裤子合不合身，没人在意你是白皮肤还是黑皮肤，你不用走过臭气熏人的巷子，也不用跨过湿滑的水沟，也不会有盛气凌人自以为是的长辈来羞辱你，更没有女人用她们的身体引诱你，又不让你靠近。

“我可不能就这么丢下妈妈和阿米娜。”拉希德说。

他父亲几年前去世了。在马斯基蒂马多戈，我曾站得远远的，看着他平静地做着一个丧亲儿子该做的一切。他在哀悼的人群中穿梭，接受邻居和陌生人的慰问，面容憔悴。我希望他能流几滴泪，即使是为了他自己。一个十六岁的少年，在自己父亲的葬礼上，却滴泪未洒，看起来总是不妥。后来，他说他没哭，是因为心里没有悲伤的感觉。父亲死了，他也想让自己难过起来，可他当时只有责任感。他说，从记事起，父亲就对他很凶，疏远他。现在老混蛋死了，他倒是真的感觉到了如释重负。我说对于死人，你不能再心存怨念，于是他对我露出了大哥哥式的包容微笑，并问我，那他该对谁心存怨念呢。我告诉他死者需要我们祈祷，他则说祈祷对那个老家伙毫无用处。他说地狱里的那些天使们，想着他准要来报到，肯定都在摩拳擦掌了。我说你那么说你父亲可不对，他说我不懂，因为我有个关心我喜欢我的好父亲。我说，无论如何也不该诅咒他下地狱。他沉默良久，对我说地狱根本不存在。我说这么说可就错了。

“我不能丢下她们不管。”他说，“她们能做什么？她们自己能做什么？”

“你不会一去不回的。”我劝道，“你会回去照顾她们。”

“妈妈一天天变老。”他说，“如果我到其他地方待个五六年，当个林业官员，回家却发现我妈妈死了，我妹妹成了妓女，那我离开还有什么用？”

“不要胡说八道，博西。”我说道。

“好吧，”他说，“也许我描绘得太阴暗了。”

我告诉他，他说话的口气让我想起了蒙齐尔关于黑海的画。

一辆古老的手推车面向大海，车上坐着一位贵人。天鹅绒般的蓝色海岸，墨绿色的金属边缘从轮船上荡漾开来。身着长袍的穆斯林女子正享受着这趟水路旅行，一群人衣衫褴褛，端着蜜饯在旁侍奉着。这天跟随出游的，还有身边剽悍的随从和拿着相机咔嚓咔嚓拍照的兄弟姐妹。

在岛上。

我们暂时弯腿弓背躲在矮树丛里，拿树枝间的间隙当作临时散热孔，解解暑热。

在满是沙丘的岸上，我们急促地用沙子把自己覆盖起来，这虽然危险，但能擦去身上的碎屑，然后前往当年的帝国要塞。

名叫往昔的帝国。

面对残垣断壁，博西朗诵着《人生礼赞》[1]，在念到尘归尘一句时，意味深长地缓了口气。接着，他唱起《统治吧，不列颠》[2]，情绪高涨得给呛住了。他还挥动两个手指祈福，以免有人曲解了他的用意。

关押了触犯王权的微不足道的罪犯的监狱，朽木残骸。圣令一下，火炮齐发，足以教训那个混蛋刁民，记住下次要缴税。

水再次变得无足轻重，一支英国考古探险队于 1929 年在非洲的东海岸发现了一把竖琴，由此证实了印度尼西亚曾经计划入侵这里的理论。二等勋爵士[3]布朗特在溪谷一角发现了头骨碎片，表明这里有人类史前的生存迹象，可追溯到公元前 8000 年，再往前则

1　19 世纪美国浪漫主义诗人朗费罗（Henry Wadsworth Longfellow）的作品。

2　《统治吧，不列颠》（*Rule, Britannia!*）：一首英国爱国歌曲，改编自 18 世纪苏格兰诗人詹姆斯·汤姆森（James Thomson）的同名诗作，1740 年由英国作曲家托马斯·阿恩（Thomas Arne）改编成曲。

3　英国荣誉制度中的一种骑士勋章——“最卓越的圣米迦勒及圣乔治勋章”中的一个等级。

无从考证。

在布朗特涉足的溪谷，博西再次停下，消消酷热，但差点被那里的气味呛住。

在一个杂草丛生、到处都是野生西红柿的棕榈树岩洞里，我们发现了一个地下城。这里根本不欢迎我们光临，我们慌忙逃出了可怕的下颌沟，又累又饿，浑身乏力，便栽倒在一棵芒果树下。这棵树，我们立马将其命名为“出城”。

腐叶堆积在那儿发出刺鼻的味道，埋在泥地里的植物也烂了，与土壤混在一起，芒果成熟后掉在地上正渗着汁液。我们一致公推大靴子博西爬上去，用甜言蜜语骗取慷慨的馈赠，犒劳来自文明种族的正在挨饿的开路先锋。地上的芒果虽然饱满却疲沓沓的，汁液流个不停，仿佛人得了痢疾一样，周围布满苍蝇。博西船长两眼放光地回来了，带回一只挣扎着的花斑乌鸦。我们跪下来，谦卑地忏悔着，然后与苍蝇抢起芒果。最后上帝保佑了我们，站在了我们这边。

大靴子博西擦掉战利品上的泥土，此时我脑袋轰鸣，惊觉到要注意卫生。

我忍住饥饿，并警告博西不要因为贪婪忘记自己还未准备好。

“哦，心爱的妈咪，”我祈祷着，“我需要你，就现在！”哦，卫生之泉，请跟我实话实说，我会马上死于饥饿还是死于痢疾。哦，给我擦屁股的人，简单地说，以前不管遇到什么事，我都是对你言听计从，但现在一个新的欲望从肠子里冒出来，引诱着我，把小心翼翼抛撒到风里。怂恿我僭越你的忠告，去吃芒果的会是毒蛇，用心险恶的毒蛇吗？我溜进了灌木丛，愧疚却鲁莽地大口吃起

“禁果”。大地的心在颤抖，但我无暇顾及其他，只想填饱肚子。

肚子里发出咕隆咕隆轻微的响声，针尖似的刺着肚脐，心里微微感觉不安，我双膝跪下，等待着雷声，博西惊奇地看着我，眼神似异教徒。卫生教母收手了。我们离开那个险恶的岩洞时，我战战兢兢的，肚子缓和多了；博西则一脸兴奋、心满意足。

到瀑布去。

在当时看来，那地方本该有一架水车作为社会进步的标志以及古代印度尼西亚文明的佐证。我们双脚踩入池底，以少年特有的快乐劲儿踢着水。我们喝脚下的水，走到池中央黏滑的石头上，那些石头像浑身裹着黏液的甲壳类动物。我们双手放在胯上，摆好姿势拍了张照片，好拿回去给家里的那些伙伴看。

我们把这块石头命名为“作别我的屁股”。

我们坐在潺潺的瀑布下。我看着航海先辈们曾经见过的一切，内心浮想联翩。就在此地，一定有个印度尼西亚领袖站过，用他的眼力撕穿大自然神秘莫测的面纱。振作起来吧，博西，坚信你坚定的眼力。多少人站在这里——你我站着的地方，却见不到我们所看见的。我们是上帝选中的少数人……坐在盈溢的水池边，在我们卑微的倒影里，在愚蠢的白日梦的伪装下，看到了无尽的世界。先贤的箴言如铁砧，使我们的自尊变得愈加刚硬。

不过时间已到，我们得马上离开瀑布天堂，前往旅程的最后一站。博西走在前头，我跟在后面。我一边望着他在灌木丛中辟开一条路，一边又想起万能的上帝赋予我们的使命。不管将来发生什么，我们已经肩负起了属于自己的那份种族的重负。

回到泊着船的海滩，我们到水里游泳。至少博西在水里游了，我则站在齐腰的水里，洗去身上的污垢。

“别炫了。”我冲着他喊道。

他朝我挥挥手，转身面向海滩，又迅速钻进水里。我称他是自大狂，他反而自满地咧嘴一笑。我们坐在海滩上，让风吹干身体，他跟我说他能游回城里，比我驾船还快。他总是这样夸夸其谈，我则嗯嗯称是。

“你不相信我？”他问道。

“我相信，博西。”我说。现在别再瞎混了。

午后天色渐暗，我提议尽量早点回去。我们把船掉了个头推入海中。我先跳上船，再帮博西上船。船帆刚刚扬起，博西就站起来，说声再见就从船板上一跃而下。

“城里见。”他在水里喊道。

我冲着他大叫，让他别做傻事，但他已经游远了。

突然刮起一阵风，鼓起船帆，我连忙伸手抓舵柄。风把船吹回到了岛屿，离城愈来愈远。我用力想转动舵柄，差点翻了船。我惊恐万状地坐着，船则像野兽发疯一样在水上漂着，速度飞快。我努力想把帆收回，可舵柄一松开，船帆就猛烈地摆动起来，我只好重新抓住舵柄稳住船身。我咒骂他是个大傻瓜，咒骂他爱炫耀。他要在船上，一定知道怎么应付了。船仍然没有驶出那座岛，我能看见自己被风刮进大海，惨死在鲨鱼或其他鱼类的嘴里。船出了岛，可是我们，我和船，却朝着错误的方向漂去。突然，狂风停了，就像刚才来时一样迅速。我冲过去，把帆降了下来。

我找不到他了。我喊着，叫着，吼着，想掉转船头驶回岛上，可刚扬起帆，风就把帆鼓得满满的，把船吹着往相反的方向漂去。

我一时不知所措。

你不管我了，博西。你游戏玩过了头。

博西，你怎么样了？

博西，你不管我了。

博西，你怎么样了？

博西，我坐在船上，想着你可能遇到了不测，而我却无能为力，就吓得要死。博西，船太大，水太深，我无力掌控，你却连人影都不见。博西，我不停地喊着你名字，却渐渐离你越来越远。博西啊博西，我的博西，你自己游回陆地，想让我无地自容，现在我已经无地自容了。可是博西，你又去了哪儿呢？我筋疲力尽，却无法掉转船头，回到你那里去。你一定会赞叹这船的力量，你虽然嘲笑我，但还是会赞叹这船的力量。我竭尽全力了……还有什么可说的呢？我有过一次，把船头掉过来了，却因掌控不了，只得收帆。等我再扬起帆，风又把我朝着另一个方向吹去。

博西，你怎么样了？

我已经竭尽全力了。

我待在那里，呼唤着，喊着，大声叫喊着你的名字。

后来我猜想我真是太笨了，或许你正在回城的路上，安然无恙呢。我转念又想，也许我自己再也回不去了，于是我对你的所作所为很愤怒。博西，我站起来，对你破口大骂，怪你不该溜走，就这么丢下了我，不管不顾的。

然而，我一刻不停地在离你远去。

然而，我每时每刻都知道我已经失去了你。

我骂你是王八蛋，让我这么痛苦不堪。我每时每刻都知道你已经离开了我。

我最终还是上了岸。我不知道自己是怎么上岸的。

你错过了这最残忍的一幕，博西。

那天晚上我在姆布维尼上了岸，步行三英里，才回到镇上。在经过高尔夫球场时，我被人截住了，他们用棍子打我，用石头砸我，跟我说是遭报应的时候了。他们打我，说这是阿拉伯人遭报应的日子。他们打我，我血流满面，不省人事。在高尔夫球场旁的海滩上，我清醒过来。空中响起了枪声，我开始没有听出是枪声，那声音就像小孩在玩玩具枪。我还在流着血，浑身疲乏，吃力地沿着海滩走着。我一直走到了尚加尼，又被一群拿着大砍刀和枪的野人拦住，他们说我是从军营里出来的民兵，扬言要一枪毙了我。他们说他们已经攻占了军营，首相已经投降，被打得屁滚尿流。他们说是时候了，阿拉伯人该遭到报应了。他们说苏丹已经逃到港口的一艘轮船上，要是逮到他，一定要扒掉他的棉布衣，操他的屁股，再往里塞满炸药。他们说我是阿拉伯人，就该死。他们说干坏事的一定是阿拉伯人。他们说如果不是从兵营里出来，那些流血的地方怎么解释？他们说一切都结束了，我哆嗦成那样又怎样？他们说这家伙没用处，要不要先操了他，再送给他一颗子弹？他们说没时间了，现在就杀了他，赶在别人到达有钱人家之前。他们说如果不赶紧，所有的好东西都会被抢空了，好女人都会轮不到他们了。他们说别在他身上浪费一颗子弹，喏，让他见识一下我的钢棍。他们说，喏，抓住这个……可是我已经精疲力竭，他们打我，往我身上撒尿，然后把我扔下，让我躺在沙滩上不省人事。

你错过了这最残忍的一幕，博西。

蜘蛛网

[肯尼亚] 伦纳德·基贝拉

伦纳德·基贝拉

Leonard Kibera, 1942—1983

在肯尼亚危机时期长大。出版过长篇小说《黑暗中的声音》(*Voices in the Dark*, 1970)以及短篇小说选《烈灰》(*Potent Ash*, 1968, 与其弟萨缪尔·卡希加(Samuel Kahiga)合著)。

在棺材里，他的身体早已变得僵硬。他试图转身，却只感到有颗钉子在刺他。这钉子无意地从棺材盖上锤穿下来的，差一点就扎进他的肩膀。他没有疼痛，只觉得自己再也活不成了，很孤寂。外面就有空气，自己却被禁闭在这个简陋、拥塞的盒子里。**尘归尘**……虔诚的牧师在外头祈祷着，语气是胜利后的喜悦。**这自杀，兄弟们**……他们没有权利这样对我，这些人根本没有权利这样对我。他们唱着赞歌，声音悲切，仿佛要是看到他活过来，就会大失所望似的。既然这样，他越发要跳出棺材，让那些锈迹斑斑的钉子飞起来，钉回到他们身上。他要教教那兜售便宜货的殡仪员，如何改造旧棺材。他不是三等公民。**让我出去！**他已经没有力气大叫，让外面听见他的声音，甚至连稍稍移动一下，避开肩膀上方的钉子的力气也没有了。外头的人换了一首圣诗，声音急促地唱着，神父随时都可能喊出“阿门”二字！“阿门”意味着把这肉身——落叶归根——埋入大地的深腹中。葬礼仪式的间隙，有人因为真的伤心在哭泣。他猜那个哭泣的人准是恩约古夫人。随之一阵死一般的寂静，他就被放进那墓穴中。他躺着的那具简陋又狭小的棺木衔接处嘎吱作响，滔滔罪恶般的黑暗向他挤压过来，他感到自己已愈烧愈烈了。**小心点，小心点，他可不是一堆垃圾**……那是恩约古先生的声音。下沉，慢慢下沉，绳索像蜘蛛网似的，随便地套在棺木上，伴着短促不齐的拍子声在往下放着，小棺木不停地撞击四壁，仿佛在告诉发出巨大响声的大门，他来了，不在乎进哪个门。泥土正在塌陷，他能感觉到，同时他第一次发现了自己的价值。他现在似乎变得重要了，此时此刻，所有的目光无疑都聚焦到这个漆黑的洞穴中，所有人轻声说：**可怜的人；轻点，轻点**。然后**咔！**绳子断了——一段绳子在空中摇荡着，顺着握着绳子的手的方向缩了回去——他感到自己头朝下往墓穴底部坠去，“嘣”的一声，响声巨大，毫无庄严可言，棺木落入了地狱之门。

恩戈托猛地从床上坐起来，他醒了。他用床单擦掉身上的汗。做这种梦可不是什么好兆头。以前，他梦见过啤酒派对，梦见过女人，还梦见过为了偷蜂蜜，他企图用烟把蜜蜂熏出巢穴，结果和蜜蜂打起架来。最近，他没有梦见自己被烟熏出这座城市——这个他彻头彻尾隶属，却从未曾归属的城市，但他梦见的要么是在白门法庭为自己辩护，要么就是被装在廉价的棺材里诅咒着入地狱。**这种梦可不健康**……

不过他现在已经一身轻松了。他扔掉毯子，弯起手臂开始锻炼。他双手使劲往上举，像投降一样让双手保持着那个姿势。**不，这可不行**。他又弯起手臂，将手指按在肩上，然后手指用力聚拢，握成圆球状，这样指关节就棱角分明。接着，他向左一记猛击，停住，纹丝不动，直到浑身僵硬，前额充血为止。一阵头晕目眩后，那只手僵硬地落在床上。接着一阵痉挛，身体的右半边重重地靠到墙上，他抖缩着，浑身疼痛。这间屋子他住了八年了，难道这仅有的斗尺空间，对他来说还是这么陌生吗？

不过，这也不是第一次了。因此，他没有害怕，在床上弹了两下接着锻炼。床垫旧了，有的地方隆起，他避免碰到中间那根隆起的弹簧——昨天早晨，那根弹簧夹过他的大腿——哼着歌曲《非洲，我们的土地》，一只脚往床上猛地一蹬。哗啦！又得花三先令从科亚清真寺后门买床床单了。恩戈托爬起身，下了床。

这个星期天上午，天气晴好。只要不犯去教堂的错误的话，他便没什么可担忧的了。说起教堂，他就心灰意懒。可是那个梦还在困扰着他（**至少他们该用一条结实一点的绳子**），还有那些钉子，自从下面的事之后让他痛苦的事可还少吗：奈特夫人和他握手——奈特的手力达五磅——道别，说“英国见！”，恩约古夫人又匆匆走进他的生活，成为他的新女主人，还向他借走了两先令。

恩戈托双手交叉放在胸前，打了个哈欠。他一边用指头捋着胡子，卷成尖角状，一边陷入沉思。至少她本可以还他钱的。现如今，生活费虽然涨了，但也不至于雇主可以随便借别人的钱。他站在屋门口，这屋子有两个房间，他和另外一位仆人卡戈各占一间。他给夫人当厨子，卡戈给夫人当差，修草坪和打扫院子，并要留心找到狗在夜里留下的粪便。这不，恩戈托已经看见这位早起的人儿，开始学着昨晚万布伊的古怪举动，在屋里这里嗅嗅，那里瞧瞧。（万布伊就是那只棕色的阿尔萨斯牧羊犬，被从农村拖进了这座城市，恩约古夫人赏它一个项圈和罐装骨头，让它很是吃惊。恩约古夫人的一个朋友埃尔西·布鲁姆也养了一只，两人牵着她们的母狗散步去了。）

恩戈托清了清嗓子，说：“喂，卡戈！”

卡戈脚冻伤了，在用拇指搓着脚趾缝，转过头来。

“狗的早餐准备得怎么样了？”

“你妈妈的！”

恩戈托笑了笑。“你犯不着骂我妈妈。”他说，“给万布伊的罐装骨头跟给夫人的玉米片都一样。东西没有做好，都一样死定了。”

卡戈靠在扫帚上，呆头呆脑地抓着头顶，最后终于明白恩戈托的话。

卡戈，心肠不坏，小时候是个温顺的孩子，现在还是这样。他在跟同龄人相处时，没错，确实好争吵。可是一提起恩约古夫人，他就会夹紧尾巴，说话磕巴。这天早晨，他感觉心平气和与世无争。

“也许你说得没错。”他说，面对着恩戈托。说完一边把拇指伸进脚趾缝，一边问恩戈托下午是否有什么小型聚会——像啤酒派对之类的。

“女王！”

一听到这两个字，卡戈就把喝酒的事忘得一干二净，他猛一转身，成千上万件弄不清的事情一起拥进他的脑袋。他是该继续打扫，嗅探狗粪，还是该去拿狗罐头？他是该打开狗罐头，还是该跑去取周日的报纸？恩约古夫人——也被唤作女王——是不是更想让他刷一刷万布伊的耳根？她是不是就要上他跟前来，质问他，为什么拴狗绳被随便扔在门边，万布伊却被解了套，四处乱跑？

卡戈屁股对着夫人的房门，装作一副忙碌的样子。他悄悄从胯下窥视她，可夫人并没有找他麻烦，至少没有马上这么做。她歪着脚站在门口，催恩戈托去做玉米片。

卡戈松了一口气，用扫帚猛扫一下。他看到恩戈托背靠着他们住的屋子的墙，强忍住笑。听完女主人滔滔不绝地说了一阵英语后，恩戈托似乎小心翼翼地迈着步子，走在间隔五十步的两扇门之间，但这五十步叫恩戈托难以容忍，那是两个阶级间不能调和的鸿沟。快走到恩约古夫人跟前时，他好像要老练地绕个弯道，先踩上墙壁，再回到地面上，慢慢踏进主人的门，而且希望夫人能给他让路。而女王呢，拍拍翅膀，骄横地舒展开，示意他：你该跪下，从我的胯下钻过去。然后她两次伸出舌头，挺起胸，把牛奶和蜂蜜吐在过道上，走进蜂房，消失了。恩戈托跟在她后面。

卡戈抓挠着他的大脚趾，坐下大笑。

伺候好夫人吃完早餐，恩戈托走到屋子外面，他要用厨房菜刀割掉脚趾上生疼的鸡眼。他可以这样肆无忌惮，这让他开心。但他得走到墙那头去，恩约古先生在冲厕所，可能碰巧他会打开那扇很小又模糊的窗子。这样的话，他就会看到原本干净的菜刀，在阳光下亮闪闪的，却被搁在脏兮兮的脚趾上。

早餐。都四年了，难道夫人连糖和牛奶都不能放心交给他？他在那里张罗着两个人的早餐，她非得在旁边指指点点吗？他一点也不讨厌玉米片。其实，打从她起疑心起，只要她一离开视线，他就悄悄吃得比以前更多了，他还偷了一些糖藏在胸口的兜里。不过他渐渐因此恨起自己，觉得这不过是懦夫所为。即便如此，不这么干他又能怎样呢？恩约古夫人已经变得越来越生疏，他甚至发现自己以前总能直视她的脸，而现在总是斜着眼看她。他一直都想跟她谈谈，向她保证自己还是她信得过的仆人，可是事情不知不觉变得敏感、复杂了。她老说他挑剔，说如果他不高兴，还等什么呢？可是如果他要走，又能去哪儿呢？到处都在失业，在这个国家从未有这么高的失业率。不等他向周围的家庭主妇讨要一份差事，她们就会放狗咬他，因为她们会接到夫人的电话，听她胡编乱造地讲他如何如何的鲁莽。

恩戈托挠了挠头发已花白的头，知道现在的人早已不再有尊老的传统了。这还是他认识的老家那个叫洛伊丝的女孩吗？她跟他女儿以前还是好伙伴呢。洛伊丝，那个脸上长着痘痘、腿细长的羞涩小姑娘，还在村里的学校教过书，曾是众人的好榜样。为了不让逐渐老去的父母因没钱挨饿，她那时只买便宜的裙子穿。

“学学人家洛伊丝。”母亲们常以此告诫她们的女儿，甚至为了有效，还打过她们的屁股。妈妈们心里其实想说，女儿该像洛伊丝那样，晚些结婚，不要跟衣冠楚楚而不给彩礼的小青年跑。不久对那些拿洛伊丝做榜样的女孩子们来说，事情突然变得让她们不知所措。突然之间洛伊丝成了村里的女英雄，她入狱了。

那是一堂常识课。洛伊丝毫不避讳地把那个问题词语写在黑板上。巡视校园的女督学坚定地站在另一头，俯瞰着整个班级。洛伊丝上下挥动教鞭，说道：

“孩子们，什么叫‘英联邦’？别害羞，这个词怎么解释？”

女生们咬着拇指。

“不会吧！好吧。那我们从头说起吧。谁统治英国？”

慢慢地，女生们转过头看着这位白人督学。她们知道该回答说是伊丽莎白。可洛伊丝怎么会让她们说出这个名字？“英国”这个词听着就够了。她们现在该继续回答，让背后的白人女士听到英国女王的名字被念错，或者甚至是被这些口气中还带着昨晚洋葱味的软弱的东西说出来？谁会第一个说？她们十指交叉放在书桌下，盯着她们的练习册，挨个儿说她们不知道。一两个胆大的又甩过头去，撞见那位白人女王眼中一副奇怪的预示着灾难的眼神，又立即转过头来对着黑板，这时洛伊丝的教鞭跃入眼帘，她们开始哭了起来。

“好像你们从没听说过似的。”洛伊丝开始不耐烦了，“好吧，我让你们再从头来一次。最后一次。我们的国家是什么？”

不约而同地，一只只手齐刷刷地从课桌底下扬了起来，三十四张吐着玉米和洋葱味的嘴异口同声地说：

“殖民地！”

女督学轻移脚步，缓缓地从学生身边走过，当主仆间的距离消失后，她和洛伊丝面对面站着。

孩子们咬着橡皮。

白人女王扇了洛伊丝一巴掌，然后朝门口走去。可是洛伊丝一把抓住她的头发，还她一巴掌，两巴掌，还啐了她一脸，然后像踢足球一样踢了她一脚，正义凛然地把她扫出门去。

洛伊丝最后回头看学生时，只见到撕破的练习册被扔了一地。三十四双腿已经爬过窗户溜回家去了。她们这么做，一来是为了得到随即便会赶来的女王政府的安慰，二来也是为了把她们的新女王和女英雄这骇人听闻的新闻散布开来。

她当然是女王。恩戈托背靠着墙坐在那里这么想着。躺在床上吃玉米片，昂贵的裙子，香烟。这是她吗？恩约古先生从大学学院一毕业，就找到了一份体面的工作，这份工作曾是一位白人做了好多年。不久有人就看见了一辆亮光光的车停在洛伊丝家旁边。再过了些时候，这样的拜访变得更频繁，也更加令人担忧。但当恩约古先生最终成功地把洛伊丝接走了，脱离了这个公正的社会，村民们没人感到惊讶。恩约古先生说，只有山里人才付彩礼呢。

也许恩戈托也预料不到，奈特夫妇走后，恩约古夫妇就住进了这幢房子。他很乐意换作给黑人煮饭洗毛巾。而且，至少有一阵子，他确实很开心。大家都在发誓，他们准要一起干一番大事，有挑战性需要敢担当的事，能让黑人在他自己的国家里赢得尊敬的事。他则乐意效劳，把熏走白人的烟火重新挑燃。从今往后，不再有复仇和剥削了。除此之外，他对自己没有更高的期望；他明白，人永远都会有主仆之分的。

恩戈托挠挠肚子下方，靠着墙瘫下来。走廊的屋檐下，一只蜘蛛正慢慢地全神贯注地织着网，恩戈托盯着它看。他朝它扔了颗小石子，惊动的仅是蜘蛛。

那天，他的心难道就没有同其他成千上万颗心一同搏动吗？正如他每次一闭上眼睛，就会看到振奋人心的景象，以及前辈传下的责任感，在召唤战士的精神。他难道就没有从内心深处祈求团结一心吗？可是在他看来，现如今已经没有了共同目标，他对此深感痛惜。他不禁感到，战士们已经放下手中的箭，分道扬镳只求自保了。想起各个家庭，他看见的只是洛伊丝的样子——如今他只敢称她为夫人了。她在他脑海里变得高大威猛了。

恩戈托在想，这到底是不是他曾经熟悉的房子？如今连接主仆的这层关系，还跟奈特夫人在时那么直接吗?

当然，他再也不想让她回来了。他被奈特先生踢过好几次，也尝过了被奈特夫人用煎锅打的滋味——她提醒他要心怀感恩。不过这一切来得很直接，没有任何拘礼：他们不喜欢他的宽鼻梁。他们就这么说了。他们觉得他的床底下有老鼠。确实有。他们取笑他讨厌一切白色的东西，可他的头发却渐渐变得如雪一样白——在冷静的白色防护罩下，那只乌黑的猛兽怒火中烧，心机重重。难道他不想把它剃掉吗?不，他不会的。有时候，他们会赞赏一只烤得好的火鸡或小鸡，并一边谈论白人在非洲的责任一边说出来。如果心情不好，他们就直接叫他走开，并提醒他别忘了咖啡。恩戈托明白这一切都是因为他们开始感到不安和恐惧，在连教堂都偏袒一方的时代，现在他们也许得拿枪指着所有黑人了。可是不管屋里出现什么状况，黑人白人之间的关系却还是坦诚的。在一个互相怀疑彼此仇恨的世界，礼节和道歉显得毫无必要。如果奈特夫人满屋子叱责他，最后好像总是奈特先生锁上卧室的门，重重压在她身上；可是其他所有人呢，恩戈托想，他们都被一个在英国的女人统治着。

恩戈托步伐沉重地走向三年前恩约古夫人种的那棵幼树，心想那天看到夫人挡在门口，自己为何得绕着道走呢?他晓得自己这么做已经不是第一次了。一切都变得扭曲、微妙，他得步步留心。土语月报上是这么说的。他感到走投无路。他抓住树脖子猛烈地摇晃。有些男人究竟出了什么事了?恩约古先生难道成了一位在胖蜂后的蜂房里日渐疲软的男人了吗，干巴巴，元气耗尽，慢慢吸吮乳汁，慢慢死去?那个老战士如今去哪里了——战争结束后，他会回到家中，回到妻子身边，让她在他的淋漓大汗下呻吟?如今，晃着树的他只能看见一排干净整洁的房子。在那里，那些战士停止了战斗，分道扬镳，忘记他们的战友，被哄着入睡而浑然不觉，只是偶尔一聚，喝喝酒唱唱老歌。床柱旁以前总是挂着弓箭，现如今恩戈托只看到了圆形匾额上面刻着和解的协定，枕边则放着一本《新技术手册》。

他一直试着搞懂这一切。但看着他们怀着身孕的妻子，他只能预见到他们的下一代将既无知又自负，会戴着整洁的用来遮挡视线的风帽，由专职的司机送去上学。他们会知道，城市的另一边肮脏污秽。恩戈托朝树下吐了一口痰。有一两次他真想踢恩约古先生两脚。当他拍着一只断翅，追着他的妻子——领带上有果酱污渍——跟她要车钥匙时，看上去虽然倜傥却轻浮至极。

他还变得很敏感，容易难为情。恩戈托稍微一抱怨，或者拿税收开个玩笑，有人就从他微笑背后察觉出更微妙的意图，觉得这仆人准是在全面策划一场阴谋了。如今在主人和女王身后有一个更大的计划，这个计划像蜂房一样被一丝不苟地保护得严严实实，像一张微妙的网，网中央潜伏着一只蜘蛛，随时保护、看视、监禁着这张网。恩戈托十分清楚这张网已经在慢慢地、悄无声息地编织了，朝它扔一颗小石子，充其量也就是暗示它保持警惕，终归还是要无能为力地落回地面。

他看看房子的另一头。卡戈睡着了，万布伊没有拴绳子，在到处乱跑——绳子还在门边躺着。卡戈一脸笑容，满不在乎的样子。恩戈托感到身陷困境，无力挣脱，孤立无援。他朝卡戈啐了一口，折断树枝上的一条嫩枝。树开始流出汁液。他抓紧树干，晃落了摇摇欲坠的树叶。上帝究竟是怎么啦？

恩戈托住的村子旁边有株无花果树，自从它如部落先知所预言的那样枯死后，这位旧神明就算功成身退了。这原本是当地新闻，最近被谣传开来，有个商人要在那个地方兴建酒店，以此纪念那位旧神明。恩戈托根本不相信任何神。一个活在腐化堕落的血液里，另一个则活在道貌岸然的神职人员身上。但至少在他们保持自身干净时，他们本可以用更洁净的方式来纪念旧神明。这位新的救世主怎么能遣散众战士，让他们住进相互隔离的房间，一阵阵把酒店马桶里的污水冲在旧神明的土地上？

恩戈托举起一只手，虔诚地从起皱的额头上往上捋过白发。他又从这岌岌可危的树上折下一条嫩枝。这时他的耳朵上方响起一阵低沉的声音。

"你在对我的树干什么？"

接着低沉的声音变成了尖叫。

"我——我想剔剔牙。"恩戈托露出一排藐视的牙齿。

女王拍打着翅膀稳稳地降落在地上，接着开始大喘粗气，用小眼睛瞪着他。他尽力躲开她的视线。在她身后，他透过卧室的窗户看到恩约古先生，他正在用睡袍的袖子擦拭眼镜，拼命地想看清外面发生什么事了。羽翼一拍，恩戈托感到被扇了一巴掌，打他的就是先前也曾打过那位白人女士的那只手。女王颤颤巍巍地飞奔着，停在了门口，然后冲着恩约古先生尖叫，要他出来证明他是个男人。

恩约古先生对自己所见大为不悦。他丢开眼镜，宁可让眼前一片模糊。

"这些女人。"他咕哝着，一甩睡袍袖子，表示不屑理会。之后他把头埋进毯子底下打起呼噜。那时正好十点。

恩戈托浑身僵直地站着。除了在母亲的小屋里，他还从未被女人打过。他不觉紧闭双眼，感到眼睑在太阳光下烧得通红。随后，他脑海里，一大群的警察、地方法官和三等殡仪员从蜘蛛网里飞出。他摊开双手，汗涔涔地流，手中的菜刀滑落，扎了树根一下，又弹了一下、两下，然后倒在地上，一动不动。

他大叫一声，抓起刀，冲进房间。恩约古先生看到他冲进屋子，亮闪闪的菜刀越来越近，他从床上一跃而起。

突然间，恩戈托被自己可怕的行为震慑住了。他能听得见女王歇斯底里地对着电话大喊大叫，恩约古先生把自己锁在厕所里，开始哭泣。恩戈托看着他手上的菜刀，他只砍到了恩约古先生的大腿，可这把菜刀却变成了红色。不用多久，那张黏人的网就会伸出一条丝来。他会被抓走，这是他不曾料到的结局——当初他还因能为洛伊丝干活感到高兴呢。

他看到拴万布伊的绳子结着绳套依然在地上躺着。他走进自己的房间，锁上了房门。

片刻荣耀

[肯尼亚] 恩古吉·瓦·提安哥

恩古吉·瓦·提安哥
Ngũgĩ wa Thiong'o, 1938—

当代东非最著名的作家之一。出版有英语长篇小说《一河之隔》(*The River Between*, 1965)、《别哭，孩子》(*Weep Not Child*, 1964)、《一粒麦种》(*A Grain of Wheat*, 1967)、《血瓣》(*Petals of Blood*, 1977)、《乌鸦巫师》(*Wizard of the Crow*, 2006)，以及反映了肯尼亚人反抗殖民者和新殖民者压迫的基库尤语长篇小说《十字架上的魔鬼》(*Caitaani Mutharaba-ini*, 1980)等。此外还发表过剧作、短篇小说集《秘密生活》(*Secret Life*, 1976)和批评文集等。其基库尤语剧本《我想结婚就结婚》(*Ngaahika Ndeenda*, 1977)首演后，他被肯尼亚政府拘留一年。1982年以后，许多肯尼亚老师和学生都遭到了政治监禁，提安哥被迫流亡。曾任教于纽约大学、加州大学等。曾获莲花文学奖。

她名叫万吉鲁。不过她更喜欢她的教名——比阿特丽斯。这名字听起来更纯洁美丽些。她本人并不丑，但也说不上漂亮。她皮肤黝黑，丰腴多姿，体形颇佳，只是缺乏精气神。她在酒吧工作，这种地方就是女人的儿子们将自己的内心感受沉溺在啤酒罐和泡沫中的场所。似乎也没有人注意到她。也许除非老板或者性急的顾客叫她的名字，比阿特丽斯；这时，其他顾客就会抬起头，目光短暂停留几秒钟，仿佛要一睹叫此美名者的芳容。不过没看到什么人，他们又低下头继续喝酒，讲淫秽笑话，捧腹大笑，与其他服务小姐狎戏。她像只在飞翔的受伤小鸟：经常要迫降，却又站不稳，从一处晃到另一处，因此在“阿拉斯加”、“天堂”、“现代”、“托姆”以及其他遍布利穆鲁的酒吧，总能发现她的身影。有时她无法招揽足够多的顾客，老板因此生气，既不预先通知，也不给工资，就把她开除了。她只好转向下家酒吧。有时则是她厌倦了老待在一处，天天看到熟悉的场景：比她更丑的女孩，在临近打烊的时候，被一帮顾客争抢着。我比她们缺什么？她寻思着，怅然若失。她渴望在那么一个酒吧王国里，她至少也位居统治者之列，请求者会带给她酒礼，疲惫的笑容，并时常说些不带仇恨只含欲望和爱的狠话。

她体面地离开利穆鲁城，到周边新兴的小镇闯荡。她在恩加拉里加、卡密日瑟、里罗尼甚至帖库努都工作过，只是每个地方都是重复着过去的故事。哦，没错，她偶尔也有客人，但是如她所愿地在乎她的人却没有，也没有人真的为了她而出手大方。挑选她的人都是些囊中羞涩的客人。男人喝下第五杯塔斯克啤酒，就会装出一副甜蜜的样子，可是她连这点奢侈都得不到。第二天夜晚，或者是赶上发薪日，她头一天刚接待的客人就会装作不认识她，而去泡众人仰慕的女孩，在她们身上一试财力。

她憎恶这一切。她视每个女孩为敌手，一副苦大仇深的样子。尼娅古蒂尤其像一根刺老是扎着她受伤的肉体。尼娅古蒂高傲冷漠，可是男人们老往她住的院子里跑。尼娅古蒂动手打男人，男人们反送她礼物，安慰她，她则欣然接受。尼娅古蒂也会厌烦，她性子急，常常目中无人，不可一世，可男人们还是会缠着她，仿佛很享受被一名言行不拘的女子用恶语、噘嘴和冷眼鞭笞着。尼娅古蒂也是只不断飞翔的鸟，从来无法真正落到一处，安定下来。不过她漂泊不定，源于她渴求无常与刺激：新面孔，可供征服的新领地。虽然痛恨她是挥之不去的阴影，不过在尼娅古蒂身上，比阿特丽斯看到了自己所渴望成为的女孩。尼娅古蒂面对酒吧这样充斥着暴力与性的下流社会，既完全沉湎其中，又全然超脱其外。不管比阿特丽斯去往何处，尼娅古蒂长长的影子迟早会随她而来。

她离开利穆鲁来到奇里地区的伊尔莫洛克小镇。伊尔莫洛克曾经是座鬼镇，不过在传奇女性尼扬恩多的带领下又起死回生。流行乐队纷纷向尼扬恩多表示敬意。年轻的舞蹈歌手穆瑟乌和穆丘恩的这首歌，就是唱给她的：

当我离开内罗毕去往伊尔莫洛克
我未曾料到
自己能生下这神奇的孩子
尼扬恩多。

由此，伊尔莫洛克常被视为希望之都，那些饱经风霜、倍受蹂躏的人能在这里求得安定，获得活力。可是尼娅古蒂又一次随她而来了。

她发现，除了那段传奇和那些歌舞，伊尔莫洛克和利穆鲁并无不同。她已经用尽了招数。是衣服的缘故吗？可是即使是在这里，她也赚不到足够的钱给自己买金光闪闪的袍子。没有租房津贴、粗玉米粉，也没有拿薪水的男友，一个月七十五先令能做什么呢？那时，阿姆比牌产品已经进入伊尔莫洛克市场，比阿特丽斯想这也许就是答案。在利穆鲁，难道她就没有见过比她更黑的女孩，只因涂了亮肤乳，一夜之间就从丑陋的罪人脱胎成白亮明星？男人会朝她们抛媚眼，甚至会得意忘形地谈论，说是他们新结交的女友。男人真是种奇怪的动物，比阿特丽斯时常百思不得其解。他们常言辞激烈地抨击阿姆比、布托纳、菲丽斯瑙、穆尼斯诺、假发、烫直的头发，可又总是寻觅那些皮肤上涂抹着阿姆比，头上戴着欧洲或印度式假发的女孩。比阿特丽斯从未想着要去搞清楚黑人自我嫌恶的根源，她只是简单接受着他们这种矛盾行为，复仇似的给自己抹上阿姆比。她要用阿姆比擦去黑皮肤带来的耻辱。不过即使是阿姆比，她也不能多买。她奢侈不起，只能拿它擦脸和手臂，因此她的腿、脖子还有脸上那些较隐蔽的部位——比如耳后和睫毛上方依然是黑色。因为不能都用上她的阿姆比，她总是觉得羞耻，因而恼怒。

她会永远记住这段擦阿姆比的日子。她享受过片刻的荣耀，但是之前的奇耻大辱让她难以忘怀。她在叫“伊尔莫洛克星光酒吧带出租房”的地方上班。戴着手镯、吊着大耳环的尼娅古蒂在柜台做服务生。老板是个虔诚的基督徒，定期到教堂做礼拜，将所得悉数捐赠给哈兰比[1]项目。他大腹便便，头发花白，说话轻声细语，是个值得尊敬的有家室的男人，在伊尔莫洛克广为人知。他甚至很勤劳，不到酒吧打烊绝不离开，或者确切地说，要等到尼娅古蒂离开他才走。他眼中没有其他女孩，总是围着她转，偷偷买衣服送给她，却得不到实质性的感激，只有许诺，寄希望于明天。其他女孩，他每个月给她们八十先令的工钱，而尼娅古蒂有自己的房间，可以睡到想来盘点存货时才起床。但是比阿特丽斯和其他女孩约莫五点钟就得起床，为房客泡茶，打扫吧台，清洗杯盘。接着她们会留在酒吧里轮班，直到两点钟才能小憩。五点钟，她们又要到岗，随时准备给客人上泡沫啤酒、赔笑，就这样一直到十二点，有时等到客人不再另要塔斯克啤酒或者比尔森啤酒，才能离开。时常让比阿特丽斯感到心烦的是——虽然这对她来说并无影响——老板坚持要女孩子都在“星光”店里睡觉。否则她们上班就该迟到了，他

1　哈兰比：肯尼亚一种社区自助传统。Harambee 在斯瓦希里语中意为齐心协力。

说。不过他的真正意图，是要让女孩们用她们的身体来吸引更多的房客来“星光”住宿。以尼娅古蒂为首，多数女孩都抵制这条规矩，贿赂看门人让她们随意进出。她们要去见男友或者一夜情人，在那些可以无拘无束、不被当作酒吧女招待看待的地方幽会。比阿特丽斯总是在店里睡。隔三岔五，那些不想花钱的客人就会找上她。有一天晚上，老板被尼娅古蒂拒之门外后，就来找她。他先是找她工作上的碴儿，侮辱她，接着又突然奉承起她来，虽然方式有些勉强甚至轻蔑。他抓住她，她挣扎着，便便大腹，花白头发，他身上的一切，让比阿特丽斯对这个男人异乎寻常地反感起来。她不能，也不会让自己接受刚刚被尼娅古蒂抛弃的人。我的上帝啊，她心底在哭泣，尼娅古蒂有什么是我没有的啊？那男人在她面前自取其辱。他哀求她，承诺送她礼物，可她还是拒绝了。那天晚上她也违抗了规矩，从一扇窗子跳了出去，在别家酒吧过了一夜，次日早上六点才回来。当着其他人的面，老板叫住她，让她滚蛋。可比阿特丽斯却为自己的所作所为感到惊奇。

她整整一个月没有上班。任由别的女孩摆布，居无定所，今晚住这儿，明晚住那儿。她没有勇气离开伊尔莫洛克，到另一个城市重新开始生活。伤口没有愈合，她也厌倦了流浪。她不再用阿姆比了，身无分文。她看着镜子里的自己，沦落风尘还不到一年，她已经这么老了。她常自问，她为何这么顾虑重重呢？可是不知为何，一想到要为了钱去招揽情人或者直接出卖肉体，她就害怕。她想要的无非是一份体面的工作，一个或者几个在乎她的男人。也许她在睡觉时，总是想着要是有个自己的男人、自己的家庭、自己的孩子该多好。或许正是这种真诚的需求吓跑了男人，因为从酒吧女招待身上，男人们想要的不是这些。她常常在深夜里哭泣，想家。这个时候，涅里——她母亲住的小镇——会是世界上最甜蜜的地方。她幻想着当农民的母亲和父亲在干活的情景，那样的生活一定充满着宁静与和谐，无与伦比。她渴望着能回家看看他们，可是她两手空空，怎么回去？无论如何，那个地方如今已经成了记忆中遥远的风景了。她生活在这酒吧里，混迹于一群迷失的陌生人中。堕落沉沦，堕落沉沦。她，她这代人再也不会与土地、庄稼、清风和明月同乐了。在漆黑的树篱下窃窃私语不属于他们，在明亮的月光下跳舞、做爱，周围图穆图穆群山耸入云端也不属于他们。她想起从家乡来的那个女孩，尽管在利穆鲁是众多富人轮流包养的情妇，表面上过着荣耀的生活，最终还是用煤气自杀了。这一代人如今对死亡的奥秘感到敬畏，一如他们对生命的奥秘感到麻木。多少个未婚妈妈为了保住那份光环，把自己的幼婴扔进公厕。那个女孩的死成了笑料。她被装进了小匣子——没有痛苦，他们这么议论着。此后一个星期，比阿特丽斯一直想着自己也进小匣子的事，但是她实在下不了手。

她要爱，她要生活。

伊尔莫洛克新开了一家酒吧，取名树顶酒吧。那里可喝酒、住宿，也提供餐饮。为什么叫树顶酒吧，比阿特丽斯觉得，取这个名字只能是因为这是一幢多层建筑的缘故，否则无法解释。茶室在一层，酒馆在顶层的一个房间里。其余的房间是给那些寻五分钟性快乐，或寻一夜情的房客准备的。店主是位退休的公务员，不过还继续涉足政治圈。他是个大富豪，在肯尼亚的各大城镇都有营业点和企业。他的酒吧云集来自全国的政要大亨。这些大人物，有坐奔驰、宾利的，还有坐捷豹和戴姆勒的。他们有身着制服的司机，无聊得边打瞌睡边在店外候着。还有些不大不小的人物，赶来拜见这些大人物。他们谈的多数都是政治，也谈谈工作。诸如到处都在流传什么什么，你还没听说吗？某某人高升了，当真？某某人被拉下马了，原因是挪用公款。你看，真傻。一点也不明智。他们辩论、争吵，有时候还挥舞着拳头，特别是在竞选的时候。他们只在以下几点上达成共识：卢奥社区是肯尼亚国内所有麻烦的发源地；知识分子和大学生住在象牙塔内，享受特权，傲慢自大；基安布占据了大部分的发展份额；从涅里和穆拉雅来的人控制了内罗毕的大公司，还要继续侵占奇里地区；非洲劳工，特别是那些在农场干活的，懒惰成性，还嫉妒“我们”这些靠汗水发家致富的人。除此之外，每个人要么自命不凡，要么互相吹捧。有时候，那些醉酒兴起或者自我吹嘘的人，会给在座的每个男士点上两轮酒，甚至伊尔莫洛克的穷人也会到树顶来，在那些新贵门前进餐。

在这里，比阿特丽斯找到了份打扫卫生和铺床的差事。几周下来，她感到自己离名流越来越近了。现在她为那些久闻其名的名人铺床，看着穷人如何在大人物面前效仿他们喝酒行事。不过很快，不幸再次光临到她头上。女孩子们纷纷从其他酒吧蜂拥到树顶，其中有她在利穆鲁认识的，也有在伊尔莫洛克认识的。她们多数还攀上了一个或几个大人物，常常在众多情人之间玩捉迷藏。尼娅古蒂也到这里坐吧台了，成为穷人富人眼中的焦点人物。大眼睛，配手镯，吊大耳环的她，依然露出一副厌烦冷漠的样子。比阿特丽斯只是个清洁工兼铺床的仆役，越发不起眼了。那些交了好运的女孩个个都瞧不起她。

她用梦想来与现实抗争。在这些床上，五分钟前还有人在上面交欢，射精前发出半抑制的呻吟声，一摊液体清晰可见。她拆掉用脏的床单，并不急着把干净床单铺上去，而是走到窗前看着外面的轿车和司机。如此反复，不久她就能辨认车牌的主人和司机的穿着了。她幻想着情人们开着油光锃亮的奔驰双人跑车来接走她，看到自己和他手牵着手走在内罗毕和蒙巴萨的街道上，她穿着高跟鞋，踩着细步，脚下发出“咔咔”的声响。不经意间，她会停在一个玻璃橱窗前，嚷道：“哦，亲爱的，你难道就不想给我买下那些……？”“那些什么？”他会佯装生气地问道。“那些长袜，亲爱的。”她所想象的富有，便是拥有许多长袜，不抽丝的，没有破洞的。她决不想再去补那些破旧的东西了。决不，决不，决不。你明白吗？决不！其次，她还想要各种颜色的假发，金色的，深褐色的，红色的，还有非洲圆蓬式的假发，假发，假发，世界各地的假发。只有到那时，全世界的人才会为独一无二的比阿特丽斯欢呼！想起这些，她就会感到飘飘然，超越了黑暗的现实，不再是个扫地工或者为一次五分钟快速性事收拾房间的仆役，而成了万古·梅凯丽——她沐浴在月光下的裸体曾让男人欲火中烧——的后裔，或是现代伊尔莫洛克城之母尼扬恩多的女儿。常听人传言，说尼扬恩多的女儿曾把多个情人变成性无能。

然后，她发现了他。他与她梦中的情人恰好相反。他在一个周六的午后来的，当时开着一辆五吨重的大卡车。他小心翼翼地把车停在奔驰、捷豹、戴姆勒旁边。这车对他而言，不是一辆卡车，而是与那些油光锃亮的名车一样贵重。他身穿宽松的灰色西服，外面裹一件笨重的卡其外套。他脱下外套，仔细叠好，放在前座上，然后锁上所有的车门，拂去身上的灰尘，接着绕卡车走了一圈，像是在查看有无损坏。在离树顶门口还差几步时，他又回头最后看了一眼卡车——这大家伙让其他东西都成了矮子。在树顶酒吧，他坐在角落里，轻蔑地大喊一声，点了一杯肯尼亚啤酒。他津津有味地喝着酒，同时环顾四周寻找着认识的面孔。他还真从大人物堆里认出一个人来，赶紧为认识的大人物点了一份小半瓶的翡特69威士忌。对方收下了酒，对他只是点了个头，施舍似的露出一丝笑意。可是，在一番慷慨点完酒之后，他想借机与大人物攀谈几句，对方却对他视而不见，态度坚决。他僵在那儿片刻，又埋头喝他的穆拉提纳酒。过了一会儿，他再次想与大人物接上茬，对方回了他一副眉头紧皱的表情。他还不死心，想加入到大人物们的谈笑中，但是他的笑声过响，让大人物们都止住了谈笑，空气中只剩下他一个人的声音。快十点了，他站起身来，数了几张一百先令的新钞，递给吧台里的尼娅古蒂，假装请她代为保管。人群窃窃私语，交头接耳地议论着。有几个人对他的举动印象深刻，笑了，但笑声中嘲讽气十足。他此番举动没有使他很快得到认可。他踉踉跄跄走到他订的7号房，比阿特丽斯给他拿来钥匙，他匆匆瞅了她一眼，便兴味索然。

自那以后，他每周六都来。五点钟到，那时大腕们大多数都已就座了。他总是故技重演，只是不再给钱了，也总是屡次受挫。他几乎总是坐在那个角落，租的也都是7号房。比阿特丽斯慢慢期盼着他来了，也不自觉地为他备好房间。通常，他受尽了那帮大人物的羞辱之后，会留住比阿特丽斯，跟她说说话，或者准确地说，他只是对着她自言自语。对他而言，生活就是搏斗。他没上过学，尽管接受教育是他的一贯志向，可他从未有过机会。他父亲是大裂谷欧洲人定居点的非法居民。这在殖民时期可不是件小事，有着多重意味，其中之一是，这个人和他的孩子一辈子注定要为那些白人魔鬼和他们的孩子流汗做苦役。他也参加过自由斗争，结果同其他人一样，被送进了监狱。他从监狱里出来，就像刚从娘胎里出来一样，一无所有。国家独立后，他发现自己缺少相关教育，无法以此在上层中谋得要职。他从烧炭工做起，接着改做屠夫，然后一步步发展成今天的运输大户，把蔬菜和土豆从大裂谷和奇里地区运往内罗毕。他颇为自己的成就感到自豪。不过让他愤怒的是，那些通过贷款和接受政府资助教育如今发家致富的人，却瞧不起他这样的人。他总是像这样念叨个没完，诉说着他没有受到过教育，将来要给他的孩子更好的教育机会。过后，他会小心翼翼地数钱，把它搁在枕头底下，然后就把比阿特丽斯打发走。他偶尔也会给她买杯啤酒，但对女人显然怀有戒心。在他看来，她们都是吃男人钱财的货色。他还没有结婚。

一天晚上他和她上了床。早晨醒来，他抓了一张二十先令的钞票塞给她。她既奇怪又愧疚地接过钱。接下来好几周，他一直这样。她对这钱并不在意。这钱虽说也有用处，可是他花钱买她的身体，就像买一袋土豆或卷心菜一样。他花一镑钱，她得充当一位倾听者，一个盛放他满腹牢骚的器皿，还要充当接受男人一夜负担的容器。她越发反感他的自私，还有那些老掉牙的故事。可是，不知为何，在他身上，在他内心深处，她却能感觉到有东西在——一团火，一粒种子，一朵正被慢慢窒息的花。在他身上，她看到了一位同病相怜的受害者，并期盼他的到来。她也渴望和人说说话，渴望对一个能够理解她的人倾吐心事。

又一个周六的夜晚，她真这么做了。他正讲述着自己出人头地的辛酸史，她突然打断他。她不知道自己为何这么做，也许是因为外面下着雨——雨水轻轻地敲打在波纹铁板上，声音里带着温暖而令人困乏的冷漠。他会听，他不得不听。她来自涅里的卡拉蒂纳，她有两个兄弟被英国兵打死了，还有一个死在监狱里，她现在算是家里唯一的孩子了。她的父母很穷，在属于他们自己的那块贫瘠的土地上辛勤劳作着，供她读完小学。她开始的六年学习很用功，到第七年，准是有所松懈，她没能以优异的成绩通过考试。当然，许多成绩跟她差不多的同学被优秀的公立中学录取了，还有其他一些比她分数更低的人，借助人脉关系进了最好的学校，她却没有被任何收费合理的中学录取。她父母付不起哈兰比中学的学费，她又不愿意复读七年级，于是便待在家与父母为伴。她偶尔也帮他们种种地，做做家务。可是想象一下：过去的六年，她的生活节奏与父母的可是完全不同啊。农村生活真是枯燥极了，她时常跑到卡拉蒂纳和涅里找工作。所有的面试官都问她同样的问题：你想要什么样的工作？你懂些什么？你会打字吗？你会速写吗？她绝望了。有一回在涅里，她遇见一位穿黑色西装、戴太阳镜的年轻男子。她当时正在一家店里泪汪汪地喝着芬达，看她身处困境，年轻男子便与她聊起来。他来自内罗毕。找工作？小事一桩；在大城市，找工作根本不费劲。他当然会帮忙。怎么去？他有辆车——一辆乳黄色的法国标致。天堂呵。这一路真是美好，前方，内罗毕，是黎明的曙光所在地。他载她到“阳台酒吧”，他们一起喝酒，谈内罗毕。透过窗户，她能看见被霓虹灯点亮的城市，她知道希望就在这里。那一夜，她把自己给了他，那个黎明的许诺让她感到快活而飘飘然。她睡得很沉，一早醒来时，那个开乳黄色标致车的男人已经走了。她再也没有见过他，可是却开始当起酒吧女招待。如今，一年半过去了，她没再见过她父母一次面。比阿特丽斯开始流泪，自怜自哀地啜泣不已。她对自己饱受的凌辱和辗转的经历记忆犹新，自始至终都不甘心在酒吧干一辈子，她总想着自己会有更好的出路。可是，她已经被囚困住了，这是她目前唯一了解的生活，虽然她从未真正通晓其中的法则和规范。她又抽了两口气，眼泪随着她的每一次抽噎流下来。她突然僵住了，哭声僵在了空中，那个男人早就盖着被子睡着了，鼾声如雷。

一种莫名的空虚感涌上心头，然后她感到一阵撕心裂肺的疼痛。她真想为新的失败痛哭一场。她遇到过几个对她冷漠的男人，嘲笑她畏畏缩缩，在他们看来，这不过是装纯洁的拙劣掩饰。这些她都不计较。可是这次不行，上帝啊，这次不行。难道这男人也不是她共患难的难友？他不是一次又一次地对她诉苦吗？他花钱买她的服务，用塔斯克酒和早上给的钱，就大可推脱掉自己的责任。她内心深处的骚动成了他的催眠曲，猛然间她感到内心有某种东西断裂了。一年半来积压的愤怒，连同所有受辱的委屈，如今都指向了这个男人。

她接下来的举动娴熟自然，仿佛有过历练似的。

她摸了摸他的双眼。他睡得很熟。她捧起他的头，又放下。她不再流泪，眼神冷酷而坚定。她抽出他枕着的枕头，搜了一通，掏出里面的钱，从中数了五张粉色的新纸钞，塞进了乳罩。

她走出了 7 号房。外面还下着雨。她不想再去原来常去的地方，如今已受不了橱柜似的小房间和室友自命清高的喋喋不休。她穿梭在淤泥和雨水之间，发现自己正朝着尼娅古蒂的房间走去。她敲响了房门，刚开始没人应她，随后，透过淅淅沥沥的雨声，她听到尼娅古蒂睡意尚浓的声音。

“谁呀？”

“是我，请开开门。”

“谁？”

“比阿特丽斯。”

“这么晚？”

“求你了。”

灯亮了，锁开了，门开了。比阿特丽斯跨进屋，和尼娅古蒂面对面站在那里。尼娅古蒂穿着半透明的睡衣，肩上披着件绿色罩衫。

“比阿特丽斯，你怎么了？”她终于开口了，语气中带着关切。

“我能在这儿休息一会儿吗？我累了，我想跟你说说话。”比阿特丽斯声音坚定而有力。

“到底发生了什么事？”

“我只想问你个问题，尼娅古蒂。”

她们依然站着。随后，两人一言不发，都坐在了床边上。

“你为什么离家出走，尼娅古蒂？”比阿特丽斯问道。尼娅古蒂没有接话，像是在想着怎么回答，比阿特丽斯等她开口。尼娅古蒂终于开口了，她的声音颤颤巍巍。

“说来话长，比阿特丽斯。我父母都相当有钱，是虔诚的基督徒。我们生活在各种繁文缛节中。不准与异教徒同行。不准参加异教徒的习俗仪式——比如舞蹈和割礼。吃什么，怎么吃，什么时候吃也都有规定。甚至连走路，也要像基督徒淑女那样。绝对不允许被发现与男孩子在一起。规矩，没完没了的规矩。有一天放学后，我和另外一个家庭背景跟我差不多的女孩一起，我们没有回家，而是跑到了伊斯特利。一晃四年过去了，我一直没有回去过。就是这样。”

又是一阵沉默。她们看着对方，彼此怜悯。

“还有个问题，尼娅古蒂。你可以不回答。我总觉得你恨我，看不起我。”

“不，不，比阿特丽斯。我从没恨过你，我没有恨过任何人。只是我对什么事都提不起兴趣，连男人也是。可我想要，也需要即时享乐。只有靠吸引住那些虚情假意谄媚的目光，我才感觉到自己的存在，我自己的存在。可你，你好像超脱了这一切。我也说不清，可你内心的某种东西是我没有的。”

比阿特丽斯强忍着眼泪。

第二天一大早，她坐上了一辆前往内罗毕的巴士。她沿着商场一条街边走边浏览商店，然后沿着政府路走，向右拐入肯雅塔大道和基马蒂街。她走进侯赛因·苏尔曼街旁边的一家商店，买了几双长袜，穿上一双。随后又给自己买了一件新衣服，换下那身旧的。在一家巴塔鞋店，她买了双高跟鞋，穿上它们，扔掉旧的平底鞋，继续往前。她走到一处阿康巴售货亭，给自己戴上一对耳环。她走到一面镜子前，打量着全新的自己。突然间，她感到极度饥饿，好像她一生都没吃饱过。她在莫蒂玛哈饭店门口犹豫了片刻，继续往前走，最后走进了弗兰萨酒店。她眼睛闪闪发光，让男人的眼球都跟着她转，这让她兴奋不已。她选了个角落的位子，点了份印度咖喱饭。一位男士离开座位，过来与她坐到一起。她看着他，眼里泛着悦色。他穿着黑西装，眼中流露出欲望。他给她点了杯酒，尽力想拉她说话。但她只默默吃着。他把手伸到桌子底下，抚摸她的膝盖。她由着他这么做，手开始沿着大腿往上，再往上。突然，她抛下没吃完的饭和没碰过的酒，走出酒店。她感觉好极了，不需要回头看她就知道，他就跟在后面。他与她并肩走了几码，她只顾自个儿微笑，没有朝他看一眼。他失去了信心。她走开了，留他一人站着，像只小绵羊般看着季诺餐厅外的一扇玻璃窗。在回伊尔莫洛克的巴士上，男士们也纷纷给她让座，她不客气地坐上去。到了树顶酒吧，她径直走到吧台前。那帮大腕常客还在，在她进门的刹那，都不再说话。一双双好色的眼睛都投向她，女孩们也瞪着她，甚至连尼娅古蒂也一改往日厌倦冷漠的表情。比阿特丽斯给她们点了酒。经理走到她跟前，不敢相信自己的眼睛。他磕磕巴巴地问她：为什么没来上班？去哪儿了？想不想在酒吧里工作，到吧台当尼娅古蒂的助手？隔三岔五地来？有位酒吧女招待递给她一张纸条：有个大腕想问她愿不愿意到他们的桌子入座。接二连三的纸条从不同的角落里递过来，都问她一个问题：今晚有没有空？去内罗毕都行。她依旧站在吧台边，一动不动，却毫不客气地接过他们为她送来的酒。她感到自己能耐很大，甚至感到了自信。

她掏出一先令，投入投币口，自动唱机便响起罗宾逊·姆旺吉唱的那首叫 *Hūnyū wa Mashambani* 的歌。这首歌歌唱了那些遭人鄙弃的农场女孩，并把她们与都市女孩做比较。她接着点了卡马鲁和 D. K. 的歌。男人们想邀她共舞，她全不予理会，享受着他们围着她手舞足蹈的场面。她和着 D. K. 的另一首歌扭起了屁股。她的身体是自由的。她也是自由的。她吮吸着空气中的兴奋和紧张。

时间倏然就快到六点了，那个开着五吨卡车的男人突然闯进了酒吧。这回他穿着军大衣，后面跟着一名警察。他四处寻找着，每个人都抬头看着他，只有比阿特丽斯依然不停地在扭着屁股。起初，他没有认出，那个在自动唱机旁庆祝短暂的荣耀时刻的女孩，就是比阿特丽斯。他终于认出了她，立刻狂喜似的叫喊道："就是那个女的！小偷！小偷！"

人们又纷纷退回到座位上。警察上前铐住了她，她没有反抗。在门口，她扭过头来啐了一口，就走出去了，后面跟着警察。

有人取笑说，这是一次没有暴力的甜蜜的抢劫，一席话打破了僵持的沉默，顿时酒吧里又响起热闹的欢笑声。人们对她议论纷纷。有人猜她说不定挨过打。有人用轻蔑的口气说着"这些酒吧女"。还有些人谈论起不断攀升的犯罪率，难以置信地直摇头，显得忧心忡忡。难道针对这些盗窃罪，就不能也实施绞刑加以整治吗？谁都说不清楚为什么，那位五吨卡车的车主就成了英雄。人们围着他问这问那，要他说说整件事情的经过，有人还给他买了酒。更难得的是，他们还安静专心地听，而且时不时报以欣赏的笑声。这次失窃擒贼的故事，暂时地将他们连成一家人。而那位车主，第一次被大家所接受，饶有兴致地将故事娓娓道来。

吧台里面，尼娅古蒂却在哭泣。

北部非洲

古巴什家的意外

[埃及] 阿利法·里法特

阿利法·里法特
Alifa Rifaat, 1930—1996

埃及作家。出版过多部阿拉伯语短篇小说集,《眺望尖塔》(*Distant View of a Minaret*, 1983)由丹尼斯·约翰逊-戴维斯译成英文出版。

房顶上传来那只红色小公鸡的尖声啼鸣，泽娜特就睡在房顶阁楼上，公鸡的叫声把她吵醒了。古巴什家坐落在村外，门前一片农田，农田的尽头是河和铁轨。

红色小公鸡的啼叫声，是在应和周围邻居房顶上的鸡叫。随后鸡叫声停下来，又响起宣礼员的声音："祷告胜于睡觉。"这声音是从桑树丛中高耸着的寺院尖塔上传来的。

孩子们在泽娜特身边睡成一排，她伸过手去，抓起破布织成的基里姆地毯的一端，盖在他们身上，然后她摇摇大女儿的肩膀。

"天亮了，感谢真主又恩赐我们一个早晨。快起来，尼玛——今天是赶集日。"

尼玛翻过身来仰躺着，伸了个懒腰。仿佛突然一阵风吹来，泽娜特心底一惊，低头望着她面前尼玛伸展着的身体。尼玛坐了起来，拉过长袍盖住大腿，揉着她昏沉的睡眼。她长着圆脸蛋，颧骨突出。

“你能把那些玉米背到集市上吗，女儿，是不是太重了，你背不动？”

“当然行，妈妈。再说了，我不去，谁去啊？”

泽娜特站起身来，懒洋洋地走到院子里，做斋戒沐浴。做完晨祷后，她依然坐着，掐指默念，颂扬安拉。她觉察到尼玛就站她身后，便转过身说：

“你在那儿站着干啥？怎么不去把茶泡好？”

泽娜特朝着角落走去，那里放着古巴什已经装好袋的几麻袋玉米，这是他为他们储存的粮食。那天他从办公室拿回一张机票——他被调到利比亚工作，一年后才能回来。

“愿真主保佑你，在外头平平安安，古巴什。”她低声祷告道。

她蹲在一袋玉米前，把量筒放在大腿之间，用双手捧起玉米粒装满量筒，再把它倒进篮子里。灰尘扬到她脸上，呛得她咳嗽起来，她用手扬了扬，又接着干活。

女孩走到大土罐前，挪开木盖子，舀了一杯水，洒在脸上。她用水打湿指尖，解开辫子，再拿手帕系在头上。做好这些，她转身对着母亲，问道：

“还不够吗，妈妈？我们要那些钱干什么？”

泽娜特双手拍了拍膝盖，抬起头，愠怒地说：

“我们不是还得给哈姆丹付工钱吗？难道他辛辛苦苦为我们种豆子，不图回报，就图个乐吗？”

尼玛转过身去，从窗台上拿来火炉，把烘干的玉米棒堆成金字塔形，点着火。再把火炉放在母亲旁边，取来土罐里的水装满茶壶，架到炉火上。她蹲了下来，两人默默地坐着。突然泽娜特说：

“水牛什么时候怀了崽子？”

“爸爸走后。”

“这么说是在宰牲节后了，女儿？”

尼玛点头承认，又低头开始在地上画起线条。

“趁着烧茶水这会儿，你去看看鸡都下了几个蛋了。”

泽娜特眼巴巴望着炉火的红光。她盯着跳动的火苗，内心宁静。古巴什走了，把所有的担子都压在她肩上：孩子们、两基拉特[1]的土地和一头水牛。“照顾好尼玛，”他走的前一天晚上对她说，“这孩子已经长大了。”他接着摊开手心说：“主啊，为了先知穆罕默德的荣誉，请让我给她带回一件纯丝的婚礼服吧。”她对他说：“愿你的祷告，能从你的嘴里直达天堂之门，古巴什。”他要等到明年的宰牲节才能回来。他回来发现事情的真相怎么办？她双手捂着头，身体向前倾着，吹开火堆里的灰烬。“如今的女孩真奇怪啊！”她想着，“那古灵精怪的小东西每个月来例假的那几天都把毛巾挂外面，跟没事似的。如今已经四个月了，也没见着什么异常。”

尼玛回来了，她解开包着鸡蛋的布，拿两个放进火里，其他几个放在盘子里，又拿来两个杯子和装糖的罐，挨着沉默不语的母亲坐下。

“你没想过怎么办吗？”

尼玛耸耸肩，表示无能为力。

“你爸爸才走四个月，不是还有时间吗？”

“有什么用？除非真主想让你免受我的拖累。如果我在水渠边

1　基拉特：埃及、苏丹及叙利亚等地面积计量单位，1 基拉特约合 175 平方米。

往水罐装水的时候，脚底一打滑，这不是最好吗，妈妈，我们就不用再操心这事儿了。”

泽娜特捶着自己的胸脯，把女儿揽入怀中。

“别说这么不吉利的话。别听恶魔的教唆。冷静点，在你爸爸回来之前，我们一起想办法。”

泽娜特倒了茶，没再作声，迅速呷了几口，然后把杯子放在跟前，剥了个蛋，咬了一口。尼玛坐在那里看着她，手指握住热杯子。外面的声音越发清晰了，女人们纷纷说着要到集市上买些什么，下地干活的男人们在路上相互打着招呼。哈姆丹的笑声夹杂在这些声音里，清晰可辨，他正赶着那头水牛，到房子周围的两基拉特地里干活。

“他的为人安拉清楚。”泽娜特喃喃地说，“他善良，也没有什么烦心事。”

尼玛站起来，开始卷绕头巾的边角，盘在头上做成垫子。泽娜特转过身，看见她正张罗着赶集去。她抓住她的袍子，把她拉过来，女儿又坐了下来。就在这时，她们听到敲门声，随即是邻居乌姆·阿尔海尔的声音：

“祝您健康，泽娜特阿姨！尼玛这回不跟我去赶集了吗？她还没起来吗？”

“妹妹，她正准备动身去亲戚家待一段时日呢。”

“愿安拉保佑她平安归来。”

尼玛不解地看着母亲，泽娜特则伸出一根手指，放在嘴边。等乌姆·阿尔海尔的脚步声远了，尼玛小声问道：

“你要干什么啊，妈妈？你说的是哪门子亲戚？”

泽娜特站起来，在她的衣箱里翻翻拣拣，拿出一个包着钱的手帕和一些旧衣服。她把手帕塞到尼玛的手里，拢起女儿的手指，好握紧它。

“拿着——这是我一辈子的积蓄。”

尼玛一言不发，她母亲又接着说：

“收拾你的衣服，直接到火车站买张票去开罗。开罗是个大地方，女儿，你可以在那里避一避，想办法生活。等安拉把你平安带到那一刻，你再趁着深夜偷偷带他回来，不要让人看见，也不要让人听见。”

泽娜特掀起自己袍子的一角，用牙齿咬住，再捡起旧衣服，一件件绕到肚子上，然后放下袍子。尼玛看着她，一脸愕然：

“那我们怎么跟爸爸说？”

“现在还不是说的时候。你帮我放好篮子再去车站，我去赶集，大家就看见我的这副模样了。那时你爸爸回来了，看见自己又多了个合法的儿子，这总比他发现自己有了个非法的孙子要强吧？”

一把椰枣

[苏丹] 塔伊布·萨利赫

塔伊布·萨利赫
Tayeb Salih, 1929—2009

生于苏丹北部省，在农村长大。曾在BBC的阿拉伯语部担任戏剧节目负责人，并曾在巴黎就职于联合国教科文组织。用阿拉伯语创作的一部中篇和数篇短篇小说已译成英文出版，书名为《泽伊恩的婚礼》（*The Wedding of Zein*，1968）。其他作品还有《迁往北方之季》（*Season of Migration to the North*，1980）等。

我当时一定还很小，小得我都记不清自己确切的年龄。我只记得，每次人们看到我跟爷爷在一起，他们总要拍拍我的脑袋，捏捏我的脸蛋——他们对爷爷从不这么做。说来蹊跷，我从没跟我爸爸一起出去，反倒爷爷去哪儿都要带上我——早晨除外，因为我得去清真寺学习《古兰经》。那座清真寺，那条河，那片田野——这些就是我们生命中的地标。多数跟我同龄的孩子，说到非要去清真寺学《古兰经》，心里就老不情愿，而我却一度乐在其中。原因自然是我的记性好，背东西快。只要有人来参观，谢赫总是叫我起立，背诵《至仁主》给他们听。跟人们看到我和爷爷在一起一样，他们也会拍拍我的脑袋，捏捏我的脸蛋。

没错，我爱过那座清真寺，我爱过那条河。我们早上读完《古兰经》，我就会马上放下我的木滑板，快得像精灵般，嗖地奔回妈妈那里，迅速吞下早餐，飞奔到河边，跳入水里泅潜。游累了，我就会坐在岸上，巴巴望着河水蜿蜒东流，直到躲进一片茂密的阿拉伯胶树林背后。我喜欢天马行空地遐想，想象有个巨人部落住在树林背后，那里的人又高又瘦，白胡须，尖鼻子，就像爷爷那样。爷爷回答我的一连串问题之前，总要用食指先蹭一蹭鼻尖。说到他的胡须，真是既柔软又浓密，还跟棉絮一样白——我还从未见过比这更纯白无瑕更有美感的东西呢！爷爷也一定长得相当高，因为在我们那个地方，我还没见过谁跟他说话可以不抬头的，我也没见过他哪次进门不是把身子俯得低低的，这总让我想起河水蜿蜒躲到阿拉伯胶树林背后的样子。我爱他，常常幻想等自己长大了，也像他那样既高又瘦，走起路来大步流星。

我相信我是他最喜爱的孙子：也难怪，我的那些堂兄弟姐妹们，都是些笨蛋，而我——用他们的话说——是个聪慧的孩子。我知道什么时候爷爷要我笑，什么时候要我安静，我还记得他的祷告时间，时间一到，无须他吩咐，我便会给他拿来祷告毯，给水壶灌满水等着他洗礼用。他没事的时候，喜欢听我用抑扬顿挫的声音给他背诵《古兰经》里的段落，从他的脸上，我能看出他被打动了。

有一天，我问他关于邻居马苏德的事。我对爷爷说："我猜，您不会喜欢咱们的邻居马苏德吧？"

他蹭了蹭鼻尖，回答说："他懒惰，我不喜欢这种人。"

我说："什么叫懒惰的人？"

爷爷低下头，过了一会儿，他朝着大片的田野望去，说："你看到它从沙漠边缘一直延伸到尼罗河畔了吗？有一百费丹[1]。你看到

1　费丹：埃及、苏丹及叙利亚等地的面积计量单位，1 费丹约合 4 200 平方米。

那些枣椰树了吗？还有那些——桑特树、胶树、萨亚尔树。这些都是马苏德从他父亲手中继承的财产。”

趁着爷爷停顿的间隙，我把目光从他脸上转向他所描述的那片广阔的土地。“我并不在乎，”我心里暗念着，“谁拥有那些枣椰树，那些树，或者这干裂的黑土地——我只知道那是我梦想的舞台和我的游乐场。”

爷爷又接着说：“没错，孩子，四十年前，这些都是马苏德的，但现在其中的三分之二都是我的了。”

这对我来说真是新闻，我原以为自从真主造物以来，那片土地就是爷爷的了。

“我刚来这村子落脚的时候，一费丹地也没有。当时这些财产都是马苏德一个人的。不过，现在他的地位已经变了，我想，在安拉召唤我之前，我会把剩下的三分之一一并买下来。”

不知道为什么爷爷的话让我忐忑不安——甚至可怜起邻居马苏德来。我多希望爷爷不会照着他说的去做！我记得马苏德的歌声，他嗓音甜美，笑声也如汩汩的流水一样响亮。而爷爷从来不笑。

我问爷爷，马苏德为什么卖掉他的土地。

“女人。”爷爷说出这个词的口气，让我感到“女人”是可怕的东西，“我的孩子，马苏德是个结过多次婚的人。他每结一次婚，就要卖给我一两费丹地。”我很快算出，马苏德约莫与九十个女人结过婚。我想起了他的三个妻子，他那潦倒的模样，那头跛脚的驴和驴身上破烂的鞍，还有他那件磨破袖子的长袍。我脑子里尽是这些想法缠扰着，还没回过神来，就看到那人正朝我们走来。爷爷和我对视了一眼。

“我们打算今天采收椰枣。”马苏德说，“你们不想去看看吗？”

可是我觉得，他并非真想让爷爷在场。不过，爷爷一跃而起，我看到一道虽短暂却强烈的光，从他眼中一闪而过。他拉着我的手，我们一起向马苏德椰枣的采收现场走去。

有人给爷爷搬来一张牛皮凳，我则依然站着。那里有一大帮人，虽然我都认识，可是出于某种原因，我只盯着马苏德看：他没有站在聚集的人群中，一个人站着，表情冷漠又超脱，仿佛这一切与己无关，尽管这些即将被采收的椰枣是他自己的。有时候，听到一大串椰枣从高处猛砸下来的声音，他的注意力就会被吸引过去。有一次，看到一个男孩正趴在枣椰树顶上，用他锋利的长镰刀砍着一串椰枣，他就抬头朝他喝道：“小心点，别把枣椰树的心给砍掉了。”

没人理会他说了什么，坐在枣椰树顶上的男孩，继续迅速有力地挥着镰刀切去叶柄，直到整串椰枣开始往下掉，像是自天堂落入凡间。

可是，我却开始琢磨马苏德说的“枣椰树的心”。我把枣椰树想象成有感觉、有颗跳动的心脏的东西。我记得，有一次马苏德看到我拽着一棵枣椰树的枝条玩，便对我说：“孩子啊，枣椰树跟人一样，也能感觉到苦与乐的。”这让我心里涌起莫名的尴尬。

我再次朝着眼前广袤的土地眺望，只见我的年轻伙伴们像蚁群一样簇拥在枣椰树下，摘下椰枣，吃得所剩无几。采下的椰枣一堆堆地高高垒起。一群人来了，把椰枣盛进量筒，倒进麻袋，我数了数，足足装了三十麻袋。那群人过后便散了，只剩下商人侯赛因，穆萨——他的地在东边，和我们的毗邻，还有两个我素未谋面的人。

我听到一声低沉的口哨声，看到爷爷已经睡着了。我注意到马苏德还没有变换姿势，只是嘴里放着根梗，拼命地嚼起来，像是食物过剩的人，含着满嘴的东西不知所措。

爷爷蓦地醒了，他一跃身，朝着那些装满椰枣的麻袋走去。跟在他后面的是商人侯赛因、穆萨和那两个陌生人。我瞅着马苏德，他朝我们走过来，步伐非常慢，仿佛心里想着往后退，双脚却在执意地向前迈动的人。他们围着那一袋袋椰枣站成一圈，开始打量它们，有人捡起一两颗椰枣吃了起来。爷爷抓了一大把给我，我开始嚼起来。我看到马苏德双手捧起椰枣，凑到鼻子前嗅嗅，又把它们放回去。

然后我看着他们瓜分了那些椰枣。商人侯赛因拿走十袋，两个陌生人各拿五袋，穆萨和爷爷也各拿五袋。我一脸茫然地看着马苏德，他的两个眼珠子一会儿朝左转，一会儿朝右转，像两只迷路回不了家的老鼠。

“你还欠我五十磅椰枣。”爷爷对马苏德说，“这事我们过后再谈。”

侯赛因招呼帮手过来，他们牵来几头驴。两个陌生人拉来骆驼，把装着椰枣的麻袋放到它们背上。这时传来一声驴叫，引得骆驼嘴角直泛泡沫，也跟着叫起来。我感到自己正一点点靠近马苏德，朝他伸出手去，像是想拉他的衣角。我听见他嗓子眼咕嘟一声，仿佛羔羊被屠宰时的粗粝嘶鸣。不知为何，我感到胸口一阵剧烈的疼痛。

我跑得远远的。听到爷爷在叫我，我迟疑片刻，又继续往前跑。那一刻，我感到他真可恨。我加快了脚步，仿佛想甩掉心里背负着的一个秘密。我来到胶树林背后河岸的拐弯处，没来由地，我往喉咙里伸进一根手指，把先前吃下的椰枣统统吐了出来。

三楼的谈话声

[埃及] 穆罕默德·比萨蒂

穆罕默德·比萨蒂
Mohamed El-Bisatie, 1938—2012

出生于埃及代盖赫利耶省。曾任职于埃及政府。著有短篇小说集《最后一杯茶及其他小说》(*A Last Glass of Tea and Other Stories*, 1994)、长篇小说《树后的房子》(*Houses Behind the Trees*, 1997)等。

这是她第二次来这个地方。那位警官骑在马上低着头瞪着她。

已是午后时分。那道黄色的围墙沿着道路往前伸，墙内是一栋三层楼高方形的大建筑。房子上造型统一的小窗户，看起来更像是一个个暗孔。女人站在离马几步远的地方。警官朝身后的窗户看了一眼，又转过头看看这女人，然后双手搭在马鞍的鞍桥上，闭上眼睛。过了片刻，那匹马开始沿着路往前走，走到半道停了下来。又过了一会儿，马转了个身，又回到路的尽头停住。

女人往前走了两步。马抬起一条前腿，又轻轻地放下来。

“长官，求您了，就让我跟他说两句话吧。”

他依然闭着眼睛，双手搭在鞍桥上，一动不动。一道带刺铁丝网在围墙上方伸展开，网的尽头是一座木哨塔，塔里站着一位荷枪实弹的士兵。

女人又向前走一步。

“您瞧，他都要被转移了……”

太阳已经偏离穹顶。尽管如此，天气依然炎热。一道窄窄的影子伏在墙脚下。

女人把孩子驮到肩上。

她又朝警官的脸看了一眼，发现他额头上沁出几条细细的汗迹。

她一声不响地从马跟前走开，挨着墙一直走。走到一半左右，她在房子对面的一堆石头上坐下。

窗棂外，可看见囚犯们洗好衣物，要么挂在手臂上，要么挂在腿上晾晒着，微风不时吹过，可那些衣物和人却纹丝不动。

女人喃喃自语道："衣服肯定都还是湿的。"

她把孩子抱到膝盖上。有那么一小会儿，她目不转睛地盯着一件随风轻摆的长袍。接着她伸出一条腿，呆呆地看着脚趾和粘在上面的干泥巴。她搓了搓双脚，又呆呆地看着脚趾。

随后，她端正头，眯着眼朝房子的三楼窗户瞧去。

站在哨塔里的士兵往前迈了一步，把头靠在塔墙的一角。

他的视线从天空移到屋顶、街道，最后落在那匹白马的头上。

突然间，一声叫喊打破了寂静。那女人赶紧把腿缩了回来。她看见一只裸露的手臂在三楼一扇窗户的铁棂间挥舞着。

"阿齐扎！阿齐扎！我是阿舒尔啊！"

她往围墙走近了一步，呆呆地望着那扇窗户。

"我是阿舒尔啊，阿齐扎。阿舒尔。"

只见他把另一只手臂从窗户伸出来，她的两只眼睛在那挥动的两只手臂间搜寻着，终于看见了一张贴在两根窗棂间的脸。其他人的脸也纷纷出现在他的上方和左右两边。

"阿齐扎，我被转移走了。你收到我的信了吗？再过四天，我就要被转移走了。那两株枣椰树，你修剪了吗？哈米德和萨尼亚呢？你怎么不把他们带来？我就要被转移走了。哈米德在哪儿？”

他猝然回过头去，喊道：

“住手，你们这些混蛋！”

她听到了他的叫嚷声，看到那些脸纷纷从窗口消失了。过了一会儿，他的脸又透过窗棂间缝隙往外看，然后其他的脸又纷纷出现在他脸的上面朝外看。

“阿齐扎！”

她看看骑在马上的警官，再看看哨塔里的士兵。

“你手上抱着谁？是沙基尔吗？阿齐扎！”她摇了两下头。

“把他举起来，把他举高点儿。”

她双手抱起孩子，把他举过头顶。

她看到他的双臂突然缩回去了，手还紧握着铁棂，随后他的脸从视线里消失了。她在俯视的人脸中找了他一会儿，过后，她把手臂放低了一点，听见从窗户那边传来阵阵狂笑声。她又看见他往外伸出手臂，他的脸也清晰地出现在中间。

“举起来，阿齐扎。举起来。让他的脸对着阳光，好让我看清楚。”

她放下手臂，歇了一会儿，又把他举起来，让他的脸对着阳光。小孩闭上眼睛，开始大哭起来。

“他哭了。”

他转过头去，哈哈大笑。

“那小子哭了！那个小不点！阿齐扎，我的女人，让他继续哭！”

他将手握成杯状，罩在嘴上大叫道：“让他哭！”

他又大笑起来。周围的几个人也跟着起哄。她听得见他们说的话和叫嚷声。随后她看到他把大鼻子伸出窗棂。

“女人！别犯傻，够了！遮住那孩子，他会晒伤的！”

她把孩子搂回怀中，看见那名士兵退回哨塔内。

“那两株枣椰树你修剪了吗？”

她摇了摇头。

“怎么不修剪？你为什么不说话？我就要被转移走了。路过阿布·伊斯梅尔家时，你代我祝福他，他会乐意帮忙修剪那两棵树的，你就可以带些椰枣来了。你带烟来了吗？”

她用手示意了一下。

“说话呀。你说什么？”

“你有烟了。”

“大声点，女人。”

“你有烟了。我托人转交给你了。”

“什么时候？”

“就刚才。”

“就刚才？等等，你站着——别动。”

他突然消失了。窗口还有两张脸。一个人伸出手臂，用手在空中做了个下流的动作。她低下头，走回到石堆旁。

“阿齐扎！”

虽然她没认出这个声音，但还是抬头朝窗户看去。只见那男人一脸微笑，手臂还在比画着。另一个男人跪着，他已经把长袍拉到大腿上面，她听到他大声说：

“阿齐扎，看！”

她微微一笑。警官仍然坐在马背上，像是睡着了。从哨塔的侧窗，她看见了士兵的半个头。他已经摘下头盔了。

她听见好几个声音在叫她。她留心听着，眼睛却呆呆地盯着士兵的头，看着他在窗户边走动。他们重复着她的名字，还有人插了几句粗话。士兵戴上头盔，但没有走出哨塔。

那些声音骤然都停了下来。片刻过后，她耳边传来丈夫气喘吁吁的声音：

“阿齐扎？我说五包——我没跟你说要带五包的吗？”她默默地抬头望着他。

“女人，三包能顶什么用？”她用手向他比画了一下。

“你说什么？”

“是五包——我给了五包的。”

“五包？”他怒叱道，“这群混蛋！”

蓦地他消失了，然后又探出身来喊道：

“等等！别走开！”

她把脸转向哨塔的那扇窗户。他走开了一会儿，又回来了。

“没事，阿齐扎。别在意。五包——没错，本来是五包的。别在意，被拿走了两包，没关系。听着——我想说什么呢？”一阵哑然。她看见他默默地从窗户向外凝望。她抖了抖黑色长袍，朝着围墙往前走。他笑了。

“阿齐扎，我正想着跟你说点啥。”

又是一阵哑然。她转过头去，半边脸对着太阳。她把头巾稍稍往上提了提。

“他们拿走了两包烟。别在意，阿齐扎。别在意。”

他笑着，声音平静多了。他头上的那些脸都消失了，只剩一张脸还在他旁边。

“你砌好墙了吗？”

“还没呢。”

“怎么还没好？”

“等艾哈迈德叔叔生炉子的时候，我会去找他要几块砖头。”

“好吧。在电车上当心点。看着点这孩子。”

她站着不动。

“还想要什么东西吗？”

“不是。”

她望着他的脸，他的大鼻子，他赤裸的手臂。她莞尔一笑，他旁边的那张脸也冲她微笑着。

突然他喊了一句：“你收到信了吗？我要被转移走了。”

“转到哪儿去？”

“不知道。”

“什么时候？”

“你瞧，他们要拆掉这座监狱了。”

“你要去哪儿？”

“天知道——随便什么地方。谁也说不准。”

“什么时候？”

“再过两三天。别再来了。我走的时候，会告诉你的。孩子睡着了吗？”

“没，他还醒着。”

他默默地往身后盯了片刻。

“阿齐扎！”

又是一阵哑然。他旁边的那张脸微微一笑，然后慢慢往里退，消失了。她的丈夫双臂绕住窗棂，依旧无言。

突然他朝身后瞥了一眼，匆匆缩回手臂。他示意她离开，随即从窗口消失了。

她往后退了几步，不过还是保持站立仰望着窗户。

过了一会儿，她在石堆上坐下，伸出腿。掏出乳头，给孩子喂奶。

影子已经蔓延过半条街。她看见影子已快触到她的脚了。她把脚往里缩了缩。周围很安静，挂在外面晾晒的衣服在微风中轻轻摆动。

等她再看那只脚，影子已经盖过她的脚趾了。她站起身来。

士兵还在哨塔里；木质站台上的一角露出他一只靴子的鞋尖。她快走到马跟前时，又朝身后瞥了一眼，可是那扇窗里不再有人。

她默默看着那位警官：他双目紧闭，双手搭在鞍桥上。那匹马站着，纹丝不动。

穿过狭窄的通道，她朝着大街走去。

南部非洲

爸爸、蛇和我

[莫桑比克] L. B. 翁瓦纳

L. B. Honwana, 1943—
L. B. 翁瓦纳

在莫桑比克莫安波长大，17 岁开始发表短篇小说。莫桑比克解放战争期间，曾被指控为政治犯并服刑。国家独立后，在新政府部门任职。后曾任职于联合国教科文组织。短篇小说集《我们杀死癞皮狗与其他小说》（*We Killed Mangy Dog and Other Stories*，1969）译自葡萄牙语，于 1969 年出版。

爸爸刚离开餐桌到客厅看报纸，我也跟着站起来。我知道妈妈和其他人还要再待一会儿，不过我一点也不喜欢跟他们待着。

我刚站起来，妈妈就看着我说："到这儿来，让我看看你的眼睛。"

我慢慢地朝她走过去，因为每次被她叫住，我们都不知道她是不是怒了。她用左手的食指挑起我的眼睑，仔细地查看了一番之后，低下头看着盘子，我站着等她打发我走或者说些什么。她嚼烂食物，吞咽下去，用手指挑起骨头，闭上一只眼睛，窥视着骨头上的洞。接着她突然转向我，脸上一副困惑的神情。

"你眼睛里有血丝，你很虚弱，也没有胃口。"

她说话的口气让我觉得有必要说明这事错不在我，或者我并非故意为之。其他人投来好奇的目光，想知道接下来会发生什么事。

妈妈再次低头窥视那根骨头的中部，然后紧闭双眼，开始吮吸它，只停下来片刻说："明天你得吃一片泻药。"

话音刚落，其他人便又开始迅速嗞啦咕噜地吃起来。妈妈似乎没什么要说的了，我便走到外面的庭院。

到处都很热，路上看不到一个人。后墙外，三头公牛盯着我。它们准是从行政部门旁边的水槽饮水回来，便待在这背阴处休息。远方，从公牛角上方望去，一簇簇灰色的落满尘土的荆棘丛如火焰般摇曳。远处的一切都在颤动，甚至可以看到一股股热浪从路面的石头上蒸腾而起。萨尔蒂娜坐在屋荫下的干草垫子上吃午餐。她细嚼慢咽，左顾右盼，并时常不经意地扬起手，赶走凑近她企图偷食的鸡群。即使如此，偶尔也有一两只胆大的，跳到盘子跟前，叼走一块玉米面，结果其他鸡便追着跑。经它们一番激烈争抢后，玉米面碎得七零八落，最终连最小的雏鸡也有碎渣可啄。

看我朝她走近，萨尔蒂娜急忙拉下卡普拉纳裙盖住双腿，不仅如此，她还撑开手掌挡在膝盖前，以为我必是要偷窥她什么的。等我视线移到别处，她的手仍放着不动。

多多耷拉着舌头，慢悠悠地走到萨尔蒂娜坐的地方。它远远地嗅了嗅盘子，便转身离开，走到墙荫下，给自己找个柔软的位置趴下。找好了位置之后，它便蜷成一团，鼻子和尾巴几乎碰在一起，等整个肚子趴伏在地面，它才安静下来。它打了个长长的哈欠，把脑袋埋在前爪间，又略微蠕动了一下，调整到最舒适的姿势，接着用前爪捂住耳朵。

吃完饭后，萨尔蒂娜一直盯着我，确认我没在看她时，才把挡在双膝前的手移开，然后一蹦而起。她用过的盘子干净得闪闪发光，可她最后瞪了我一眼，目光尽是疑惑，然后还是把盘子拿到了水槽里去。她慵懒地走着，扭着腰，双臀在卡普拉纳裙底下摇摆起伏。到了水槽，她身子前倾，不过这个姿势让她腿的背面全露出来了。为了不让我看见，她挪到了水槽的另一边去。

妈妈来到了厨房门口，手上还拿着那根骨头。她环顾四周，看看是否都收拾妥当了，然后叫萨尔蒂娜去收拾餐桌。“别忘了给多多吃的。”她用龙加语嘱咐道。

萨尔蒂娜边在卡普拉纳裙上擦干手，边走进厨房，端出一大摞盘子来。她再次出来时，手里拿着桌布，在台阶上抖了抖。鸡群随即过来争抢食物残渣，相互对啄鸣叫着。而她则把桌布对折，对折，再对折，又走进厨房。第三次出来时，她端着盛放着多多食物的铝盘，放在水表的水泥盖上。多多吃饭从不需人叫，盘子还没放下，就已经扑上来了。它用鼻子挖进米饭坨，寻找零星的肉末，一有发现就贪婪地吞下。肉都吃光后，它就把骨头蹭到一边，吃些米饭。鸡群已经把它团团围住，但不敢靠得更近，因为多多吃饭时的脾气，它们十分清楚。

咽下几口饭后，多多假装不想再吃了，便走去坐在甘蔗树荫下，等着看鸡群的举动。鸡群畏畏缩缩地朝它的食物靠近，提心吊胆地冒险啄了一两口。多多在一旁看着，一动不动。看多多没有动静，鸡群倍受鼓舞，争先恐后地向米饭围了过去，现场乱作一团。就在这时，多多猛扑向鸡群，爪子向四面八方乱抓一通，并如怒狮般咆哮。鸡群逃向各个角落，消失得无影无踪。这时，多多又回到甘蔗树荫下，等它们再聚拢过来。

出去干活前，爸爸跟着妈妈去看鸡舍。他们一同来到厨房门口，妈妈已系上了围裙，爸爸嘴里叼着根牙签，腋下夹着他的报纸。他们从我身边经过的时候，我听到爸爸说：“不可能，不可能，这事太蹊跷了。”

我跟在他们后面，进了鸡舍后，妈妈转身对着我，好像有话要说，但随后又改变主意，朝着铁丝网走去。鸡舍后面堆积着各种杂物：在农场上建风车时剩下的管道，爸爸之前打算在屋外再建水泥房时买来的砖头，箱子，木板，还有其他乱七八糟的东西。母鸡有时候会窜到这些东西里面去下蛋，让妈妈也够不着。鸡舍的一头躺着一只死鸡，妈妈指着它说：“就是这只，我不知道这一天之内，又死了多少只。小鸡不见了，蛋也不见了。我特意留下这只让你瞧瞧。这事我都不想再跟你多说了，可你却没当回事。”

“行了行了，你要我怎么办？”

“听着，母鸡突然死了，小鸡不见了。夜里没人来鸡舍，我们也没听到过奇怪的响动。你该查查是什么东西杀了这些鸡。”

“你觉得是什么？”

“母鸡被咬，小鸡被吃。肯定是你能想到的那东西干的——如果你还能动脑子的话。”

“好吧，明天我就把那条蛇给宰了。明天是周日，容易叫到人来帮忙，就明天。”

爸爸已经开始走出鸡舍，妈妈还在说——这次改用葡萄牙语：“就明天，但可别出岔子，我可不想让我的孩子被蛇咬了。”

爸爸已经转过屋角不见了，他干活去了。这时妈妈转过身来对我说：“以前没有教过你吗？爸爸妈妈说话的时候，你不该在旁边听着！我的孩子通常可不是这么没礼貌的。你到底像谁啊？”

萨尔蒂娜此时正靠着铁丝网听我们说话，妈妈就冲着她发火了。“你在这儿想干什么？谁叫你过来的？我跟我儿子说话，关你什么事？”

萨尔蒂娜没有完全听明白，因为她不大懂葡萄牙语。不过她还是从铁丝网旁边走开，又回到水槽边，看起来十分窘迫。妈妈接着对我说：“如果你觉得你可以糊弄我，自己拿着枪去打猎，那你就大错特错了。如果你真这么干，那就求老天爷保佑吧！我非打烂你屁股不可！如果你以为还能待在鸡舍的话，那你也错了。你要是干出什么蠢事，我可没那好性子饶了你。听到没有？”

妈妈准是气坏了，一整天我都没听到过她的笑声，她平常可不这样。教训完我一通，她走出鸡舍，我跟着出来。路过萨尔蒂娜身边时，妈妈用龙加语责问她：“穿着卡普拉纳，里面真就这么热吗？谁让你到这儿来露着腿给所有人看的？”

萨尔蒂娜没吱声，绕到水槽的另一边，弯下身继续洗盘子。

妈妈走开了，我则回到原先的地方坐下。萨尔蒂娜看到我，就气势汹汹地冲我发火，恶狠狠地瞪我一眼，接着又绕到水槽的另一边去了。她开始唱一首节奏单调的歌——有时候，她生起气来，整个下午就反反复复地唱她那几首歌，这是其中一首。

多多和鸡群耍腻了，也已经把米饭吃完了。此时，它又用爪子捂住耳朵睡着了。它不时在尘土里翻来滚去，然后弯起四肢，仰面朝天躺着。

天气闷热难耐。我不知道是该去打猎——往常周六我常去——还是到鸡舍里找那条蛇。

马杜纳纳背着捆柴火走进院子，走到萨尔蒂娜洗盘子的那个角落堆好。一见他来，她便停下不唱了，并勉力挤出一副不尴不尬的笑容。

马杜纳纳看了看周围，然后捏了一下萨尔蒂娜的屁股，她难为情地傻笑一声，往他肩上拍了个响亮的巴掌。两个人开心地笑着，但并没有对视。

就在这时，南迪托、乔奥津霍、内利塔和吉塔追着个球跑了出来，绕着院子踢来踢去，不胜欢快。

妈妈走到厨房门口，整装待发。她刚一出现，马杜纳纳急忙俯下身子，假装在地上找东西，萨尔蒂娜则把身子俯向水槽。

“萨尔蒂娜，等你洗完那些盘子，看能不能都完好无损。利索点。还有你，马杜纳纳，离萨尔蒂娜远点，操心自己的事儿去。在这儿别给我胡闹，你要是死性不改，我就告诉你老板去。”

“还有你，金霍，（**现在她用葡萄牙语说**）看好家，记住你可不再是个孩子了。不能动手打人，别让孩子们跑到院子外边去。蒂娜和洛洛塔在收拾屋子呢——别让她们捣鬼。”

“萨尔蒂娜，（**接着用龙加语**）你洗好盘子，烧壶水给孩子们泡茶喝，再让马杜纳纳去买些面包。别让孩子们把整包黄油都吃光了。”

“金霍，（**接着用葡萄牙语**）里里外外都看着点——我到露西娅姨妈家说个事儿，去去就来。”

妈妈扯了扯衣服，扫了一眼周围，看到一切正常后，便离开了。

塞尼奥·卡斯特罗的狗——天狼——在街上看着多多。多多看见天狼后，便向它跑过去，对吠起来。

村里的狗都怕多多，它发起脾气来，就连最大的那只狗也溜之大吉。多多体形不大，但生气起来，就像猫一样，身上长长的白毛会一根根竖起来——其他狗准是被这给吓到了。

多多通常不跟别的狗来往，宁可自己跟鸡群玩耍——即使是母狗，它的忍受也是分时候的。对于我来说，它是只“纯种”狗，或者至少“纯种”才能概括它身上的品质。它很能摆谱，唯一害怕的人就是妈妈，虽然她从没有打过它。就连想把它从椅子上挪走，我们也得叫妈妈来，因为它即使对爸爸也会龇牙咧嘴狂吠不止。

两只狗面面相觑，天狼满心惶恐，开始往后退了。这时里斯医生的狗——亲吻——刚好经过，多多便照样冲它叫。亲吻拔腿就跑，天狼追了过去，咬住它的后腿，直到它疼得嗷嗷叫才放了它。天狼回到多多这边后，它们立即成了朋友，开始一起玩。

南迪托过来坐在我身边，不等我问，就对我说，他踢球踢累了。

“那你干吗来这儿？”

“你不想让我来？”

“我可没说。”

“那我就待着。”

“想待就待着吧。”

我站起来，他也跟着我。“你要去哪儿？你要去打猎吗？”

“不。”

“哦，要不然呢？”

“别烦我，我不喜欢和小孩子说话。”

“你也还是个小孩子，妈妈还打你呢。”

“你再说一遍，我就打扁你的脸。”

“好吧，我再也不说了。”

我走进鸡舍，他跟在我后面。那些管子被晒得发烫，我得垫块布才能把它们搬开。扬起的灰尘浓得让人窒息。

“你在找什么？要我帮忙吗？”

我开始把砖头一块块搬走，南迪托也照着做。“走开！”

他走到鸡舍的另一头，哭了起来。

我搬开最后一块砖后，就看见那条蛇了。是条曼巴蛇，颜色很暗。意识到自己暴露后，它就蜷紧身子，抬起三角形的蛇头。它的眼睛发出警觉的光，分叉的黑舌头颤动着，像是在恐吓。

我往后退，直到后背顶到栅栏，接着就坐在地上。“别哭，南迪托。”

“你真可恶。你不想跟我玩。”

我们俩安静地坐着。蛇把小脑袋缓缓地缩回到蜷成一团的身体顶端，身体其余的部分也停止了抖动。不过它依然警觉地盯着我。

“南迪托，说说话，跟我聊一聊。”

“你想让我说什么？”

“随你的便。”

“我什么都不想说。”

南迪托还在揉着眼睛，生我的气。

“你见过蛇吗？你喜欢蛇吗？你怕它们吗？回答我！”

“蛇在哪里？”南迪托吓得跳了起来，四下张望。

“在灌木丛里。坐下来说说话。”

“这里真没有蛇吗？”

“没有，说说，跟我说说蛇吧。”

南迪托坐下来，紧紧地靠着我。

“我很怕蛇的。妈妈说去灌木丛很危险，因为那里有它们在。我们在草丛里走着走着，一不小心就会踩到一条，被咬一口。要是被蛇咬了，我们就死定了。萨尔蒂娜说如果我们被蛇咬了还想活命的话，就要杀了它，烤干它，再吃掉它。她说她已经吃了一条蛇了，所以就算被咬也死不了。”

“你见过蛇吗？”

“见过，在奇科家里。他的仆人在鸡舍里把它杀了。”

“是什么样子的？”

“又大又红，嘴巴像青蛙。”

“你想看蛇吗，就现在？”

南迪托站起来，惶恐不安地靠着我。“鸡舍里有蛇吗？我好怕——我们出去吧。”

“你要是想出去，就快走吧，我又没叫你进来。”

“我一个人不敢走。”

“那就在这儿坐着，等我想出去再说。”

我们俩极其安静地待了好久。

多多和天狼在栅栏外玩耍。它们从一个木桩跑到另一个木桩，绕了一圈后又从头开始。每过一个木桩，它们都抬起一条腿撒尿。

之后它们走进鸡舍，趴着休息。天狼立刻就发现那条蛇，开始叫起来。多多也跟着叫起来，尽管蛇在它的背后。

“哥哥，是不是每个鸡舍都有蛇？”

“不是。”

“这儿有吗？”

“有。”

“嗨，那我们干吗不出去。我好怕！”

“想出去你就出去嘛——走啊！”

天狼向那条蛇靠近，叫得越来越凶。多多转过头去，但依然没发现有什么不对劲的地方。

天狼的腿开始发抖，痛苦地用爪子刨着地。它不解地来回看着我，纳闷为何我对它歇斯底里的警告置之不理。它那双眼睛跟人一样充满恐慌。

“它干吗叫成那样？”

“因为它看见蛇了。”

曼巴蛇在砖头间的空隙里蜷成一团，为了支撑住，它开始松开它的身体。尽管身体的其他部分在扭动，头部和抬起的颈部却稳稳地停在空中，一动不动。它的眼睛像火一样闪光。

天狼的嗷嚎声变得可怖而刺耳了，它脖子周围的毛发也立了起来。

蒂娜、洛洛塔和马杜纳纳靠在栅栏上好奇地旁观。

“你干吗不杀了那条蛇？”南迪托紧紧地抱住我的脖子，已经泣不成声了。

“因为我不想。”

蛇与狗的距离大概有五英尺。不过，蛇已经把尾巴扎进砖头和地面间的夹缝里，一圈圈地升起盘着的身体，准备进攻。不经意间，它三角形的蛇头往后缩，颈部以下的部位向前移。似乎意识到自己的末日临近了，天狼开始叫得愈加疯狂，但并没有试图离开那条蛇。在它身后几步远的多多，此时也已经站起来，加入吠叫。

刹那间，蛇弓起脖子，脑袋向后一仰，接着，仿佛它柔韧的身体崩断了那根连接头部与地面的弦，猛地向前飞射，动作疾如闪电。虽然天狼早像山羊一样后脚挺立，蛇还是撞了它个满怀。不用支撑后，蛇的尾巴像鞭子一样在空中抽动，随着最后一圈身体的运动不断回弹。

天狼哀嚎一声，仰面倒下，爪子不停地抽搐。曼巴蛇立即抛下它，一个回弹，消失在管子堆里。

“蛇！”萨尔蒂娜尖叫道。

南迪托把我往边上一推，大叫一声，跑出鸡舍，瘫倒在马杜纳纳的怀里。天狼一发觉蛇不再攻击它了，便朝塞尼奥·卡斯特罗家的方向飞奔回去，两三下就消失了。

孩子们不明白发生了什么事，一个个都哭了起来。萨尔蒂娜把南迪托抱回屋里，孩子们跟在她身后。等到他们都消失了，我才叫马杜纳纳来帮我杀蛇。

借助一根扫帚柄，我把管子一根根挪开，马杜纳纳高高举起一块布等着。蛇刚一出现，马杜纳纳就扔出那块布盖住它，我则抡起扫帚柄一个劲地打那堆东西。

爸爸干完活回来时，南迪托惊魂已定，可还是哭得涕泪滂沱。妈妈跟着爸爸去鸡舍，她还没见过那条蛇。我也跟着去了，我看着爸爸用根棍子把蛇翻转过来。

“我真不敢想象，这样一条蛇，会对我的孩子怎么样。”爸爸微笑着说，“对其他人也难说。这种结果最好。让我心痛的是，这蛇竟是吃了我的小鸡才长到这六英尺的长度……”

刚说到这儿，塞尼奥·卡斯特罗的车就开到我们家门口来了。爸爸迎上前去，妈妈去找萨尔蒂娜谈话。我跟着爸爸。

“早上好，塞尼奥·卡斯特罗……”

“听着，钦贝内。我刚刚发现我的猎狗死了，它的整个胸部都肿起来了。我家仆人说，它死前是从你们家嚎叫着跑回去的。我不想为这事再跑来跟你谈，我只想告诉你——要么你赔我钱，要么我到政府部门去告你。它可是我养过的最棒的猎狗了。”

“我刚干完活回来——我什么还都不清楚……”

“我才管不了那么多。别跟我狡辩，你赔还是不赔？”

“可塞尼奥·卡斯特罗……”

“叫塞尼奥·卡斯特罗没用。七百块钱。这件事最好就到此为止。”

“随你便吧，塞尼奥·卡斯特罗，可我现在没那么多钱……”

“这个我们以后再说，我可以等到这个月底，如果你还拿不出钱的话，就准备打官司吧。”

“塞尼奥·卡斯特罗，我们都认识这么久了，从来没有……”

“别拿这个跟我说事，我知道你需要什么——只要一顿痛打就够了……”

塞尼奥·卡斯特罗上车启动引擎，爸爸一直看着车开走。“狗娘养的……”

我走过去，拽住他大衣的袖子。

“爸爸，那句话你怎么不当着他的面说？”

他没有回答。

我们刚吃完晚饭，爸爸就说：“妈妈，叫萨尔蒂娜赶紧收拾桌子。孩子们，我们来祈祷。今天我们不读《圣经》了，我们就做祷告。”

爸爸是用龙加语跟我们说话，正因为此，我后悔刚才问了他那个问题。

萨尔蒂娜收走盘子，叠好餐布后，爸爸就开始祷告："上帝，我们信任你，天地的主……"

祷告结束时，他双眼已经泛红了。

"阿门！"

"阿门！"

妈妈站起来，似乎无所谓地问了一句："塞尼奥·卡斯特罗想要什么，到底？"

"这并不重要。"

"好吧，回房间再告诉我。我去安排一下孩子们的事。你，金霍，明天要早起，吃片泻药……"

他们都走开后，我问爸爸："爸爸，为什么你每次很生气都要祷告？"

"因为上帝是最好的导师。"

"那他给了你什么忠告？"

"他没有给我任何忠告，他给我坚持下去的勇气。"

"爸爸，你真的很相信上帝吗？"

爸爸看着我，好像是第一次见我似的，然后他爆发了。"儿子，人一定要有希望。每个人过完一天，知道明天跟今天没什么两样，反反复复都是那些事，我们必须找到勇气，保持微笑，继续对自己说：'这并不重要！'我们要为这每一天的勇敢，自己给自己分配奖赏。我们得为这个奖赏设定个日子，即使是我们死的那天！尽管今天你看到塞尼奥·卡斯特罗侮辱我，这也仅仅是今天的一小部分，因为还有很多事，是你没看见的。总之，儿子，一定要有希望！它必须存在！即使这一切恰恰是对上帝的否定，它也必须存在。”

爸爸戛然而止，强颜微笑。接着，他又说：“就算穷人也要有点东西。即使只是一线希望！即使那希望是假的！”

“爸爸，我其实可以阻止那条蛇，不让它咬塞尼奥·卡斯特罗的狗……”

爸爸用充满慈爱的眼光看着我，低声说：“没关系，它被咬了，也是好事。”

妈妈出现在门口。“你还让不让这孩子睡觉了？”

我看着爸爸，我们想起塞尼奥·卡斯特罗，两人不禁笑起来。妈妈感到莫名其妙。

“你们两个是疯了吗？”

“没错，我们是时候发发疯了。”爸爸微笑着说。

爸爸起身走向卧室，我准是说得太大声了，不过，他听见了更好：“爸爸，我有时候……我真搞不明白……可有些时候……我老觉得我并不爱你们所有人。对不起……”

妈妈不明白我们说了什么，于是怒喝道：“给我闭嘴，否则……”

“你知道吗，儿子，”爸爸若有所思地说，每说出一个字前，都先用手不停地比画，“最让人难以忍受的就是那种完全的虚无感……这让人非常痛苦……非常，非常，非常痛苦。人在成长的同时，有太多东西一直积压在心里，可是你瞧，到头来却难以宣泄出来。”

“爸爸，要是塞尼奥·卡斯特罗来了？……”

妈妈想止住我，但爸爸紧紧抓住她的肩膀。“没什么，妈妈，可是，你瞧，我们的儿子相信人是不骑烈马的，只有饥饿温顺的马才被人使唤。不过，一旦马变得烈性难驯，它就会被一枪射死，一了百了。可是驯服的马每天都在死去。每天，你听懂了吗？日复一日，日复一日——只要它们还能站着。”

妈妈瞪大眼睛看着他。

“你知道吗，妈妈，我害怕相信这是真的，但我又没有勇气告诉他这是个谎言……他老看见，甚至今天也看见了……我只希望能有勇气，确保我的孩子们知道如何去认识其他事情……”

爸爸和妈妈已经回到他们的房间了，其余的话我也听不见了。不过即使在房间里，妈妈也还在大喊大叫：“明天你要吃泻药，好看看你是什么样。我可不像你爸爸，就这么由着被你骗……”

黄色的月光倾泻在我的床上，我裸露的肌肤在它冰冷的抚摸下颤抖，这种感觉真好。不知为何，萨尔蒂娜身体温热的感觉在我的感官里流窜。有那么几分钟，我抱紧了她几乎真实存在的身体，我要与她一同入睡，免得再去梦见那些狗和蛇。

新郎

[南非] 纳丁・戈迪默

纳丁・戈迪默

Nadine Gordimer, 1923—2014

南非最为知名的作家之一。出生于约翰内斯堡郊外的矿区小镇，十五岁便开始发表作品，1953 年出版其首部小说《撒谎的日子》（*The Lying Days*，1953）。1974 年，其小说《自然资源保护论者》（*The Conservationist*，1974）获布克奖；她先后创作了《七月的人民》（*July's People*，1981）、《我儿子的故事》（*My Son's Story*，1990）、《贝多芬是 1/16 黑人》（*Beethoven Was One-Sixteenth Black*，2007）等众多作品，于 1991 年获诺贝尔文学奖。"通过她卓著的史诗般的写作——用阿尔弗雷德・诺贝尔的话来说——让人类获益匪浅。"这是诺贝尔文学奖委员会对她的评价。

那天下午，他最后一次走进路旁的营地。这里比住过的任何房子都要干净。空地上的沙子耙得平平的，防水帆布下放着几个水鼓，帐篷的布帘隔断了外面的热浪。离这里三十码远，一位黑人妇女跪在地上捣着玉米，两三个小孩，满身都是卡拉哈里沙漠的沙尘，灰头土脸的，他们在与一条瘦骨嶙峋的狗嬉戏。旷野广袤无边，他们的尖叫声不过是一只鸟的厉鸣，营地也迷失在其中。

他的帐篷里，前一天晚上的冷气依然滞留未散，仿佛教堂里的空气一般，霉烘烘冰凉凉的。帐篷里放着铁床，床上放着干净的枕套和大毛皮毯。里面还有吃饭的桌子、带红色帆布坐垫的折叠椅和用来装衣服的箱子。箱子上摆着闹钟，每天早上五点叫醒他，还有一张十七岁少女的照片，女孩来自弗朗西斯敦，是他的未婚妻。女孩的照片和闹钟，这两件东西搁在那里很久了，他早上睁开双眼，下午从工地回来，都能看到这两样东西。可这次之后就再也看不到了。明天早上，他要乘坐那辆公路部重达十吨的卡车，去弗朗西斯敦；等他下周回来时，他已经结婚了，会带回那个女孩，还有部里分给已婚男工的大篷车。他坐在床上，脱掉靴子，眼睛盯着她。这张女孩的笑脸照，就像从某本杂志上裁下来的一样。他开始脱下工装，一件布满灰尘的卡其布外套，扔开的时候，衣服上还可看出他的身形。随后，他脱口叫了一声："皮耶，我等着你呢。"口气温和。此时，皮耶，这个羸瘦的黑人已经端着锡盆站在帐篷边，像个小丑一样吃力地拧着眉毛，盆里的热水太重，他赤着脚只能慢慢地走，即便这样盆里的水还是来回晃荡作响。

洗过澡，他穿上一件干净的卡其布衬衫和一条灰色的已经穿破的裤子，头发往后梳着，上面抹着香气宜人的润发油。收拾停当，他走出帐篷，这时地平线的眼睑在太阳的血色之眼上闭合了。正逢冬季，刚过了五点太阳就开始西沉。灰沙渐渐变成黯淡的粉红色，低矮的荆棘丛下碎影斑驳，呈淡紫色，影随光动，各种色彩交织在了一起。接着，沙漠又呈现出千疮百孔的景象，有一两分钟时间，像从望远镜里看到的月球表面。与昏黑的大地相映衬，天空依然轻盈，夜晚的星星如纯净的水晶石般熠熠发光。那些篝火——有他这边的，也有黑人工人那头的——起初只是若隐若现、流光闪烁，此时已是火舌舐动，明光耀眼；天色完全暗下来了。每天傍晚，他都这么坐着，目睹这简短的白天谢幕仪式，悠闲地装着烟斗，懒散地背过身来烤火，打打哈欠，放松因劳累而僵硬的身体。一时兴奋，他突然忍不住对着自己傻笑起来。他感到她真的就在他眼前了，照片上的那张脸，靠着大篷车车门摆着姿势。想到承诺，他站起身来，开始绕着营地踱来踱去。他把一截木头踢进火里，招呼了声皮耶，然后朝帐篷走去，随后又改变主意，转向别处。在他的营地旁边是修路工人的营地，他们在那儿谈笑风生，大声嚷嚷争辩着。收工后，他们总是乐此不疲。在一层厚厚的白色肥皂泡下面，一只黝黑的手臂做个手势，满满的一桶水便从头上冲下来，冷得那人倒吸了一口气，嘴里噼啪直喷水。一口口黑亮的圆底铁煮锅被搬到四处去，大家叽叽喳喳地开始准备做饭。他不能完全听懂他们说些什么，他的母语是南非荷兰语，皮耶和另外一两个人懂南非荷兰语，他们教会了他几句茨瓦纳语，但仅够他用来给工人分配工作而已。他们此时——夜晚这个时候——所说的语言在其他时候是听不到的。一个小婴儿一直在哭，声音很轻，没人理会。几个光溜溜的小孩在追逐玩耍，引得一旁的狗也吠叫起来。他又走回来坐在火堆旁，继续抽完那斗烟。

间隔了一会儿（精准无误，虽然不是用手表计时，而是靠长期的习惯——他已经养成了在适当的时间间隔里洗澡、抽烟和吃饭），他用南非荷兰语叫道："伙计，你忘了我的晚饭了吗？"

两堆篝火之间，有一块地方黑乎乎的照不到亮光，只有阴影摇曳不定、交叠斑驳。黑暗的那头传来一阵粗犷的、抗议的笑声，那笑声与其说是对新笑话赞赏，不如说是对老笑话忠贞不渝的回味。

又过了几分钟："皮耶！我猜你是把东西都烧焦了吧，嗯？"

"怎么了，长官？"

"晚饭呢，伙计？"

不慌不忙地，那黑人提着折叠桌和油灯出现了。他在明暗间来回穿梭，端来锅、盘、晚餐，心满意足地念叨着，话里掺杂着英语和南非荷兰语。"你想吃科克苏丝特[1]，我就做了科克苏丝特。你今

1　科克苏丝特：南非的一种甜食，形似小麻花。

天上午跟我说的，我得热好油，准备好一切……是有点慢，没错，我也知道。可我没办法这也快、那也快。你晚上催得急，你不想等，那你最好礼拜六再吃科克苏丝特，这样我下午有时间，能给你好好做……嗯，我想下次会做得更好……”

皮耶是个好厨师。“我已经教会我的伙计做所有东西了。”在弗朗西斯敦，这个年轻人见人就说。“他连科克苏丝特都会做。”有一回，女孩的母亲反对这门婚事，双方再次陷入难堪的沉默时，他便这样说。女孩父母曾对他抱有偏见，对他所能给女孩提供的那种生活持反对态度。为了打消他们的偏见，他煞费苦心，最后终于让他们相信了他，答应了这桩婚事，可他们仍然觉得这种生活对他们女儿不合适。他老想讨好他们，老想消除他们的顾虑，心情非常急迫，他自己便从女孩父母的角度看待这件事，然后先发制人，扭转乾坤。女孩在农场长大，并不渴望到城市生活，但同时，他无法在她的父母面前，否认两种生活有很大差别——住在农场，有家人在身边，隔三十四英里远就有邻居；而跟他独自住在筑路营地，“整天跟一群黑鬼生活”（她妈妈的原话），走两百二十英里远才能见着个城镇或村庄。他自己也没想过，他去道路工地上班的时候，女孩能干什么。至于那个女孩，婚礼没有举行之前，心里只会想着婚礼的事。婚礼上，她的两个小妹妹会身着粉红衣服走在她身后；还有正在裁缝店里赶制的婚礼服，她穿上后准会认不出自己了；还有蛋糕，上面会有一对身着晚礼服的小型陶瓷新人。

他看看折叠桌，看看敞开的果酱罐边沿和盐罐——破裂的罐口整洁地盖着一张牛皮纸，对皮耶说：“夫人过来后，你样样事情都要好好做。”

“什么，长官？”

他们看着彼此，真用不着再说什么了。

“你得把餐桌铺好，每个地方都打扫干净。”

“我一直把到处都打扫得干干净净的。你干吗现在说要我弄干净……”

年轻人没理他，低头吃东西。

他一边吃，脑子里一边不知不觉地想着要为女孩做哪些改变。他不善于想象，只善于处理眼前存在的问题。这像是一堂靠死记硬背学会的课程。他知道大体需要做什么，可遇到一些细枝末节，就手忙脚乱了：他没认识到这些事，也不知道该如何应对。那些伙计不能来生事，这是最主要的。皮耶要经常来大篷车，做饭、打扫卫生。那些伙计——特别是那些养护大卡车和筑路设备的伙计——老是过来问，这该怎么办，那该怎么做。他们准会把事情搞得一团糟。他吐出一截咽不下的软骨，又想到其他某件事情。那边的那些女人——她们可以为女孩洗衣服。她们，这群粗手粗脚的黑婆子，能把活干好吗？二十个伙计，加上不止五个女人——伙计们的女人，你不能把他们藏在一丛荆棘里。只要不准他们四处晃荡就行了，一定得让他们明白不准四处晃荡。他兴冲冲地看着周围，目光穿梭在火光边那些半明半暗的影偶之间；说笑声低了很多，因为吃着饭所以时断时续，劈柴时发出的“欻欻”声在空中回响，婴孩嘤嘤地哭啼，这些声音交杂在一起——盘旋在他们那边的上空。然而他从中觉察到了一丝怪异、难以释怀的担心。

吃饭的时候，他绞尽脑汁，思前想后，顾虑重重，过去他从未有过这样的经历——他在担心。他舌头停在一颗牙上舔着；皮耶，皮耶，这个黑包子真是个话痨。他怎样才能住嘴呢？怎么才能在每次走过来时，让他别唠叨个没完？如果他和她说话……拜托，他肯定要跟她说话。他琢磨着该跟皮耶说这事，但措辞要恰当。有些事只能写在墙上，让别人私下里看，但不能亲口说出来。这些话，也像是那些说不得的事似的。

皮耶端来咖啡和科克苏丝特，年轻人没看他。

但这科克苏丝特香脆可口，既黏又甜。当他一尝到这些熟悉的东西和味道，再配上一口热咖啡，他立即沉浸在吃的喜悦中，就像一个孩子拿到一包糖果。科克苏丝特总能让他有这种单纯、彻底的快乐感。刚当上筑路队工头那会儿，每到晚上或者周日，他都会一连几小时情绪怪异、焦躁不安。他原以为是饿了，便吃东西，但这种感觉依然如此，他又不停地走来走去，像一头饥饿的野兽。有个周日，他徒步出发（公路部严禁十吨的卡车被私人擅自使用），打算走十四英里路，穿过沙地，到牲畜药浴站去。在那里，管理牲畜的政府官员和他的妻子住在他们的波纹铁皮房里。跟他一样，他们也是南非白人，而且是在公路营地和弗朗西斯敦之间仅有的另外两个白人。事有凑巧，他们也打算那天开车过来看他，就在走到近半路上，他们遇上了，当时他已经步履蹒跚，热得头晕目眩。不过在那之后不久，皮耶便开始负责给他做饭，照顾他起居。管理牲畜的官员的妻子把科克苏丝特的做法教给了年轻人，皮耶居然也照着说明学会了。好像是科克苏丝特才真正让他安定了。童年的美味，他现在只要乐意，随时都可以尽情享用。在这偏安一隅的营地，个人生活习性可尽情展现，可以依据个人的喜好安排一切，可以尽情享受个人的喜好。

"啊，皮耶！伙计！这科克苏丝特你怎么做的，嘿？"他兴奋地叫道。

一声叫声从那边传来，意思是"就来"。那黑人来了，双手在抹布上拭着，那动作既羞怯又略带戏谑。当某个人超常发挥，事情做得很棒时，那表情就是皮耶这样。

"这科克苏丝特怎么了，伙计？"

皮耶耸了耸肩。"你得告诉我。我不知道怎么了。"

"快，再给我拿些来，伙计。"年轻人把空盘子推给他，咧嘴笑道。对方大笑着离去，这时年轻人又喊了一句："你每次都得做成这样，明白吗？"

每逢庆祝活动，如婚礼、圣诞节，他都喜欢喝点酒，但他不是天天要喝白兰地的那种人。他去弗朗西斯敦购物时带回来一瓶白兰地，每个周末结束了一周的工作，周六下午，他有时会喝上两杯，其他的时候，那瓶酒就存放在帐篷的箱子里。但今天是最后一夜，他突然心血来潮，从火堆旁起身，去帐篷里取了那瓶酒（有件事他没做过，就是他从不指望让个黑包子替他拿酒；对他们来说，酒的诱惑太大了）。他还拿了个玻璃杯，这种玻璃杯，彩色雕花仿制，六个成套。他给自己斟了酒，伸出双腿靠近火堆，能感受到火温从鞋底钻进来才罢休。夜晚并不冷，凌晨两三点时起风了，但空气中有一种清冽。每隔一会儿，就有人从对面的黑人营地走过来，往火苗变小、焰色变蓝的火堆里添块木头。年轻人觉得体内的那股炽热也跟着降温了，他又给自己倒了杯白兰地。远处，豺狼悠长的嚎叫声在天空中逡巡，好似一阵盘绕在房子周围的风。这里没有房子，但不远处的声音——混杂而无意义的说话声、婴儿的哭啼声、咳嗽声和清嗓子的声音——越过火光，筑起一道围墙和屋顶，身边的火苗摇晃着膨胀起来，然后被黑暗吞噬。他暴露无遗，赤裸地呈现在这个星球之外的太空中，仿佛一个斑点，一只贴在飞机舷窗外的苍蝇，而他并未察觉。

各种短促的音乐交织成轻快的调子，在黑暗中乍起乍落，串串音符，被吹奏弹拨起，又消失在众声喧哗中。此时出现了一个大块头，皮肤黝黑，粗壮的身子已经把破烂的裤子和衬衫上的每一处缝口都撑裂了。他悄悄迈着大步走进火光中，在离火堆稍稍有点距离的地方一屁股坐下了。他双脚交叉着，贴得很紧，那脚饱经风霜，已皴裂得如浮木一般。他举起一件单弦乐器放到嘴边，这乐器形如里拉琴，是用一根半月形的弯木做成，两端系着一条丝带状的干棕榈树叶。他把宽大的嘴唇轻轻含在长条上，吹奏的时候，他用一只手控制着棕榈树叶的颤动，让气流转变成小乐曲，声音完美、若游丝，只有整个人屏息凝神才能听得真切。人类听到的第一首乐曲——当他们在河边的灯芯草丛中开始直立的时候——大概与此类似吧。曲终声尽时，也难以觉察它是在哪个瞬息才真正消失的。

“另吹一曲来听听吧。”年轻人用茨瓦纳语说。只有从他的烟斗上冒出的烟在移动。

那双掌心粉红的手搭在乐器上，乐手湿润了一下两片厚实而柔软的嘴唇。那微弱而荒凉的乐声再次响起，乐曲孤寂至此，仿佛奏者听者都是在心里听到它似的。这一回，吹奏者的另一只手拿起一根短棒，一边吹，一边用它在琴颈的曲线内侧来回地刮划，碰到凹处发出干涩、颤抖的滑音，像远处舞者踢踏的脚步声。在火光与黑暗的交融处，两三个人影影绰绰，依稀可辨。他们走过来蹲下，其中一人手里拿着半个石蜡罐，罐上加了一个木颈，还有肠线及金属丝做成的附加物。随后吹里拉琴的人停了下来，徐徐放下他手中的短棒和嘴上的棕榈叶，用手背揩了揩嘴唇。这时，另一个人又开始表演了。他手敲指弹，奏出一支循环反复的班卓琴小调。年轻人一只脚和着曲调拍打着沙地，有一两次还击掌伴奏。一个戴着一顶旧帽子、面黄肌瘦的人，不顾旁人的挖苦和谩骂，推挤着凑到前面来。他一屁股坐下，两脚间夹着一只小黏土碗，碗口上有一排金属条琴键。与旁边的人说完几句话，他就开始演奏了，其他人用鼻音低声哼唱，散步的人循声渐渐都聚集到了火堆旁。音乐愉快地停住，然后又再次响起，像换了一口气。换曲子的间隔，年轻人指着一个人，说："让大家看看你的玩意儿，是新做的吧？"那人听不懂他的话，不过还是很乐意地把石蜡罐曼陀林递给他，神情得意。

年轻人接过曼陀林，前后打量了一番，拨了一下弦，笑着摇摇头。两根弦，一个旧果酱罐，就能组成一个乐队，真神啊！他之前也听过他们吹奏一些稀奇古怪的东西。人们围成一圈，笑盈盈地看着他，你一言我一语，大家闲散地打开了话匣子；这东西看起来很滑稽，没错，但它能用。主人拿回乐器，故作丑态夸张地弹奏起来。大家笑作一团，赞赏地打趣着。他们现在都紧紧围坐在火堆旁，被火光映衬得红光满面。"下周，"年轻人得意地拉开嗓门说——"下周等我回来，我带个收音机，源源不断的真正音乐。都是些白人大乐队演奏的……"有个曾经在约翰内斯堡打过工的人说："书包嘴[1]。"其他人纷纷附和，知道这指的就是年轻人要从镇

1　书包嘴：美国著名爵士乐小号手兼歌手路易斯·阿姆斯特朗（1901—1971）的外号。

里带来的东西。书包嘴，书包——嘴。他们吃力地发出这个音，声音友善。“音乐，就像城里白人的大型舞会上放的音乐，下周。”接着一阵静默，但气氛友善，感激之情流溢其中，大家享受着篝火的温热，看着他，友爱的情谊写在脸上。他立刻感到别扭，浑身发烫，先是脖子，接着是耳朵和脸。这不要紧，现在这样子是自然的，到了下周他们就该忘了今晚这一切。他们不会真的期待着他带回收音机。此刻，他脑海里浮现出一个画面——他们正围着大篷车，等着听收音机的声音，而他则走上台阶，跟他们说……他止住不再往下想。

他考虑着，是否要把那瓶剩下的白兰地留给他们。哦，不行，天哪，这真是疯了。他们一旦尝到了这东西的味道，保准往后老想要。他会给皮耶一些糖、酵母以及其他购来的东西，等他明天离开后，他们就能用这些东西酿些啤酒。他双手深深地插进口袋，脑袋埋在胸前，身体向着火堆舒展开。吹里拉琴的那个人，再次捡起那片脆薄的木条，年轻人内心深处慢慢地感受到一个声音；它从胸口舒缓释放出来，越过火光，飘向黑夜，让人感觉得到了慰藉。里拉琴寂寥的声音不绝于耳，仿佛它源于无穷，化而为声，又能随时回归于无穷。众人缄口，舌头受阻，阒然无声。年轻人打消了心中刚才的顾虑和肮脏的计划。高悬的弯月，在如钉般散缀的冷清星辰的衬托下，显得格外明亮，它映照着里拉琴，投射下里拉琴的形状。他坐了也不知多久，从前，多少个夜晚，他也是这样久坐不觉，头上的星辰、脚边的篝火与他做伴。

不过，最终乐声停止，时间复返。有今晚，就有明日，他就要驱车去弗朗西斯敦了。他站起身，陪伴的人群散去。吹奏里拉琴的人用手指擤了擤鼻涕，一双双裹着灰尘的脚承载着熟悉的重量，回各自的帐篷，他也要回自己的帐篷里。一阵低沉雄浑的声音在他们身旁回响。年轻人打着哈欠，声音响亮，姿势不雅，像动物似的。人只有在独处时，才会发出这样的噪声，且不觉难堪。他慢慢地踱着步子穿过沙地，周围漆黑一片，但这条路对于他，已经不用眼睛都不会走错。“皮耶，嘿！”他走到帐篷边时，大声嚷道，“你明早要早起，听见没？还有，我不想听到你说大卡车发动不了了。你先发动它，再来叫我。听到了吗？”

他点亮皮耶备好放在箱子上的油灯，等它柔和的光亮起时，帐篷里的东西也悉数出现在眼前了：箱子、床、闹钟，还有那十七岁少女的羞涩笑脸。他坐在床上，抚摸着柔滑的皮毛毯。他吸了一口气，屏住片刻，环顾四下，像在寻找什么。随后他拿起照片，把相框的硬纸板支脚折起放平，再放进箱子，还有其他东西也放进箱子里，为明天的旅程做好准备。

背叛

[南非] 艾哈迈德·埃索普

艾哈迈德·埃索普
Ahmed Essop, 1931—2019

生于印度，长于南非。1969 年后发表以约翰内斯堡印度人社区为题材的短篇小说，短篇小说集《朝觐者及其他小说》（*The Hajji and Other Stories*，1978）1979 年获得奥利芙·施赖纳奖。

一个周五晚上，卡迈勒医生关上他手术室的门时，便感到一道通往过去的门也随之关闭了。

他身材高瘦颀长，面色如泥，脑袋光秃秃的，看上去更像个学者。他不只是一名医生，一位著名的政治家，还是位鉴赏家和收藏家，收集了许多表现无产者在土地和工厂里苦苦挣扎的艺术品。他的收藏品都摆放在家里一间画廊式书房里。他在印度学过医学和政治学，打板球的技术也是在那里练就的。他是教徒，每周五都会到纽敦的清真寺祷告，行跪拜礼。

近来，他感到进退维谷，起因是福兹堡有一个新兴的政治团体，宣布要召开成立大会，街上的墙和灯柱贴满了公告。该组织广罗青年才俊，它的出现让"东方前线"面临威胁。而卡迈勒医生正是东方前线的主席。有了一次公开会议的成功造势，它就可能乘势而上，发展为一个强大的敌对政治团体，一个能最终撼动东方前线代表性组织地位的团体。此外他个人也面临着威胁。卡迈勒医生经过了多年的耐心等待，才当上东方前线主席，他担心另一个政治团体的出现，会让他主席的光环失色。他还是福兹堡青年人的政治导师，“青年联盟”的创始人；他觉得，若是该新兴团体吸纳青年联盟的叛逃者，那他的声望和地位就要受到影响。要阻止威胁，只有一条路可选：这个新团体必须被扼杀在成立大会上。可是……如何才能维护言行一致呢？在他的政治生涯里，他可宣称自己是圣雄甘地的信徒啊。

他开着那辆德国小轿车，朝着公园路的东方前线办公楼开去。十点钟青年联盟要召开一次秘密会议，他要在会上讲话。他到了办公楼前，把车停在门口，然后缓慢踩着楼梯上楼。

萨利姆·拉希德，青年联盟的主席，在等着他。

“我们准备好了，医生。”

“几个人？”

“四十二个。”

“他们该做什么，你交代清楚了吗？”

“清楚了，您只要长话短说就行了。”

让他给青年联盟发表讲话，是萨利姆·拉希德的主意。此前，卡迈勒医生曾小心暗示过，应依照“政治圈的生存法则”，将该新兴政治团体一举歼灭，以免往后它生出什么是非来。倘若卡迈勒医生拒绝了萨利姆·拉希德的提议，不免让对方觉得自己畏怯退缩。按这位年轻人的说法，在冲突前夕，导师的几句简短致辞，就足以让会员们相信，他们的行动是正义之举。他会把会议安排在晚上，以免暴露医生的幕后角色。

萨利姆·拉希德打开一扇门。这扇门通向一个大房间，里面摆了很多椅子和几张桌子。青年联盟的会员，有的三五成群聚在一块儿聊天，有的在外边阳台上。四周墙上贴着甘地的画像，画像粗俗。

“朋友们，安静。卡迈勒医生要跟大家讲几句话。”

他们回到椅子上坐下。医生张口了：

“青年联盟最重要的使命之一——其实也是未成文的章程——就是维护统一，捍卫其母体东方前线的领导权，制止敌对政治组织侵犯我们的传统领地。对这个国家的印度人民，诸位肩负重任，不能容许他们被分裂。倘若我辈坐视不管，任其发生，必遭暴政者毁灭。提醒诸位，我始终认为，甘地和西方政治哲人的信条，并无根本性冲突，暴力反抗和非暴力反抗，都是人类寻求自由动力的手段。”

他停下来，对着紧握的拳头咳嗽两声，继续说道：

“诸位应时刻谨记，你们不仅仅是东方前线的中流砥柱，也是保护她免受伤害的急先锋。请时刻谨记，是历史选中了诸位，来塑造这个国家的未来。”

卡迈勒医生的话讲完了。台下响起掌声，青年们举起拳头，喊了几声好斗的口号。

他马上离开大楼。

在回家路上，他决定取道甘地会堂，成立大会翌日就要在此召开。他从这里经过的动机源于一种突如其来的怪念头，觉得那个新兴团体也组织了一场秘密的夜间会议。恐惧点燃他内心的不安，他停下车，隐隐地期盼能看见一伙人沿街走来参加会议。可是街上空无一人，甘地会堂的门也紧锁着。一阵风呼啸而过，卷起一团沙沙作响的报纸。自己这个角色的讽刺性让他感到震惊。他公开宣称过，自己是甘地信徒，此时却产生这样的邪念，来玷污以大师名字命名、纪念大师的会堂的名声。

他回到家，把自己锁在书房里。在刚加入东方前线组织时，他曾在这间书房里给福兹堡的青年们做讲座，每周一次，讲座的题目是“政治运动和政治真理的动力学研究”。讲座广受欢迎，听众人数剧增，他便成立了青年联盟。会员们开始把他视为政治问题解惑的导师。在这间书房里，他讲述过马克思、列宁、甘地这“三巨头”的政治哲学。他曾满怀崇敬地向他们讲述甘地用来对抗“种族主义寡头政治家”的非暴力不合作运动，盛赞他为“人类历史上的巨擘”，因他是将真理和非暴力的理念带入政治领域的第一人。他也曾自豪地向青年们谈起，自己在印度学医时，和甘地有过几次会面的情形，以及他对激进和革命的政治理念的摒弃。

当卡迈勒在甘地会堂就座时，发现会堂已挤满了人。他感到胸口憋闷，就匆匆忙忙点了根烟。

“你好，医生。”坐在他旁边的拉达——东方前线的秘书——跟他打了声招呼，“我们的青年联盟来了吗？”

“这次会议应该挺有意思的。”他说道，假装没听见那个问题。

“这该是他们第一次，也是最后一次会议。”

卡迈勒医生心里一怔。这么说秘书也知道青年联盟的意图了？萨利姆·拉希德可向他保证过，所有的计划都秘而不宣，他不会受到牵连。现在已有人透露给了秘书——没准还有其他许多人——尽管他表面上支持准备就绪的捣乱和暴力，可一旦事情搞砸了，他会做何反应，谁也说不准。

“萨利姆·拉希德来了。”拉达说，手指着前方。

“嗯。”卡迈勒医生轻轻地应了一声。

“若不制止这帮暴发户，我们麻烦就大了。”

“年轻人应该在自己内部解决问题。”卡迈勒医生强忍着怒气说道。

台上，几个年轻人开始调试演说设备，随后其中一人开始讲话。他向听众简要叙述了他和几个朋友如何被吸引到开普敦“人民运动”的政治活动中去，并决定在这个城市成立一个分支组织。

“主席先生，我反对。”

萨利姆·胡赛因站了起来。

“请容我提醒阁下，我们已经有个政治组织了——东方前线，您该有所耳闻吧。”

“早有耳闻。但以我之见，组建不同的政治组织势在必行。请听我解释……”

几个声音打断了他。

“你是什么意思？”

“东方前线灭亡了吗？”

“你是在挑衅吗？”

发言人恳请恢复秩序，说与会者过后有充裕的提问时间。

“主席先生，您想诋毁东方前线吗？”萨利姆·拉希德嚷道。

不等他辩驳，几个声音又开始声讨该新兴团体蓄意分裂印度人民，阻碍他们追求自由的抗争。终于，有个声音爆发了：“野蛮的印度人，你们难道不清楚起码的会议程序吗？”

卡迈勒医生从位置上一跃而起，转向那个声音说道：

“我强烈反对会堂里有人出言不逊，毁谤我们。作为回应，我有必要说明，印度民族属于最文明的人种之一，我们的民族有灿烂的文化……”

“嗯，这对大家是显而易见的。”他旁边一个人愤世嫉俗地说道，“你为何不保持安静，让会议继续？”

他坐下来，浑身发抖。那句责难狠狠地刺伤了他，一时间，在他还站着的时候，他便打了个趔趄，似乎要从令人眩晕的高处坠下。他的尊严和地位遭受到了严重的羞辱。是什么力量促使他从座位上一跃而起，把自己暴露在大庭广众之下，并力挺——他自觉如此——新政治团体的反对者？他是以一名观察员的身份来的——直到几分钟前，他还能以此自欺——可如今他也身陷纷争之中。他本该待在家里。同情新兴团体的人可比他预料的要多得多；大家都把他们认真地当回事。万一青年联盟落败……他没有时间再往下想，因为随着演说设备音量增大，主席继续发言：

“我们当中有些人觉得，这里所缺的，就是一个能够联合被压迫人民的政治团体。我们坚信，任何反对种族主义的组织，都不该存在带有种族偏见的机构配置，如东方前线或者非洲前线那样……”

萨利姆·拉希德从座位上一跃而起。

“不准侮辱东方前线！不准侮辱圣雄甘地一手创办的组织！”

他冲上前去，青年联盟的会员立即起立，紧随他们的领导人。与会者中，新兴团体的亲善者和同情者，起初被这突如其来的暴力威胁所震惊，随后纷纷从座位上跃起，挤上前去加入争斗。

一阵骚乱和恐慌并起。妇女们尖叫着。台上乱成一团，你推我搡，扭打互掐，唇枪舌剑。从会堂后面看，让人误以为是一群戏剧演员在上演一场模拟战争。

有人跑出会堂，打电话报警。

当萨利姆·拉希德从座位上跃起，大声叫阵往前冲时，卡迈勒医生内心就开始挣扎了。他急切地想远离这场自己参与策划的暴力事件，可是他却没有一点办法移动他僵直的身躯，眼睁睁地望着这场混战爆发。他最终留了下来，因为他一向优柔寡断，又背负着含混不清的政治责任。可当他看到反对派决意对青年联盟的会员动武的时候，他还是从座位上站了起来，几步就跨到了门厅，在门口站住了。警察手持电棍和枪支，从他身边冲入会堂。

好奇、恐惧、困惑使他内心交杂。卡迈勒医生踅回会堂，恐惧地望着这些加入斗争的新队伍，然后迅速离开了。最近几周，他一直心感不安，仿佛正在经受着肉体上的腐坏。同时他觉察到一场玷污他名声的暴风雨正朝他逼近，并终将吞没他。他钻进车里，一路上萨利姆·拉希德的声音——那团被激起的怒火——追杀着他：

“不准侮辱我们的组织……”

原生生物

[津巴布韦] 丹布佐·马雷切拉

丹布佐·马雷切拉
Dambudzo Marechera, 1955—1987

在津巴布韦长大，曾被罗得西亚大学开除，后在牛津大学继续学业。出版有两部虚构作品：短篇小说集《饥饿屋》（*The House of Hunger*，1978）与长篇小说《黑色的阳光》（*Black Sunlight*，1980）。

我们居住的地方遭遇了大旱。河流干涸，井泉枯竭，滴水难求。我一个人住在一间棚屋里，屋旁长着一棵无花果树，常年不曾见树上挂过果实。偶尔露出一丝绿芽，被风一吹，随即就枯萎了。来自东南方的风，干燥，裹挟着沙尘，叫人无法保持冷静和理智。凶猛厉烈的风，所到之处，遍地干涸，滴水不剩。

我住的棚屋坐落在莱萨皮山谷一个突起似肩的小山包上。山谷呈赤红色，黏性土表上爬满因气候恶劣——白天炎热和夜晚寒冷——导致的裂缝。漫漫长夜里，我躺在床上，头脑清醒，想念着猎女玛丽亚——那天早晨，她拿下弓箭，离开家门朝旭日走去，从此不复得见。不过，走之前，她用红粉笔在我床边的墙上画了一个圈，说："假如这个圈开始溢出血来，并顺着墙往下流，就代表我有危险了。可是如果它变蓝、拆分重组为十字形，那么就代表我正往家里赶。"

她离开我的当天，干旱降临了。没有留下一片嫩绿的草叶，也没有留下一片绿色的希望；干旱举起赤红有力的手，把它们统统摘下，然后吹一口热气，把所有的叶子，都吹进远在地平线似铅笔线样的尽头一个红色的圆圈里。玛丽亚最后就出现在那里，当时她正张弓搭箭，瞄准一只奔跑中的小羚羊。

不知不觉，漫长枯燥的十二年过去了。

我还要在这里服刑三年。法庭宣判我是政治犯，罗列了多种政治罪行，把我流放到这块不毛之地。玛丽亚是我的秘书兼妻子，她和我一起，一直忍受着生活的死气沉沉。太阳把岁月烧成了灰烬，把这块地方染成了黑色。我开始遗忘很多事情，但梦依然牢牢地抓住往日记忆的钢丝，我无力用脑子理顺记忆中的这些线条。我常常想着水，想着口渴，想着自己临死时缺水干枯的样子，死后坟墓里只剩下脱水的“残骸”，这些使我的想象力短路。不过说忘事，倒不如说占住我脑海的时常是水这样东西。而占住我脑海的水，又总让我想起其他——想起玛丽亚、我的性无能、那棵无花果树和莱萨皮山谷的红土。过去的这些年，我虚掷光阴，碌碌无为，屡屡受挫，一事无成。如果不是因为那些岁月珍藏着我的青春，玛丽亚和我快乐相依的唯一一段时光，我宁愿忘掉它们。如今，这些支离破碎、杂乱无章的过往，出乎意料地回到我脑海里，重新想起时已经与往常不同了，让我几乎认不出来了。其中，有父亲在我快六岁时给我讲过的一个关于人类始祖的复原能力的故事；有位少年，处处与他父亲对着干。有天早晨，他离家出走，游遍天涯海角，所到之处，都喜不自禁，在墙上写下“到此一游”，并在字后面签上自己的新名字。几年欢愉的时光过去了，他开始对此厌倦，想回家把这些年的经历讲给他父亲听。可是当他靠近家门时，与出来迎他的父亲相遇了，父亲说：“这些年，你以为自己真的离开我了，可其实你一直在我的掌中。”父亲打开握紧的拳头，让儿子看看手上写了什么。那几个字——还有那完全一样的签名——清晰地写在父亲摊开的手掌上：“到此一游。”儿子愕然，愤怒不已，当即杀死了他的父亲，之后就在花园里一棵不结果子的无花果树上上吊了。我总是梦到这个故事，每回都会变动某个细节。有时，父亲变成玛丽亚；儿子变成我自己；而那棵无花果树，则变成我自己棚屋外的那棵。不过，还有些时候，那个儿子会变成玛丽亚，而我则变成那个父亲，拳头里握着关于玛丽亚的一切。

那只伤痕累累的流放之手，像死了一般，掌纹成了干涸的河床，成了因受无情干旱的侵蚀而在干枯水渠里到处都是的凹坑和裂缝。我的双手——布满疤痕、老茧，指甲也破损了——有时候看上去似乎并不属于我，而属于这严酷的流放刑罚。然而，我曾用这双手温柔地把玛丽亚揽入怀中，同样是在这双手里，她也曾温柔过、热情过、狂野过、渴求过。这双手如今已干枯，可它们也曾经掬起生命复苏的汁液、青春爽朗的笑声和甜美幻觉的虚幻安全感。这双手如今残破不堪，可它们也曾试图用昔时今日的砖块，垒砌、夯筑、建造一个未来。这双手，从未触摸过我亲生骨肉的脸颊，可如今在这场干旱——它的到来正逢玛丽亚的离我而去——慢燃的炉火中，它们已经一无是处了。

玛丽亚手臂细长，手指纤细，虽然她的指甲跟我一样，早已失去了天然的光泽，变得破损而粗糙。玛丽亚温和，极度的温和。她知道自己有强健的体魄，她比我高出一个头，腿长而丰腴。我们一同在莱萨皮山谷散步时，她有时会走得比我快。我把这个山谷命名为莱萨皮，与我出生的地方同名。在那里我学会了钓鱼、游泳，仰面躺在柔软的青草地上歇息，闭上双眼，脑海里响着乌鸦的“呀—呀”叫声，还有奶牛悠闲的“哞哞”声。奶牛在罗伯特先生家那边的河岸地上吃着草，那边围着栅栏，竖着警示标牌严禁入侵。到了夏天，白人们在河上举办橡胶船比赛，有时候准许我去看他们在微风轻拂的河上打转。可是有一天，有人溺死了，我父亲便叮嘱我不得再靠近那条河，因为那位溺死的少年或许已经变成人鱼怪，想要拉某个人到深水里做伴。水与人为善，但如果水里有人鱼怪，就不是这样子了。我第一次做噩梦，就梦见一只白人鱼怪出现在我房间里，对着我舔它的下颌，还走到我床前说：“来，来，跟我来。”然后举起手，在我脑后的墙上画了个圈，说道：“那个圈会一直流血，直到你来找我为止。”我看着人鱼怪的手，手上长着蹼，手指间连着的皮是青灰色。接着人鱼怪又伸出食指，碰了碰我的脸颊。那种感觉，如同被又红又烫的尖刺碰着一样；我拼命哭喊，却听不到自己的声音。父母亲想尽办法想把门打开，我哭得更响了，木门被撞破了，父亲冲了进来，眼里布满恐惧，仿佛正在目睹世界大战似的。人鱼怪不见了，却见一只黑色的青蛙蹲在那里。第二天，巫医过来，检查了我一番，摇摇头说是仇人所为，那个仇人是巴布拉的父亲。我父亲就买了猛药，它能让我的遭遇重新应验在巴布拉父亲身上。他们随后在我的脸上和胸口上划几道小口，往里面搓入一种黑色粉末，然后说倘若我再去水边，务必暗自默念：“帮帮我，爷爷。”我爷爷已经过世了，但他们说他的灵魂一直在看着我，保护着我。他们生起一堆火，把那只黑色青蛙扔到火中，然后巫医说，他会把青蛙灰撒在巴布拉父亲的花园里。但是他对墙上的圈也束手无策，因为除了我之外，没人能清楚地看见它。那件事过后不久，我的眼睛就有点模糊了，从此我只得戴眼镜。不过那时候，每次当我走进房间，那个小圆圈便更突兀地跃入眼帘。我脸上被人鱼怪碰过的那个点起了脓肿，母亲只好拿大把的盐烧了水，先把脓液挤出来，再用盐水清洗伤口。后来伤口愈合了，但自此我脸上也多了一块小黑印。事情发生后不久，巴布拉的父亲便疯了。一天，他的尸体被穿着黑色潜水衣的警察从河里打捞上来，他全身赤裸，脸上有多处擦伤，河里好像有东西想要吃掉他——他的臀部有古怪的齿痕，肩膀已经被吃得残缺不全；双手看样子也像是被什么东西咬过，并试图将它们从手臂上撕咬下来。

每天清晨，旭日东升时，山谷中总是悬浮着一层纤薄的雾气。阳光与晨雾交相辉映，呈现出云谲波诡的影像。看起来它们总是似曾相识，仿佛哪里见过的人。晨雾中的模糊影像有些变幻莫测，可同时又有坚不可摧的现实感，让我不知该做何联想。我为山谷命名，赋予它我生命中各个时刻所经历过的神话、见过的面孔。经年累月，这干涸的山谷被一股无法抵挡的力所束缚，已经麻痹，此刻却散发着雾气。这是属于山谷的符号，它摧毁了我的想象力。最终，山谷喷出烟雾，发出火光，显现出各种不同的面庞和形状，让我眼花缭乱，无法辨别哪个山谷才是真正的莱萨皮。由于极度缺水，食物不足，我开始体力不支。何况，我本来身体一直就不是很强壮。这个古怪的地方虽被烈日炙烤着，昆虫的繁殖数量却也惊人：苍蝇、蚊子、蝉、蜘蛛还有蝎子。蝉吃起来味道不错，其他那些虫冷不防就会咬人，让我痛苦不堪。昼夜极大的温差也同样残酷地折磨着我。在我过去的成长中，没有人教过我如何去束缚和扼杀想象力，更确切地说，我的想象力活跃到令我震惊。因此，每当我一跨出房门，山谷就在我眼前活了起来。玛丽亚在墙上画的圈似乎也活了起来，它不停地变化着，变换颜色，破碎，然后又组成一个十字形，再变动着重新成为一个圈，鲜血从中溢出，顺着墙往下流，我在梦中哭喊着，醒了。我仿佛会同时待在好几个地方，睡觉和醒着对我一样，没有区别。我的头胀痛着，痛感犀利却找不到痛点。我仿佛不是在自言自语，而是在对山谷中的万物倾诉。

一天早晨，我刚一醒来就觉得不对劲。我无法动弹，整个身体、双手和双脚都无法移动。开始，我以为是夜里有人把我缚在地上，可是我没有摸到捆绑我的绳索。等我明白过来，我差一点喊出声来——但我屏住了，因为没有人能听得见我的喊声。不仅仅我的头发如根须般伸入地里，我所有的手指、脚趾和身体里的静脉、动脉也在我睡着时长入地里。我已经变成一株植物，我这样猜想着。刚有了这个念头，我立即感到我身上的皮肤变成了树皮。事情终于发生了，我自言自语道。这时我看到墙上的圈开始渗出血，鲜血顺着墙壁往下流：玛丽亚出事了。我摸不到自己的眼睛和耳朵，但奇怪的是我依然能看到东西，听见声音。我不知道就这样躺了多久，也不知道自己对向我袭来的狂热的错乱抵制了几天甚至几周了。我死死盯着玛丽亚的生命之血在墙上流着，盯了很久，最后眼里别无其他，只剩下慢慢顺着墙壁淌血的红色圆圈。

这情景就像一个人是在睁着眼睛睡觉。

外面的脚步声在我门口停住，我听见了粗重的喘息声。西南风刮过，屋顶发出轻微的嘎吱响声。不一会儿，喘息声停了，风也停了，屋顶也不再响了。突然间，我意识到脚步声实际上是由我内心生发出来，是我这颗衰老的心脏在跳动，是那些陈年往事又回到了我脑海里。门没有打开，但是我能够清楚地看见她。她只剩骨骸，一具没有肉身的空骨架，她就坐在一截树干上。而我就是那树干。我不知道她在那儿坐了多久了。她在抽泣，清澈的泪水——闪着银色的光泽又像玻璃一般——从她没有眼珠的眼窝流出。她不大但闪闪发亮的头，伏在摊开的手掌骨上，手臂则轻轻地放在膝盖骨上。门牙上衔着一枚银纽扣，那纽扣我认得，多年前我给她买了件大衣，上面就是那样的纽扣。正是看见她孤零零地咬着那枚纽扣的样子，一股强烈的悲伤感涌上我心头，以至于我居然都没有意识到自己的根已被毫无痛楚地切断，而现在唯一能做的就是包扎伤口，再一次——但是用新的眼光——走遍这山谷的路。屋顶又嘎吱作响了，西南风穿过门缝，嗯呀地发出沉闷的响声。可怕的脚步声渐渐远去了，发出的回声在我的胸口轻轻地敲打着。

此后，太阳不再升起。不知道它决定要去哪里，也许已经坠入了居住着那只巨型人鱼怪的海里了。而且，夜晚也再没有降临过，它已经撤回到海底最深处的岩石上，那儿是巨型人鱼怪的故乡。天空中人鱼怪的脸无数次现形，连星星也渐渐邪恶起来，并且最终变成了人鱼怪。它们都想要伙伴，它们如饥似渴地拉我做伴。可我总是嚼着那枚银纽扣，只是观望着，只有这样才能让它们离我远点。昨天我在山谷里遇到巴布拉的父亲：

“我终究要抓到你的，你这个混蛋！”他尖叫道。

但我咬了一口银纽扣，把自己变成一条鳄鱼，露出巨大锋利的牙齿冲着他笑。

他立即把自己化为雾气，我只能咬到几口空气。正当我在咒骂他时，一个我认不出的声音说：

“你以为这一切都是政治，对吗？”

可是看不到一个人影。

我冷笑道：“难道不是吗？”

我阴郁地把自己变回了人形。我决定把这些悉数记下，因为不知何时，那些浑身恶臭的人鱼怪就会抓到我。玛丽亚，如果你找到这些文字——我头发热，一阵轰鸣，几乎不清楚自己写了些什么——我感觉人鱼怪已经出动，来扰乱我的理智了——如果你找到这些文字——我想巴布拉的父亲来抓我了，天空大地空气，满是像他那样的怪兽，而我——也像他一样——我真希望能给你个孩子——我的头！——所有成年人都是人鱼怪，但记住也许孩子还有机会——我的头！

我这一生就是只人鱼怪。玛丽亚，你离开我，你这样做是对的。我必须走。

咖啡车女孩

[南非] 埃塞基耶尔·姆法莱勒

埃塞基耶尔·姆法莱勒
Ezekiel Mphahlele, 1919—2008

生于南非比勒陀利亚。其自传体小说《沿着第二大街》（*Down Second Avenue*, 1959）描写了他在比勒陀利亚的童年与少年生活。出版有短篇小说集《强者必须活着》（*Man Must Live*，1946）、《生者与死者》（*The Living and the Dead*，1961）、《在次等角落》（*In Corner B*，1967），长篇小说《漫游者》（*The Wanderers*, 1969）和数种批评文集。曾流亡尼日利亚、肯尼亚、法国和美国多年，最后回到南非。

人群犹如一个巨大的物体在移动，仿佛海浪般翻腾摇曳。面前就是大都市钢窗有限公司，所有的眼睛都聚焦在此。公司员工们彼此听不见对方在说什么：也许彼此也不必听清对方在说什么，每个人都只对自己的话感兴趣——而且个个都说得热血沸腾。大家只知道自己在罢工：为了什么？如果你这么问他，他就会啐一口，说："你以为我们是来玩的吗？"

汗涔涔的黝黑身躯，脏兮兮的满身油污，他们你推我搡，相互挤压着，被挤疼的人露出怒容。纠察队忙前忙后地疏散着人群，警察正挥舞着警棍，汽车的喇叭疯子似的鸣叫着，现场一片混乱。

"往后站，你们这些猴崽子！"一个黑人叫道，他被人群挤得顶在一根柱子上。"嘿，你这黑母鸡生的！"

咖啡车女孩出来卖咖啡和薄饼，也被挤在罢工的人流里，她满脑子在想着罢工一事，既没有意识到人群越聚越多，也没有意识到几个被挤出了队伍的游离分子，正朝着她的推车走来。忽然，身后响起震耳欲聋的冲撞声，其中一辆咖啡车翻倒了，一群人也跟着栽倒在车上面。她从咖啡车上爬下来，那样子仿佛一只鸟受惊吓后逃出了自己的窝。

一位妇女尖叫起来。又发生了一次冲撞。先前被挤得顶在柱子上的那个男人脱开了身，他看见咖啡车女孩就在自己身边，且正身陷困境，便几乎莽撞地一把推开女孩，女孩被推着冲到了街上。他一把抓住咖啡车车柄，推着车横穿街道，一路嚷着："让开，你们这些黑猴崽子。"就在这时，他身后的一辆咖啡车全散了架，像一堆碎木条。

"呀，真是太感谢了，先生！"

"下次小心点，妹子。"

"真不知道如何谢你！给，咖啡还有薄饼，拿着。"

"多谢，妹子。"

"瞧，他们还在往前走，没准要闯进工厂了！"她再回头看时，他已经走了。她甚至连他的名字还没有问呢，真是失礼啊，她想着……

罢工发生在一个冬天的上午。晚些时候，街上的人大多被驱散，工人们也离开了，但令人满意的协议依然没有达成。无论如何，黑人罢工都是非法的。

"回去干活，否则要么被解雇，要么去坐牢。"工厂下达了行政命令，有一半以上的工人都被解雇了。

城市西区这片肮脏的区域现在已相对平静了。男男女女继续每天四处游荡着。一股烟雾悬浮在空中，或粘在墙壁上平添了几分沉闷；一根根被熏得乌黑的烟囱恶毒地指向天空；空气中弥漫着一股浓烈的熏肉味；蔬菜水果店都战战兢兢又带着几分期许地开门营业了；老人们如佛像般站在店门口，双臂交叉，一脸茫然，仿佛在嘲讽这个世界，尤其是嘲讽这个可鄙的商业界；这些善良的忍受着煎熬的平民百姓，稍有牢骚就大口吐痰，仁慈的大地宽宏大量，包容着他们。一辆车会从街上的十字路口飞驰而过，一阵风刮过，卷起地上干燥的马粪，刹那间在空中疾速地转着圈。看到这样的情景，不免让人更加想吐痰了……

“你好。”

“你好，要喝咖啡？”

“嗯，外加两块热的小面包。”

她招待着，几乎没看他一眼。但一瞬间，她的目光落在了这个客人身上。慢慢地，她收集着记忆的碎片，不知不觉中，画面成形了。她看着他，发现他也在打量着她。

“啊！”她倒抽了一口气，抬起手捂住嘴，“你就是那位好心救了我车的叔叔啊！”

“请别叫我叔叔。我叫鲁本·勒梅科。厂里的小伙子叫我希纳。你呢？”

“佐德瓦。”

在她洗东西的时候，他的目光从她纤细的手指上扫过，移到她身上穿着的男式毛线衫——绿色但已经褪色，她穿着显得太大——和那件瘦小的工装，然后看着她桃粉色的脸蛋——虽吃得不胖，脸形却好，在一顶沾了土灰的黑色贝雷帽下显得格外亮眼。他狼吞虎咽地吃着，她则不时地侧眼看他。他眼睛生得细长，湿润，眼神柔和但透着一丝狡黠，肩膀略微有点佝偻，这让他看上去很和善，否则他该是个样子扭曲、相当凶恶的人。有他在，她就会有种感觉：

一股抑制不住的赞赏之情。她觉得有一种人隔着一臂膀的距离看，会很吸引人。他就是这样的人，隔着一臂膀的距离，特别有魅力，就像她曾经在鬼屋里看到过的蜡像。

“被‘大都市’解雇了？”

“嗯。”他耷拉着脑袋，从沾着油的帽顶上，她能看出他情绪低落。“刚从保险基金办公室出来。”她打心底里可怜他，这样同情一个陌生男人于她是第一次。

“现在准备做什么？”

“跟大家一样，”他抬头直视她的眼睛说，“一大清早就上街抗议，老板刚吃过的早饭，在胃里还没开始消化呢。没有工作，就没有政府公文；没有公文，就没有工作，然后被赶出城。”

“大家都不好过吧，我想。”

“对。”

“我晓得了。你要是饿了，又没钱买，就过来到我这里，我给你咖啡喝，给你薄饼吃。”

“多谢，呃——我叫你平吉吧，行吗？”

“嗯。”她下意识地点了个头。

他握了握她的手。“我们有句俗语，愿善良的你长得如大象一般壮大。”他拖着脚步离开了，她一直目送着这个佝偻着肩膀的人，久久地看着他，直到看不见——她觉得这个人随时随地都有可能会点起一把火。真是个怪人，平吉边洗东西边漫不经心地想着。

希纳常常在平吉的咖啡车旁停留，却不愿白喝咖啡，白吃薄饼。

“你我都一样穷。”他说，“等我真落到住排水管了，你可以来帮我忙。”

她慢慢习惯了和他相处，也习惯了把他当成伙伴，但觉得这个伙伴对她并不合适，因为他能从你身上挠出血。她对自己有这样的想法真心感到歉疚。他觉察到了她的这一想法，因此很生气，又反过来因为自己生她的气而感到歉疚。

“好吧，平吉，今天我就拿着了。”

“在这座残酷的城市，你会饿死的。”

“那又怎么样呢？许多人在挨饿。想想在这个偌大的城市里，平吉，你和我，我们算什么？一旦我们挨饿、病了、死了，谁会来惦记你和我？”

希纳没来的那几天，她老惦记着。她开始担心某件事；这种事难以描述，它会不知不觉地在人与人的相处中萌芽、滋长。它已经出现，当事人自己却未必意识到了，因为这种事叫人害怕，这样的事情，自己也不知道该如何说，才不至于引起痛苦，甚至有可能断送了友情。在他面前，她尽力掩饰着自己，表现得像个妹妹，同情他，但不矫揉造作。他虽然对此很反感，却继续上演着哑剧。可他内心深处的感觉是：天上雷声轰鸣，大地剧烈晃动，天地在为相会而挣扎着；阳光和雨水交融；牛奶和胆汁佯装友好；火与水携手并进；泪与笑一阵歇斯底里地相拥；悬巢鸟的惊叫声，伴着鸽子的咕咕声腾空而起；恶魔在天使唱诗班前挥舞着火把。想到两人间的恋情，平吉和希纳都惶惶不安，不去捅破。

“平吉，我终于找到活儿了。”

“我真为你高兴，希纳！”

“等我拿到第一份工钱，你就会收到一份礼物。哎，我真不该跟你说，我原本想给你个惊喜。”他真觉得遗憾。

“别担心，希纳，到那个时候我会假装真的是大吃一惊，你等着瞧吧。”两人都笑了。

周五到了。

“过来，平吉，我们走。”

“去哪儿？”

“跟我走吧。”他领她到街上兜售廉价品的商贩那儿。

“先生，我想让她在这里挑她喜欢的任何东西。”

小贩立马蹦起来，开始口若悬河地夸起自己的东西。

“好吧，先生，我来选。”平吉拿起一样又一样，每一样都仔细查看，最后选中一只漂亮的长发夹、一枚胸针和一对手镯。希纳亲自把这些饰物一一戴到平吉身上，把长发夹别在贝雷帽上，奈杜——也就是那个小贩——在一旁又开始摆起龙门阵，赞美平吉的模样。希纳给自己买了一把刀，刀上挂着一条时髦的链子。两人随后就返回了咖啡车。

从那天起，奈杜成为平吉咖啡车的常客。他经常夸她的薄饼和咖啡做得好，有两次在吃午饭的时间，希纳碰到他在跟平吉讲一些奇闻轶事，逗得平吉哈哈大笑。

“你在哪儿干活儿，我的盆友？”奈杜有一天问道。奈杜是印度人，像其他印度人一样，把“四点五十”说成“是点无十”，把“五种形式”说成“无种星式”，把“非常关键”说成“灰常宽键”。

“鞋厂，在大街上。”

“钱赚得多吗？”

“在这座城市，哪里找得到赚钱多的活儿啊？”

“太对了，盆友。瞧瞧我，我原想开个杂货铺，如今就是个卖便宜货的小贩。”

“我今天饿了，平吉。”一天希纳说，他明显有了高兴事。

“看你这么高兴真棒，希纳，是什么好事？”

“没什么。做人难道就没有权利偶尔开开心吗？”

“当然有。只是好奇，想知道发生了什么特别的事。”

她在洗着咖啡用具，他看着她粉红色几乎透明的手指。

“嘿，你手指上有枚可爱的戒指，是我送你的那枚吗？”

平吉看了看那枚玻璃戒指，用指头摸摸，又擦擦，笑着说：

“奈杜给的。”

“什么？”

“没什么的，希纳。奈杜吃饭没付钱，就给了我这个，可白吃三天的咖啡和薄饼。”她说着话，仿佛连自己都信不过自己似的，她感觉到一场风暴正蓄势待发。

“你撒谎！”

“我说的是实话，希纳，我干吗要撒谎？”

竟然！他想，她甚至连撒个谎来保全他们的友情都不会，她的语气听起来多冷漠啊。他愈发气不打一处来。

“没错，你撒谎了！听着，平吉，你爱上了那个小贩。和你在一起，他真他妈的快乐，每次我在这儿碰到他，他都对你傻笑，向你抛媚眼。没错，我每时每刻都在盯着他。”

他朝着通往咖啡车的台阶走过去。

“你知道吗？第一眼见到你我就爱上了你，就在罢工那天。”正想接着说，因激动，他呛住了，一个字也说不出来。他一边缓慢地迈着步子，一边抽出一把刀，直指她的喉咙。平吉一步步往咖啡车里退着，吓得不敢辩白。

那一刻，她才完全意识到男人的嫉妒有多恐怖，恐怖在刀刃上隐约闪现、反射着，然后似乎升起了一层薄膜，定住了那双细长的眼睛。身子紧贴着咖啡车的后壁，平吉壮着胆子说：

“得了，希纳，这种事也许你已经做过许多次了。来吧，杀了我吧，我不会喊救命，你想怎样就怎样吧。”

她呼呼地喘着气，像一只被猫逼得走投无路的畏怯的小老鼠。他原本要用刀刺死平吉，此刻却无法下手。为什么？他曾经用一把刀撵走了两个男人。他们一直在挑衅，想打一架，可是这个人却没有一丝的反抗。为什么，为什么，为什么？他感到热浪持续冲击着他两边的太阳穴。刀掉到了地上，他瘫坐在一张凳子上，头靠着墙，双手颤抖。

过了片刻，他站了起来，眼睛从平吉身上移开。“对不起，平吉。我为你祈祷，希望你永远不要再想起这一天。”

她看着他，一脸疑惑。

“说你原谅我了。”她点了两下头。

随后她便收了摊，比平时早了很多。

第二天希纳没去平吉那儿，第三天也没去。他无法说服自己去那儿。事情就像一团有倒钩的铁丝盘桓在他脑子里，但必须要去看她，他想。他只是过去抱着她，什么都不说，只是把她贴着自己搂得紧紧的，因为他觉得自己太懦弱了，连告诉她从今往后不要再怕他的话都不敢说。

他们已经三天没有见面了。就在这一天，警察来了，像鹅群沿着街道行进，鞋跟上的铁块碰着人行道叮当作响，发出不祥的回音。他们下了命令，一切便即刻停止。黑人的咖啡车在这个城市里不能继续经营了。“……这有损市容。”市政官员们说。

希纳一连几天去看平吉，发现咖啡车里空空的，被丢弃在街头，他不知道究竟发生了什么事。后来他从小贩奈杜口中才知道了一切。

他走进她的咖啡车，坐在凳子上。

他注视着一层了无生气的烟幕。咖啡车的外面，生活依旧，仿佛从未有一个叫平吉的人卖过咖啡和薄饼。

他敢希望她回来吗，就为了见他？或者这一切到头来只不过是一场梦？他想着，不知道答案。

总有一天，我们会在镇上遇见，希纳想。我会把自己的一切都告诉她，包括自己罪恶的过去；她会接受我的，也不再害怕我……

他依然坐在那辆曾属于平吉的咖啡车里，坐了整个午餐时间……

结婚快照

[南非] 贝西·黑德

贝西·黑德
Bessie Head, 1937—1986

生于南非彼得马里茨堡。出版有三部长篇小说，即《当雨云聚集时》(*When Rain Clouds Gather*，1968)、《玛鲁》(*Maru*，1971)、《权力问题》(*A Question of Power*，1973) 和一部短篇小说集《聚集财富的人》(*The Collector of Treasures*，1977)。小说均以其永久的流放地博茨瓦纳为背景。1981年出版《塞罗韦：风雨村庄》(*Serowe Village of the Rain-Wind*，1981)，重建博茨瓦纳社区的社会历史。1986年在博茨瓦纳不幸英年早逝，年仅49岁。自传性质的小说集《独行女人》(*A Woman Alone*，1990) 以及此前创作的小说集《温柔和力量的传说》(*Tales of Tenderness and Power*，1989)，在作者去世后出版。

筹办婚礼的那些日子里，每天总是在地平线上刚露出些微白光就开始忙碌起来，此时还不是破晓时分，常让人产生悠长与神奇感。醒着的人刚好在这段属于大地的时间调整自己，以适应即将来临的白昼。夜晚的清凉与湿气，如水一般闪着微光，波纹似的徐徐蒸腾。那些这么早就开始忙碌的身影，在蒙蒙雾气中看上去扭曲变形，像慢镜头下的舞者，身体线条流水般柔软。微光中，四个男人——新郎官克戈莱蒂勒的亲戚——赶着一头牛，朝马库杜家的庭院，即新娘纳欧的家走去。马库杜家的院子里已经热闹起来了，不过有那么一刻工夫，大家都凑过来，偷偷地窥视着那几个慢慢靠近的扭曲流动的身影，看看是不是新郎的亲戚。那头公牛，实在笨拙，浑然不知末日即将来临，马上就会是宴席上的盘中肉。它依然悠闲地像往常一样打着哈欠。此刻，女人们开始呼喊起来，声音悦耳，在空中蔓延，宛如汩汩清泉轻快曼妙地从波光闪烁的溪涧里的石头上流过。呼喊声绵绵不断，女人们同时还开始在院子里迂回踏步，跳起婚礼舞。她们还会弯下腰，朝着别人扭腰摆臀。公牛交给了女方家人，一位新郎家的亲戚开玩笑地说：

“这将是一场现代婚礼。”他意思是这次婚礼的程序少了许多传统繁文缛节。不再有人要通宵准备“戴福日”——一种用捣碎的肉和玉米片做成的传统婚礼早餐。新郎说他不信教，不在意这些。新娘已怀孕六个月，肚子大了，因此只想在警署办一场简短的婚礼。

“哦，我们各有各的婚礼仪式。”一位女方亲戚开玩笑地答道，“时代在变，我们也要跟着变。”说完她又欢快地踏歌起舞去了。

一旦有人结婚，相关的流言蜚语就会纷至沓来，让人不寒而栗。不过，这次新娘纳欧的亲戚只是私下议论议论，对外绝口不提。亲戚们迫不及待地想摆脱她；她叫人难以忍受，老是一副盛气凌人不可一世的模样。在家里和亲戚中，她是唯一一个修完了“O”级课程的，因此总是拿这个炫耀自己。走路时鼻孔朝天，看到大字不识的亲戚，连招呼也不屑打——她躲得倒也很机灵，扭头向一旁偷笑。即便真的打招呼，也像是在侮辱人。她会伸出一只手，张开手掌，一边笑着一边往下摆动手掌，那姿势简直是在说：“哦，是你呀！”似乎只有她母亲对她修完了“O”级课程一事喜形于色。在家里，纳欧从头到脚都有人服侍。出了家门，难听的话就一传十，十传百地传开了，大家都恨透了那些既自负又傲慢的人。

“那女孩真不懂规矩！”亲戚们埋怨道，“满脑子的知识，却目中无人，这样受教育又有什么用？哦，她不是个正常人。”

最终，他们总会拼命点着头，预言道，总有一天生活会让她栽跟头的。其实，生活对纳欧照顾有加，刚修完课程两个月，她就怀上了和克戈莱蒂勒的第一个孩子。不久，她得知还有一个女孩马泰塔也怀上了克戈莱蒂勒的孩子。马泰塔与纳欧不同，没有受过任何教育，只能当个家庭女佣，纳欧则前途无量——做打字员、簿记员，或者秘书。因此尽管知道了这件事，纳欧也只是抿着嘴笑，马泰塔不是她的对手。最终克戈莱蒂勒决定向纳欧求婚，马泰塔那头，他接受法院的判决，同意每月支付十兰特的抚养费，直到孩子满二十周岁。这个决定仿佛是形势所迫，当时两家人就孩子的出生一事都在逼着克戈莱蒂勒——他是个养牛大户，双方都想从中捞些好处。马泰塔对克戈莱蒂勒的选择也只是微笑不语。像她这样的女孩，面对男人的追求，向来是来者不拒，一旦失去他们，顺其自然就是了。

“他看中的当然是她的学识而不是教养！”纳欧的亲戚议论道，表示他们并没有被人之常情所蒙蔽，“他想既然两人都受过教育，自然都会找到好工作，过不了多久，自然就成富人了……”

克戈莱蒂勒也受过教育，即使如此，那年他在为自己和纳欧两人今后的小家庭修缮院子时，内心似乎也有过挣扎。他大部分的闲暇时间依然都待在马泰塔家里，太过分的行为倒也没有，但是他给马泰塔带过各种礼物——食物，花哨的衣服，鞋子和内衣。他每次来，都带上一份礼物，每回马泰塔都乐呵呵地说：“哇，克戈莱蒂勒，我怎么穿得了这么多衣服？真是浪费钱！再说，你每个月给孩子的十兰特，够我花的了……”

女孩马泰塔非常漂亮，黑眼睛星星般明亮，平时总是笑容满面，无忧无虑，为人也是直来直去，总是坦诚相见。他知道自己将娶个什么样的妻子——一个截然相反的人，全新类型的女孩。她扭捏作态，一副后天养成的贵妇人的架势。然而，这年头，过于窥视自己的内心，对男人而言并无益处。他们都想娶能挣大钱的女人做老婆，且毫不妥协！然而，好像是社会本身为每个人都打上了各自财富的牌子，克戈莱蒂勒并没有逃离这个宿命；他为人谦卑热忱，乐于帮助人，浑身散发着一股迷人劲，让人觉得高兴。因此，认识他的人都爱他敬他。那些时候，他坐在马泰塔家院子里，只字不提自己内心的纠结，只是坐在椅子上，伸出手臂扶住椅背，把头转向一旁，盯着身边的空地。然后他会莞尔一笑，起身走开，看不出一点波澜。在新建的院子里修建新屋那年，他倒经常睡在纳欧家。

他在两家享受着不同的乐趣，两家的亲戚都看在眼里。有一天，纳欧盛气凌人地走进一位姨妈家的院子时，姨妈决定吓吓她。

“喏，姨妈，”她说，还是老样子，漫不经心、目无尊长，与她所谓“受教育”的身份相互映衬，“你能给我泡点茶吗？最近怎样？”

姨妈极其平静地说：

“孩子，你也许还不晓得，周围的人个个都讨厌你。我们一直在争论，像克戈莱蒂勒这么善良的年轻人，该不该娶你这么没教养的垃圾货。他要是娶了马泰塔那样的女孩，肯定要好过得多。马泰塔虽然没读过书，人家起码还懂得尊重人。”

那个傻丫头心里一震，呆呆地瞪着她姨妈好一会儿。然后她起身跑出了屋。听了这些话，她略受打击，收起了脸上自视清高的微笑。她开始迫切渴望跟人打招呼，也渴望保住克戈莱蒂勒这位丈夫——这可是她怀了六个月的身孕才换来的婚姻。即使如此，她自己的亲戚依然不待见她，直到婚礼的前一天，他们还在为纳欧是否适合做妻子争论不休。可是，表面上一点看不出，院子里宾客川流不息，人们载歌载舞，喜气洋洋。宾客们头上颤巍巍地顶着贺礼，沿着过道，兴高采烈地招呼着。纳欧的姨妈们都安详地裹着披巾，三五成群围坐在庭院一角。她们坐在地上，腿往前伸着，这一整天都像女王一样被服侍着。一盘盘茶，干白面包，一碟碟肉，米饭，还有沙拉，不停地端到她们跟前。她们的重要任务就是等到日落时分，男方的姨妈们过来后，正式把新娘交给她们。因此这一整天，她们脸部僵硬、面无表情地坐在那儿，等着完成这一古老的仪式。

同样脸部僵硬、面无表情的，是另一队妇女——克戈莱蒂勒的姨妈们。她们在太阳落山时出现在庭院门口，一路上，对欢迎她们的呼喊声充耳不闻。她们缓缓走进庭院，在纳欧的姨妈们对面坐下。双方开始对话，此时庭院变得肃静。克戈莱蒂勒为婚礼宴席提供了所有食物，他的一位姨妈首先问道：

"有什么不满的吗？一切都顺利吗？"

"我们都很满意。"对面的人回答道。

"我们是来要水的。"克戈莱蒂勒的一边说，意思是从今往后新娘需到男方家挑水了。

"我们同意。"对方回答说。

接着，纳欧的姨妈们转身面向新郎，告诫他说："孩子，你要种地，每年要给我们送来玉米。"

克戈莱蒂勒的姨妈们等纳欧的姨妈们说完，转身面向新娘，告诫新娘："孩子，你要给丈夫挑水。记住，无论什么时候，他都是家里的主人，你必须顺从他。如果他有时会停下脚步，跟别的女人聊天，你不要介意。让他来去自由……"

仪式过后，就轮到克戈莱蒂勒的姨妈们起身，开始在院子里跳舞狂欢，然后依然一路唱着跳着，新郎新娘跟在她们身后，慢慢地绕回克戈莱蒂勒的家。那里还有一场宴席已经准备好，就等着他们到来。他们走近院子时，一位老妪蓦地蹿出来，挥锄锄着地面。这些只是例行仪式而已，纳欧永远也不会下地干活。她已经有一份报酬高的工作，在办公室里当秘书。这场仪式过后，另一位老妪一手拉过新娘，把她带到一个装饰过的庭院，院里铺着一张传统的兽皮茨瓦纳垫子。妇人让她坐在垫子上，随后在她面前搁了披巾和方头巾。披巾是举行仪式所需，裹在她肩上，头巾盘住她的头——这就代表着她已经是个有夫之妇。

宾客们静静地走到新娘跟前，一一向她问好，然后，两个女孩开始在新娘面前欢呼起舞。正当她们同时转过身，弯下腰，在空中扭摆屁股时，两人撞在一起，摔了个跟头。宾客间一片哗然，大笑起来。纳欧一直僵直着身子一动不动，表情严肃，见到这个场面，她也俯身向前，笑得两肩颤抖。

锄头、垫子、披巾、头巾、女人们笛声般曼妙的欢呼歌唱，这一切仿佛本身就是婚姻祝福的象征，可是，人群外有一位夫人，一副王室的气派，朝着新娘走过去，把在场所有的宾客都给震住了。她正是责骂纳欧没教养、走现代路线的那位姨妈。只见她跪在新娘面前，握紧双拳，用力捶打着新娘两腿间的地面，嘴里大声喊着：

“要做个贤妻！要做个贤妻！”

狱中回想

[南非] 马菲卡·瓜拉

马菲卡·瓜拉
Mafika Gwala, 1946—2014

生于南非韦鲁勒姆，曾做过职员、教师、工人和出版物研究员。曾编辑《1973 年黑人评论》（*Black Review 1973*），发表过论文、短篇小说，出版诗集《约灵科莫》（*Jol'iinkomo*，1977）。

昨天，我差一点赤手空拳把牢房的铁栏杆给拆了，谢齐先生的来访才平息了我心中的怒火。虽然我不是什么VIP——其实我恨透了那些VIP们——但他的来访还是让我受益良多。他不断地暗示我那令人讨厌的词汇："作为一个社会问题"。我真的是个社会问题了吗？去死吧，要让谢齐先生知道，像我这样的人才不会轻易相信像他那种傻瓜的话，去"做个真男人"。

我无法成为他们所期望的那种人——整个下午坐在酒吧里，以酒灌肚，大谈部落政治；或者西装革履，开着美国汽车，用美式英语说着连篇累牍的废话。要让谢齐先生明白，我做不到。我能做的就是给他一拳。拜托，我可没时间为了那些傻瓜浪费口舌。

可我绝不是社会问题，真的！我只想过属于我自己的生活，没有那些人顶着脏鼻子老是往我生活里拱。我敢肯定，谢齐准会把我的事说给那些涂脂抹粉的婊子听，她们会再拿到哪个茶会上去当作谈资。她们可真能浪费时间啊。这个时候她们本该在自家的花园里溜达着，抱抱宠物狗，这才是合适她们做的事。

我还记得在埃绍韦的莱恩夫人。作为青少年罪犯，我当时就是被押送到那里，但我不记得我当时仅是个少年。这些傻瓜不知道我有这个经历。有一天，突然来了一位海外游客，想看看我们这些黑包子的生活现状，我就被带去展览给他们看。混蛋！我们都苦着一张脸，每当这些孔雀们胆敢踏入我们住的院子时，我们就玩这个游戏。好几个问题火烧似的逼向我（可能是因为我的脸最臭），而我就没打算回答他。这位观光的孔雀说：“想想吧，你父母可能为你做了多少事情啊。”听到这，我再也抑制不住，冲着她一阵怒吼。我跟她说，我就要这么做，我还跟她说我他妈的一点也不在乎我父母。（当然，我是在撒谎。）我这么做只是刹那间的想法。当他们终于大发善心，表示要离开时，莱恩夫人耸了耸肩，我听见她对访客嘀咕道：“喏，您看出来祖鲁人不显山不露水的自尊了吗？”也许我该把那些不愉快的记忆藏在心底。她凭什么把我比作“他们”那时候的一位嗜血的祖鲁男孩呢？他们每个人都想把我们当成祖鲁男孩，这样，他们就能向我们施舍同情了。

谢齐对我的这些事情丝毫不知。我认识谢齐已有五年了，到现在，他还是叨咕着那句古训——“做个真男人”，只知道随身拎着那只大袋子，以职业标准扮成那个样。我就因为不去上学，而被送进了少管所。我的意思是，如果有人烦死了天天翻书、天天背诵那些段落，那可不能叫违法。我怀疑你是否也曾有过类似的感受。至于我，历史课真让我抓狂，尽是夸夸其谈——大迁徙和无中生有的事，而老师只知道在每个段落后面来一句：“你可以想象一下当时的情形。”再无其他话可说了，仿佛他在教师培训学校里，学到的就这么点东西。

在考初级证书的那阵子，我开始在附近一家店铺闲逛，去电影院消磨时光。那时候的连续剧很精彩，还记得《傅满洲》我一集也没落下，你该知道“傅满洲的鼓”那一集。我的那位老妈拿烟和打火机收买我，让我卖给她印度大麻。我的货大部分都是在斯卡拉卖掉的。只要我那位老讨厌出去了，我就是家里的老大，而老妈则在伯里亚洗衣服。有一天，老讨厌，我父亲，为可怜的十先令那么点钱的事，来报复我。我都不知道他起初是怎么逮到我的，因为我已经蒙了他很长一段时间。当时真够背的，我觉得，但你知道我不相信运气。第二天我就被带到了梅维尔的警察局。然后，那私刑，哎哟！

“把他送到少管所去，祖迪先生。”一位长得像爷们的妇女这样建议我父亲。她仔细打量了我一番，好像我是个接受检阅的士兵。我的屁股一碰到裤子就痛。

在埃绍韦时，那些男孩子没有虐待我。我只要像恶魔似的跟人一瞪眼，那人准会惊叫起来，离我远远的。后来我遇到了乔伊。他个性鲜明，表情冷酷，总让人感到他就在自己身边。乔伊曾在金伯利待过，那里也有个少管所，但很快他就被放了出来，最终回到了沙佩维尔——他的家乡。

“你能想象吗，回到老家，却发现那里成了废墟，到处都是哭声。我鬼使神差似的跑回家，结果发现父母都死了——被炮火炸死的。我正打算重新做人，找份体面的工作，帮帮父母的忙，只要他们不再把我送回少管所——我都计划好了。可到头来，我落得无家可归，走到弗里尼欣的街上，我抢了人家的包，这不，又进来了。”

乔伊当时在读哈德利·切斯的书。这里就有这样的一个人：他不为自己愧疚，也不怜悯自己，反正就是像这样子的。我们成了铁搭档，乔伊和我。

“不过小家伙，现在我要开始赚钱了，赚大钱，就像他们在这里做的。”他用手捶着平装本的封面。我得插一句，小说可是违禁品。报纸杂志多数都是南非荷兰语的。

我们相处很融洽，乔伊和我：他给我讲“血腥星期一”和在里夫的放荡生活，我则把我在穆胡姆贝纳（即卡托庄园）、梅维尔和德班的生活，逐一告诉了他。他最近刚给我来了一封信，跟我说他的事业已经如日中天。我从不相信他会去奋斗。话虽如此，我还是祝福他一切顺利。

从少管所回来后，我变了个人。至少在某个方面如此。而且我受不了别人的满嘴胡言。当时我家人住在卡瓦-玛舒。谢齐开车送我回家，我们就是因此才见面的。自从我不慎“失足”入狱，这家伙一直纠缠我。

家里人很冷淡地招呼了我。父母亲分开了，我得从老讨厌那里搬走，最好还是离开。再说，新城里的人互不相识，这里索然无味的生活真让人受不了，但我离开的真正原因是我坐过牢。

我是卡瓦-玛舒城的新人，在家则完全是个陌生人，只有上大学的哥哥周末回家时才不是。父亲甚至让很小的弟弟们监视我。我，一个小偷，家里的害群之马。三天后，我发现了与我家一条街相隔，有一家地下酒吧。我兜里有四兰特——我不必交代这钱是怎么来的。刚开始，我点了祖鲁啤酒，接着是一小口甘蔗酒，然后又是啤酒。见鬼，我喝高了。这时，房间里有几个家伙和两个女孩在跳舞，过了一会儿又来了个女孩，看起来像个学生（她身穿校服，抱着书本）。我没费什么力气就把女孩钓到了手，我们开始闲聊，得知这是她姐姐的地方，她们来自里夫。我们接着改用弗莱塔尔语，乔伊已让我习惯了这种语言。女孩舞跳得真美。少管所的牢房日子已经让我锈掉了。

这些人中的一个家伙看着我，露出不屑的神情。我很别扭。遇到这种事，我只有以牙还牙，于是轻蔑地瞪了一眼那猪猡。这一眼让他心里犯怵。他说着祖鲁黑帮话，想引起我的注意，我没有理睬。她长得不算漂亮，但还过得去——可以跟她上床。现在我也记不得，当时那个家伙是听到了我们说的话，还是就因为嫉妒，我只听到他说："我们这里的人专门抢劫'外地人'。"他以为我是个德兰士瓦人。让他更为恼火的是，他们请她喝酒，都被拒绝了，而我给女孩献上了一杯酒，瞧，见鬼！那该死的家伙竟然夺过去，像喝柠檬汁似的一口吞下去。这可是烈性酒——呃。

天色渐晚，我喝完甘蔗酒，合计着怎么跟她上床。我决定先到外面门口等着。那些家伙跟着我出来了。我预感到此时走为上计，但走了的话，我就见不到那女孩了。就是刚才的那个笨蛋问我住哪里。

"你没有权利问我这个。"

"你们还想放他走吗？"

其中一个站了出来。几秒钟不到，我掏出了我的麦奎格刀。那个人伸手打我，没打中。我往他右肩的下面戳了一刀，他的朋友见此都往后退缩。我又往他背部戳了一刀，然后迅速拔了出来，我也被人捶了六拳。我这是第一次跟法律过不去。我因为犯偷窃罪被监禁，过了六个月，我前往韦鲁勒姆——我奶奶的家乡。

我至今依然在想父亲当时为什么让谢齐去探视我。老家伙一点不在乎。我被关在这儿差不多已有七个星期了，他才让人来看我，真可笑！只要道吉不说，我也不会告密。这小子胆够大的，我佩服他的胆量，不准备背叛他。他把他的枪当成宝贝，为此我喜欢他。

至于我如何进了这间昏暗的牢房，说来话长。

韦鲁勒姆是个小镇，我很快就摸索到了我的生存之道。这里的人都挺友好，我是说友好。他们还能好好地对你笑，这是我在少管所和家里想见也见不到的。他们见我烟斗点得利索，抽得也很好，就跟我亲近起来，我很容易就跟他们友好地处在了一起。我有阅读的习惯，这也稍许增添了我的魅力。稍做判别，我就能轻松地把那些大枪端平稳，而不至于让旁人担惊受怕。诸如此类的事情有很多。跟我在一起的人里，有一个家伙不费吹灰之力，就能掷硬币猜出正反面。有这帮活泼好动的人跟着，我的感觉是既温暖，又舒适。我们全是一帮好斗的流浪汉。用芒果叶卷大麻，也成了我的特别嗜好。

我就是这样认识了道吉。他学会了抽烟、学会了翘课，结果初级证书考试没有通过。我们在同一条船上，志同道合。用他的话说，跟我聊天，他才能津津乐道自然科学。那家伙真是个天才，就他那股对数学和工程学的狂热劲儿来说！他会讲如何建造轮船、如何设计飞机。瞧瞧特克斯，他会说，那个杂种从来不用脑子。我搞不懂他怎么能通过九级水平测试。道吉不喜欢那些“受过教育的混蛋”，这一点他无法掩饰。希望我这么说没有伤害到你，你也不是不堪一击的人。他哥哥原是个医生，其实现在还是，他们哥儿俩总是意见不合。这就是道吉变成这样的原因所在，或者他哥哥可能就是个杂种：如今这种人多得是。

不过话说回来，我之所以在这儿，跟我说的这些没有关系。

当时我们在布莱姆的茶室里赌博，我们一群人当时都在。有个口渴的嘴角边都是白沫的混混，名叫萨米，小伙子走起路来好像地上有块滚烫的铁，弹着吉他能模仿任何歌手唱歌——猫王、披头士、奥蒂斯·雷汀、雷·查尔斯。跟他赌，随便下个注都能赢，所以大家都喜欢他。米奇·图也在，他当过擦鞋童，后来就转行到计程车停车场洗车。杰克，穿着他的李维斯牛仔裤，后面的口袋里总是塞着一本足球杂志，幻想着能有球王贝利那样的球技——他是个好人，就是爱喝酒。还有杰·辛格，目光如鹰隼，总是一本正经。他最在意的事就是把史蒂夫·麦奎因的电影看个遍、谈个透。大家都叫他“孩子”，因为他赌博好孤注一掷，像他那么输没人受得了。

还有亚历克，因为在一次持枪抢劫案中当了个喽啰，就被关了十八个月。他刚从“里面”出来，如今已经变了个样，看他拿烟的样子和娃娃脸上强露怒容的模样。如果说在监狱里他真学到了什么有益的东西，那就是诚实。我说的诚实与《圣经》上盲目的诚实不同。当他无法肯定某件事的时候，我第一次听到他说“不”了。他过去的大嗓门如今也不见了，走起路来威风凛凛，像入伍后的士兵被授予了第一道军衔后，表现就得高贵些，好与新身份相称。

那天下午聚集在那儿的，还有其他好些人，我数都数不过来。伊斯梅尔也在其中，还有个又脏又胖的懒汉和一名警察的线人。

道吉开着老破车咔嗒咔嗒地来了。

“靠边去，你这个不长眼的。”道吉随着性子，敢对所有人大呼小叫。

“小鬼们，快给我们让开。”他咆哮道，一群小伙子在那儿闹着。

“干吗呢，都聚合在这儿？”那是米奇·图的声音。

“是聚集，米奇，不是聚合。”有人插了一句。

“聚合，谁在说聚集？你他妈的少来教训我，我就爱用大词。我过去给一个他妈的律师当过茶童，像你这样告密的人，还敢来说我！”大家正玩得热火朝天，斯福，赌博很是轻率鲁莽，输了两兰特后，脸色开始变了。不过有道吉来对付他，防止他耍花招，因此这场赌局没有出乱子。为了下一注，杰把他的夹克衫都押上了。

“大麻有人要尝尝吗？”道吉手里拿着好几包。

“是不是很贵？”哈里想买。

“你晓得我每次都只卖大麻的本钱，我不卖着玩。”

“好吧，给一节让我尝尝。”那是买卖之道。你得先尝一节，这是买卖大麻的游戏规则——先摸清对方有什么货色再决定投钱。

“见鬼，路易斯，再给我四节，零钱不用找了。”他给了他一张五十分的钞票。

“我们均分。”道吉把赚的第一笔钱塞到我手里，他平时就喜欢我，今天对我格外的好。我们也赌，然后把钱输光了。

“你们这些吸血鬼，一帮狗娘养的。”我输得精光，我们只好出了赌场。

“你想就近玩玩吗？”道吉问我。我说当然。谁不喜欢就近玩玩？不想的人准是傻子。

“那我们走吧——到绿林公园去。”我这才知道了道吉在绿林和西德纳姆两地绝大部分的人脉关系。他是他们的供货商，拿大麻换取一些盗窃物，比如铜币、码头来的货物或那些能赚钱的小玩意儿。我跳进他又旧又破的车里。

“我们没时间商量怎么配合了。”他边把车停在一幢大宅前一边对我说，“我在说话的时候，你只要给她抛媚眼就行，如果她提高嗓门，我就知道你们俩有戏了。我就跟她妹妹溜到隔壁房间去。她太会迷惑人了，不会让你进入状态的。”说着我们就闪进了屋。这办法在被抓前屡试不爽。

“几个德国兵来这儿找过伊曼纽尔。你们是什么事啊？”那位瘦身肥臀的姐姐问道吉。

“就我所知，他还没有报名登记参加部队军训呢。真不明白为什么要我们这些‘有色人种’去替他们打仗，那是他们自己的破事，又不是我们的。”

我们天黑后才离开。途中比平时多停了几次，我们直接去了韦鲁勒姆。

“我为咱俩带了点浓汤，迈克。我能信任你吗？”

“你一开始就没有怀疑过我，至少你没表现出来。不过干吗拿个马子收买我？”

“为了干净地交易。”

“这交易就这么定了。”我推测自己没有选择。以怨报怨，以德报德。道吉从后座拿起那个他从大宅子里带来的奇怪的包裹。包在牛皮纸里的是枪：一支 FN 来复枪、两把勃朗宁和一支点 33。

预备役部队里会有买家，我敢肯定。你是懂幕后势力的。我们分开后，我把东西带回了家。我有信得过的线人，能按我出的价买下这些货。再过两天，我就能把这些该死的东西脱手。埋了它们，我就是这么做的。我敢跟你这么说，因为你不像警察的线人。你人老实，这点从你的眼神里就看得出。你真他妈的好得没见你跟人斗狠过，连一只苍蝇都不敢拍，这就是你的问题，兄弟。老实巴交又受过教育，现如今受过教育还老实巴交的人可不多。

喏，我还剩下两天。恰好两天。我自己心里有数。周一，钞票就进账了。

可是周日上午发生的事，让我大吃一惊。我刚从女友那边回来，奶奶已经在等着我了。“警察在找你。他们逮住了道吉。你还在闯祸？我原以为你已经变好了呢。”“我是变了，但人总是环境的俘虏。”

“环境？你自己闯进鬼门关也算？”奶奶怒气冲冲。她忘了一旦你陷入进去，就再也不能回头了，而我正是那种要把游戏玩到底的人。

第二天他们抓到了我。我盲目行动，不该去看电影才对。周日一整天我都不在家，还在另一个女孩家过了夜。人没有确定的目标，做什么就会盲目，你瞧。第二天我想该去舒展一下筋骨，便自然而然去了电影院，把钱花在动作片上来排遣苦恼。可能是我没有音乐天分，音乐太伤感了，不适合我。

影片也不值得我哪怕露半张脸。这是一部黑手党类型的片子，那家伙干不过别人就入伙，手段特别下作，人为了活命才这么干。活命，人，活命。我没有查看放映窗，就一头钻了进去。

我偷偷溜出来时，门口站着个白人士兵。甚至有人说他们在搜捕一名恐怖分子。人们经常会说些蠢话来议论别人，我想象不到自己怎么会被贴上了恐怖分子的标签。权宜之计，最好缓步直行，一直走到街对面。我已经从条子跟前走过来了，他不认识我。那个杂种伊斯梅尔，我感觉是他陷害我的，当当兵的扑向我时，瞧他看我的那种龌龊眼神。接下来他们把我带到这漆黑的客货车里。

两个条子，都是黑鬼，把我拧出了客货车。这两个大块头让我记起一部人猿泰山的彩色电影，散发着一股人造丛林的气息。

“快说，你这黑鬼，那个丛林人都招了。”哪个丛林人？那人疯了。我清楚这套老伎俩。我把“跷跷板”拼接好，就算道吉已经招供，我开始也得否认，这样才能比鸡奸犯强些。不过他怎么不在这里，也没给我看看他的陈述，我是说他的供词。什么都没有。如果他没招供，那一定是在护着谁，守着最后一道防线。那名瘦身肥臀的女孩只认识道吉和我。可怜的人，她一定是经不住打已经招了。

“先生，我不是黑鬼。”第一步要扰乱士兵训练有素的心态。当我可怜兮兮地装着在揣摩他冷酷表情时，那个杂种看出我拒不认罪。对他我自有一套办法，他没识破我这一点，他们输定了。

“你不想跟我们配合？”又是那个大兵。

“那些枪在哪儿？”

“我一直都在配合，你们好像不领情，这就是差别。”当然，我在撒谎。

“他尽说些鬼话，先生。”一位穿着便衣的印度壮汉揪住我的衣领说。伙计你误会了，别在意拷问。

我要不要把被抓的第一天经受的拳打脚踢说一遍？要不要把我来这里后每三天一次的折磨说说？如果你想报道我的故事，我不想违反官方机密法也不想去做伪证。我不知道你什么时候才能离开这儿。

我还讨厌做承诺，然后像只咩咩叫的羊羔一样去践行诺言。有段时间，我觉得自己再也扛不住了，可有个声音告诉我，不要躺着接受现实，凭这一点你就赢了。

“这么说，黑鬼，你是不想招认了?”一名留着希特勒式胡子的长官想恐吓我。

“我的孩子，既然我们无法从你嘴里得到什么，我们就只能把它刮出来了。这是不是你想要的啊?”你一旦发起脾气，他们就都尽力装出很无辜的样子，还尽量装着对我的要求漠不关心。

“我想从这儿出去，我不知道什么枪，我的话你们听进去了吗?”现在轮到我来硬的了。我从乔伊身上学到了一点，人应该忠于他的枪杆子。再说，他们为什么对那三四支枪惴惴不安?为什么，你来告诉我?

因为我相信，道吉对众神发过誓，说我和那些枪没有关系。他还相信，我也会这么护着他。那家伙有这个胆量，即洗清掉我的罪责，否则他们就会带他来见我了。只要他绝口不提他的圈套，我也保持沉默。那两个婊子！我们本不该把自己扯进去。我就说过，不能老责怪说女人是软弱的。

“好吧，我同情你。你在帮一位朋友，却忘了那是犯罪行为。”“希特勒”说道。他们同情你，同时对你施压，这我早已很清楚了。

“你不说出真相，就会被一直关着。”真相，什么真相?还有那拷问。我只知道，我那天没有崩溃，所以他们就要继续浪费他们的时间和口舌。

今天他们马上要对我审讯了，以后还会，以后还会。我只要做一件事：不说话。

顺便问一句，你不觉得跟你一起关在这里很奇怪吗?有两种可能，要么你是警察的线人，要么我已经赢了。绝对赢了，我推测事情就是这样。

当代非洲短篇小说选

查明建　闻琛　叶娟　译

前言

当钦努阿·阿契贝和我选编我们的第一部选集《非洲短篇小说选》时，我们的出发点是收入1983年（进行筛选工作时）之前非洲作家所创作的最优秀短篇虚构作品的代表作。就这收入更新短篇虚构作品的第二部选集而言，我们关注的是1980年以来所创作和发表的作品。

为我们的第一部选集找到材料相对来说并无太多问题：在非洲、英国和美国有大量已发表的材料，可供随时取用。许多重要作家出版了短篇小说集，作品曾在海涅曼（Heinemann）的“非洲作家系列”中出版过。其中包括森贝内·奥斯曼（Sembene Ousmane）、恩古吉·瓦·提安哥（Ngũgĩ wa Thiong’o）、塔班·洛·利永（Taban Lo Liyong）、纳丁·戈迪默（Nadine Gordimer）、亚历克斯·拉·古马（Alex La Guma）、丹布佐·马雷切拉（Dambudzo Marechera）、路易斯·贝尔纳多·翁瓦纳（Luis Bernardo Honwana）、塔伊布·萨利赫（Tayeb Salih）与贝西·黑德（Bessie Head），以及钦努阿·阿契贝自己。其他大的出版商，如费伯（Faber）、朗文、潘（Pan）以及企鹅，曾出版并不断重印多丽丝·莱辛、纳丁·戈迪默和阿玛·阿塔·艾杜的作品集。在过去的二十五年里，也有诸多期刊发表过优秀的短篇虚构作品——《黑俄耳甫斯》（*Black Orpheus*）、《过渡》（*Transition*）、《鼓》（*Drum*）和《奥基克》（*Okike*）为我们提供了来自非洲大陆除北部外所有地区的广泛材料。此外，已经存在许多选集，为我们自己的选集提供了材料和范例。海涅曼有十余种此类选集，有些代表了特定地区或者兴趣，如埃及、南部非洲或者非洲女作家创作的小说。所以，我们编选自己的首部选集时所考虑的大部分材料，就编辑选择和评论界反响而言，已经打上了被认可的印记。

我们选择的首要标准是文学品质，尽管我们也希望能展现不同地区、性别和年代的作家。正如钦努阿·阿契贝在选集前言中所言，在选择过程中也会意外获得佳篇，足以满足其他考量——文学品质与代表性。他接着还说："随后将这些作品按地理区域划分，这看来是一项便利而实际的安排。但本也可能采取任何其他方式的：我们可能会按字母顺序排列作者，或者按时间顺序排列作品，诸如此类。"

为我们的第二部选集收集材料则与此有异。许多著名非洲作家看来已从短篇虚构作品上转向。过去十年里，艾杜、恩古吉、桑贝内、姆法莱勒（Mphahlele）或者阿契贝似乎并无新的短篇小说问世，他们可都是这项艺术最为优秀的践行者。新近的作家如本·奥克瑞（Ben Okri）、恩加布罗·恩德比勒（Njabulo Ndebele）、法丽达·卡罗迪亚（Farida Karodia）以及阿德瓦莱·马扎-皮尔斯（Adewale Maja-Pearce）也有作品集面世，但此类作品集数量很少。尤其是，大的出版商似乎对出版翻译过来的短篇小说失去了兴趣——没有新的法语或者阿拉伯语短篇小说集，尽管海涅曼给了我们一本来自莫桑比克的米亚·科托的作品集，是从葡萄牙语翻译而来。此外，一些过去发表优秀短篇小说的期刊消失了：《过渡》在1976年至1991年间中断出版；《黑俄耳甫斯》不复存在；《奥基克》在八十年代遭遇了尼日利亚的通货问题和纸张短缺问题，其出版时断时续。对于短篇小说这种写作和发表上的明显匮乏，一个真正的例外是南非：《车顶上的乘车人》（*Staffrider*）十多年来持续定期出版，发表高质量的诗歌和散文。南非的出版商——知名者如拉文出版社（Ravan Press）和斯科塔维尔（Skotaville）——也出版了众多由各色作家创作的诗歌和散文选集。

初看，人们可能会担忧在过去十年里，非洲短篇虚构作品的创造性源泉已开始干涸。似乎除了在南部地区，非洲人要么没在写作，要么已经从短篇小说这一文体上转向。时间流逝，我们决定广而告之，以观后效。我们在英国文化协会通讯《文学问题》（*Literature Matters*）上，在《旅行者》（*Wasafiri*）上，在《西部非洲》（*West Africa*）上，在《车顶上的乘车人》上都发了广告，都有了结果：一小批精心构思、创作的作品来到我们手中。但打开泄洪闸的是登在一份新办杂志《非洲评论》（*African Commentary*）上的广告。看来这份杂志肯定读者众多——主要在尼日利亚，但在非洲中部和东部、美国以及加拿大也有读者。我们被压垮了！数以百计的作品蜂拥而至。多数是先前未曾发表过作品的作者的手稿；有些在报纸或小型杂志上发表过，其他的曾由地方出版商或者作家自己以书的形式出版过。尽管品质、写作技巧、主题、语言的使用以及“讲故事”的概念千差万别，但多数作品均很有潜力。突然就变得明显起来的是，在非洲还有很多人在写作，而且为读者而非听者讲故事、成为创作出属于自己的故事的作家，这些观念皆已经深入人心。可供发表此类作品之处相对之少，就更让人讶异了。

那么是些什么类型的作品正在出现？是谁在写？在过去三四十年里有没有大的变化？答案因地区而异。例如，在南非，我们仍可发现钦努阿·阿契贝所称的“不可避免地要与种族主义发生痛苦的联系”，这是我们首部选集中来自那里的作品的特点。我们所读到的大部分南非的作品发扬了其前人的现实主义模式，以犀利的细节描绘了居于破败乡镇或城市贫民窟的黑人底部阶层的生活。由女性创作或者关于女性的作品日益增多，她们常被迫独自担负起为孩子提供每日生存之所需的责任。坚忍不拔的非洲母亲，为她的孩子们——经常还有家里的男人们——寻找糊口之物，恐惧地等待着失踪丈夫或者儿子的消息，这样一个形象一再出现在南部的作品中。她是南非全体黑人的形象，生活于几乎无可忍受的制度的磨难和不公下，同时却有着超人的道德感和人性光辉，有着最纯粹的耐受力。作品所描绘的年轻黑人女性不是用人就是秘书，偶尔是学生。家庭女佣的形象最常被用来做对比：一是她那辛苦工作而又束缚重重的生活，一是享有特权的白人女性的生活方式和态度，她们将时间花在微不足道的社会追求上，并且不把用人当人看。很多故事是对索韦托暴动[1]及其影响的书写，关注了一代曾目睹同学遭受谋杀和折磨而后成为革命者的学童。我们所读到的一些最为出色的作品收在一本名为《从不知道》（*One Never Knows*）的文集里，作者是流亡的南非女作家，该选集由琳蒂唯·马布扎（Lindiwe Mabuza）为斯科塔维尔出版社所编。这些作家包括达尔西·塞唐布尔（Dulcie September）和琳蒂唯·马布扎自己，前者于1988年在非国大[2]（ANC）驻巴黎代表任上被恐怖炸弹所害，后者曾任非国大驻斯德哥尔摩和华盛顿代表。琳蒂唯·马布扎的小说《觉醒吧……》（*Wake...*）在本书中重现，该作品通过一个最要好朋友被枪杀的八岁小女孩之口，借助各种技巧和风格——现实主义描述、梦、对话、戏剧、意识流、儿童与成人的传统和当代的歌谣以及政治声明——有力唤起了人们对所发生事件的记忆，展示了这些事件在索韦托所激发起的情感。这些各异的形式塑造了一个令人振奋、理性乐观的结局，就如文中的孩子托克在葬礼上所想象的，她死去的朋友露瓦兹又回来了：

> 就在殉难者的土地上，露瓦兹从她狭窄的监禁处站起身来，向托克伸出双手。她们看了看卫生间，两人都笑了笑，然后拉起双手搭成桥，她们还没来得及一起用拇指指甲挤压害

1　索韦托暴动：1976年6月16日，因政府强制推行南非荷兰语教育，约翰内斯堡西南部黑人聚居区索韦托爆发大规模抗议，后警察开枪，造成数百人死亡，包括许多年幼学生。

2　非国大："南非非洲人国民大会"简称，是南非最大的黑人民族主义政党，也是主要执政党，成立于1912年。

虫，数以百计的棺材就这样轻松地停在她们搭在一起的手上。在清晨，游行者的歌声就像桥上铃铛一样响起，这也是他们前去相聚的一个信号。升起人类的彩虹就是纳莱迪的旗帜，不再是沙漠中的一棵芦荟！“为正义而战斗没有错。”

关于在大部分非洲当代最优秀的作品中可以发现什么，此文是有力的范例。此类作品混合了多种传统上我们分而用之的文字类型：政治声明、讲座、诗歌、戏剧以及简短谈话。这些类型不仅见于短篇虚构作品，在长篇作品中也可见到，如阿玛·阿塔·艾杜的《我们的扫兴妹妹》(*Our Sister Killjoy*)，丹布佐·马雷切拉的《饥饿屋》(*The House of Hunger*)，阿契贝的《荒原蚁丘》(*Anthills of the Savannah*)，以及恩古吉新近的长篇小说。我们在为第一部选集做准备时读到的几乎所有作品都属于现实主义模式，他们所包含的政治信息都是潜隐而非外露的。涉及荒诞之处，通常会产生疏离感，因为它是作为人物之一所讲述的经历出现的，由读者决定取舍——可能是梦，是酒后胡言，是幼稚迷信。而在诸多新近作品中，幻觉与荒诞被不假思索地直接端给读者。这里所收录的加纳作家科乔·莱恩的小说题为《寻找耶稣的接班人》(*Vacancy for the Post of Jesus Christ*)，它是这样开篇的：“一辆小卡车从天空缓缓降落，大家发现车上装有黄金木和许多为饥饿之人准备的无籽番石榴。”

与之相似，本·奥克瑞的作品糅合了荒诞、幻觉与平凡元素。这些作家和其他非洲作家可能都受如加夫列尔·加西亚·马尔克斯等拉美小说家魔幻现实主义小说的鼓励，但大家或许也会看到，他们借助自身那与日常生活交织在一起的丰富的民间想象和幻想，重返殖民时期之前的传统，并对其重新开拓，这在阿莫斯·图图奥拉（Amos Tutuola）的作品中可以看到。如此，这年轻一代的作家远离了他们中某些人所称的早期非洲小说的双重聚焦，投身于对话和反抗殖民力量，关注对一种统一的、非欧洲民族的文化的认同。

尽管这样一种描述对于60年代写作中的复杂性而言并不公平，但它确实有助于区分方向与目标上的不同。对于奥克瑞和莱恩来说，具有核心地位的是当代后殖民社会的混杂、异质性，聚于奥克瑞最常描写的城市穷人——而非60年代小说中常出现的农村居民和受过教育的精英——的语言、世界和意识中的是各色各样的文化和影响。这是一个被原汁原味展示出来的世界，形象、犀利，未加解释或注解：在这个世界里，超自然与世俗，市场与圣坛，技术与传统，都同等有效、同等怪诞。

奥克瑞和莱恩代表着非洲一种重要的新式创作，但并非唯一一种。我们所收到的很多作品都笼罩着薄薄一层政治寓言或者说纪录片的面纱，如赛义德·赫尔齐（Saida Herzi）关于索马里的"片段"。农村居民，尤其是那些试图在一种日益分化的经济体制下有尊严地生活的穷人，特别是妇女，他们的故事正被写成文学作品。作家愈加多样化，他们更加认可非洲大陆文化的多样性，包括东部和南部非洲的印度与阿拉伯裔社区，尼日利亚伊博族、约鲁巴族和北部伊斯兰社群之间的冲突，穷人与中产阶级之间的差异，还有自身变为一个阶级的政客，尤其是我们这次注意到，女性作家的人数，注意到并尝试以女性视角表现婚姻、生育和割礼等问题的男性作家的人数，都在增加。

此选集揭示了当代非洲短篇小说写作中主题、形式与风格的鲜活的多样性。编辑们相信，它将给予普通读者，给予研究非洲文学创作的师生同样的阅读享受，希望能以此鼓励他们探索这一成长、繁荣中的文学。

C. L. 英尼斯，1992 年

南部非洲

女先知

[南非] 恩加布罗·恩德比勒

恩加布罗·恩德比勒
Njabulo S. Ndebele, 1948—

成长于约翰内斯堡西部土著区和奈杰尔的查特斯敦区，获得剑桥大学硕士学位和丹佛大学博士学位。其小说集《蠢人及其他小说》（*Fools and Other Stories*）获 1984 年非洲诺玛出版奖。1975 年起，陆续任职于多所大学，曾长年担任南非作家协会主席，现为约翰内斯堡大学校长。其作品还有文集《重新发现平凡：南非文学与文化随笔》（*Rediscovery of the Ordinary: Essays on South African Literature and Culture*，1991）、小说《温妮·曼德拉的哭喊》（*The Cry of Winnie Mandela*，2004）等。

一个小男孩胆怯地敲着门，一只毛茸茸的大狗一直在嗅着他的脚踝。这只狗使得他很不安；他非常害怕陌生的狗，这种恐惧使得他希望能快点走进屋里，越快越好。但是屋内无人应答。他是否应该直接转动把手走进去呢？女先知会说些什么？她会诅咒他吗？此刻他不确定自己到底更害怕哪个：是女先知还是这只狗。如果他长时间站在门前的话，大狗可能会很快认定他在这儿捣乱。如果他离开了，大狗又会认为他逃跑了。还有女先知！当她打开门发现门口没有人，她会说什么？她可能会认为有人在搞恶作剧，肯定会用雷电来惩罚他的。而且，病重的母亲派他来向女先知乞求圣水，可不能就这样空手而归啊。

很多次在街头巷尾会听见人们谈论一些关于女先知和圣水的有趣故事，比如，每一个去向女先知乞求圣水的人必须要带着一个灌满水的瓶子。她会把手放在瓶子上面祈祷，于是水就变成圣水了，也就可以治病了。他妈妈也是这样说的。

小男孩接着敲门，这一次更加地急促。但是他又必须小心翼翼，可别惹怒了女先知。天色越来越晚了，那只狗仍然在嗅他的脚踝。他手中拿着一个瓶子，紧紧地握住瓶颈——来的时候发现女先知家对面的街道上有个水龙头，便在上面接了一瓶水。此时他很想将瓶子砸向这只狗。可是，要是瓶子碎了，锋利的碎玻璃片会伤到这只大狗的。女先知又会说些什么呢？她可能会诅咒他吧。他又敲了敲门，这一次他听到里面传来一个女人虚弱的声音。

“进来！”那个声音说。

小男孩连忙转动把手。门没有打开。大狗开始叫起来。他又转了一下把手，并推了一下门。大狗叫得更凶了，他开始近乎疯了似的撞门。这时只听见门闩嘭的一下弹开了，门打开了，屋内一片漆黑。大狗嗖的一下冲进屋内，毛快速地划过他的腿。

“滚出去！”那个女人突然吼道。

小男孩在想这个女人是不是就是女先知啊。当他正在思考的时候，大狗又从他身边跑过，狗毛再一次地划过他的腿，只是这一次没刚才那样迅速，让他感到一丝丝的温暖和痒痒的感觉，一直延伸到他的后颈上，像是在亲吻他。然后他不由得一阵颤抖，便什么感觉也没有了。

“大狗，出去！”女人吼道，“这不是在白人的家里。”

小男孩听到一阵拖着软皮鞋走路的声音，料想这个女人一定是从门边离开了，他也跟着进屋了。

“关上门。”女人边走边命令道。其实小男孩早已经关上门了。

外面越来越黑，但是屋内比外面更黑，透过窗户射进来的夕阳余晖预示着这一天即将结束。窗帘还没有拉下来。“是为了节省蜡烛吗？”小男孩心想。好多次天还没有完全黑下来他就点亮蜡烛，妈妈因此责骂过他。

小男孩本能地看着从窗户透进来的光线。他很想知道那个女人现在所在的位置。当她发现小男孩在看从窗户射进来的光线，她会不会认为他有一种害怕的感觉呢？确实，这种光不能给人带来丝毫的舒适感，只会让他想起几分钟前的那种恐惧。窗外那茂密的、深绿色的葡萄藤叶子懒懒地倚在窗户上，像魔咒一样深深地吸引着他。他刚刚从那条黑暗的隧道里走出来，一条由葡萄藤支架搭建成的拱形隧道，从入口处一直到女先知家的门口。他没敢碰葡萄藤和藤上无数柔滑、黑色、多汁的葡萄，那些葡萄或者诱人地挂在触手可及的空中，或者栖息在枝丫上，看起来香甜可口。在渐暗的夏日天空映衬下，一串串葡萄就像一簇簇圆锥体，上粗下细。

“千万不要碰那葡萄藤！”这几乎是每一个住在查特斯敦镇的人都知道的一条忠告。据说，葡萄藤上涂满了透明的黏稠胶状物。这种胶状物使得女先知总能逮住在夜里偷葡萄的人。偷葡萄的人整个晚上都会被粘在这里，冒着寒冷请求饶恕，可是女先知直到清晨第一缕曙光照耀大地时，才会从她的屋子里走出来，举起手臂指向天空，说道：“走吧，走吧，罪恶的人；去吧，从此不要再犯罪！”瞬间小偷就被释放了，带着一身轻松离开了，从此重新做人。每年一到夏天，那藤蔓就会被小镇上的每个人谈及。

* * *

一天，小男孩和三个小伙伴一起逃学，他们乘公共汽车从镇里回来，车里的几个大人正在谈论女先知的藤蔓。车内很拥挤，人在车厢内根本没法挪动。三个小伙伴都把座位让给了大人们，他们在车厢中间相互挨着站成一排，这样可以看见大多数乘客。

“即使是一头母牛被粘住，也别想逃脱。”一个高颧骨黝黑皮肤的大个子男人说道。一顶巴拉克拉瓦帽漫不经心地扣在他的头上，脸上的胡须使得他看起来有些凶。当他用锡质的午餐盒比画着的时候，看起来还会更凶一些。

“我只有一个问题。”一个身材庞大的女人说道，双臂抱着一包需要洗的衣物放在膝盖上面，“你亲眼看见有人被抓住吗？就回答这一个问题就好了。”她斩钉截铁地说，并向窗外背着公文包骑着单车下班回家的男人们投去蔑视的目光。公共汽车离他们很近，小男孩很担心他们会被撞倒。

“我听说过一个愚蠢的家伙被粘在那儿了！”一个年轻人说，他和其他人坐在车厢后面的一条长板凳上，相互说着粗鲁的笑话，大家一起哄笑着。这个年轻人厚嘴唇，红眼睛。说话时，舌头带出的唾液都把烟卷纸浸成了棕色。

“什么时候？”身材庞大的女人问道，“我说，具体时间是什么时候？被粘住的那个人是谁？”

“确实发生过这些事情的！”有几个女人异口同声地说。

“这些我也知道的。”那个戴巴拉克拉瓦帽的男人表示赞同。接着他又说：“你看，有些女人的问题就是她们不相信别人说的话，非要和男人对着干。”

“你说什么呢？”又一个女人开口说话了，“这个问题刚开始讨论得很好，但是像这样讨论下去我们就会跑题的。”

身材庞大的女人装腔作势地摆弄了下膝盖上的包裹，说：“我也正要说呢，不要顾左右而言他，请直面我刚才问的问题。”

“这些事确实发生过的。”那几个女人又异口同声地说了一遍。

“好样的，女人们。明确地表明自己的观点。”坐在后面的年轻人嚷道。“幸福就是拥有像你们这样的女人。”他又说了一句，逗乐了他的朋友。他抽着烟，粗大的手指夹着的烟卷越来越短了。

“虽然你们都不严肃，”身材庞大的女人说，“我要让你们知道这个问题可不是开玩笑的。”

“这当然不是开玩笑！那位大妈问得非常清楚了，问你们是否亲眼所见有人被女先知预设的陷阱抓住。见过吗？”又一个年轻人用英语坚定地说道，眼睛里仿佛充满了愤怒。他穿着整洁，白色衬衫的领子工工整整地翻在夹克领子的外面。旁边坐着一位穿着白大褂的年轻护士。

“她没有这样问哦，小伙子。她只是问这个人是谁，什么时候被抓住的。”坐在后面的那个年轻男人一边扔香烟给朋友，一边说着。大家都笑起来。此时后半节车厢已经全被香烟的烟雾笼罩了。

身材庞大的女人转过头瞪了这个年轻男人一眼，说：“我问的是，你有没有亲眼看到有人被抓，仅此而已！”然后她转而看向窗外，好像有些生气了。

“不要生气呀，大妈。我就是那样认为的啊。”他话音刚落，就引起一片笑声。

“那是我们的问题。”穿着整洁的那个男人说道，他的声音稳健有力，在整个车厢里回荡着，“我们总是嬉皮笑脸，很少严肃认真。我们还被白人欺辱着，难道这点还需要质疑吗？那位大妈问了一个如此简单的问题，而她得到的答案却都是模棱两可的，坐在车厢后面的人还发出非常不礼貌的笑声。事实上你们根本就没有证据，你们所有人都没有。你们曾看到有人被女先知抓住吗？从来就没有。这都是迷信，还有很多关于女先知的传说也都是迷信。我们已经听烦了关于她的故事。”

车厢内顿时鸦雀无声。只听见这辆超载的公共汽车在行驶时，发动机发出的嗡嗡声。最后，戴巴拉克拉瓦帽的男人打破了沉寂。

他说：“小伙子，从外表看，你是个聪明人，受过教育，但是有一件事你要记住。女先知很可能会听到你刚才说的那些话，所以在阳光大好的一天，你要是突然被一道闪电击倒，千万不要感到惊讶啊。我们都会参加你的葬礼，证明你是如何惹祸上身的。”

谈论到此就结束了。小男孩记得在每个夏天，镇上很多人都会在自家院子里的桃树和杏树上挂满大小不一的瓶子，里面装满了五颜六色的液体。没有人敢偷这些树上的果实。谁会愿意因为偷果实被逮住粘在这里呢？那将会是很尴尬的一件事。奇怪的是，全镇只有女先知的树枝上没挂瓶子。

* * *

小男孩的眼神开始从窗外回到这个黑暗的屋子里来了，眼睛也慢慢地适应了屋内的黑暗，他看见这个女人拖着脚走动着，一个黑色的影子离他而去。她穿的可能是上面带绒毛的那种拖鞋，似乎老女人都喜欢这种样式的。突然一个白色的东西映入了他的眼帘，原来是这个女人头上戴着的白布头巾。小男孩开始盯着头巾看，它旋转了九十度，也许绕过了桌子。接着桌子的影子出现了，头巾不动了，然后他听到一阵拉椅子的声音，头巾低下来不动了。此时屋内静悄悄的，小男孩不知所措。他是不是应该找把椅子坐下来？还是应该恭敬地蹲在地上呢？是应该先开口问候这个女人呢，还是等着她先问候自己呢？他是一个不曾了解女先知的人。为什么妈妈要派他来这儿？关于女先知的那些迷人传说小男孩都非常熟悉，就好像以前见过她一样，但她本人和传说中的却不是一回事。小男孩突然闻到了樟脑的味道，因为妈妈感到关节痛的时候总是会用樟脑。难道女先知病了吗？她有没有为她自己乞求圣水呢？小男孩顿时感觉稍微放松了些，因为发现女先知和常人一样也会有病痛，让他感到她其实没有那么神秘。

“下午好，女士。”他问候道，随即清了清嗓子。

“你好，我的孩子。”她回应道。过了一小会儿她问道：“你为什么而来，小伙子？”说话的声音很微弱。如不是里面有一丝疲惫，那这声音就完全是超然的。呼吸似乎有些急促。接着开始咳嗽，清了清嗓子，又继续咳嗽。整个屋子里都充斥着咳嗽声，仿佛五脏六腑都要被咳出来了，还一直在使劲地咳着。小男孩心想：如果她就这样长时间地咳嗽，会怎么样？会咳出什么东西来吗？会是肺吗？这时小男孩终于看清了女先知的身形：背有些驼。她有没有咳出什么东西掉到地上？她终于不咳嗽了，直起身来，双手还在胸前摸着什么，掏出来一块白布。然后她身体又微微前倾，窝起两只手掌，把唾液吐到白布里。接着又站起来离小男孩而去，朝更黑的地方走过去。只听见门吱吱作响，白色的头巾不见了。小男孩不知如何是好，他还没有向女先知说明来意，她就走了。他只好等着。

他开始打量周围的东西。桌上有三个白色的斑点，沿桌子对角线排列着。细看原来是三块桌垫，中间的那一块桌垫上还有一个黑色的圆形小补丁。因为女先知不在，所以他可以大胆地走到桌子旁去摸一摸这些桌垫。它们全部是用钩针编织而成的，这让他想起了妈妈为教堂钩织的那幅巨大的蕾丝花边。诸圣教堂到处都用蕾丝来装扮，还有各式各样的圣餐杯，里面都装着主的血。

这时，小男孩听到了划火柴的声音，划了好几下才划着火。很快一束昏暗的黄色烛光透过半掩的房门照进了小男孩所在的客厅。女先知拿着蜡烛走进了客厅，客厅便慢慢亮了起来。她四处张望着，想找个地方把蜡烛放下来。看到中间那块桌垫上有一个烟灰缸，于是她把桌垫朝自己那边拉了拉，坐下来并在烟灰缸上方把蜡烛横过来让它燃烧，很快滚烫的蜡油就掉到烟灰缸里了。她又竖起蜡烛，使劲按住蜡烛的底部，让它粘住蜡油。蜡烛牢牢地站住了。

女先知透过烛光凝视着小男孩。她厚实的嘴唇突伸着，拉紧了满是皱纹的皮肤，使得两腮下陷，形成了一个唇圈。她好似随时要亲吻。从她额头到鼻梁有一条文身，半睁的一双小眼被分在两边，眼睑下垂。头上戴的白头巾有些大了，使她的脸看起来很小。她身穿绿色裙子，外面还有一件浆硬的绿色披风，上面有许多纵横交织的白色绣花。在她身后有一个长长的竹子做成的十字架靠在墙上。

女先知又站了起来，朝小男孩身后的窗户慢慢走去。她拉上窗帘，走回到椅子边。小男孩看到她披风的后面也有一片很大的绣花。她捡起了十字架放到自己面前，然后坐了下来。

“你刚才说你为什么而来的，小伙子？”她慢吞吞地问道。

“我妈妈让我来要一些水。”小男孩边说边把瓶子放到桌上。

“要水？”她很惊讶，朝十字架上看了看，“太奇怪了。你大老远从家里跑到我这儿来仅仅是为了要些水？”

“我的意思是，”小男孩说，“圣水。”

“啊！”女先知喊道，“那你刚才没有说明白你的意思嘛，小伙子。”她又咳嗽了一下，“坐下吧。你看，你应该学会清楚地表达你的意思。小伙子，所有词语都是上帝赐予我们的珍贵礼物。他将心中所想毫无保留地全部给予我们，让我们认真思考。这就是为什么滥用词语或者不知道如何恰当地运用词语会被认为是很愚蠢的。嗯，你的妈妈是谁？”

“我妈妈？”小男孩对女先知突然跳转话题感到有些疑惑，“我妈妈是一名护士，叫马思默拉。”

“噢！”女先知喊道，“你是护士的儿子啊？她有这么大的一个儿子啊？”她微笑着，唇线张开了，笑不露齿，很美。

这时小男孩便稍稍有些放松了，也感觉到一丝安全，因为女先知知道他妈妈。视线也开始从女先知身上转移了，他看到女先知对面的墙上有个巨大的面具，黑色的，闪闪发亮，一直在笑，露出两颗大门牙。在大约十英尺外的另一面墙上挂着一幅耶稣的画像，胸口敞开，露出心脏，散发出无数光芒。

“你妈妈心地善良，小伙子。”女先知继续说，“说实话，你有这样一位母亲是很幸运的。记住，当她说，儿子，去给那家人捎个口信，你一定要照办。当她说，儿子，帮我去趟商店吧，你也要照办。当她说，儿子，拿本书大声朗读吧，你还是要照办。她说这些话实际上是告诉你要学习和帮助别人。小伙子，这两件事情是世界上最宝贵的遗产。”

女先知盯着十字架看，仿佛她能看见里面有小男孩所看不见的东西一样。她屏住呼吸一小会儿之后又是一阵猛烈地咳嗽，慢慢平息下来之后小男孩发现她的脸颊在动，好像在吃什么东西一样。

“把瓶子拿近一点。”最后她说。她一只手放在瓶子上，另一只手握住十字架。闭上眼睛，面朝天花板。小男孩发现此刻她脸上的皱纹更加明显了。这时，她开口说话了。

“小伙子，你可能不知道这首圣歌，听好了。人需要不断地学习新的事物，然后自己再学着创造。就如同我一丝不苟地学习《圣经》一样。”接着，她开始吟唱：

如果河中的鱼
被正午的太阳煮熟
可以一直留到夜晚，
那么在冰雪覆盖的大地
我们也可以等待
春天的到来。
如果冬天芦苇枯死
春天又会复生，
那么我们也会在大火中幸存
在大火中重生。

这是一首歌词较长、节奏较慢的圣歌。唱完之后，女先知便开始祈祷：

“上帝，万能的主啊！每当我们召唤，你总会倾听。我们把身心全部奉献给你。除此之外又能怎样？世界充满邪恶，心灵充满罪恶，思想如此堕落。万能的主啊，你如同春风拂去我们心灵上的罪孽，赐予我们新生的力量。还记得参孙吗？你当然记得。主啊，你创造了他，创造了万物。你把他从一个不能生育的女人的子宫中带出来，从此以后我们认识到沙漠中也能生长植物，而且那些植物的生命力更加顽强。”

突然，蜡烛的火焰暗了下来。烛光好像快要熄灭了，黑暗又隐约地出现了，似乎已经不是烛光本身了，而是黑暗中的一个亮孔，直到看到桌子上那若隐若现的蓝色小火焰。小男孩打了个寒战，赤着脚站着，感到地板有些凉。

黑暗之中传来了女先知的笑声。刚开始是咯咯的笑，就像一个女孩子被一群想要吻她的男孩一直追到巷尾时发出的笑声一样。当一个人很开心的时候，先是咯咯地笑，然后大笑，笑到眼泪都出来了，但是女先知最后尖叫起来了。笑声让小男孩在黑暗中感到一丝欢乐，但是尖叫声令小男孩感到毛骨悚然，以至于他想冲出屋子。但是有种无形的力量阻止了他。尖叫声回荡在整个黑暗的房间里，好像是从墙上的面具嘴里发出的。小男孩感到想要躺倒在地，像蛇一样爬行直到感觉疲惫而沉睡过去，最后他会感到一种赐福，自己很高兴，妈妈也很开心，紧紧地拥抱着他。

然而咯咯的笑声、大笑声和尖叫声在一瞬间全部消失了，如同一点蜡烛黑暗就不存在，一扔石头河水就泛起涟漪一样。屋里又有亮光了，墙上的面具默默地笑着，耶稣的心脏射出黄色的光芒。

“主啊，主啊，主啊。”女先知平静而又缓慢地说，带有一丝奇怪的满足感。小男孩从街上玩耍之后回到家，妈妈坐在暖炉对面的椅子上，靠近厨房门。她一看见小男孩进来，就紧紧地抱住他一直说：“我已经病重很久了，但我有你就够了。你是我的儿子。你是

我的儿子。你是我的儿子。”说这些话时他妈妈也同样有种满足感。

由于小男孩和妈妈紧紧地抱在一起，可以闻到她身上有股刺鼻的樟脑的气味。虽然他的手臂只能抱到妈妈的腋窝，他依旧记得手在腋窝里是多么的温暖。

“主啊，主啊，主啊，”女先知继续祈祷着，“发发慈悲，滋润我们心灵、我们思想的荒漠吧。发发慈悲吧。保佑这杯水吧，赐予你的力量吧，它能带来新生。让她和其他所有喝这杯水的人都感觉到体内有新春的花儿在绽放，让喝这杯水的人不再绝望，让他们认识到荒漠并不是真的寸草不生，而是大量的风沙挡住了我们的视野使得我们看不见种子。”

女先知说完慢慢地把十字架放到地上。小男孩心想是不是已经结束了啊。我是不是可以站起来拿着圣水离开了？但是，很快女先知又开口说话了。

“过来，小伙子，”她说，“在我前面跪下。”小男孩站起来慢慢走向女先知，跪在地上，垂着双手。女先知把手放到他头上，很温暖，他感觉到温度穿过头发，渗透头皮，到达头的中央。他想，这可能是女先知的灵魂在进入他体内。不是传说当女先知将手放在谁的头上，她是在用自己的灵魂看透那个人，因此，她从未被欺骗过吗？小男孩在想在女先知眼中他的肺是什么样的。她有没有看见他在水龙头下喝水？喝下去的水现在在哪儿呢？在胃里还是在肾里？

女先知的双手开始在小男孩的整个头上抚摸，好像在找什么东西一样。往下摸到脖子，双手比刚才凉了些，由于他的脖子比女先知的手还冷，所以觉得有些痒。双手又摸到了脸上，紧贴着他的脸，让他感觉眼前就像有万重山。女先知的双手有一股蓝香皂和蜡油的气味，但是没有鼻烟的气味，也许她根本就不用鼻烟吧。但是他祖母用，她的手始终有股鼻烟的气味。这时，女先知又开口了。

“孩子，去拯救你的母亲吧。”女先知的手从小男孩的脸上拿开了，小男孩觉得有点冷，皮肤好像也有种微微收缩的感觉。他从地上起来，手握瓶颈，从女先知身边往后退，转身走向门。当他关门的时候，他看见女先知拿着蜡烛蹒跚地走向卧室。他就在想，女先知什么时候把烟灰缸放回桌上呢？当门完全关上时，客厅已经一片漆黑，卧室亮了。

外面天色已晚，小男孩在门廊站了一会儿，以便让自己的眼睛适应外面的黑暗。同时他也担心那只狗是不是还在附近，但是好像不在。让他担心的还有葡萄藤蔓，上面结满了不能摘的果实，布满了不断蠕动的各色毛毛虫。走在藤蔓搭成的隧道下面时，小男孩缩着脖子，低着头，好像在雨中行走一样。他等着做出抖搂毛毛虫的反射动作。这些毛毛虫特别大，而且亮丽的颜色更让人觉得恶心。

走到隧道中间时，小男孩突然跑了起来，冲了出去，顿时有种解脱的感觉。想到妈妈一定在等着圣水，于是沿着塔佩大街一路朝西开始向家里奔跑。当他来到街道尽头的时候，他听到理发店里传来嗡嗡的声音，这些理发店向来人来人往，理发店的后面有大型啤酒馆。从女先知家里出来之后，噪声、路人、商店、路灯、公交车和出租车——这一切看着都很新鲜，但是他想躲开这些。如果他在十字路口左转，就必须经过这些商店来到灯火通明的莫休休街，周五晚上这里通常都会聚集很多人。如果向右走，他又必须经过一片漆黑、闹鬼般的班图巴索邮电局，再穿过查特斯敦诊所后面的高大的橡胶树林，然后经过寂静的高尔夫球场。向右走会近一点，但是对一个小孩来说，太黑了，也不安全，即使女先知的灵魂附在他身上。那里会不会有尸体啊？他还是决定向左转。

路过那些商店时，小男孩放慢了脚步，以便安全地穿过人群。他一只手拿着瓶子小心翼翼地把它放到胸口，另一只手托住瓶子底部。他必须拿好这只瓶子，它可以救母亲的命。想到这个，他又紧了紧瓶盖，不能漏掉一滴水。他顺利地经过了商店。

离啤酒馆大门不远处的路灯下面，有一群男孩紧紧地围在一起。小男孩有些害怕，便放慢了脚步。他们是谁啊？他心想。他必须快速地从他们身边跑过去。用不着，没这个必要。这时，他认出了蒂米和布布，剩下的那些男孩都是他的邻居，年龄稍微大一点，有的在上六年级，有的在上中学，有的已经在镇上工作了。

蒂米也认出他了。

“呀，小家伙。”蒂米打了声招呼，“这么晚了，你一个黑人小孩还在街上干吗啊？”

“嗨，蒂米，我刚从商店回来。”小男孩向蒂米说了谎话，他不想告诉他实情。

“过来，你！”人群中有人朝蒂米喊道。原来是比扎。每当小男孩看见他时，大多数时候他都在拦住一个女孩和她说话。有时女孩会哈哈大笑，有时比扎会拉住女孩的手臂直到她屈从为止，而且就在光天化日之下啊！

“你不相信我，你走着瞧吧，等我给你看点证据，到时你就跟蚂蚁玩去吧。”比扎对蒂米说。

另一个人说：“好吧，说吧，你有什么证据呀？大家都知道桑图是个很难搞定的女孩。”

“靠近点，我告诉你们。”大家迅速地把比扎围在中间，小男孩被撇在了一边。他也很好奇，于是也往前凑。大家紧紧地围在一起，他根本进不去，但是他能清楚地听到比扎说的话。

“我刚刚从那个女孩那里来。瞧！看见了没？黏液！看见了没？我用手指碰过了，然后拿开，那感觉就像蜘蛛网一样。”

“喂，我说，你可不能骗人啊。这是常用的把戏。有人拿鼻涕冒充黏液，然后在黑灯瞎火的地方说自己得到了一个女孩。”其中有个人说。

“让我们再靠近点看，”另一个人说，“然后再做判断。”大家又都往前凑了凑。

“你们看见了吗，看见了吗？”比扎嘴里不停地说。

“我觉得比扎已经得到那个女孩了。”有人说。

“伙计们，这是黏液，不是其他东西啊。”另一个人说。

“你们都知道，比扎是这方面的高手。”

“对了，我们凭什么相信是桑图，而不是其他女孩呢？比扎的雪茄上哪里写了他已经得到桑图了？指给我看看。”

“你分明是嫉妒，兄弟，这就是你的不对了。”比扎说。人群渐渐散开了，小男孩却一直盯着比扎看。好一个粗壮的小东西啊，小男孩心想。比扎看见了小男孩，脸上抽动了一下。

“你看什么看？你，滚蛋！”比扎朝小男孩怒吼道。

小男孩拔腿就跑，脑子里还在想着比扎在路灯下会如何摆弄自己的阴茎。不管怎么说，还是挺滑稽的，不过也挺傻挺罪恶的。他暗自高兴，圣水逃过了这些家伙的眼睛，没有让他们摸瓶子。小男孩认为老师说得对。这些小孩只知道稀里糊涂地玩。他们在学校每次考试都不及格，稀里糊涂和读书并不是一回事。

小男孩感觉自己非常伟大，体内有女先知赐予的力量，他要把这个力量带给母亲，拯救母亲。而这些孩子没有拯救自己的母亲，把母亲一个人扔在家里。想到这里，小男孩的脚步又加快了，他必须尽快早点赶回家。他向右转弯朝诊所快速走去，穿过马路，进入玛雅巴街，街上很黑，根本看不见路，但他并没有放慢速度。本能告诉他家就在前方，不远了。跑了这么长的距离，眼睛也已经适应了黑暗。他把瓶子从胸口拿开放到身体一侧，像一只静止不动的钟摆。他抬头仰望天空，仿佛星星发出的光芒能为他照亮回家的路。当他低下头时，发现前面隐隐约约有东西，与此同时他感觉大腿隐隐作痛。耳边传来一阵金属的摩擦声，就像铲沙子一样。小男孩不记得自己是怎么倒在地上的，只是躺在地上紧紧地抓住自己疼痛的大腿。不远处一个男人呻吟着，咒骂着。

“该死的小孩！”他怒吼道，“难道我不应该踢死你吗？你在街道上这么乱跑，以为街道是你家的啊。小屁孩，你都还没到缴税的年龄。趁我还没有出手赶紧滚回家！”那个男人扶起自行车，弄直车把手，离开了。

小男孩从地上爬起来，一瘸一拐地朝家走，除了感觉大腿疼痛以外毫无意识。很快他感觉到胸口正中一阵剧痛，心跳加速。他立刻想到瓶子打碎了，圣水流出来了，妈妈还在家等圣水救命呢。这下妈妈会怎么说啊？如果他没有停下来看那群傻孩子，他很有可能不会被自行车撞倒。他是否应该再回去找女先知？不。那里有狗、葡萄藤蔓还有毛毛虫，还有女先知。她不会放过浪费她祷告的任何人，她一定会惩罚他们的。是用闪电惩罚呢，还是用地狱之火惩罚呢？是什么呢？他一瘸一拐地往家走，去见妈妈。他觉得自己要倒霉了。他将走进母亲的卧室，没有带回圣水，如何面对她那悲伤的眼神和痛苦的表情啊。

但是当小男孩进自家庭院时，他听到狗舍那里传来砰砰的瓶子声音。雷克斯跳过瓶子，跑过来迎他，途中带起石子敲打着瓶子。小男孩突然想起狗舍旁边有一堆瓶子。他抱起雷克斯，心怀感激。他在一堆瓶子中挑了一只，内心很平静，仿佛一直很清楚在这个情况下该怎么做一样。小男孩再次走出庭院，来到玛雅巴街的水龙头旁。他打开瓶子，灌满自来水，使劲摇了摇瓶子，这样反复清洗了几次。然后，他灌满水，将瓶子在裤子上蹭了蹭把它擦干净。他拧紧瓶盖，蹒跚地走回家。

当他开门的时候，听到妈妈在卧室里说话，可能他离开的这段时间家里来了客人。

他的妈妈正在说："我告诉你，把这些都拿走吧。对一个护士来说，吃药和打针是不够的。我也吃草药，也会和其他人一样对宇宙奇观进行思考。儿子，是你在外面吗？"

"是我，妈妈。"小男孩一边应答着，一边顺手把门关上了。

"水带回来了吗？"

"带回来了，妈妈。"

"太好了，我就知道你一定能做到。把水拿进来，再拿三个杯子。马尚吉和马莫科纳都在这儿。"

小男孩的眼中已经充满泪水。妈妈如此信任他，难道他要以这般的不诚实来回报吗？现在他必须平静。他用手背抹去眼泪，将瓶子和三个杯子放在托盘上，正常走着，不能让妈妈看出他疼痛的大腿，还必须对妈妈和客人笑。进入房间之前，他停顿了下，积攒下勇气。他能清晰地听到女人在卧室里的谈话。

“你的话我听得很清楚，护士。”其中一个女人说，“我当时试着跟这些人讲的就是这个道理。你看，这两个孩子是堂兄妹，身体里流着相同的血。”

“那么近！”妈妈说。

“是的，那么近。马莫科纳可以给我做证，我告诉他们的时候，她在场。告诉护士，你当时在场。”

“我还从来没见过这样的人。”马莫科纳说。

“所以我对他们说，嗓门提到最高了：‘你们这些人，我岁数可是很大了。如果他们俩执意要结婚，必须杀一头野兽来解除他们的血缘关系……’”

“你想听听他们是怎么说的吗？”马莫科纳打断道。

“我洗耳恭听。”小男孩的妈妈说。

“告诉她，尚吉的孩子。”马莫科纳说。

“他们都说那做法很老、很顽固、很愚蠢。我对自己说，尚吉的女儿，闭上嘴，别管闲事，睁大眼睛看就好了。我也是这样做的。

“如我所想，结婚前的两周，祖先开始报复了。女孩住院了，双腿肿得好像裤子在晾衣绳上被风吹得充满了空气一样。我终于等到机会教训他们了，指着他们鼻子说：‘对于这桩无法被接受的婚事，你们有没有征得祖先的同意？’你真应该看看他们的脖子是怎样像鹅一样弯来弯去的。他们看看这里，看看那里，就是不看我。日落前，我们在吃羊的内脏。一个星期后，这两个孩子去圣坛，牧师告诉他们：‘你们都是非常漂亮的孩子！’”

“厄运降临岂不是一件很糟糕的事情？”小男孩的妈妈说。

“除了那些不在乎别人言论的人。”马尚吉说。

“这孩子去哪里了？”小男孩的妈妈说，“儿子，水好了吗？”

小男孩本能地低头看着自己的腿。大腿的疼痛会不会导致双腿肿起来？还是谎言也会导致双腿肿起来？他害怕极了，浑身颤抖，但是他必须控制住，必须平静，否则瓶子里的水会被打翻。他继续朝前走。妈妈的床面朝走廊，他一走进房间就能看见她。她靠在很多枕头上。他们目光交接，妈妈微笑着，露出了上门牙之间的缝隙，她总是喜欢用舌头舔那里。一块淡黄褐色雪纺头巾被胡乱地歪裹在头的一边，露出另一边乱糟糟的头发。

当小男孩进入卧室的时候，他闻到了樟脑的气味。他向两位客人问了好，注意到虽然房间内很暖和，但是马尚吉还是穿着厚厚的外套，马莫科纳也在肩膀上围了一条毯子。她们的头巾戴得都比妈妈的整齐。他把托盘放在靠近妈妈床的低矮衣柜上。他向后退了退，不知道是应该回到厨房还是在这儿等待自己末日的到来。

“如果没有这个儿子，我真的不知道该怎么办了。”妈妈一只手举起瓶子，另一只胳膊的肘部撑住身体，手费力地拧着瓶盖。小男孩想上前帮忙，但是感觉自己根本迈不开步子。妈妈将瓶中的水倒入杯中，非常迅速地了喝下去，仰面长叹：“好清凉的水啊！现在我可以给你们倒上了。”说着给另外两个杯子倒上了水。

当小男孩看到妈妈的举动，顿时感觉内心有一股暖流，他很开心，以至于原谅了自己。女先知在他身上看到什么了？她的手里还能感觉到他吗？她知道他刚才的所作所为了吗？圣水和普通的水味道有什么不同呢？妈妈好像没有发现什么异常。她会得救吗？

“当我们喝女先知的水时，我们想说我们是受了恩惠，能亲自看到你的状况。”马尚吉说。

“我感觉好多了。这水，还有你们……我内心平静了很多。”

当小男孩慢慢地从卧室里走了出来，他感觉到腿有些痛，同时也感觉到欣慰。他拯救了妈妈。明天他还会拯救她，用世界上所有的水。他已经拯救了她。

特赦

[南非] 纳丁·戈迪默

一听说他被释放的消息，我立即飞奔着跑过整个农场，穿过篱笆，把喜讯告诉在隔壁农场干活的每一个人。事后，我才发现裙子被有刺的铁丝网钩破了，肩上还拉了一道血印子。

八年前他离开这里，去城里一家建筑公司打工，为摩天大楼建造玻璃幕墙。最开始两年，他每个月都会回家过一次周末，圣诞节还会休假两周。就是在那时，他向我父亲提出要娶我，之后便开始支付彩礼。他和我都以为，三年内他就能攒够钱，使我们顺利成婚。但是没过多久，他就穿上了那种T恤，告诉我们他加入了工会，参加了罢工。罢工之后一些工友被解雇了，他还作为谈判团成员去和老板进行了交涉。他向来擅长讲话，即便是用英语也没有问题——他是农场学校最优秀的学员，能读懂商店里印度人用来包肥皂和糖的报纸。

他借宿的旅店遇到了麻烦，城里还有因为租金纠纷而引发的骚乱，他还告诉我——只告诉我一个人，没有跟家里的老人说——

无论什么地方的反抗都是为了我们所有人，不管是在农场还是在城里，工会始终与他们站在一起，他也和他们站在一起，发表演讲，参加游行。到了第三年，我们听说他被捕入狱了。我们没能如愿结婚。我们不知道上哪儿找他，直到他接受审判。案子在离家很远的一座城市审理。我没法经常上法庭，因为那时我已经通过八级考试，在农场学校里上班了，而且我的父母也缺钱。我的两个兄弟去城里打工，但从不寄钱回家。我猜大概是因为他们和女朋友住在一起，需要给她们买东西。爸爸和另外一个兄弟留在这儿为布尔人[1]做工，收入微薄。我们养了两只山羊和几头牛，妈妈还在一小块地上种了点儿蔬菜，但这些都赚不了钱。

当我看到他出庭时，他穿着蓝西装和条纹衬衫，系一条棕色领带，看起来很精神。所有被告——用他的话说，是“他的同志们”——穿着都很得体。工会为他们置办了这些行头，这样法官和公诉人才会明白，与他们打交道的，不是一些只会说“是的，先生”而不知道维护自己权利的黑人。所有这些与法庭、审判有关的事，都是探监时他告诉我的。案件审理尚未结束，我们的女儿就出生了。当我第一次把宝宝带到法庭上给他看时，他的同志们拥抱了他，也隔着犯人栏拥抱了我，他们还凑了份子钱作为给孩子的礼物。他给孩子取名为因库卢莱克[2]。

审判结束，他被判了六年，要到岛上服刑。我们都知道那座岛，我们的领袖已经在那里待了很久。但是我从来没有见过大海，除了学生时代把它涂成蓝色，根本想象不出一块陆地被海洋包围着

1　布尔人：南非的荷兰人后裔。
2　因库卢莱克：Inkululeko，南非科萨语，意为“自由”。

是什么样子。我只想象得出一块牛粪浮在雨后积水潭里的模样，天空倒映在水里就像一块玻璃，蓝色的。这么一想我就觉得难为情。他跟我讲过起重机把他越吊越高，一直吊到楼顶上时，玻璃幕墙上倒映着的行道树、街上的其他建筑、汽车以及云朵的颜色。

他每个月可以写一封信，那都是写给我的，因为他的父母不识字。我经常跑到他们干活的农场，问他们需要我带什么话。妈妈总是哭哭啼啼，手抱着头什么也不说。每个星期天在草原上给我们布道的老父亲则会说：告诉我儿子，我们一直在祈祷，上帝会保佑他的。有一次他回信说，这就是问题所在——我们农场里的人，总是相信上帝会帮他们判断什么是好的，他们因此丧失了改变自己生活的力量。

过了两年，我们——我和他的父母——攒够了去开普敦看他的路费。我们乘火车过去，睡在车站的地板上，四处问路，第二天终于找到了渡轮。人们很友善，他们都知道，如果你想搭乘渡轮，那是因为你有家人在那座岛上。

我们到了海边。海水是绿色和蓝色的，波涛起伏，白浪翻滚，直到天边。不断变换方向的可怕的风拍打着它。海水遮住了岛，但和我们一起等待渡轮的人，却指着某个方向说岛就在那里。我从来没想过它会在那么远的海角。

海边也有其他小船，还有开往世界各地的像高楼大厦一样的大轮船，但渡轮哪儿也不去，只去那座岛。所以每一个等在那儿的人都是在等待上岛，我们待的地方不会错。我们给他带了糖果、饼干、裤子和一件厚大衣（一个站在我们身边的女人说衣服是不允许带的）。我没有戴农场姑娘通常戴的那种盖住脑袋的旧式贝雷帽。我从一个骑着自行车在农场推销商品的人那儿，买了爽肤霜，头发扎成了马尾，用一个花发卡夹住，这样就不会遮住我的金色耳环了。他的妈妈腰上束着毯子，裹在裙子外，一身农妇打扮，但是我看起来就像那里的其他女孩一样得体。当渡轮准备就绪可以上船时，我们前胸贴后背地挤在一起，静悄悄的，就像一群等待着被赶进一扇门的牛。一个男人上下点着下巴四下张望，数着人数，他肯定担心人太多了，自己挤不上。我们都朝一个负责的警察拥去，前面的人都顺利上了船。但轮到我们时，他伸手问我们要什么东西，我不知道他想要什么。

我们没有许可证。我们不知道在来开普敦之前，在搭乘去小岛的渡轮之前，需要有一张警察开具的探监许可证。我试着好脾气地问他，但风把我的声音吹得烟消云散。

我们只好回去，眼看着渡轮摇摇晃晃地磕碰着我们站立的码头，缓缓驶离。渡轮在水中颠簸，越来越小，忽高忽低，直到我们也分不清那到底是船还是回头的鸟儿。

唯一令人宽慰的是，我们托人捎给他的糖果和饼干他都收到了。他来信说他收到了，但那并不是一封让人愉快的信。当然不是。他在责备我，他觉得我应该早点知道许可证的事。他是对的——我买了火车票，问了去哪儿搭乘渡轮，也应该知道需要一张许可证，毕竟我通过了八级考试。他说镇上有一个咨询办公室，是教会开办的。但是农场离镇上太远了，我们这些在农场干活儿的人根本不知道有这档子事。正像他所说的那样，我们的无知造成了我们的卑微，我们必须摆脱无知。

我们坐火车回家，在他待在那里的剩下三年多时间里，再也没有去过小岛，一面也没见上，一次也没有。我们没钱买火车票。他的父亲过世了，我得用自己的收入接济他母亲。对我们来说，钱是最大的问题，我写道。什么时候我们才会有钱呢？后来他回了我一封写得很好的信。那就是我待在岛上的原因，我远离你们，待在这里，就是为了有一天我们的人民可以获得他们想要的东西，土地、食物、告别无知。还有些别的什么——我能分辨出被狱监涂黑了的“力量”一词。他所有的信都不是只给我一人看的，狱监早在我之前就读过它们了。

* * *

只过了五年他就回家了！

当我听到这个消息时，这五年似乎一下子就消失了，根本不值一提！再也不需要整年整年地等待了。我又拿出他的照片，给我的——我们的——小丫头看。这是你爸爸，你马上就能见到他了。她告诉学校里的其他孩子，我有爸爸啦，就像在炫耀家里有了一只小羊羔一样。

我们既盼着他能马上回家，又希望有时间做些准备。他妈妈和他的一个叔叔住在一起。因为他父亲过世了，所以就没有他父亲名下的房子可以用来娶我了。如果有时间，我爸爸会砍好柱子，妈妈和我会烧好砖头、割好茅草，为他和我以及我们的孩子盖一间屋子。

我们不知道他具体哪天到，只是在我的收音机里听到了他和另外一些被特赦的人的名字。后来我又在印度商店里看到一张黑人办的《民族报》，头版有一张很多人在手舞足蹈的照片——我一眼就认出那是在渡轮上。有几个人被其他人抬了起来，我认不出哪个是他。我们等着他。渡轮把他带出了岛，但从开普敦到我们这里还有很远的路。再后来，他真的回来了。那天是星期六，学校不上课，我和妈妈在一起干活，在南瓜和玉米边上除草。我本想好好打理的头发只用一条旧的白布头巾扎着。一辆康比小客车从草原上开过来，他的同志们把他送回来了。我真想马上跑掉，好好梳洗一下，但是他站在那儿，伸直了腿，一个劲地喊“喂！喂！”，他的同志们围着他吵吵嚷嚷，我的妈妈还尖着嗓子用一种老派的方式应和“哎！哎！”，我爸则拍着手、跺着脚向他跑了过去。他迎着我们张开了臂膀，这个大男人，穿着城里人的衣服，皮鞋擦得锃亮。在他抱着我的时候，我一直攥着我那双脏兮兮的、满是泥土的手，生怕弄脏他的后背。他的牙齿透过嘴唇狠狠地磕着我。他抓起我妈妈，妈妈挣扎着想把孩子抱起来给他看。我真担心我们会一块儿摔倒了！然后大家都安静下来。孩子躲在我妈妈身后。他抱起她，但是她扭过头去不看他。他轻声细语地跟她说话，她却不愿意开口。她快六岁了！我让她别耍小孩子脾气了，她却蹦出一句，那不是他。

同志们都笑了，我们也笑了。孩子一溜烟地跑了，他说，她需要时间来适应他。

他变得壮实了，是的，壮了很多。你简直无法相信。他原来很瘦，以至于一双大脚长在他身上看起来都很不协调。我以前能感觉到他的骨头，但是现在——那天晚上——当他伏在我身上时，我觉得他很重，原来可不是这样的。这么长时间过去了。很奇怪他竟然能在牢里变强壮，我以为他会吃不饱，回来时身体会很弱。每个人都说，“瞧瞧！现在他可是条真汉子了！”他哈哈大笑，用拳头敲敲胸脯，告诉他们同志们在牢里是怎么锻炼的。他每天跑三英里，在关押他的那间小小的牢房里走来走去。从前一到夜里，我们在一起的时候总会嘀嘀咕咕说个没完，但是现在我能感觉到他在想着某些我不知道的事，我不能说话让他分心，而且我也不知道该说些什么。问他五年来在那边怎么过的，还是告诉他有关学校或孩子的事？除了这些还能说什么？无非就是等待了。有时在白天，我也会跟他讲讲，这五年在农场的家里，我是怎么过的。他饶有兴趣地听着，就像饶有兴趣地听别人跟他拉家常一样。那些人从别的农场过来看望他，跟他讲他在岛上时，发生在他们身上的各种芝麻绿豆大的小事情。他微笑地点着头，问上几句，然后就站起来开始活动筋骨了。我知道他这是在说他听够了，他又开始想那些他们到来之前他正紧张思考着的事了。但是我们农场里的人都很迟钝，说话也慢吞吞的。他原来也这样。

他没有再另外找工作，但是他不能和我们一起待在家里。我们知道，他在蓝绿相间的大海中间待了五年，现在和我们在一起，只是稍微休息一下。康比小客车或者小轿车过来接他，他说“别担心，我不知道哪天能回来”。一开始我还问他，“是哪个礼拜，下个礼拜吗？”他试着向我解释：参加运动和原来参加工会不一样，在工会时，天天干活，干完了就忙着开会；但一参加运动，你根本就不知道之后要去哪儿，也不知道接下去会发生什么。钱也是。参加运动和上班不一样，没有固定工资——这个我知道，他用不着跟我解释——这就跟去岛上一样，你是在为所有被压迫的人做事，因为我们没有钱，也没有土地。“看，”他说——说到我的父母，我的家，一个有孩子的、等着他的家，“看看这个地方，这是属于白人的，你只有为白人做牛做马，他才会让你住在这间铁皮小土屋里。爸爸和你的兄弟为他种庄稼、放牛羊，妈妈帮他打扫屋子，你呢，还没接受过正规培训就在学校里给孩子们上课了。我们是属于农场主的。”我原以为我们没有家，是因为来不及赶在他从岛上回来之前盖好房子，这样看来我们根本就没有家。现在我明白了。

我不傻。同志们坐着康比小客车过来找他谈事儿，我和妈妈给他们端上茶或者啤酒（如果妈妈正好为周末准备了啤酒的话）后，并没有和妈妈一起走开。他们喜欢喝妈妈酿的啤酒，聊起我们的文化，其中一个人还非得抱着我妈妈说，她是他们所有人共同的母亲，是非洲之母。有时，他们把妈妈哄得很开心，告诉她在岛上时他们都唱些什么歌，又缠着她唱一首我们都会的、从我们的奶奶们那儿听来的老歌，然后他们也跟着铿锵有力地唱了起来。爸爸不喜欢这声音，他担心歌声会飘过草原，被那个布尔人发现。要是他知道我的男人参加了政治运动，是从岛上回来的，而且还在他的土地上开会，一定会让爸爸带着一家老小滚蛋的。但是弟弟说，如果布尔人问起来，就说这只是个祷告会。随后歌声停了下来，妈妈知道她得进屋去了。

我留下来听着。他忘了我还在那儿，光顾着谈论和争辩某些我看得出是重要的事——比我们俩单独在一起时说过的所有事情都要重要的事。但不时地，在另外一个同志发言时，我看到他会看我一会儿，就像我在学校里看着我最心爱的某个学生，鼓励他去理解某个问题一样。男人们不和我说话，我也不出声。在他们商议的事情中，有一件是要把在农场里干活的人组织起来，就像我的爸爸和兄弟，还有他的父母那样的人。我知道他们要争取些什么：最低工资、劳动时长、罢工权、年假、工伤赔偿、养老金、事假甚至产假等。我怀孕了，肚子里又有了另外一个孩子，但那是女人的事。他们说起“大人物”和“老头子”，我知道他们说的是谁，我们的领袖也是从监狱里出来的。我告诉他又有一个孩子要出生了，他说：“这个孩子将属于一个新的国家，他会创造出我们为之奋斗的自由！”我知道他想完婚，但眼下没有时间。他甚至连让我怀上这个孩子的时间也几乎没有。他来我这儿，就像吃一顿饭、换一件干净衣裳一样。他抱起女儿，把她举起来转圈。做完这些，他就上了小客车，脸已经转向那些知道他所思所想的同志，眼珠子飞快地转来转去，像是在追逐什么你看不见的东西。女儿还没来得及和他混熟。但是我知道，总有一天，女儿会因为他而自豪的！

你如何对一个六岁的孩子讲这些？但是我跟她讲了“大人物”和“老头子”——我们的领袖，她知道她的爸爸曾和他们一起在岛上，所以爸爸也是一个伟大的人。

星期六不用上课，我和妈妈一起种庄稼、除杂草，她唱歌，但我不唱，我想事儿。星期天不用干活，大家聚集在离农场主远远的树下做祷告，在农场主允许我们栖身的他们土地上的铁皮小土屋里喝啤酒。我独自一人离开人群，就像孩提时代常常做的那样，找个无人的角落自己跟自己做游戏、自己跟自己说话。午后，我坐在一块温暖的石头上，高高在上，整个山谷就是一条山与山之间的小径，从我的脚下延伸过去。那是布尔人的农场，但这么说是不对的，它不属于任何人。牲畜们不知道它们属于谁，羊群——它们像灰色的石头，随后又变成一条游动的粗壮的灰蛇——也不知道。路的这头，是我们的小屋、老桑树和妈妈昨天刚翻过土的一小块褐色的田地；路的那头，树丛围绕着烟囱，闪闪发亮的是农场主房子上的电视天线——在这块土地上，它们什么也不是，可以一下子被扯掉，就像狗打苍蝇那样。

我抬头望着云朵。身后的太阳改变着天空的颜色，云朵们自己也在发生变化，慢慢地，慢慢地。有些是白色的，像吹泡泡一样吹着自己。下面有一长条灰色的雨云，但还不足以形成雨。其他云朵都变成粉色的时候，它却变得越来越长、越来越暗。它长出细细的鼻子、长长的身体，最后还有了一条尾巴。一只巨大的灰鼠蹿过天空，吞食着天空。

孩子记得照片，她说，那不是他。我坐在这儿，这是他在岛上时我经常来的地方。我来这儿是为了躲开其他人，独自等待。

我盯着老鼠看，它渐渐消失、渐渐变形，吞食着天空，而我等待着，等着他回来。

等待。我等待着回家。

觉醒吧……

[南非] 琳蒂唯·马布扎

琳蒂唯·马布扎
Lindiwe Mabuza, 1938—

曾任南非非洲人国民大会驻瑞典代表、驻美国首席代表及南非驻德国大使。她还是一位诗人和短篇小说作家，编有南非流亡黑人女作家的小说集《从不知道》（*One Never Knows*，1989）。

为他们：1976 年 6 月死去的人们

为她

现在，以后

直到永远

i 变得有意识：意识到

ii 变得清醒：也即在睡眠之后

iii 变得激进：醒来，战斗

iv 为死者守灵

v 船后的水波

今天是索韦托的祭日，将永载史册。人们曾为此付出他们最后的借口。尊重已不再被提及。在这样的一天，每个人都有书面许可假装死去的人仍然活着。然而即便是大地母亲，也借由约翰内斯堡的气息和语言，而知道每个非洲人都被沉重的劳动所束缚着。

Thina Silangazela　　　（我们雕刻
Ikhaya Laphezulu　　　天上的家园）

基督教会的鼓声、合唱声与芦笛的笛声相竞。即便在这样早的时候，也还是有烟尘在徒劳地飘荡，要使各种各样的乡村爵士乐停息下来。托克齐勒首先来到舅妈家。现在，油腻的报纸被安静地夹在八岁孩子的腋下。人们会认为泪水模糊了她的视线。不！因为她今天早晨的问候可不像个孩子一样。"我们明白你！虽然我们知道自己结束了。"

因为在祭日，孩子像蘑菇一样地成长。枪声在星期三响起来。当时正轮到露瓦兹跳绳。

"她要是没有跳那么快就好了。"托克一直在责备着露瓦兹。她应该落地，站着不动，这样就不会被击中了。她是在半空中被子弹击中头部的。子弹嗖嗖地飞啸过去，露瓦兹立刻就倒在地上。托克马上用拇指按住伤口，但露瓦兹还是死了。

她怎么能确定，她想先推回伙伴头里的是血还是脑浆？她的手绵软无力；由于没人注意到落在她膝盖上的那颗钢弹，她便迅速将其塞回了入口，或者那是出口？然后她勉力挪回了外面的小屋，很快，好摆脱露瓦兹头上所有的洞。还有警察！她太害怕了，不敢进自己的屋子。

* * *

"她为什么不回答我？为什么她会那样看着我？"托克自言自语。

"露瓦兹张着个大嘴，什么也没说。嗨！羞……羞……愧！"

约翰内斯堡厕所的气味像往常一样。幸运的是那些肥大的绿头苍蝇，并不介意和一个逃跑的孩子分享它们的家。这些苍蝇真是绿啊！有些懒懒地趴在原地，只发出嗡嗡的声音，因为它们现在什么也不缺。然而她似乎记得母亲曾告诉过自己和露瓦兹，这些绿头苍蝇会叮咬你，被叮的地方会起个包，然后会烂，最后危害整个身体的健康。

“啊，跳蚤！还在已经被叮肿的地方叮咬。”托克已经上过药了。她现在都会抓跳蚤了，也知道怎么把它们弄死。她从露瓦兹那儿学了一个最好的方法。“首先用鼠尾草弄湿你的食指，然后用手指捏住跳蚤，用指甲使劲挤压它们，直到把你的血从它们身体里挤出来。全部挤出来后它们就死了。”托克和露瓦兹都认为这个方法非常奏效。所有的吸血鬼。这是它们的最后一叮。

有时候，她们相互之间也进行枯燥无味的追逐。幻想中的胜利的捕获时常被战舞、跺脚和祝贺的拥抱所加强。在朋友、轻浮和游戏的指挥台上，自夸为终极的优点。“露瓦兹！她像一包玉米一样跌倒了，砰的一声！我听到的尖叫声和轰隆声可能会吓走围绕在露瓦兹头边嗡嗡的苍蝇。”

可是，抓跳蚤的办法不太适合用来逮苍蝇。露瓦兹和托克也承认长期以来她们都不喜欢解剖苍蝇，虽然这肯定是消灭它们的必需手段。不知为何，这绝对无关它们的性别。雄性的或雌性的，带着一包卵的苍蝇。不！挤压是不行了，消灭苍蝇最有效的方法就是在莫洛伊的万能商店里买一种现代武器，用它来使苍蝇窒息。托克依旧蹲在那个地方。或者可以说，最后，她那因配给的粥或玉米而纤细的身体略微带上了此处的气味，这时她妈妈叫她快点出来。妈妈认为她今晚应该休息一下。工厂机器依然在排放污水。家是一个避风港。但是现在……祭日就要到来了！

不！尊重，而非那样。这个单词甚至被大肆曲解。每天，除了祭日，黑人的尊重涌向贪婪地吸取了所有美德和传统的白人，除了让白人深深扎根在无水亚黏土草原、高原和南非草原上的那些。因此，当寂静的墓穴公开对上天唱赞歌时，究竟“尊重”这个词意味着什么？尽管上天不断改变颜色，但它似乎也绝没改变它的格局。

“噢，你属于我们。”持久的哭泣声回荡着。

“我们究竟做了些什么？”令人心烦地回荡着，就像一支丧葬乐队带着它那看不见的乐器，如同一口棺材一样穿过一座座开裂的坟墓。滴答声和深沉的赞美诗形成的合唱声回荡在人群中，人们笑对死亡，甚至是窃笑。吊唁。

活着。

“我们死了多少人？”一个尖锐的声音对这愤世嫉俗的死亡惊愕道。许多颤抖的声音就像酒鬼的脚步一样蹒跚，打乱了守夜人的疲惫步伐。他们已经熬了一整夜。来自不同家庭成百上千的人们，等待着被死亡教化，就像死亡每天在报纸上所做的那样。死亡人数已经达到五百了。已经没有别的消息了！不久，又会出现一个有价值的消息。政府要把死亡儿童的尸体卖给他们的父母。除此以外呢？除此以外！

(Kutheni na?	（怎么啦？
Kutheni na?)	怎么啦？）
(Kutheni na?	（怎么啦？

Kutheni na?)	怎么啦？）
(Kutheni na?	（怎么啦？
Kutheni na?)	怎么啦？）
(Loluhambo?	（这趟旅行？
Lunengozi...)	有危险……）

他们唱着，讲述着乏味的骚乱。他们希望通过遗忘来摆脱痛苦和幻想。没有这样的解脱！最好，还没有！愤怒和疲劳使人失去了食欲。因此，托克买来的用报纸包裹着的奶油蛋糕，失去了光泽，变干了，就像干旱摧残的大地。

八百人的死亡可不是儿戏。也不神秘！只有暴行的数量和性质。法西斯政府想让非洲人民用南非荷兰语去思考、喘息、评价和认识。“只有狗和奴隶被它们的主人这样要求！”弗里德里克·道格拉斯说。学生也不愿意接受奴化教育，就举行了示威游行。警察向他们开了枪。南非的法西斯主义者说要不惜任何代价地开枪。在冰冷的鲜血面前，紧急追捕和谋杀绝不是儿戏！

现在，在托克的家，每个房间都爆满了。即使这样，在悲哀的起居室里，还是有两块没被占用的地方是留给失踪者的。

请不要长时间依赖这空虚，因为你的心也会流溢出来，沉默说。在生活的山谷里我们不害怕死亡，在死亡的山谷里我们害怕罪恶。但是，盛放我们宝贵鲜血的杯子在哪里？在索韦托，人们想出多种化解悲伤的方式。

托克兄弟姐妹的尸体都停在当地太平间。他们远离了痛苦！远离了上帝！远离了地球上的东西！当尸体变得难以承受，他们的家里，如同他们的书本和校服一样，应该意识到，他们已经呼啸而去了。那种感觉就像一个被抛弃的人，尤其像一个在专业跳绳比赛中被落下的人所感受到的。他们每个的风格都不一样，但是都嫉妒双飞跳。托克和露瓦兹是在同龄人的掌声中获得了地区冠军。

Loluhambo lunengozi：（这趟旅行有危险）
Loluhambo lunosizi:（这趟旅行有悲伤）
Kutheni na: Kutheni na?（发生了什么：发生了什么？）
Kutheni na: Kutheni na?（发生了什么：发生了什么？）

“哦！我们的姐妹，不要给自己找麻烦。库马洛会滑倒的。”

“我们的兄弟，他们烧光了办公室。我们需要许可去埋葬那……死者。”

“是，是，我们的姐妹。我怎能忘记？但是我也知道我的兄弟。我们不会把你嫁给一个木头。我了解他。我对死去的人发誓，他将会栽跟头的。”

“是，我们的兄弟，不要再杀戮了。”

“不要放弃希望。我兄弟是个男人。他将一直战斗到他看见约翰内斯堡城破为止。你将会看到。他将会回来。我们今天埋葬他们。”

托克母亲流着泪，竭力反抗如同工厂般的黑暗统治和机械主义者的控制。

“你也知道，我们的兄弟。坐……在……你的窝里……带着痛苦……好吧我来试试……控制我自己。但是……听我的，痛苦将会……过去的。唉！不！咄！死亡是最好的。他们杀也杀过了，还想做什么？”

“她……不，我们的姐妹，不要那样说。托克将不会听你的……你将会毁掉我们最后的希望。”

“那好，我们的兄弟。”

抓起丧服宽大的下摆，擦去舔舐着她脸的汗渍。液体和汗渍是部长们的。办公室和汗孔，鼻孔和眼睛。她转过身看着他，开始说话。

“我会小心的，我会……尽量……谨慎！”“不，姐妹。不仅仅是你。我们所有的人都要注意孩子们。”

随后她的身体因其他狂热的记忆而震颤。在她平静地讲话时，更多眼泪尖叫而下，或正要尖叫而下。

“咄，你也知道布尔人是什么样的人，我们的兄弟。他们杀戮……谋杀……丢垃圾……满是苍蝇的……垃圾，就像……莫迪斯的……孩子……如果纳莱迪的父……不……如果库马洛没有滑倒也许……我正在想……用些锌……没有钱带孩子去……冷库……我正在想……随着收集……我们需要钉子、锌及绳子……做……两件事……现在，我不知道这个小问题……我在想……我们然后可……安置……孩子们……不……那些逝去的孩子……”她现在也不在意他了，继续说，“哈！纳莱迪！纳莱迪！泰姆巴在哪儿？你必须好好照顾你兄弟。不要让其他小孩割他的小辫子。只要他们不再使他痛苦就行。”

“哦！孩子们是聪明的。因为高年级学生知道泰姆巴歌唱得很好，他们说：‘不，你，泰姆巴，不会第一个在姆西拉音乐会唱歌的。我们会立即，理所当然地授予你学位的。现在我们不唱歌，你知道，我们是多么多么渴。如果你能让我们解渴，我们就不割你的小辫子了。现在，拿起叉子，’他们说，‘给我倒些水直到将这个小杯子倒满为止。’哈！哈！哈！哦！孩子们！但你知道泰姆巴试着用叉子来取水。后来他才要了个汤勺。

“一个汤勺？那个小辫子正要一个汤勺？姆西拉？哈！哈！哈！看这儿，拿些这样的叉子，不，三把吧。我们只会为你做这些，因为你很特别，我们通常不会给超过两把，除了你，泰姆巴，你很特别！哈！哈！哈！嗨！嗨！”她看见了孩子，她的孩子，她的兄弟，他们中的五个——第一个，然后第五个。她笑着。她看见她兄弟了，但只是第二个。哪个兄弟！她惊奇地说。

* * *

“你为什么这样晃我，我的兄弟？噢，当心……那些死去的……现在……把他们放在锌制的箱子……木头吸水……然后把……他们……放下……放到靠……树……的河……边……冷水……中。”

然后她徘徊着，独自一人游着泳，摸索着，感受着那个属于陌生人的指尖，就像是露瓦兹的，纳莱迪的，泰姆巴的，以及上百个其他人的。这时头戴面罩的女人出来了。几乎和缓慢流经索韦托的那条白色支流的水一样冷。她漂流着。曾有一段时间，她的兄弟到那里去接受令人讨厌的思想，就是在他坚韧的双手中。然而对她而言，现在以及将来所有的这些都与她不相干。我们都做过什么？发生了什么？更靠近我的上帝！战斗将会继续。聚集在起居室内及隔壁房间的所有人，就像是来自我们民族史诗般的解释之歌中一样。他们几乎就像各不相同的元音（而元音都一样），出于友好的协定。

生命聚集在那些在托克家以及别的很多家里的人身上。生命聚集在那个窝附近，那个用黑被单包裹着的土堆，长久辛苦与痛苦的中心。现在，土堆已准备用它的土壤去装饰所有流血的伤口。死亡已经使不协调变成了悲伤进而转变为眼泪。尽管先前所有人都害怕情况会变得更糟，但是事实真的出现了，眼泪就如同无止境的溪流一样。

这儿曾经有数以百计我们亲爱的人，就是现在死去的那些。

政府考虑再三，最后决定为索韦托骚乱中受害者举行小规模的葬礼。

“你，库马洛先生，你把你孩子一个接一个地埋葬了！”

* * *

库马洛走出办公室，这是临时安排，就在南非约翰内斯堡的市政府。市场大街，穿过冯布兰迪斯街、埃洛夫街，然后到公园火车站[1]的斯莫尔街入口。差不多三十年前，他记得踩人力车的“小伙子”，身着炫目的衣服；他们力量充沛，拉起车子，让白人游客感到惬意、愉悦。晚上，这些“小伙子”打瞌睡的时候，强盗有没有进来，他们都不知道！不，差不多十年前，他记得……是的，在公园火车站。

* * *

在这里，来自博茨瓦纳、莱索托、莫桑比克、津巴布韦和各种各样受到污蔑的“黑人家园”[2]的工人们为其他洲的利益而大肆掠夺

1　公园火车站：约翰内斯堡的中央火车站，也是非洲最大的火车站。

2　“黑人家园”：又称班图斯坦，南非、西南非白人统治者建立的黑人居住区，是种族隔离政策的一种。

非洲资源。

* * *

一会儿，库马洛侵入了这个“外国”世界，升起的温暖，使雌性特有的身体区域子宫室息的温暖不使他感到奇怪。一点没有！他是一个男人，但是他不害怕感觉的产生，尤其是在祭日更不怕！不是为一个送信男孩！他不是一个男人……？

* * *

祭日？对于满是乏味法律声的约翰内斯堡而言，祭日，算是额外吸引眼球。约翰内斯堡就像是母亲索韦托的孩子。陌生人，不要对这种母子关系的存在而感到惊恐。倒过来，这个问题将更易回答，但由于“索韦托”的孩子与约翰内斯堡的孩子有明显的区别，所以，我们还要直面这个问题：没有“索韦托”，约翰内斯堡在哪儿？如果人们还能记起墓地本身的话，那也只归因于它地下的黄金。

库马洛的脑袋都大了！不断闪现着火车！闪现着黑莓喷泉区[1]！和平与隐私占主导！郎拉赫特区！糖果，木材，衣物，当然还有黄金！克罗伊斯王！没有一个在公墓前鞠躬的，除了死亡的，正在死的，全部都闪现了，在果酱、果冻、果脯及所有罐装的材料组成的城市之前！矿上的垃圾没有止境，孤单的电缆拖车前后来回地跑着，这儿有很多传说和传奇就藏在那些白色小山的地下。当火车吞下更多时，新的加拿大在湖中微微闪光。但是，当库马洛看到“白

1　黑莓喷泉区：约翰内斯堡的中央街区。

人城市”土地上正在发生暴乱时，他内心掀起了波澜，哽咽了。但是，不能在这个时间，孩子们赤着脚在大地上发起暴乱……地球，你长胖是不可能的!

我们用青春和脑袋把你养胖，但是你仍然不满足！当你摆弄桌子时，我们从不是客人。你总是吃饭喝酒，挑拣我们的选择，削减我们的承诺,我们的孩子,我们的领导。然而，你的专横手指越来越发痒了。为什么要这样对我们？如果这就是对黄金和其他东西的奖励的话，那么为什么你对那些抛弃我，使我流汗和死亡的人不生气呢？为了他们的王冠和珠宝，我的同胞都没有穿的。告诉我，地球，为什么，为什么是我？我没有长胖，也没有变富！我的同胞没有破坏你，我们祖先的土地。我们只按照我们主的旨意做，然而你却用双刀抽打。不！我将死了，还不止一个！为什么你选择了我的孩子，如果你饿了的话？约翰内斯堡的坟墓已经够多了！地球，你不会胖，然后他们告诉我周一去掩埋已逝的人。“不准溜。”条子上说。他们是在星期三死的，政府不会将他们保留到周五以后的。我也有孩子，怎么能看着自己孩子腐烂？因为政府担心一天内有很多葬礼。我不愿意像印度人那样火化尸体，但骨灰或许能让你活跃起来，就如同其他任何东西一样。

哦，地球不是一个人，而是他们中的两个！现在我们计划为纳莱迪，我们的第一个孩子，做一个灯塔，照亮她的新生命。地球，上天从不要求溪流或沙砾或山脉或任何大地的景观讲炙热太阳的语言，也不要学习铿锵作响云彩的语言或在冬天用春天月亮的和平双唇讲话。

让我告诉你关于这个纳莱迪，地球。我的女儿，嗯，她是一个女人同时也是一个男人。纳莱迪，我们这样叫她是因为在梭托语中，它意味着星星。我们也给她取了祖鲁语的名字——恩坎叶兹，但梭托语的名字好听些，而且我和她妈妈结婚的时候，她妈妈也是一个梭托女孩。但是纳莱迪深深扎根于索韦托。究竟为什么要她不要说不是，约翰内斯堡！不是，比勒陀利亚！不是，韦特班克！为什么她不应该说，地球？南非的荷兰语还隐藏了什么？那就是他们杀我的孩子们，杀所有孩子的原因！他们看见了他们不应当看见的东西。奴隶制。诡计。束缚灵魂！不！不！不！那是错的，伙计！才十四岁，他们就把她杀害了！昨天我妻子买了些睡眠符咒。纳莱迪的妈妈是个好女人。如果她在街上，一定会跑过去替孩子们挡子弹的。她总是说为了孩子们活得更久，过得更好，她可以死。不！她和我兄弟在一起会没事的。她将不会有任何烦恼。我了解我兄弟。

然后他抬起头，在发呆。他已经错过了福法尼车站，到了杜布。这也打乱了他的思绪。即使当家里有丧事，一个人也必须举止得体。不！那是一棵柳树。虚弱。不！那不是纳莱迪的爸爸。他想确定花在想起他目的地上的时间不是太长。需要肯定的是，他思念他的纳莱迪是对的，以至于霉运都会认识他。但现在是在车站那有节奏的振动里。杜布饱含怒气，表现出一种痛苦的单调，极重的阴郁和审慎相伴的单调。星期六早上太不寻常了，虽然短暂，但是缓刑还是使工人们致力于感恩祈祷。十分异常的一天，一周也只有一天，当大部分的索韦托的工人们自觉或不自觉忘了星期五和星期一或这两天间孵化的任何东西。购买、制作从城市商店借用或仪式性拿来的礼服在哪儿？

这一天，国内工人甚至在没有商量的情况下都设法从雇主的衣柜里借来了礼服，也正是这些老板很不情愿让他们来“那个索韦托”。“我不反对好东西。”纳莱迪说。对，让我想一想她！噢！那个孩子！我几乎每天晚上都能听到她的声音，当我从城中金矿回来的时候。不论她做什么别的事情，她都会来见我的。

纳莱迪：Sawubona Baba
（我们看见你了父亲）
库马洛：Awu Mntungwa, Mbulazi,
wena owadl’umuntu,
umyenga ngendaba
（哦你跟穆恩唐瓦家的人一样
戒心强，爱假装
你把一个人折腾得够呛
拿故事来骗他）
我们看见你了我们的公主

纳莱迪：洗脚水准备好了，但是我必须先给你沏一杯茶，为你解渴，为你解乏。

* * *

纳莱迪走向厨房。沏茶，把牛奶和糖放在托盘上，拿到客厅里，我已经脱下鞋子了……

纳莱迪：不，爸爸。（她总是用甜美的声音说话，眨着明亮的眼睛。）你休息吧，这些我来就行了。

* * *

纳莱迪递上茶后，又去弄热水，加盐，拿毛巾、肥皂和碗旁边的洗衣石，然后把自己的脚放进盆里试试水温。

* * *

纳莱迪：都弄好了，爸爸，把你的孩子放进去的时候当心一点。

库马洛：不对，不是孩子，在祖鲁语中只有妇女的脚是孩子——abantwana。

纳莱迪：如果不是因为你脚中刺痛而不能走动和站立，我还一直弄不清孩子与脚之间的关系呢……我兄弟也一样……

库马洛：啊，没关系，我知道你这样说是因为你喜欢我们。

纳莱迪：喜欢你们，爸爸？我爱死你们了！刺弄出来了吗？

库马洛：哎哟！痛到心里了！你跟着玛奥学习还愉快吗？

纳莱迪：非常愉快，爸爸。愉快到无法用语言表达。

库马洛：现在你们俩正在读高中，学费几乎花去了我和你妈妈一年的收入。你必须帮助你兄弟，引导他完成学业。

纳莱迪：哈哈，爸爸。你不了解泰姆巴。半年的数学考试他都已经通过了。你知道还有什么吗？他说他将来会成为一名化学家，你知道。

库马洛：心都痛了。但是在哪里呢……不是在这个国家！

纳莱迪：哦，玛奥老师说是在安哥拉来到南非之前，那只是时间的事。大象撕毁了他们的土地，他们采取了行动。我认为他的意思是，在我们采取同样的行动之前。他说我们不应该阻止我们思想的驰骋。哎呀，正是那些在地底下的东西带来玛奥。他真的走在他们劳动过的地方。

库马洛：不！我喜欢那个！我喜欢他所说的。

纳莱迪：（擦库马洛的脚）现在谢谢我吧，爸爸。（她会执着而自豪地等待着。）

库马洛：只有一个男巫才会拒绝盛情。

纳莱迪：不，爸爸，不是那个。给心灵带来安慰的那个。

库马洛：不要累着了，甚至明天也不行？

纳莱迪：不，爸爸！你知道我指的是哪个。

库马洛：Mntungwa mbu……你跟穆恩唐瓦家的人一样？

纳莱迪：也不是。谢谢我吧。提醒我，让我想起那个你每天都能看见的英雄，就是在约翰内斯堡进进出出的那个！

库马洛：（假装瞬间茅塞顿开：取笑地）喔……是那个！

齐声：兰德的金仓库是兰德的冷仓库。

* * *

客套通常就这么结束了。库马洛来到他租住房子的后门……奥兰多西部。

大部分的成人都有一定程度的焦虑，极少数才会极度痛苦。托克选择了一个靠近厨房窗户的位置，在那儿她已经迷失在笼罩自己的情绪里。她按要求带来了奶油蛋糕。但是，与成人一样，她自己对食物的嗜好已经抛弃了，取而代之的是呈现在面前的令人痛苦的掠夺。对死亡的本质和特性的了解的欲望已有八年之久了。五岁时，托克在纳塔尔省她祖母家病了一场。祖母叫来了医生，医生说是由玉米面导致的呕吐。托克一定病得很重，因为她祖母甚至决定请假一天。但是那一天，一个身穿邮局制服的男人送来一个橙黄色的信封。祖母看过之后，哭得很伤心，托克也跟着哭起来了。然后她听见祖母告诉那个被哭声吸引过来的过路人，祖母的父母双双身亡了。然后祖母呼喊道：妈妈呀！爸爸啊！当她叫他们时，他们并不在屋里，也不像通常人们一喊就进屋。他们去哪里了呢？托克自问。托克的玉米面病痛又犯了。那天晚上她又在哭泣，而她的祖母却一身黑衣去了火车站，留下托克和罗丝阿姨，祖母的侄女。她想，死神就像主教或者一些比祖母还高大的人那样大，以至于祖母扔下正在生病的她离开了。她走了，走得那么……

祭日，她坐在窗边，用手托着头，思考着死神。他生活在哪里？他拥有什么样的公寓，可以随时认领那么多的人，那么多她知道的人？她甚至疑惑今天的死亡怎么这么严重，以至于所有那些成人都说她坐在那里像个孤儿——他们指的是她的坐姿——没有人会真的为了“期待奇异的事物”或向死神打招呼（她的坐姿昭示着死神的到来）而训斥她。

眼泪不像字母能清楚拼出秘密，然而，对于托克，面临死亡时流下的眼泪的确表明了死亡的根源和特质。这天，托克的母亲谨慎地抓着她的手，试图给她解释死亡现象。随后在其他场合，由于那个不可磨灭的星期三，托克的母亲，除了说“死亡像……长时间的……睡……觉”之外，什么都没有讲，眼泪掉落到她的黑色连衣裙上。

背靠窗子的托克甚至渴望大睡一觉。当熟睡时，你可能会明白许多别人都无法明白的事。事情发生在托克上厕所的这段时间，当时，她看见露瓦兹的头中了枪后，正在自我躲避。自那之后，睡觉，和食欲一样，再也没有了，就好像更喜欢别人似的。或许在其他地区也一样。周围的每个人现在很难入睡，但有可能是因为他们都忙于唱歌、祈祷和解释。每次，哀悼者一来，就会讲逝者死亡的故事。但就在想放弃睡觉，抱怨那些绿头苍蝇和跳蚤时，托克已经在厕所里睡着了。或就在担忧与抓痒之间，你的这些想法全跑了，睡意就来了。现在还记得一个夏日傍晚，纳莱迪正在做晚饭，就在暴风雨即将来临时，托克和露瓦兹匆忙回来了，就坐在靠近同一个窗子的地方——托克正在那里梳理她的思绪。任何轻飘的物体在狂风中都会被卷走！原本的平静也会改变：突如其来撕裂天空的闪光，刺耳的轰鸣声，使人失明，令人毛骨悚然，令人颤抖，使人尖叫！这个时间她们不会有什么紧急的事，所以她们一致认为，毋庸置疑，这个时间上帝也肯定和他的妻子扭打在一起。也许还有别的妇女骑着他呢，没准任何一个观战者都能看到她们灯笼裤的颜色，甚至还能看到没有穿的，或许还不好意思地闭着眼呢！

“嗬！嗬！嗬！嗬！嗬！”看啊。笑啊。不看啊。或许是在自卫，上帝的妻子扔火热的诸如碟子、杯子一样的东西进行反击，这个过程肯定产生照明效果。然后巨大的泪滴像口水一样掉落在窗格玻璃上，伴随而来的就是冰雹。

这两个女孩是好朋友也是有头脑的人，她们还没有得到关于是什么导致这些小碎冰的足够解释。就像在任何其他领域一样，我们的专家们也试图就这个领域给我们一些解释，但是很困难。这也充分说明，托克和露瓦兹对客观自然事物观察所获得的主观推理：当自然和世界不高兴的时候，冬季就会来临，草上会结满霜，还会冻坏我们的手和脚。这也很合理，然而，这次上帝的愤怒带给我们的不仅仅是霜，还有别的更可怕的东西，当然这只是我们人类的一点解释。我们应该遵循我们崭露头角的科学家的推论：

如果上天要以骚乱这种方式来宣布其愤怒，那将会导致大量的冰冷残骸。一些雷声的嗳气就已经说明了这一点。天堂内也要清理垃圾，但如果不把垃圾倾倒给地球的话，那么地球现在又是什么样子呢？在学校里，她们也听到了类似的说法。就是那来自宇宙北美美国的年轻女老师——或者是她吗——说的，撒旦堕落后，上帝清理了天堂，把撒旦和他的亲友赶到了地球上；在这里，他每天在黑暗中寻觅要吞食的人。托克和露瓦兹都懂了，用她们的话说，这意味着上帝把他家的烂东西都丢到了地球上。她们父母为钱或食物争吵时，她们往往很凄凉。

现在她们坐在窗户旁边，谈论着如何把上帝如玻璃般的碎冰串起来，制成两条钻石项链。是的，露瓦兹的三叔（她从没见过）在钻石矿山工作。当她很小的时候，她的妈妈就向她讲了手表看上去像什么，说它既不是钻石，也不是传送带。妈妈也向她展示了她的耳环，那些镶着很多很多她称之为石头的东西。有时妈妈在休息的时候，她会悄悄从爱泼斯坦夫人那儿借些珠宝。所以出于对矿工叔叔的敬意，并为了所有像露瓦兹妈妈一样的国内工人，露瓦兹和托克会戴上她们的钻石，甚至在预料中，她们会像一个夫人一样走着：穿着高跟鞋，拉着一条狗。不时朝狗喊着“过来，运动”“可爱男孩，过来”，但她们肥厚的双唇束缚了她们对欧洲语言的运用，而她们的身体就像白人女士一样。她们想象不出更快乐的时刻。

* * *

露瓦兹：“波姆波姆”太太，我亲爱的，出来，出来，出来，出来！出来，出来。

托克：真的是，我亲爱的，“布姆布姆”太太，到我们这儿来，到我们这儿来。

随着纳莱迪加入了这些年轻、自由、幸福的女士们，厨房里便充满了欢乐。戴着钻石项链的纳莱迪提醒她们当心冰雹很快融化，尤其是它们贴在被非洲太阳所温暖的皮肤上。她们听了，也明白了。她们希望“波姆波姆”太太和“布姆布姆”太太是什么，她们就是什么。

她们听了。她们懂了。

如果她们希望的话，她们仍可以是“波姆波姆”太太和“布姆布姆”太太。这仅仅表示她们真的喜欢成为托克的妈妈，经常用机器，甚至制造这些机器。因为她的缘故，纳莱迪表示能成为父亲的女儿，她非常开心。她还模仿父亲的方式，眯着眼睛，直视那个年轻的女孩！“为不公平而战并没有错。”然后她就回去做她的饭，并且留下小孩们，让她们单独沉思一会儿。

* * *

露瓦兹：托克，你会打架吗？

托克：看情况吧。

露瓦兹：看什么情况？

托克：看我为什么而打架。

露瓦兹：比如说，某个人总是拿你开玩笑，你生气了。

托克：我表兄比我大一岁，经常拿我开涮称呼我“小狮子”，我怒了，想揍他。但是我妈妈说那不是拿我开玩笑，是因为喜欢我才那样说的。她也那样称呼。嗯，我想也看和谁打架。

露瓦兹：那挺好的啊……小狮子。嗯，现在……你知道吗，你还没有回答我呢。现在让我们说……或许……让我们说你正在打跳……

齐声：蚤。跳蚤：哈，哈，哈，哈，哈。

托克：看，露瓦兹。连雨都在打架呢。

露瓦兹：不，我不认为它是在打架。可能是在哭。你没有看过你妈妈擦地板吗？嗯，好像又不太像，但可能类似吧。当妈妈擦地的时候，她哭泣，流下的眼泪帮助她洗了她要擦的每一件东西。上天也会流眼泪，他们认为他们会用那眼泪，但是……

托克：但是我不太明白。

露瓦兹：你应该记得，托克，天堂一点都不脏。所以，如果这里有打架的话，那接着肯定会有打扫，纳莱迪说我们的项链会融化，因为皮肤是暖的，也许上帝和他的老婆也是暖的，太热了，笑出了眼泪。

* * *

奇怪的是，天亮了。

* * *

托克：啊哈！上帝可能没有把烂的东西扔掉，冰雹开始融化了？

露瓦兹：我想是这样的。现在你明白了，上面那么暖，冰雹开始融化了，直接冲我们来了。

* * *

现在有一种挑战的感觉。

* * *

托克：哈！你怎么知道这些的？

* * *

露瓦兹：因为他们称呼我露瓦兹。这就是我知道的原因。你知道露瓦兹的含义吗？

托克：（感到一丝羞愧）啊哈？嗯……不知道！

露瓦兹：很多人都不知道。意思是我是知识与智慧的母亲。

托克：嘿！你看起来很开心。

露瓦兹：你为什么那样说？

托克：因为我的名字就没有这种说法。

露瓦兹：呀！那它能说明什么？托克。什么意思啊？好事情，我敢肯定。

托克：托克其实不是我的全名。我的名字是托克齐勒。

露瓦兹：嗯，托克齐勒。

托克：是的。思托克齐勒！就是我们很开心的意思。我出生的时候我父母很高兴。

露瓦兹：这个意味着他们不在意吗？他们在意，然后不在意。

就是我叫的那个托克齐勒?

* * *

一首小曲。

* * *

托克：托克。托克。托克齐勒。思托克齐勒（我们高兴。我们是开心的小妇人）。

……哈乌思托克齐勒。

歌曲重复着。露瓦兹也唱了起来。一遍，两遍，然后又从头开始。一遍又一遍。很想回到她的节奏，不想失望。

托克：是的，他们不在意。看小池塘的雨滴。你还认为它们不是在打架吗?

露瓦兹：哦！它们都想要空间，想要快。（在水坑中兴奋地、激烈地活动。）

看，看！

托克：是的，看它们是如何争夺空间的。（岔开话题）但是你还是不知道为什么纳莱迪是纳莱迪，泰姆巴是泰姆巴。

露瓦兹：不知道。

托克：（命令式地，惹人干着急地）那么，你想知道吗?

露瓦兹：（感觉无所谓的样子）我不介意。纳莱迪这个名字已经传递出信息了。

齐声：解放：

（她好奇、大笑，不能自已。）

纳莱迪：哦！你们俩是什么别的东西。你知道的……

托克：那么，纳莱迪是纳莱迪，星星；星星正和我们在一起呢。你看见星星正在烧饭吗？就像现在这样。

（三个人都笑了。）

露瓦兹：不是真的。不（用一根手指指向窗户）。我烧饭后看见天空中的星星死了或者陨落了。

托克：是的！我知道天空中其他东西取代了它们的位置。你应该知道这些，纳莱迪。

露瓦兹：是的！泰姆巴怎么样？

托克：泰姆巴！哦！泰姆巴不是他的全名。他真正的名字叫泰姆巴勒瑟。意思是我们的希望或者我们所有人的希望，人们的。

露瓦兹：（此刻正在沉思）好奇我们如何取这样的名字……呵……托克齐勒是我最好的一个。如果我们都叫托克齐勒，那就太好了。我们都很开心。或者我叫托克，索托克扎（我们会高兴的）的简称。

（思绪从短暂的沉思中回来了）嘿！我刚刚想起来。我妈妈的妹妹要生小孩了。她也在厨房忙活，让我给孩子取个名字。我给孩子取什么，孩子就叫什么。

托克：你想到什么呢？

露瓦兹：如果是男孩，我想给孩子取名叫索托克扎（我们会高兴的）或者杜马，简称……

托克：阿乌苏卡！为什么叫杜马？应该是杜马齐勒（我们失望）！

露瓦兹：因为当人们用简称杜马的时候，别人听起来以为是杜米勒（著名的）或者杜马祖鲁（天堂的雷声）的简称。如果是女孩我会很高兴的，就叫诺杜穆！一个有名望的妈妈。

托克：噢！我们来谈谈雨吧。

露瓦兹：好的。

两个人长时间站在一起透过窗户玻璃观察雨。好像冰雹造成的混乱还不够，雨水像溪流一样流淌。在她们眼前，雨滴为了争夺最有利的空间而碰撞着。紧接着风险也随之而来，如果选择落到缝隙上或水沟或小溪，将会导致它们的聚集。不仅仅是纳莱迪在说，她们实际上正在观察这个事情的发生。离水坑不太远的地方，有一个蚁冢。纳莱迪再次让她们看到了差异。似乎选择落在蚁冢的雨滴会分散流下。但是一会儿过后，留下的只是流过的痕迹，不会形成水坑。纳莱迪凭她与生俱来的本领，能够看出这差异。用她们自己的话来说，这源于自然，托克和露瓦兹很清楚跟着抵抗最少的生活路线的危险性。

* * *

托克：有的时候我不懂纳莱迪姐姐是什么意思。

露瓦兹：她的意思是至少我们不应该一直都像那样。

托克：像什么样？

露瓦兹：软弱的！虚弱的！想一直走下坡路。

托克：为什么不？很简单！有时很滑稽！

露瓦兹：是的，很简单，但是一直是这样吗？

纳莱迪：为什么不是？你还没有回答那个问题呢！

托克：嗯，因为如果你一直或者大多数时候都走下坡路，你就不会往上走。

纳莱迪：但是为什么？我坚持！为什么？

（一阵沉默之后，托克和露瓦兹露出不安的笑容。）因为一会儿之后所有的小路和空间将会……？

齐声：它们将往下走！

纳莱迪：是的！谢谢！

* * *

时间就像梦中飞船一样过得很快。托克自言自语地说着除了她的妈妈以外她所知道的两个最好的女人，露瓦兹和纳莱迪。但是她害怕继续讲下去，因为她的回音太大，有点像是云彩上飞机发出的回音。她想找一个方法打破来自房顶的喋喋不休的雨滴声。（纳莱迪和露瓦兹已经走了。）梦依旧。

她听到火车声，但没有看见它。

她很怕，便从冰冷的座位上下来了。她靠近窗子，好让纳莱迪和露瓦兹能记得是为了她而离开，也可以为了她而回来。说实话，她是个很随和的人！她的脸紧贴着窗户，听到她身后有东西在弹跳。她转过身，把身体蜷成一团进入了梦乡。又看见那个跳跃的球，又害怕起来。可能是她不明白、从来都不想、从来都不知道的虚空吗?！可能是她的意识吗，着迷的童话或生活融入一个球中？那么一个球如何能使她困惑、跳跃、大笑呢？有时它会从后面轻弹托克的肩膀，给她注入一些令人瞠目结舌的想法，给悲痛以苦涩的滋味。她想用叉子把弹球刺穿。哦！但是首先要抓住球！捏住它，就如同把自己的脸紧贴着窗格玻璃！挤它。挤……她能那样做！她的手是不是太小了？而且她还是单独一个。单独一个，她也能。但当她跟着弹球，她记得纳莱迪告诉她和露瓦兹，胜利对于一个团队来说，要比对于一个密室里的摔跤手而言，更加扣人心弦、令人激动。不！有时候，她根本不懂纳莱迪所说的，但现在无关紧要了，因为她越是用更大的声音、更长的时间去厘清一个观点，来自球的笑声就越兴奋。她不能接受那嘲弄、地位和在绝望森林中的迷失。决不！考虑到自己是露瓦兹的朋友和纳莱迪的姐妹！决不！她父亲的宝贝！决不！不可能更坚决了。伴随着每次强有力的呼吸，你可以看到她微弱的颤动。她正准备决定用力侧身以躲过狂啸而来的球，就是那个夺了她思想和厨房，迫使她跟着它到外面的……而且……而且然后……不……她不能相信所发生的……除了……好吧！它发生了。恰恰就在她刚要用力的时候，球撞击得太高了，从来没有过的高度。太令人兴奋了！当它回落的时候，它的高傲自大已经不复存在了，一如既往，不可避免，直接扑进了水坑，无数的水滴逮住它，吞噬掉它那猛烈的弹性。她向前一步感受水坑，用她自己的方式。除了想救这个貌似球的东西，她现在什么也不想。但是那个球就好像被叉子泄了气似的，沉了，伴随着泡沫声，雨滴的音乐声，无数欢快的水泡交替上升着。托克想去摸它们。慢慢地，她凝聚起意志，缓慢地移动她的手，尽管它们就在她眼前聚集着。雨完全停了下来。队伍高亢地穿过干涸的水坑，唱着嘹亮、火热的游行队歌从河那边直接过来了。这儿挂着拱形的标语。她发誓游行队伍是穿着校服的，看起来就像士兵。托克盯着游行队伍，她的手触摸水坑里丝一般光滑的淤泥表面，那儿数以百计的像微型棺材一样的气泡升了起来，浸出泥土和鲜血的颜色，泥土和鲜血！

* * *

就在殉难者的土地上，露瓦兹从她狭窄的监禁处站起身来，向托克伸出双手。她们看了看卫生间，两人都笑了笑，然后拉起双手搭成桥，她们还没来得及一起用拇指指甲挤压害虫，数以百计的棺材就这样轻松地停在她们搭在一起的手上。在清晨，游行者的歌声就像桥上铃铛一样响起，这也是他们前去相聚的一个信号。升起人类的彩虹就是纳莱迪的旗帜，不再是沙漠中的一棵芦荟！“为正义而战斗没有错。”

祭日那天，标语随着游行者音量增大而缓慢向上爬，直到最后它们落到兰德最高的矿山垃圾场，那儿有朋友给的三件礼物的保护：坦克、火箭、枪。

当太阳眼睛最终看到被详细罗列的伤痕的时候，“索韦托”正在南斯菲尔德（NANCEFIELD）或奈斯菲尔德（NICEFIELD，即美好的土地）撒播堕落的种子，这取决于谁将向死去的劳力宣布一座由法律和秩序的联姻创造的肥沃墓地。在非洲人民的土地上，在约翰内斯堡，对黑人的尊重仅仅徘徊在连警察都不愿去的地方。

但种子总归要萌发的。对祭日而言，种子和我们所有人的母亲绑在一起，在地下，它们有权去传播，扩大，创造永久的繁荣。如果在地里一个人收获另一个人播种的，后者是黑人，前者是白人，那他们都是在这片土地上劳作，为了权利盛宴而劳作。在祝福的时刻，她身边一座座土堆的坟墓，升起自由的旗帜。

随着一铲铲土擦去我们所有的眼泪和悲痛，小女孩跟着牧师的诗篇“尘土归于尘土”的诗节背诵着：

它是我们的

这片土地
空气
水和阳光
它是我们的

当有人说不不不
说抱歉，不。

还有我们的山脉
山谷里的水果
从一端到无尽的另一端
我们的所有
鲜活叶片间的呼吸
我们风中的脉搏
都是我们的。

当某人说我的我的我的
说我请求你，请求你原谅，
不是我们的我们的
记住我们的汗水
也是我们的
逝去人们的汗水
我们将不会忘记
当我们仍然在流血

我们的疼痛也在倾泻

我们撒播的谷物

巩固

搭建

完成。

阿门。五次——不同的旋律，

最后一次是来自咽喉深部和胸中——沙哑，

积极。

阿门？约翰内斯堡是“索韦托”的孩子。嗨！阿门，陌生人！

不要对这样母子关系的存在感到惊恐。倒过来，这个问题将更易回答，但由于“索韦托”的孩子与约翰内斯堡的孩子有明显的区别，所以我们还要直面这个问题：没有“索韦托”，约翰内斯堡在哪儿？如果人们还能记起墓地本身的话，那也只归因于它地下的黄金。

没有约翰内斯堡，索韦托也有生存与灭亡。灭亡就是我们西南镇[1]的灭亡，我们信任和黄金的灭亡。生存就是我们人性的生存，我们民族的生存！

* * *

阿门。但愿如此吧。

1　西南镇：索韦托（Soweto）即西南镇（South Western Township）的缩写。

荒芜之地

[津巴布韦] 丹尼尔·曼德肖纳

丹尼尔·曼德肖纳

Daniel Mandishona, 1959—

建筑师、作家。曾在伦敦学习、生活，现于津巴布韦首都哈拉雷从事建筑行业。其写作以短篇小说为主，著有短篇小说集《白色的神，黑色的魔鬼》（*White Gods, Black Demons*，2009），作品集中关注津巴布韦的社会与生活。

尼古拉斯叔叔从英国回来，是在战争结束后的1981年1月。在整整十四个小时的航程中，他一直身穿一件用于束缚精神病人的紧身衣，坐在两名魁梧健壮的机组成员中间。一到机场，就被候在那里的四辆警车径直送往了哈拉雷医院的精神病科。对于等候他的亲人们而言，这真是一次痛心难忘的还乡，他们中的大多数人都已经二十五年没见过他了。

我出生时他不在国内，因此我认识他仅仅是通过一张镶着深褐色边框的黑白照片。那是他刚到英国时寄给我爸爸的。照片中，他和一个朋友一起站在没过脚踝的新雪里，头上和胳膊上停着几只鸽子。在我童年的大部分时光里，对他的印象多来自这张模糊不清、让人不甚满意的照片，毕竟那是二十年前的老照片了。我无法从中得知一星半点叔叔的行为习惯，比如他是怎么说话的、怎么走路的、怎么开怀大笑的，还有他是不是抽烟喝酒等等。总之，因为不了解他的种种细节，便无法拼凑出他的完整形象。

当1982年3月他割腕自杀的时候，我脑中留下的尽是些混乱的记忆：每周一次去医院探望他，看到一个深受毒瘾折磨、晚景凄凉的老人躺在病床上，大小便失禁。为了减少重度抑郁所引发的自我施虐和间歇性狂躁症的发作，只得把他绑在床柱上。这可真是一个让人不得不正视的辛辣讽刺——他出国留学是为了更好的前程，最后却灰溜溜地回来，给这个国家徒增一个精疲力竭、精神失常、读书把脑袋都给读傻了的留洋学生。

在流亡的最后八年里，他没有写过一封信。倒是我爸爸，仍一如既往地写信给他，但最后也只得作罢，因为那些信都因为“此地查无此人”而被退了回来。没有人知道尼古拉斯叔叔去了哪儿，在干什么。事实上，根本没有人在乎。我们知道他还活着，因为偶尔他还寄圣诞卡片回来，有时我们也会从邮局取回一箱箱他从集市上买回来的旧衣服。就连祖母去世他也不知情，后来还是爸爸托人捎信给他的。那位捎信的女士获得了英国领事馆的奖学金，与尼古拉斯叔叔在同一所学院学习药学，而那所学院是我们所知的叔叔的最后一个地址。

直到今天，也没有人知道他为什么会发疯、最后又为什么要自杀。他的疯魔症越来越严重，后来连爸爸也彻底绝望了，只好把他从医院接回来，交由一名传统的巫医照料。晚上他很少睡觉，被噩梦折磨得筋疲力尽。在梦中，恶魔一直对他紧追不舍。恶魔不仅侵占了他错乱的神经，还使得他连话也说不全了，一张口就是污言秽语的土话。他睡得很多，吃得很少，很快就变得形销骨立了。

那个巫医在一个雨夜出走，再也没有回来。

* * *

后来我们得知——当然是通过毫无事实根据的传言——他在完成学业后搬到了曼彻斯特，在那里娶了一个英国妻子，生了几个孩子。这个消息简直令人难以置信，因为他在罗得西亚仍维持着与艾米丽婶婶的婚姻，他们还有三个已经成年的孩子。另一个传言来自另外的渠道，说是后来他因为殴打妻子和虐待孩子在英国蹲了六年监狱。这似乎能解释为什么在七十年代中期他一度音信全无。出狱后，妻子因为他的残暴与他离婚，并用法庭的一纸判决书禁止他探视孩子。他愚蠢地威胁说要杀了她，于是被驱逐出境。那些以八卦叔叔发疯原因为乐的人，认定这个女人的冷酷无情正是那颗引发雪崩的小石子，是她导致了叔叔的精神错乱。

有时我也会看看那张黑白老照片——那张照片已经被爸爸从客厅引人注目的地方转移到了他卧室的门背后——琢磨这么一个聪慧有天赋的人怎么会变得像人们传说的那样残忍。但人们也常说，最冷静的性情后往往隐藏着最阴暗的头脑。早年，爸爸曾设法让街坊邻居都知道他的“小兄弟”尼古拉斯·穆索尼——那个在《先锋专栏》、《伟大历程》和《血河之战》上发表获奖文章的早慧的牧童——正在伦敦大学学习临床药理学，一旦他完成博士阶段课程，就将成为第一个获得该学位的土生土长的罗得西亚黑人。大多数时候，这样的吹嘘往往迎来人们礼貌但困惑的眼神——药理学？也许和种地[1]有什么关系？爸爸言简意赅地告诉人们，尼古拉斯叔叔就

1　药理学（pharmacology）与种地（farming）发音相近。

是学习怎么做镇痛药和头痛药的。

的确，尼古拉斯叔叔差一点就创造了历史，尽管这种可能性或许连他自己都不知道。

但是在叔叔死后和爸爸自己也自杀之前的那段日子里，爸爸已经绝少提及他了。即便偶尔说起，也不再称他为“我的小兄弟”，而是说“我那个不幸的兄弟”。似乎这种指称上的微妙变化就能使他避免被千夫所指。毕竟，是他怂恿叔叔出国留学的。但事实上，当时叔叔因为参加政治活动被罗得西亚大学开除，已经无处可去。他出国后第一年写给我们的信都遭到了特别审查，到我们手上的时候离邮戳上的日期往往已经过去了个把月。最夸张的一次，我们竟然在复活节前一周才收到他的圣诞节贺卡。

尽管尼古拉斯叔叔远在千里之外的英国，但他仍然和我们这些身处流血冲突中的人一样，是战争的受害者。战争留下的创伤多种多样，它们的触角伸向血腥的战场和泥泞的战壕之外。在枪弹伤口愈合很长时间以后，它们对人们的伤害仍在继续。在我看来，被迫流亡国外无疑是尼古拉斯叔叔发病的一个重要原因。叔叔出院那天，医生们告诉爸爸，叔叔的身体没有问题，出问题的只是他的脑子。他去伦敦的时候过于年轻。太年轻、太缺乏经验，所以根本不知道该如何应对新世界里那让人忘乎所以的自由，那和他身后的旧世界实在是太不一样了。

* * *

战争爆发时我才十岁，结束时，我已经二十一了。这期间，我失去了我大半的青葱岁月，也失去了几个最要好的朋友——伊什梅尔、伽以卡伊、金斯顿、贾布拉尼、阿贝德尼戈。我和他们从小一块儿长大，但从来没有意识到，他们怀有比我深得多的不满。那天夜里，他们因试图穿越莫桑比克和罗得西亚的边境而毙命，当时我感觉自己被骗了，很生气，因为他们把我撇在了那个注定要失败的行动计划之外。但我也知道，就算他们邀请我一块儿去，我也一定会找个借口逃掉的。我还远不够有胆量，也许我根本就是个懦夫。

我第一次意识到战争真的爆发了，是在爸爸店里的人从村子里下来、发誓再也不回去的时候。在此之前，我一直以为战争是别人的事——就像飞来的横祸、自然灾害和致命的疾病一样。这些从管制区域的村子里逃出来的人，说着地雷和从晚到早的宵禁，说着在交火中不幸中弹的平民们血肉模糊的尸体和施虐狂士兵把控的关卡，说着半夜突袭扔下的炸弹炸裂了皮肤、烧掉了血肉，只剩下骨头。突袭把整个村庄夷为平地，孤儿院里挤满了被收容的孩子，他们长大后都不知道自己的父母是谁，不知道他们长什么样。

这个国家变成了一片令人痛苦和心碎的荒芜之地。情势急转直下，以至于人们根本看不清其间的本质，以为那不过是一连串随机发生、无甚关联的事件。它们迅速而失控地缠成一团乱麻，滚向更糟糕的灾难。冲突演变成不同意志之间难以决断的斗争，它们争相去影响一个早已无法改变的结果。

最糟糕的是暴力。

它沉重地击打着我们的感官，以至于到后来我们已经变得麻木，就像一匹累得筋疲力尽的马儿，就算骑师再怎么用鞭子抽打它，它也已经无力对鞭打做出反应。日子一天天过去，我眼睁睁地看着妈妈因为暴力而日渐苍老，变得痛苦、忧郁、无情。暴力还酿成了军事对抗。民族主义政客沉溺于仪式化的互相辱骂，被毫无同情心的媒体利用，为暴露他们的无知提供便利。政客们高举着激进的标语，只会像疯疯癫癫的梦呓者一样，在电视上没完没了地发表冗长的演说。他们宣布成立了联合阵线，但阵线脆弱得不堪一击。他们唯一的共同点就是像同一条路上的旅行者一样，有一个共同的目的地——但他们不知道该怎么去，也没有合适的对策。

他们是一群自命不凡、与社会现实格格不入的乌合之众，缺乏常识。他们许下很多承诺，却很少付诸行动，每个人都只顾着往自己的方向使劲，每个人都争着要把自己的意志强加给别人。他们的演说连篇累牍、激情澎湃、韵律齐整，但是缺乏灵魂。他们不切实际地说要通过无产阶级革命推翻旧的制度，却不想想原有制度的存在已经超过百年。它已深深扎根于它所创造出来的社会的每一根纤维，如果要摧毁它，势必付出惨重的代价。

民族主义政客和政府的关系，就像寄生虫和它的宿主，他们因为共同的利益而互相需要，否则便会两败俱伤。他们高谈阔论，却毫无成果。我们想着兼听则明，盼着某天他们能停止表演，干点实事。我们知道他们的承诺不过是有瑕疵的乌托邦和一个空无一物的天堂。但不知怎的，我们还是对他们言听计从，像一队驯顺的梦游者一样来到了深渊的边缘。我们这么做也许太过天真，但这也是当时的具体情况使然，形成那样的反应不是出于理性，而是出于冲动：求生的冲动。战争结束后，同样还是那群人，他们迅速转变了立场，站在讲坛上，把功劳算在自己头上，但谁都知道，那功劳不是他们的。

人们怎么为自己考虑，而对同一件事形成不同的回忆，这是真正令人讶异的。

* * *

我参加过几个亲戚的葬礼，他们因为严重违反宵禁规定，最后倒在尘土飞扬的路边阴沟里，身上都是子弹窟窿。

那时我们住在宾杜拉。房子是殖民时代留下来的老房子，年久失修，有时雨下得大点，墙壁就会晃动，窗户哗哗作响，瓦楞铁皮做的屋顶会发出吓人的声音。每天晚上，我们都得把锅碗瓢盆放在地板上，接新渗漏下来的雨水。很多个圣诞节，我们都在前厅的炉子前挤成一团，烤花生和耗子吃，借以打发一个个单调乏味的漫漫长夜。我们睡得晚，起得早，好像这样一来白天就拉长了，黑夜也就缩短了。妈妈跟我们讲她自己的童年，对我们而言，她那个国度已经一去不复返了。等到上床睡觉的时候，我们都会把耳朵紧紧贴在墙上，倾听雷鸣般激烈的枪战，枪声来自山谷里那几个早已被正常人废弃了的鬼镇。在时断时续的安静过去之后，是令我们非常惧怕和不安的长时间的死寂。死寂悬浮在每一个长久的瞬间，有它自己的气息，有它自己幽灵般的节奏。

我们在新年前夜的庆祝中猜想有多少人能挺过未来恐怖的十二个月。我们看着军用直升机像不祥的蜻蜓一样，每天例行公事般地盘旋，把隐蔽着的敌人揪出来。旋翼在雾霾中打转，夷平了草地。我们的主人们有着根深蒂固的种族主义情结，抓住我们的项背不肯放手。他们把外面的世界关在门外，又把我们关在门内，就像动物园里圈养的动物一样，而他们，是与世隔绝的王国里无可争辩的主人。

早在尼古拉斯叔叔去世之前，我们就已经知道父亲的生意难以为继。家里那两间全家人赖以为生的杂货店断了货源。卡车司机们不愿意开车经过战区的危险地带，这也可以理解。一支有军队护送的车队两周一次来我们这儿送货，但它们送来的货三四天就卖得底朝天了。也有少数几个敢于在夜里开过管制区域的司机，但需要向他们支付高额的“冒险费”。他们说，毕竟他们是在拿性命和胳膊大腿冒风险。就算他们和游击队是一伙的也没有用，地雷和火箭筒可不长眼睛。

父亲是个好面子的人。也许正是因为这不幸的性格特征，他那颗顽固的脑袋总是自欺欺人，自视甚高。他很快就发现，尽管自己一直不屈不挠、乐观向上，却已孤身一人长期受困于悲观主义的汪洋大海中。虽然困窘不堪，但他仍然坚忍不拔，充满英雄气概，冷静地淡化诸多失败，夸大仅有的几次成功，以应对多舛命运那巨大的压力。妈妈一直很担心他，因为她非常了解他的脾气，尽管表面上装出一副无所畏惧的模样，但内心却非常焦虑。

因为生性慷慨大方，他的古道热肠远远超越了责任的范围。村子里来的人跟他诉说他们的难处，父亲很同情，毫无保留地借钱给他们，帮助他们在远离战火的地方开始新的生活。但到了最后，他自己反倒成了模范无私的受害者。人们不过是在利用他。

后来战争愈演愈烈，货源彻底断了。一支车队在戴维尔山附近遭到伏击，十五名罗得西亚士兵遇害。我们这一派算是赢得了战争，但为此又付出了多大的代价呢？生意变差是可想而知的事，店里只剩下一排排空荡荡的货架。没有面包、糖、鸡蛋、肥皂、盐、牛奶和黄油，事实上，什么也没有。老顾客不满地去了别的店。很快，每个月的房租就远远超过了店里的收入。父亲先前雇用了三个远房表亲当店员。当初，她们的父母担心她们长时间找不到工作，会早早沦为“问题妈妈”，父亲好心收留了她们。如今她们却恩将仇报，要把父亲告上法庭，因为他拖欠了她们的工资。她们明明知道父亲的难处，却还是一味强调自己的日子已经没法过下去了。

一天下午，一辆没有标记的津巴布韦家具城的货车开到我们家，把起居室里那套破旧的家具拉走了。妈妈告诉好奇打探的邻居们，把家具拉过去是为了重新包一下面。为了保住我们这个家的面子，她也开始撒点小谎了。那天晚上，她一个人坐在炉子边默默垂泪，一直哭到睡着。我们卖掉家里的东西，好让父亲还债。他说困难只是暂时的，很快就能跨过这道坎儿。但那时候，我觉得就连他自己也知道，大家心里都清楚得很。他债台高筑，只得拆东墙补西墙，没完没了。有时，他会在店里待上好几个钟头，回来时两眼失神、忧心忡忡。他已经一败涂地了。

我痛恨战争对他的伤害，也痛恨他对我们的伤害。

* * *

尼古拉斯叔叔葬礼那天，父亲又得去一趟法庭。一个债主耗尽了耐心和恻隐之心，终于起诉父亲了。葬礼因为季节性的大雨也耽搁了。他们把棺木停放在起居室里，棺盖还没合上，遗体周围放满了鲜花。空气中弥漫着浓烈的刺鼻的花香。我独自一人走进去，看着尼古拉斯叔叔死去的疯了的脸。它很平整，苍白发灰的皮肤就像雕刻而成的。脸部肌肉凝固了，呆板，不对称地扭成一团，使他原本虔诚的模样变成了石化的怪兽状滴水嘴一般。他的双手紧握在胸前，像在做祷告。他穿着最喜欢的那件衬衫，袖口正好遮住被餐刀划得伤痕累累的手腕。

他的大女儿米歇尔，前一天刚从曼彻斯特赶来参加他的葬礼。她费尽心思，友好地跟每个人打招呼，但都是白费工夫。叔叔的遗孀艾米丽婶婶认定，那姑娘和她的白人男朋友一定会在他们精心策划的冷暴力前败下阵去。米歇尔跟大家说话，但多数人只跟她说绍纳语，尽管他们明明知道她不了解这个国家，也听不懂它的语言。我很同情她，也为自己是这个不光彩的同盟中的一员而羞愧。但是艾米丽婶婶再三强调，正是这姑娘的妈妈才害得叔叔发了疯。这么说很不公平，但艾米丽婶婶向来倾向于愚蠢的报复。

房子外面，蒙着黑色面罩的妇女们耐心地站在长长的走廊上。有人在唱赞美诗，其他人在议论即将到来的旱季。男人们压低了嗓门说话，讨论的中心议题是死者的房产。下午过去了一半，父亲还是没有回来。那时雨已经停了。天边出现一道散乱的彩虹，颜色看起来不大正常，模模糊糊难以分辨。我的左眼皮跳个不停，这是不祥的预兆。一个小时后，雨停了，灵车也来了，要把送葬者们送往墓地。

父亲还是没有回来。

* * *

伯纳德……快去店里，妈妈说，打电话问问法庭到底是怎么回事。他不到场，我们没法安葬他的弟弟啊……

* * *

我抓过钥匙，撒腿就往那间小一点的杂货店跑去。店面后头有一个房间，那里有一部电话，父亲常用它来联系达尔文山的印度批发商，他们是杂货店的主要供货商。我就是在那儿找到父亲的，他倒在柜台上，手腕割破了，衬衫被血浸透，袖子上血迹斑斑。身边堆满了票据和法院传票。他喝了好多酒。地上有好几只波士白兰地的瓶子。从宾杜拉赶来的中国医生说，他至少已经死了四五个小时了。边上还有一瓶老鼠药，打开已经很长时间了，但仍然隐隐散发出一种刺鼻的气味。那个他也喝了。你父亲肯定是铁了心地想走这条路了，观察敏锐的医生下了结论，听起来竟像是在恭维。

死亡时间与他离家的时间很接近。我这才恍然大悟，他压根儿就没打算出庭。那天晚上，我回到店里，把办公室里能找到的所有法院传票都收了起来，在后院付之一炬。我觉得，如果让妈妈知道真相，知道我们舒服的日子早就没有相应的财力支撑了，肯定会让已经伤心至极的她雪上加霜，这么做既不公平也无必要。

* * *

法官通过缺席审判宣告父亲破产，并下令扣押所有的非固定资产。所有针对父亲的诉讼都被撤销，因为已经没有人可以应诉了。过了几天，司法执行官过来，把店里和家里剩下的东西分给了父亲的债主们。毫不夸张地说，他们只给我们留下了我们身上穿的那一身衣服。为了举行葬礼，妈妈只好向亲戚们借钱。米歇尔过来告诉我们，她已经搬进了一家便宜点的汽车旅馆，会一直待到第二个葬礼结束。妈妈被她的举动深深打动了，她开始卸下伪装出来的敌意面具，甚至还邀请米歇尔和她的男友一起吃饭。但是他们一直没来。当我赶到他们借宿的汽车旅馆时，那儿的人告诉我，他们已经匆匆忙忙离开了。我给她写了封信，考虑再三，用了尼古拉斯叔叔曾经用过的一个地址，但信被退了回来，说是“此地查无此人”。

* * *

这之后，我们变动了一下屋内的格局，但这并不能抹去与父亲死亡有关的记忆。你不可能通过挪动一下家具，就消除一个房间与过去的阴郁联系。父亲死于 1981 年 4 月，正值国家独立一周年。那些在战争期间欠下的债，即便是有能力东山再起的人也难以还清。与尼古拉斯叔叔和其他很多人一样，他挺过了战争，却死于它的恶果，尽管和平已经来临。

神鸟

[莫桑比克] 米亚・科托

米亚・科托
Mia Couto, 1955—

葡萄牙移民后代，出生并成长于莫桑比克港口城市贝拉。十四岁开始发表诗作；二十岁时成为新成立的莫桑比克信息社社长，后创办《时间》（*Tempo*）杂志。1983 年，出版首部诗集《露之根》（*Raiz de Orvalho*）。后期写作以小说为主，著有《声音造就夜晚》（*Vozes Anoitecidas*，1986）等十数部作品。在其创作中，他通过融合葡萄牙语和莫桑比克的地域性词汇和结构，重新创造了这种语言，也为非洲的叙事建立了一种新的模式。科托的写作风格受到拉美魔幻现实主义文学的影响。作为莫桑比克最重要的作家之一，科托的作品被译成数种语言在二十余个国家出版。

抱歉，我不知道还有什么比河流更像一个朝圣者。波涛奔涌，踏上一段没有终点的旅程。河水已经像这样不知疲倦地奔流了多久？厄内斯托·提姆巴独自一人坐在他的老独木舟上，回顾着自己的人生。十二岁那年，他开始学习捕鱼。自打在水上讨生活以来，他一直恪守着靠河吃河者应循的守则，规规矩矩地过了三十年。可这有什么用？大地干旱枯竭，种子发不出新芽。每当他收工回家，就不得不面对妻儿们虎视眈眈的眼睛。那眼神跟狗没什么两样——尽管他不愿承认，事实就是如此——饥饿使人变得与动物无异。

默默地想着自己的伤心事，提姆巴慢慢地划着小船往前行。岸上有一棵三唇楝树，河道在那儿变得狭窄。他停下船，想着这样也许能赶走那令人悲伤的念头。他可以让船桨轻啮河水，让小船几乎静止，却无法让自己停止思考：

“我过的这叫什么日子啊？除了水，还是水，此外什么也没有。”

独木舟忽前忽后地摇晃，使他倍感焦虑。

“总有一天，我会被河水吞没，然后就会被他们像鱼一样从水里捞上来。”

他预见到妻子和孩子将看着他被别人从河底的淤泥里拉出来，那时河水就会像被连根拔起一样。

头顶上，三唇楝树遮挡住了热辣的阳光。提姆巴的心思不在树上，他的眼睛正窥视着自己的灵魂。但眼睛就像瞎了一样，因为痛苦如同尘埃蒙蔽了光明。太阳升得更高了，又一个早晨来临，他嗅到了强烈的忧郁气息。

“要是我属于天空该多好。”他哀叹道。

长达三十年的操劳让他的人生不堪重负，他想起父亲鼓励他的话：

“看看那边的猎人是怎么干活的，他在看到羚羊的瞬间准备好自己的长矛。但渔夫看不到河里的鱼。渔夫得相信某些他无法看到的事情。”

那是一堂人生哲理的课，现在他回想起那些睿智的话语了。时候不早了，饿了的肚子也提醒他该回家了。他开始划桨，最后又抬头朝云边瞥了一眼。就在这时，一只巨大的鸟儿飞过天空，它像王者一样得意于自己的威仪。提姆巴目不转睛地盯着这展翅高飞的生灵，心中生出一种奇怪的渴望，他想：

“但愿那只鸟现在就掉到我的船上来！”

他大声说出了心里话。话音未落，那只鸟就扑腾着硕大的翅膀，快速地盘旋着下降，俯冲到小船上来。它像是被生命放逐了一般坠了下来。提姆巴拎起这只受了重伤的鸟，把它捧在手上，发现它仍在淌血。在船上，鸟儿渐渐苏醒，它站起来，爬上船头，像是在确认自己是不是还活着。提姆巴抓起它，掂了掂分量，估算着它的肉可以供他们吃上几顿。但他很快就打消了这个念头，猛地推了一把鸟儿，帮助它起飞。

“飞吧鸟儿，从哪儿来回哪儿去！”

可是鸟儿转身又回到了船上。渔夫提姆巴又驱赶了它一次。它还是回来了。厄内斯托·提姆巴开始绝望。

“回到你自己那儿去，你这只血淋淋的鸟！”

无济于事。鸟儿一动也不动。就在这时，渔夫提姆巴开始琢磨：这不是一只凡鸟，它是上帝的神谕。来自上天的警告将使他的灵魂永远不得安宁。

他带着鸟儿回到村里，妻子见了很是高兴。

“我们把这鸟儿当午餐吧！”

她开心地招呼着孩子们：

“小家伙们，快来看看这只鸟儿吧！”

提姆巴一言不发地把鸟安放在垫子上，到屋后找了些木板、铁丝和芦苇，开始动手做鸟笼。笼子大得足以让一个男人在里面舒舒坦坦地站直了。他把鸟关进笼子，喂它吃捕获的鱼。

妻子看得目瞪口呆，心想这男人八成是疯了。日子一天天过去，提姆巴的心思全扑在了鸟上。

有时，妻子会指着鸟儿问他：

“我们都饿成这个样子了，你还不打算把它宰了？”

这时，提姆巴就会挥着胳膊，斩钉截铁地说：“绝对不行！谁要是敢动这只鸟儿，谁就会受到上帝的惩罚，从此不得安生。”

日子照旧一天天过去，提姆巴等待着新的神谕。有无数次，他在闷热潮湿的午后徘徊，在河流前呆坐。每当太阳下山，他就去察看一下鸟笼，那鸟长得越发肥壮了。渐渐地，他开始觉察到神鸟并不开心。这家伙正饱受寂寞之苦。一天夜里，他请求上帝赐一个同伴给这只孤独的鸟儿。第二天，笼子里就多了一只鸟，一只雌鸟。提姆巴默默感谢上苍赐予他这份新的礼物。同时，他又很不安：上帝凭什么如此信任地把鸟儿托付给他？它们到底想传达什么信息呢？

他想啊想。那信号，那闪耀着光泽的洁白羽毛，只可能说明一个问题，那就是上天的脾气要变了。如果人们善待这些来自上天的信使，干旱就会结束，雨季即将来临。照顾上帝使者的使命落到了他——一个住在河边的卑微的渔夫——头上。他的任务就是告诉上帝，人心依然善良。是，真正的善性在物资充裕的时候看不出来，只有当饥饿在人们体内舞蹈时才能显现。

妻子从田里回来，打断了他的思绪：

“这么说，现在有两只鸟了？”

她走过来，在同一张垫子上坐下，久久地盯着她丈夫的眼睛，说：

“老公，锅就搁在火上等着。算我求你了，我们吃掉一只吧，就一只。”

这纯粹是在浪费时间。提姆巴发过毒誓，谁伤害鸟儿谁就将受到严惩。

没过多久，这对鸟儿就生下了三只小鸟。三只又笨又丑的小鸟，胃口却大得惊人，足以吃掉整条河里的鱼。提姆巴担当起它们父母的角色，给它们喂食。家里本来就没什么吃的，现在连这些也都拿去喂鸟了。

村子里，风言风语传开了，大家都说厄内斯托·提姆巴明显是在胡说八道，他疯了。他的妻子在几次三番警告他无效之后，带着孩子离家出走了。提姆巴似乎连家人离开都没有在意，他的心思全放在怎样保护鸟儿上面了。他发觉身边妒意弥漫，恶意丛生。他被选中难道是他的错？他们说他疯了，但他这个被上帝选中的人依然我行我素。

一天下午，他干完河里的活儿，一种不安的情绪突然涌上心头：鸟儿不好了！他急匆匆往家里赶，靠近时，他看到他家房子周围的树林里浓烟滚滚。他把独木舟划到岸边，来不及系上缆绳就跳上了岸，朝着悲剧发生的地方狂奔而去。等他赶到时，眼前只剩下残骸和灰烬。木头和铁丝早已被火烧尽。残存的木板中间有一只翅膀，没有火烧的痕迹，像是尝试过自救。鸟儿肯定曾经试图冲过火墙，翅膀就在那时候掉了下来，而这正是悲剧结局的不祥预兆。翅膀没有像无生命的东西那样摇摇晃晃，而是僵直的、笃定的。

提姆巴后退几步，大惊失色。他呼喊着妻子和孩子，这才发现他们早已离他而去。他擦去因悲愤而涌出的泪水，眼睛生疼。

为什么？那些鸟儿那么漂亮，他们怎么忍心伤害它们？就在那儿，就在那时，在灰烬和烟尘之中，他向上帝祈愿：

“您要生气了，我知道。您要惩罚您的子民了。但是请等一等，我想请求您原谅他们。就让我一个人去死吧，我。让其他人继续遭受他们已经在遭受的折磨吧。您甚至可以忘了下雨的事，您可以让大地上尘土堆积，但请您一定不要惩罚这片土地上的人们。”

第二天，人们发现厄内斯托拥抱着河水，在清晨的薄雾中瑟瑟发抖。他们试着把他捞起来，却发现他重得根本无法与水分离。最强壮的人被叫去执行这个任务，但他们的努力都是徒劳。他的身体被河面紧紧地吸住了。一种奇怪的畏惧之情在在场的人中间蔓延开来。为了掩饰恐惧，有人说：

“快去告诉他的妻子，告诉其他人，村里的疯子死了。”

他们收兵了。在他们爬上岸的时候，乌云中响起沉闷的声音，天空像生了病似的阴沉地咳嗽起来。要换在平时，人们肯定会为雨水的到来而欢庆，但不是现在。也是这头一次，他们的信念高度一致，祈祷此时不要下雨。

河水无动于衷地流向远方，嘲笑着人们的无知。厄内斯托·提姆巴被河水温柔地安抚着带往下游，一路上是他在梦中才见过的风景。

中部非洲

垃圾场

[马拉维] 史蒂夫·奇默穆伯

史蒂夫·奇默穆伯
Steve Chimombo, 1945—2015

曾任马拉维大学英语教授。其诗集《拿波利之诗》(*Napolo Poems*, 1987) 获1988年诺玛奖提名。作品有《篮筐女孩》(*The Basket Girl*, 1990)、《给我讲个故事》(*Tell Me a Story*, 1992) 等。

男孩蹲在地上，弯着腰摆弄一辆小小的玩具车。长方形的硬纸板插在弯曲的金属丝上，算是车身。汽车轮子是空的鞋油罐，方向盘则是用大罐婴儿爽身粉的盖子做的，一根长长的芦苇秆接在方向盘上充当转向杆。

男孩抿着嘴、缩着鼻、皱着眉头、眯着眼睛，一副专心致志研究的表情。汽车底盘上有几根短短的金属丝松掉了，他不耐烦地摆弄着。过了一会儿，他满意地咕哝了一下，站起身，边发动引擎，边大声唱起歌来：

聪明的白人
开着飞机
那可不是一个小东西
开它需要勇气

尖尖的嗓音透过空气，在公务员住宿区里回荡了好一会儿。一阵嘎吱嘎吱的声音打断了歌声。一辆手推车正沿着尘土飞扬的小路，从二十码开外的最后几排房子那儿过来。男孩的歌声飘荡在空中，犹豫了一下，没声了。嘎吱嘎吱的声音越来越近，越来越响。

是“收垃圾的”来了。人们背地里都这么叫他。“收垃圾的”推着手推车，以在机场捡垃圾为生。

男孩不再努力把玩具车开进两块碎砖头中间。他这才想起这天是星期天，有一架大飞机从伦敦飞过来，他错过了飞机着陆的一刻。想到这儿，他立马变得垂头丧气了。当地人把这种飞机叫作“四发”，因为它有四个发动机。“收垃圾的”手推车上装的正是从那架大飞机上清理下来的垃圾。这说明它几个小时之前就已经着陆了。他后悔没有去机场的阳台，没能看到穿着昂贵衣服的乘客从飞机上走下来。他们大多拎着大箱子，挎着照相机，带着各式各样从远方带来的稀奇古怪的东西。这会儿跑到机场去已经来不及了。旅客们早就乘车前往他们各自的目的地了。就连要搭乘这架飞机离境的乘客这会儿恐怕也已经登机了。

轰鸣声越来越响，说明飞机即将起飞，这证实了他的猜测。男孩知道飞机会出现在天空的哪个方位，他就盯着那儿看。过了一会儿，瓦楞铁皮屋顶猛烈晃动起来。雷鸣般的响声像要把它们掀翻似的。这就是住在国际机场附近的坏处。飞机起降时，员工宿舍时不时会遭受到小型地震般的破坏。不过男孩可不在乎这些。噪声让他心中充满近乎迷信般的敬畏——能让这样的庞然大物飞上天空，得多有本事啊！

过了几分钟，男孩瞪大了眼睛，看着飞机画出的银色条痕追上云朵又赶超了云朵。又过了一会儿，飞机就从他的视野里消失了。他琢磨着今天飞机上都有些什么样的人、他们要去哪儿。爸爸曾经告诉过他，飞机在飞往英国之前，会先经停索尔兹伯里[1]和约翰内斯堡之类的地方。等到他学会识字了，就能在书上找到爸爸告诉过他的那些有名的地方了，那该多有意思啊！可惜今天没有准时站在机场的阳台上，这还是让他有些遗憾。

这时，手推车的隆隆声已经很近了。听起来就像一辆古董摩托车虚弱无力的噼啪声，老得点不着火了，却还是锲而不舍。男孩操控着玩具车，让它从两块砖头之间穿过，沿着小路走到“收垃圾的”必经的那条大路上。垃圾场离他家只有一百码远。

“早啊，乔伊。”老头跟男孩打招呼。

“早。”乔伊站在几英尺开外，看着他走近。

“今天没去上学？”

“我们放假了，要放一个月。”

“那敢情好。”

“这次你都收了些什么好东西？”

“不知道，”“收垃圾的”回答，“也许是几片混着呕吐物的奶酪吧。”

听到“呕吐物”这个词，乔伊皱起了鼻子。曾经有人告诉过他，有时候飞机上的乘客会往专用的袋子里呕吐。乔伊不清楚人们坐飞机时为什么会呕吐。他见过爸爸喝多了之后在家里呕吐，样子不太好看。

1　索尔兹伯里：津巴布韦首都哈拉雷旧称。

乔伊站得远远的，看着老头推着那辆老掉了牙的手推车。那车就像是“收垃圾的”身上的一部分。乔伊无法想象老头没有车，或者车没了老头推会是什么样。两者都是他家搬到机场地区后他最先注意到的奇特景象。

手推车原本也是闪闪发光的金属，和停机坪上亮闪闪的飞机一样。但这肯定是很久以前它还在配件店里时的事了。现在车上尽是些生锈的不规则的格子，上面是一层层被压扁、风干了的奶酪、牛肉罐头之类的东西。那糟糕的颜色使它看起来就像是一块几年前从潮湿的泥土里挖出来的金属。车轮安在一根磨损严重的车轴上，这就是痛苦的嘎吱嘎吱声的来源。显然，曾经有人用润滑油来改善过这一状况，但那也是好几年以前的事了。只有剩下的发黑的硬壳还在纪念过往的事实。

他和它很相称，旱季和雨季在老头和破车身上都留下了印记。老头穿的破烂衣服真应该丢到垃圾场里去。破旧工作服下穿的卡其布短裤非常显眼，因为打了各种颜色的补丁。同样破旧的是一顶军用丛林帽，紧扣在他头上以抵挡滚滚热浪。帽檐上裂开了一道很宽的口子，这使它看起来更像是一顶无檐帽。帽子下黑色的短发中夹杂着许多灰发，使得整体呈烟灰色。

垃圾场在他们走近时开始宣告自己的存在。一浪接着一浪的臭气包围了乔伊和“收垃圾的”，随后又继续去拥抱当地人的住宅区，让人喘不过气来。

乔伊记得，刚开始留意到“收垃圾的”每天的例行公事时，他觉得很恶心。出于好奇，他悄悄地跟踪了老头一两个礼拜。乔伊一直在想，老头在倒完垃圾后，为什么还要在垃圾场里待那么长时间。臭气越来越浓，也越来越让人窒息。老头盯着垃圾场，乔伊偷偷跟在后面，离他越来越近，冲鼻的臭味铺天盖地向他袭来。他的鼻孔猛烈地开阖着，感觉自己就像在液体腐烂物中游泳。恶臭抓挠着他的喉咙，进入他的胃。恶心的感觉冲击着他。他被什么突出的东西绊了一下，倒在一堆令人恶心的软绵绵、黏糊糊的东西上。这一接触让他浑身颤抖，抽搐了好一会儿，之后又痛苦地干呕起来。正当他挣扎着想要站起来的时候，一只手掌搭在了他的肩膀上。

"你没事吧？"老头低沉沙哑的声音似乎从他周围的臭东西中传了过来。

"别碰我！"乔伊喊道。他的脸剧烈扭曲，出于本能地避开老头，又退回到了垃圾堆中。

"我是问，你没事吧？"

"离我远点！"乔伊气急败坏地喊着，"你这个又脏又臭的'收垃圾的'！"

老头慢慢地站起身。乔伊又挣扎了一下，终于站了起来。他飞也似的跑过一块将垃圾场和楼房分隔开来的田野，半路还远远地回头瞥了一眼，看到老头又回到了他原来待着的地方。好了，乔伊心想，至少他的好奇心已经得到满足了。老头在垃圾场里仔细翻找，从残羹冷炙中找一点能吃的东西。他用纸包裹着食物吃了起来。乔伊沉浸在自己的游戏中，没有注意到周围的事。他像爸爸教他的那样，试着和东京机场塔台的工作人员联络："请求着陆！"他边转圈边一遍遍地重复："请求着陆！能听到吗？完毕。"

"乔伊，快看。"一个声音打断了机长，"我给你带来了一架货真价实的飞机。”

说话的是“收垃圾的”。他从垃圾场悄无声息地走过来，没有推他的手推车。他把一架印有“罗得西亚航空”字样的飞机模型递给乔伊。乔伊怯生生地看着他。那棕色的眼眸子几乎带着歉意。男孩后退了一步，嘴巴嗫嚅着。他飞快地看了一眼家的方向，一把抓过飞机，尽可能快地跑到厨房后面。他在那儿跪了下来，把飞机揣在怀里，气喘吁吁了几分钟。过了一会儿，他又望了望老头，眼睛湿润了。老头已经走了。乔伊没有听到手推车嘎吱嘎吱离开的声音。他站起来，偷偷地看了一下厨房的角落，随后又撤回来，把飞机塞在衬衫底下。那儿鼓鼓囊囊的，谁都看得出这里面有鬼。乔伊赶紧抱紧胳膊，遮挡了一下最突出的那部分。他的心怦怦直跳，只好做出夸张的姿势大摇大摆地朝屋里走去，一边哼唱着：

聪明的白人
开着飞机
那可不是一个小东西
开它需要勇气

还好，妈妈正在打扫主卧。乔伊跑进他睡觉的小房间，找到书包，书包里有几本练习簿。他飞快地把“罗得西亚航空”塞进书包。和书本放在一块儿的是一些杂七杂八的小玩意儿，像外国的硬币、导游手册、空的香烟盒等等，都是从机场搜罗来的。每去一次机场的阳台，他就会带一两件宝贝回来。放假的时候，谁都不会想着去翻他的书包，把它们藏在这里是最安全的。

乔伊摊开褥子躺了下来。他一边留意着妈妈打扫卫生的动静，一边把胳膊伸进书包里，拿出飞机。他仔仔细细看了看。飞机的尾翼折了，但如果拿在手上时握的就是这个部分，那么它看起来就是一架性能良好的飞机了。

“乔伊，你在那儿吗？”

“在，妈妈。”乔伊应答着，一边赶紧把飞机塞回书包，推到墙边。门被推开时，他已经躺在褥子上了，呼哧呼哧地喘着气。

“你躺在那儿干什么？”他妈妈人高马大，一下就把门框堵了个严严实实。

“我……我有点儿头疼，妈妈。”

“那怎么不告诉我？”

“因为你刚才在忙，妈妈。”

“我有那么忙？连生病你都不吭声了？”

“我……我……”

“过来，乔伊。”

“是，妈妈。”

“现在，我希望你不要再装病了。”妈妈戳着他的鼻子说。

“我没装，妈妈。”

“几分钟前我还看到你唱唱跳跳高兴得很。”

“我……我……妈妈……”

“别对我撒谎了。”

“我不敢，妈妈。”

“好，现在帮我跑一趟杂货店吧，去买一磅糖和一包茶叶来。”

“好的，妈妈。”

“给你钱。”

乔伊接过钱一声不吭地出去了，心里担心得很。如果飞机被妈妈发现了可怎么办呢？他匆匆忙忙跑到杂货店，又急匆匆地往回赶，速度创下了新纪录。妈妈见了说：“我还以为你头疼得厉害呢。”

“我……我……不疼了，妈妈。”

“好，现在帮我把这些东西搬走吧，我来打扫一下你的房间。你非得搞得一团糟不可吗？”

乔伊飞快地跑过去，把书包揽在怀里。

“我是说所有的东西，不光是你的书包。”

“好的，妈妈。”

乔伊小心翼翼地将书包放在书本、衣服和褥子上，把它们抱出了房间。他把这一堆东西放在墙角，守在边上。过了一会儿，妈妈叫他，说打扫好了。他又轻手轻脚地将它们抱回了房间。

“你干吗鬼鬼祟祟的？”妈妈狐疑地盯着他，“头疼真的好了吗？”

“没呢，妈妈。”乔伊不敢看妈妈的眼睛，“又疼了。”

“有可能，”妈妈说，“那你躺一会儿吧。”

乔伊又铺开褥子躺了下来。这会儿他平静多了。那天晚上，爸爸很晚才回来，又喝酒又唱歌：“‘他是个快活的好伙计’，人们都这么说我！”乔伊听到他嚷嚷着要吃晚饭。妈妈的声音也不时飘进乔伊的耳朵里。爸爸大声解释说，一个白人带了一瓶酒给他。那个白人可是个好人，他说，因为——这是他最喜欢的议题——如果没有白人，黑人会怎样？当他想着这个问题的时候，就会絮絮叨叨说个没完。接着，他会列举白人给这个国家带来的种种好处：工作机会、汽车、飞机，当然还有酒。乔伊昏昏沉沉地睡着了，爸爸还在低声念叨着非洲人要永远有一颗感恩的心，毕竟他们现在住在体面的房子里，穿着体面的衣服，过着体面的日子。妈妈回房间去了，但他知道她仍听着。爸爸的嗓门大得全世界的人都听得到。

整整过了一个星期，乔伊才鼓足勇气去路口等“收垃圾的”。他很不好意思地向他道了谢，但老头只是嘀咕了一下，手推车嘎吱嘎吱的声音盖过了他说话的声音。乔伊犹豫地跟在老头的破车后面。老头一瘸一拐，疲惫地走着，竟也没有扬起多少尘土。他的工作服和车子一样污迹斑斑。乔伊加紧步子跟在“收垃圾的”边上。

“这回又收到什么了？”

“不知道。”老人目视前方，“也许是几小块混合着呕吐物的肉吧。”

乔伊忍着尽量不皱眉头。老头和男孩拐进一条通往垃圾场的小路。他们离垃圾场越来越近，那让人恶心的臭味也越来越浓烈。

垃圾场很大，用的时间也很长了，但不深。在乔伊出生前很久，它就已经在这个地方了。最早的垃圾已完全腐烂，早就变成泥土了。使用这个垃圾场的不止“收垃圾的”一个人。公务员们也把垃圾倒在这里。垃圾场里满是锅底的煤灰，黄黄绿绿的香蕉皮、番木瓜皮和橘子皮，甘蔗渣子和玉米渣子，当然还有婴儿和鸡狗的粪便。任何一种能想得到的垃圾都能在这里找到。新鲜的垃圾、鸡和鱼的内脏都是脑满肠肥的绿头苍蝇的大餐。当老头和孩子走到垃圾堆入口处的时候，它们正和果蝇一起，像蜜蜂一样嗡嗡嗡地叫个不停。乌鸦们在他们的头上转圈，呱呱地聒噪着。其他寄生物则以散落在垃圾场里的空牛奶盒、鱼罐头和牛肉罐头为生。

“这些都是从飞机上运下来的吗？”

“对啊。”

“他们肯定吃得很多。”

“白人们吃的时候就是敞开了吃。”

“坐飞机的不光是白人。”

“没错。但这些就是白人的食物。你没看到手推车上有扁豆和全麦黑面包吧？”

“没有。那韦内拉人吃什么呢？”

“面包。”

“是吗？”

“我瞎猜的。”“收垃圾的”突然变得健谈起来。他把手推车停靠在垃圾堆边上，从车子底部掏出一个罐头。“想象一下。”他热情地说，“你猜猜看，这个罐头是从哪儿来的？”

“伦敦？”

“不对。”

“巴黎？”

“也不对。这是香港产的。”他得意地说，“我天天坐在这儿盯着垃圾堆看。我捡起纸片或者牛肉罐头，看着它们，猜想它们是从哪儿来的。日本？俄罗斯？英国？美国？南非？当我在这儿津津有味地嚼着奶酪片的时候，整个世界都在我面前展开了。这个鱼肉罐头旅行了几千公里？这只空空的饼干袋去过哪些地方？往这个袋子里呕吐的是个什么样的人？他说什么语言？他有什么愿望和梦想？我不需要乘坐他们的飞机，只要坐在这里，俄罗斯、美国、英国就触手可及。它们最终都会来到这个垃圾场。”

“我也一样，”乔伊打断他，“当我去机场的阳台上看飞机降落和起飞的时候。每天，当我在学校打开课本的时候，我真希望自己读过很多书，能看懂更多关于这些地方的书，甚至还能去这些地方游览。要是能在伦敦、纽约或者东京的街头溜达，那该多好啊！”

“我明白。”“收垃圾的”望着身边的这个男孩，脸上浮现出一种恍惚的神情。

“但是我也见过这些地方。”乔伊的眼睛亮闪闪的。

“是吗？”

“是的。每天，当我开起小汽车，或者开着你给我的那架飞机时，就能清楚地看见它们。我在纽约喝可口可乐，在伦敦喝茶，还在东京开着车兜风。”

他们坐在垃圾场边上，两条腿垂在垃圾堆上晃荡，看着英国产的破瓶子，或者从美国来的压扁的食品罐头，还有日本或俄罗斯产的塑料碎片。两个人都浮想联翩。潮湿的异味吹向他们，进入到他们体内，跟着他们来到当地人的住宅区。在他们头上盘旋的乌鸦就像等待降落的飞机。垃圾堆里，黄色、灰色和棕色的苍蝇同样盘旋着冲向味美多汁的垃圾。

“来，”老头打断了他的白日梦，“吃片奶酪吧。也许是从南非来的。”

乔伊伸出一只手。他已经决定倚靠在手推车上，以便坐得更舒坦些。他嚼着变质的奶酪，默默地看着苍蝇们在一摊呕吐物上做着古怪的动作。四周只剩下苍蝇的嗡嗡声和乌鸦的呱呱声，但这很快就被越来越响的飞机引擎声打破了。

“是‘四发’。”乔伊说。

“对，是大飞机要起飞了。”

“不知道它会不会在索尔兹伯里停靠？”

“也许会。”

“飞机上都坐着些什么人呢？”

“哦，还是老样子。富裕肥胖的白人，棕色人，还有少数黑人。”

“还有去求学的学生。”

“对，我把那些人给忘了。”“收垃圾的”咕哝着站起来，把长满老茧的手往工作服上擦了擦。“我也得走了。”

“再见。”乔伊慢吞吞地说。他也从手推车上直起身。“明天我们还会见面吗？”

“会的。”老人撑起车上的杆子。几分钟后，嘎吱嘎吱的手推车就消失在远处了。乔伊琢磨着谁会先离开这个世界——是老人呢，还是车子。车子的嘎吱嘎吱声和跟在车后的老人的沉默与猫头鹰凄厉的叫声有着同样的质地。但乔伊知道，他和老人之间的对话——“今天大飞机又带来了什么？”——“哦，从白人土地上带过来的鸡零狗碎。”——还会持续一段时间。剩余的东西、垃圾和其他被找到的东西都会走向它们的归宿垃圾场，还有苍蝇和乌鸦，“收垃圾的”和乔伊。

刺客

[刚果] E. B. 东加拉

E. B. Dongala, 1941—

E. B. 东加拉

刚果诗人、小说家、短篇小说作家，被认为是非洲最出色的讽刺作家之一。早年在刚果接受教育，后赴美国、法国学习，并在斯特拉斯堡大学和布拉柴维尔大学讲授化学。著有长篇小说《手中的一支枪，袋中的一首诗》（*Un fusil dans la main, un poème dans la poche*，1973）、短篇小说集《爵士乐与棕榈酒》（*Jazz et vin de palme*，1982）。《刺客》一文便选自后者。

……这一次，他是插翅也难逃了！四十八小时过后，他被人跟踪，行迹暴露，藏身的村庄也已被发现。但这之前可走了不少的弯路啊！事发后，到处有人声称发现了他，好像他可以无所不在似的。忠心耿耿的军队一直把他逼到这个国家的腹地，只是没能抓住他；一支空投到北方沼泽地的巡查队宣称把他打成了重伤，证据是有一条血迹在沟壑处消失不见了；前线的卫兵发誓他们在一条小船上打死了他，只是那条船被击沉了，当时他正想通过水路逃窜。但所有这些声明都经不起进一步调查。原本就很严密的警察网络这下把触角伸得更长了，宪兵数激增，还有人给军队开了很多空头支票。士兵们闯入平民百姓的居住区，破门而入，刺刀戳进干草和棉花垫，砍破装木薯糊的麻袋，用枪托殴打那些回答问题不够快的人，或者干脆杀掉那些抗议他们私闯民宅的人。但是所有这些暴行都一无所获，而整个国家已经处于恐慌的边缘。他到底藏在哪儿呢？

那是一次几乎不可能实施的行动，因为这个国家的创立者、人民的启蒙者和拯救者、伟大的舵手、终身的总统、武装部队的总司令和深受人民爱戴的父亲，住在一个远离平民区的巨大宫殿里。一位获得战争学和反恐专业学位的以色列教授设计了坚不可摧的圆形安全系统。宫殿方圆五百码之外，就有全副武装的士兵站岗，每隔十码设一个岗哨，二十四小时有人执勤。离宫殿两百码和一百码处各有一处与其一模一样的设置。宫殿外还有一条护城河，河里养着非洲鳄鱼和印度鳄鱼，还有从中美洲进口的凯门鳄。喂给它们的显然不光是小鱼苗，特别是在每一次真真假假的政变被镇压之后——而政变总是隔一段时间便会光顾一下这个国家。护城河后面是一条壕沟，沟里养满了黑色和绿色的树眼镜蛇，这些蛇的毒液能让人一命呜呼。城墙高达六十英尺，用砖石建造，雄伟壮观一如津巴布韦废墟[1]。墙上布满了瞭望塔、探照灯、铁钉、铁丝网和碎玻璃。入口处有两扇大门，通道就是一座吊桥，只能在宫殿内部单向控制。最后是圣殿中的圣殿——宫殿本身，是人民敬爱的父亲的居所。一百五十个房间里到处都是镜子，映照着每一样东西每一个人，使其没完没了地增减，这让访客们坐立不安，让他们意识到自己的一举一动都受到了监视。每一个瞬间都像回声一样，从一个房间传到另一个房间，从一面镜子传到另一面镜子，直到照在最后一面镜子——主人的眼睛里。他看着整个宇宙呢。没人知道这位开国总统睡在哪个房间，即便是供他玩乐、被他多次宠幸的妓女也不得而知。至于那些纯洁快乐的小姑娘——那些他在颁布两道法令的间

1　津巴布韦废墟：世界著名废墟之一，位于津巴布韦东部，曾是津巴布韦王国首都。

隙用来享用的小姑娘，就更是一无所知了。一方面，这位敬爱的国父－最高领袖－启蒙者－武装部队总司令－人类中的天才，在肉身上对他统治的民众隐身；另一方面，他又无所不在。法律规定每家每户都得悬挂他的画像；广播里的简讯总是以他鼓舞人心的思想开始和结束；电视新闻总是以他的镜头开始、继续和结束；而当地唯一的一份报纸，无论做什么专题，总会有整整四个版面用来刊登读者来信，表达他们对领袖永恒的深情。随处可见却又无法触及，这就是刺杀行动几乎不可能成功的原因。

但是他竟然做到了：他成功地躲过鳄鱼、树眼镜蛇和警卫，潜入宫殿内，又成功地避开了镜子的陷阱，一手结果了国父的性命，就像杀掉一个普通的政变煽动者一样。这之后，他又成功地躲过了瞭望塔、吊桥、绿树眼镜蛇、黑树眼镜蛇、鳄鱼和警卫，逃了出来。而且成功脱逃！事发四十八个小时之后，竟然还没有落网！

之后谣言四起，没人知道消息出自何处。据说他被人跟踪、行迹暴露，藏身的村庄也已被发现，他被包围了。这下他跑不掉了！

装甲车、吉普车和装满士兵的卡车凌晨三点就启程了。坦克们不必费劲地绕过它们所经过的村庄，只要烧掉挡道的村庄、碾过碍事的庄稼走捷径就行，坦克履带所碾轧的车辙中堆满了尸体。进攻者们如入无人之境，没过多久他们就抵达了目的地。他们用步枪的枪托吵醒村民。他们四处搜寻，把谷仓翻了个底朝天，在树林和阁楼中寻找，但还是没有找到那个人。指挥官怒气冲天，脖子几乎要炸裂开来：

“我知道他在这儿，那个狗杂种杀了我们敬爱的国父，我们的国父会在英雄的圣殿里永生。我知道那个该死的恶棍留着胡子，瞎了一只眼。如果你们不在十分钟内告诉我他藏在哪儿，我会烧光你们的房子，从你们当中随便挑一个人拉出来打死！”

如同创世之前的死寂，就在这令人胆战心惊的死寂中，十分钟过去了。指挥官命令惩罚开始。他们使出各种招数：拳打脚踢，用红辣椒涂抹伤口，喝令村民们吃下热气腾腾的牛粪……村民还是没有供出那个人。于是士兵们放火烧掉了村里所有的房子、人们劳作一年仍不足以填饱肚子的收成。村民们还是没有提供任何线索。实际上，他们保持沉默的原因很简单：他们的的确确不知道是谁干的。

那人是独自行动的。他花了好几个月的时间来做准备工作，阅读、钻研、计划，然后他戴上假胡子，用黑色绷带蒙住左眼，就像一个海盗那样。他知道如何潜入密不透风的宫殿杀掉大独裁者，他采取的行动方式如此简单，他发誓永远也不会把这一切告诉别人，即便是在严刑拷打之下。因为唯有如此，未来才有可能再次使用这一方法。在村里见到士兵时他一点儿都不惊讶。但是他们真的认出他了吗？还是只是在虚张声势？显然，他们并不认识他。这会儿，他就站在他们面前，站在一无所知的村里人中间。他就这么站着，胡子刮得干干净净，两只眼睛长得好好的，等着看接下去会发生什么。

村民们的沉默让指挥官更加气急败坏：

“我最后再重复一遍！如果你们不告诉我他藏在哪儿，不告诉我那个杀害我们的终身总统、党的创始人和国家领袖的独眼龙狗杂种藏在哪儿，我就会从你们当中随便挑一个人出来开枪打死！我再给你们五分钟！”

他死死地盯着他的石英表。还剩两分钟、一分钟、三十秒……

“我向你发誓，长官，”村长恳求道，“我们不认识他，我们保证他不在我们村。”

“你们太过分了。我要挑一个人出来，当着你们的面把他打死。只有这样，你们才可能学乖一点儿。你，过来！”

指挥官指着他。他一点儿都不惊讶，好像这就是他一直期盼的结果。内心深处，这正是他想要的。如果有人替他去死，他反倒会怀疑自己是否能心安理得地度过余生。他很满意，因为他将带着他的秘密赴死。

“你就是那个替罪羊了，只能怪村长和你们村里人太顽固不化。来人！把他绑在树上，打死他！”

他们用枪托打他，用刺刀刺他。士兵们一路拖着他，把他绑在一棵芒果树上。他的妻子哭天抢地地跑过去，被粗暴地拖开了。四个士兵瞄准他。

“最后一次机会，告诉我们凶手藏在哪儿。”

“我真的不知道，长官。”村长恳求道。

“开枪！”

他的胸口微微一震，随后便悄无声息地倒下了。现在他们再也找不到他了！

枪弹的烟雾散去。一片死寂。村民们目瞪口呆，怔怔地望着用粗绳子捆绑的身体倒下。已经使完威胁招数的指挥官站在他们面前。他踌躇犹豫着，不知道下一步该拿什么当作威胁。他挣扎着克服内心的恐慌，至少要对得起他那个军阶的脸面。

“怎么样？”他问。

这使得村民们再次对他充满敌意。

“什么怎么样！”村长愤怒地说，“我说过我们不知道你要找的那个人。你偏不信，还打死了我们一个人。我还能说什么！”

面对质问，指挥官无言以对。他呆呆地站了一会儿，不知道接下去该如何收场。最后，他终于对他的手下下了一道命令：

“听好了！整装待发！继续搜查。那狗杂种可能躲在下一个村子里。不管他躲在哪儿，我们都要把他揪出来。我们要挖了他的眼，割了他的耳朵，扒了他的皮，拔了他的指甲，要当着他老婆孩子和老娘的面，赤身裸体地示众，最后再拿他喂狗。你们记着我的话！”

吉普和坦克扬长而去，去其他地方寻找“那个人”。

他们还在找他。他们能感觉到他的存在，他一定躲在某个地方，但到底是什么地方呢？在独裁统治的高压下，人们感觉到一提起“那个人”他们就会心跳加速。尽管在这个国家里，警察统治变本加厉，到处都是密探、线人和雇佣杀手。因受到族人拥戴而成为安保部门首领的人宣誓就任新总统，成为第二位敬爱的国父。他要继续开国总统未竟的事业，但再也不敢贸然外出了。为了破除咒语，他甚至还签署了一道法令，声称自己拥有不死的肉身。尽管如此，他还是躲在深宫，宫里过道交错，到处是镜子，壁垒森严，但是他不知道“那个人”什么时候会再次突然出现，这一次将轮到自己被打死。这样一来，长期被压制的自由就会呈井喷之势。

“那个人”，那个对极权说“不”的国家和民族的希望，一直都在注视着……

东部非洲

囚笼

[坦桑尼亚] 阿卜杜勒-拉扎克·古尔纳

有时，哈米德会产生一种错觉，以为自己一直待在这小店里，而且将会在此度过余生。他不再觉得日子难挨，夜深人静时也没有再听到那曾经让他吓破胆的窃窃私语声。现在他知道了，那声音是从长满虫豸的沼泽里传出来的。正是那些季节性出现的沼泽，把市区和乡镇分了开来。小店正处在通往市区的一个主十字路口上，地理位置不错。每天清晨，第一缕曙光出现，最早的那批工人拖着沉重的步子走过时，小店就开门营业了。晚上，一直要等到最后的游荡者没精打采地回家，小店才会打烊。他总喜欢说，当售货员能看到形形色色的过路人。店里忙的时候，他脚不着地，一边和顾客们插科打诨，帮他们从货架上取下各种商品，一边为自己的驾轻就熟而得意。活干完了，就累得一屁股坐在一只充当钱柜的箱子上。

姑娘是在某天晚上挺晚的时候到店里来的，当时他正打算关门。他已经困得两次低下头打瞌睡，深夜时分这种习惯是极危险的。等到第二次惊醒，他觉着像是有一只大手正掐住他的喉咙，把他从地上拎起来。她站在他跟前，一脸嫌恶地等待着。

足足等了一分钟后，她终于不耐烦地说：“打一先令的印度酥油。”说话时侧着身子，仿佛光是看到他就让人恼火。她身上裹着一块布，布头塞到胳肢窝下。柔软的棉布紧贴着她的身体，勾勒出优美的身形。在昏暗的灯光下，她露在外头的肩膀闪着亮光。他从她手中接过碗，弯腰打酥油，心里充满渴慕和突然的痛苦。当他把碗递回给她时，她心不在焉地看着他，眼神冷淡而疲惫。她长着一张小小的圆脸和一个细长的脖子，看上去挺年轻。接过碗，她什么也没说，转身就走进了夜色中，迈开大步跨过了把道路和路侧石分隔开的混凝土水沟。望着她远去的背影，哈米德真想大声提醒她注意安全。谁知道这黑沉沉的夜幕下隐藏着什么祸害人的东西呢？他把喊她的冲动生生地咽了回去，嗓子里只冒出一个嘶哑的声音。他等着，心里甚至盼着她的求救声，但听到的却只是拖鞋渐渐远去的啪嗒声。

她是一个有魅力的姑娘。不知道为什么，当他站在那里想着她，看着她消失在夜色中时，开始厌恶起自己来。她完全有理由鄙视他，他的身上和嘴里都臭烘烘的。他现在是隔一天洗一次，好像没什么必要洗得更勤快些。从床上到店里只需要一分钟，他也从来不去其他地方，洗得勤快又有什么用？因为缺乏适当的锻炼，他的腿变了形。他整天被束缚在那里，月复一月、年复一年，日子就这样一天天过去了，一辈子都像个傻子一样被困在圈栏里。他没精打采地关上店门，心里清楚，夜里他还是会放纵自己邋遢的天性。

第二天晚上，姑娘又来到店里。当时哈米德正在和一个老主顾聊天，那人名叫曼苏尔，年纪比哈米德大很多。他就住在附近，晚上有时会来店里侃大山。他得了白内障，眼睛不好，人们就常常拿这事取笑他，无情地捉弄他。有人说曼苏尔会变成瞎子，因为他的眼睛里全是屎。他老是离不开男孩子。哈米德有时也想，曼苏尔到店里来是不是真有什么目的，是不是对他心怀不轨，但也许那只是不怀好意的流言蜚语。姑娘进门的时候，曼苏尔住了口，他使劲地打量着姑娘，想在昏暗的灯光下把她看个仔细。

“有鞋油吗？黑色的。”姑娘问。

“有。”哈米德回答。他的声音听起来有些干涩，于是他又清了清嗓子，重复了一遍“有”。姑娘笑了。

“欢迎你啊，我的小心肝儿。今儿过得怎么样？”曼苏尔怪腔怪调地搭讪道，唯恐别人注意不到他。哈米德不知道他这样拿腔拿调地说话是不是故意想寻开心。“你可真好闻，身上喷喷香！你的声音像鹳鹤，身子像瞪羚。告诉我，姑娘，今天晚上啥时候有空？我正想找个人帮我捶捶背呢。”

姑娘压根儿没理他。哈米德背对着他们，听到曼苏尔继续跟姑娘搭讪。他一边粗俗地讨好她，一边又想方设法跟她约时间。手忙脚乱之中，哈米德竟然想不起鞋油放哪儿了。等到他终于找到一支转过身来的时候，他觉得姑娘一直在盯着他看，并且被他这么慌里慌张的样子给逗乐了。他冲她微笑，她却皱起眉头，然后把钱付了。曼苏尔还在一旁絮絮叨叨，满嘴甜言蜜语，夹克衫兜里的硬币叮当作响。但是她什么也没说，转身就走了。

“瞧瞧，瞧瞧，你说她骄傲个什么劲儿啊，好像太阳都不敢往她身上照了似的。这种娘们其实好搞定得很。”曼苏尔轻轻摇晃着身体，强压着笑意说，“过不了多久，我就要美美地享受上一回。

你觉得她会开什么价？她们总是那么做，这些女人，都这样假装正经，一脸嫌弃……不过一旦你把她们搞上床，一旦你得了手，她们就知道谁才是真正的大爷了。”

哈米德笑了笑，维持男性之间的和睦，但他不觉得那姑娘是干这营生的。她的一举一动都是那么笃定稳当，她怎么可能是曼苏尔说的那种卑贱的人呢？他在脑子里一遍遍地想着姑娘，一个人的时候，还会想象自己和她在一起亲热的情景。晚上关好店门，他就去法吉尔老人那儿坐上一会儿。老人是店铺的主人，就住在店后头。他已无法自理，很少要求下床。白天，一个住在附近的女人会过来照顾他，作为回报，她可以从店里拿一些日用品回去。但是到了晚上，这个体弱多病的老人还是喜欢哈米德坐在一旁陪他一会儿。他们聊天的时候，老人身上散发出来的行将就木的气息弥漫在屋子里。通常也没什么好说的，无非是抱怨一下不景气的生意，哀怨地祈祷一下能恢复健康之类的罢了。有时法吉尔情绪低落，会一把鼻涕一把眼泪地说起等待着他的死亡和他的残生。这时，哈米德就会把老人扶到厕所里，确保他的夜壶倒干净了，然后就走了。到了夜里，法吉尔会自言自语，有时还会提高音量喊哈米德的名字。

哈米德露天睡在里面的院子里。碰上下雨天，就在店里收拾出一块地方，凑合上一晚。他独自一个人过夜，从不出门，有一年多的时间，完全足不出户。在此之前，也只是和法吉尔一起出去过，那时老人还没有卧床不起。那时，每周五法吉尔都会带他去清真寺，哈米德还记得一大群人聚集在一起、路面碎裂的人行道在雨天冒着热气的情景。回家路上，他们会顺便去一趟市场，老人会告诉他那些甘美多汁的水果和色彩鲜艳的蔬菜叫什么名字，还会挑几样让他闻闻或摸摸。自从十几岁第一次来到这个小镇后，哈米德一直在为老人干活。法吉尔为他提供食宿，而他则在小店里干活。每天晚上，他都是一个人过的，他常常想念他的父母和他出生的那个小镇。尽管他已经不再是个孩子了，但回忆和挥之不去的心绪还是会让他泣不成声、黯然神伤。

姑娘再到店里买豆子和糖的时候，哈米德称分量时客气了一点。她看在眼里，冲他笑笑。他也开心地笑了，尽管他知道姑娘的笑中带有揶揄的成分。再下一次，她竟然跟他说话了，虽然只是简简单单的一句问候，但语气轻快。后来她又告诉他自己名叫茹基娅，最近刚刚搬到这里，和亲戚们住在一起。

“你老家在哪儿？”哈米德问。

“在姆文贝马林戈。”她说，说的时候一只胳膊伸得老长，为了表明那地方离这儿很远，“去那儿得走乡间小路，还得爬山。”

从她那天穿的蓝色棉布衫上，哈米德看出她是做帮佣的。当问她在哪儿工作时，她先是不以为意地轻轻哼了一声，仿佛在说这个问题无关紧要。然后又告诉他，在找到更好的工作之前，她会一直在城里那家新开的酒店里当女招待。

“最好的那家，赤道酒店。”她说，“那儿有一个游泳池，到处都铺着地毯。住的几乎都是白人，欧洲人。也有一些印度客人，但那种荒郊野外来的、会把床单弄得臭烘烘的人一个也没有。”

晚上关了店门以后，他开始习惯性地站在后院卧室的门廊上。那个时候，街上空荡荡、静悄悄的，与白天的喧嚣危险截然不同。他时常想起茹基娅，有时还会轻声呼唤她的名字，但想她只会让他更觉得自己孤立和肮脏。他清楚地记得她第一次是怎样打量他的，又是怎样在夜色中离去的。他想摸摸她……多年来没有亮色的生活使他变成了这个样子，他想，以至于现在会望着这个陌生小镇的街道，幻想着一个并不熟悉的姑娘成为他的救星。

一天晚上，他闩上店门，走到街上。他慢慢地朝最近的那盏路灯走去，然后又走向下一盏。令他惊讶的是，自己竟然不觉得害怕。他听到了什么动静，但仍旧目不斜视。既然不知道要去哪儿，就没必要害怕，反正什么事都有可能发生。这么一想，心里反倒有了些慰藉。

他拐了个弯，走到一条沿路都是店铺的街上，只有一两家店还亮着灯。然后他又拐了个弯，避开了那些灯光。路上连一个人影都没有，不管是警察还是巡夜人。他在广场边上的一条木凳上坐了一会儿，奇怪为什么周围的东西看上去都那么熟悉。广场的一角有一座钟塔，指针在寂静的夜里轻轻走动。广场四周竖着的金属柱子冷漠但得体。路的尽头整齐地停放着一排排公交车，远远地，他能听到大海的声音。

他循着声音走去，发现自己离海岸并不远。海水的气息一下子勾起了他对父亲家乡的回忆。那个小镇也是在海边，他曾经和其他孩子一样，在沙滩上、树荫下玩耍嬉戏。但那已经不是他的归属地、他的家乡。海水轻轻拍打着防波堤，他停下脚步，看着海水冲到水泥堤坝上，泛起白色的泡沫。其中一个码头上，依旧灯火通明，不时传来机器的轰鸣声。这个钟点似乎不太可能还有人在干活。

海湾的对面灯光闪烁，星星点点的亮光在黑暗中连成了一线。谁住在那儿呢？他心想。一闪而过的恐惧使他浑身战栗。他试着想象住在城市那端的黑暗角落里有什么人。他的脑海中出现了面目可憎的强壮男人，正瞅着他放肆地大笑。光线昏暗的林中空地上，隐蔽着的影子们正候着他这个陌生人。过了一会儿，男男女女都围了上来。他听到了他们在古老的宗教仪式中沉重的脚步声，也听到了他们胜利的欢呼——因为他们敌人的鲜血正渗入被压实了的土地。他害怕住在对岸黑影里的人，不光是因为他们对他虎视眈眈，还因为他们知道自己在哪儿，而他却不知道自己身处何方。

他转身往回走。不管怎样，他总算迈出了第一步，做了以前不敢做的事。打那以后，他养成了一个习惯，每天晚上关上店门、看过法吉尔之后，都会去岸边溜达一圈。法吉尔对此很不满，抱怨哈米德把他一个人留在家里，但哈米德没有理会。他不时能看到过路的人们，但他们个个行色匆匆，从来不看他一眼。白天，他会留意那个让他的生活充实了许多的姑娘。到了晚上，他就想象自己和她在一起的情景。当他慢慢走到静悄悄的街道上时，便会幻想他们俩在一起，说说笑笑，有时她还会把手搭在他的脖子上。每次她来店里买东西，他都会多给一些，等着她莞尔一笑。他们常会聊上几句，虽然不过是几句简单的友好问候。货品短缺的时候，他还会从悄悄攒下的储备中取一些给她，那是为老顾客准备的。偶尔壮起胆子，他也会恭维她长得漂亮，她则会报以光彩照人的微笑。每当这时，哈米德就会因为渴望和窘迫而局促不安。他一想到曼苏尔关于姑娘的那一番胡言乱语就发笑。她才不是那种随随便便花几个小钱就能搞定的人呢。对于她，非得用歌谣赞美不可，得靠展露实力和勇气去赢得。但无论是半瞎的曼苏尔，还是他哈米德，都没有这个本事。

一天晚上，天已经挺晚了，茹基娅来店里买糖。她还穿着那件蓝色的工作服，腋下还有汗渍。店里没有其他顾客，她也不着急回去，便开始跟他打趣，说他工作很卖力之类的。

“你在店里干了这么久，肯定赚了不少钱吧？有没有在后院专门挖一个洞来藏钱啊？谁都知道开店的人都有秘密的小金库……你打算攒了钱回老家吗？”

“我一无所有，”他说，“这里没有一样东西是属于我的。”

她咯咯咯笑了，表示不相信。“不管怎样，你干得太卖力了。”她说，“你过得没什么乐子。”看到他又加了满满一勺，她笑了。

“谢谢。”她说着凑过身去接他递过来的袋子，有好一会儿她都保持着那个姿势不动，然后才慢慢往后退。“你总在给我东西，我知道你也想得到回报。那样的话，光靠这些小恩小惠就不够喽。”

哈米德没说什么，羞耻感淹没了他。姑娘轻轻笑着走了。她回头瞥了他一眼，又冲他笑了笑，就一头扎进夜色中去了。

魔咒政府

[索马里] 赛义德·哈吉-迪里耶·赫尔齐

赛义德·哈吉-迪里耶·赫尔齐
Saida Hagi-Dirie Herzi, 1950—

生于摩加迪沙，曾获位于沙特阿拉伯吉达市的阿卜杜勒阿齐兹国王大学英语文学学士学位，以及位于埃及开罗的美国大学英语教学硕士学位。已婚，育有二女二子。现于阿卜杜勒阿齐兹国王大学讲授英语。

在村里

哈里玛十岁那年，得知自己被精灵附体了。这一诊断出自村里的宗教医师瓦达德。哈里玛得病数月，瓦达德为医治她使出了浑身解数，最后明白她的病是治不好的。因为她得的不是通常意义上的病，她这是被附体了——某天晚上在浴室门前，误打误撞地被一个婴孩的灵魂附体了。据智者医师所言，所幸附体的是一个善良的精灵，只会帮她，不会害她。但精灵永远不会离开她——不会主动离开，即便施予魔咒也无济于事。而且它将永远保持婴孩的状态。

哈里玛因此出了名。自从瓦达德把这件事告诉哈里玛的妈妈之后，没过几个小时，村里人就都知道了这个消息。大家都在谈论哈里玛和她的精灵，猜测精灵可能为哈里玛和村里做些什么，人们能让它做些什么。很快，村民们就开始相信，哈里玛具有预知未来和医治疾病的能力。在此之前，哈里玛自己也已经对此深信不疑。

没过多久，哈里玛就进入了角色。有时，她会坐在那儿仰望天空。人们猜想她是在聆听精灵的声音。有时，她像是真的进入了一种鬼魂附体的状态——时而自言自语，时而高声尖叫，时而痛哭流涕。那些亲眼看见这些场景的人，都被深深地震慑住了。每到这种时候，他们都尽量小心翼翼，免得打扰哈里玛、冒犯精灵。如果要谈论哈里玛，他们也是背着她悄悄地说。

哈里玛告诉人们，她癫狂失态是因为婴孩父母的精灵造访了她，他们想看看孩子过得好不好，并且教导她如何使精灵快乐。与此同时，哈里玛还声称，他们向她传授了有关生命的种种知识，还告诉了她有关村里人的过去、现在和未来的事。

村里很多人还关心，哈里玛到了适婚年龄时，谁会娶她。从来没有人想过她会不结婚，因为女人生来就是结婚生孩子用的。但问题是还有精灵呢，娶一个被精灵附体的女人会不会很危险？会有男人敢吗？

当哈里玛真的到了婚嫁年龄的时候，一个让所有人始料未及的问题出现了。哈里玛不想结婚。还真有足够勇敢的男人想娶她，都被哈里玛一一回绝了。瓦达德也向她求婚了。人们都觉得他是最合适的人选，只有他能镇得住一个被精灵附体的女人。但哈里玛还是拒绝了他。

被精灵附体的事在哈里玛的村子里并不稀奇。与精灵有关的故事比比皆是——有些人是真的被精灵附体；有些人拥有精灵的灵魂，那灵魂就像他们隐形的孪生兄弟一样；另外还有一些精灵则是人们的仆人。大家都知道，哈里玛的某个祖先曾有过一个精灵孪生兄弟叫盖斯·艾德；她妈妈的某个祖辈，除了有一个精灵孪生兄弟外，还有过三名忠心耿耿的精灵仆人，分别叫托尔、贾德尔和托-阿瓦蒙。每次哈里玛的妈妈遇到麻烦时，她就会召唤那三个精灵过来帮助她、保护她。人们相信某几个部族的祖先是孪生兄弟，彼此互为精灵。哈里玛姐夫所在的部族就有一个叫萨尔汗的精灵孪生兄弟。

当人们献上祭品时，精灵孪生兄弟们就会聚到一起分享。作为回报，精灵们也会支持和保护那个献祭的部族。祭礼开始时，要先屠宰牲畜。接着，要歌唱祭礼之歌，祭品被开肠破肚除去内脏，这些都是献给精灵的。随后，人们开始念念有词："我们不会忘记请盖斯·艾德一同分享，也不会忘记请托尔、贾德尔和阿瓦蒙分享……"

献给精灵的那部分祭品被送往山上一个遥远的地方，因为它们最后总会神秘地消失，所以村民们就更加笃信是精灵们享用了它们。因此，没有人胆敢在给精灵们献祭时弄虚作假。世代如此，以后也会延续下去。孩子们从小就学唱祭礼之歌，以使祖传的宗教仪式一代一代完整地传承下去。

当哈里玛的灵魂被施予魔咒时，她的感官似乎特别敏锐。她体验到了某种魔力，可以据此做普通人力所不能及的事。那时她感觉良好。而且，不管她做什么，她的精灵似乎总是会帮她。因为那个时候，她家，其实是她所在的整个部族都处于兴盛时期，哈里玛和其他人都觉得是精灵在帮忙。很快，哈里玛就被当成了家族的庇护者和整个部族的财富。她也为精灵赋予她的特殊地位而自豪。

进京城

因为有特异功能，哈里玛被请到京城去了。她的很多族人都在那里做事，他们占据了政府部门的要职。这都得归功于一名部族成员，他在政府中地位显赫，为很多亲戚谋得了职位。亲戚们又安插了他们的亲戚，以至于整个政府几乎都为哈里玛的族人把持了。这意味着相关人员都能快速致富。他们可以为达目的不择手段地清除障碍。哈里玛被召进京城的时候，她的部族已经控制了政府，也因此完全控制了整个国家的财富。谁胆敢挑战他们，谁就有可能被干掉。他们需要哈里玛，因为她有超自然的能力来保护他们、巩固他们的地位。

他们还想把哈里玛的父亲也一块儿接到京城。哈里玛的父亲是一位堂堂君子，他的出现可以光耀整个部族，但是他不想去。年纪大的人总是安土重迁，他可不想离开平和宁静的乡村，去令人疯狂的大城市。另外他也担心自己的名誉会因此受损。在村里，他有着响当当的好名声，但一旦与他们为伍就有可能自毁清誉，他可不想冒晚节不保的风险。不过，尽管他自己不愿意去，却赞成儿女们去。一方面，是希望他们能为自己和家族分来一杯羹；另一方面，他认为让哈里玛去保护部族、维持它的统治地位，有利无害。也许她能和她的精灵达成一个协议——她照顾它们的孩子，而它们帮她的部族谋福利。

哈里玛被说动了，但出发之前她先征求了一下精灵的意见。它们要求她举办两场宗教仪式。先要准备一种名叫“塔希尔”的特殊的水，可以用它来举办某些仪式。一旦人们饮用了它或者用它来洗澡，就能从它的能量中获益。第二是每天选取上千只动物的内脏，包括心脏、腰子、肠子等，到东岸为部族的孪生精灵兄弟盖斯·艾德献祭。

当哈里玛和她的兄弟准备动身进城时，一个表亲从城里过来接他们。这个表亲在政府部门担任要职，从他那儿，兄妹俩了解了不少事情。他们知道了族里人在城里作威作福，自从部族得势后，他们一直在疯狂敛财。他们得知部族已经在政府里大权在握。他们知道得越多，就越畏怯，因为据那人所说，部族在短短十年内就“取得”了这些成就，而大多数在政府里担任要职的人都是文盲。

在大城市

在城里，兄妹俩获赠了一套漂亮的别墅，别墅还配备了很多仆人和警卫。没过几天，哈里玛的兄弟就在政府里谋得了一个职位。他成为负责香火交易的部门的头头，国内外的香火贸易都归他管。部门的正式名称是“政府香火部”。

哈里玛则马不停蹄地开始筹备其精灵所交代的两项任务。她向部族首领提了两个要求。先是把城里所有的水源都集中到一个中心水池，以便施行“塔希尔”术。其次是在东岸建造一个巨大的屠宰场。首领们一口答应，因为他们相信哈里玛要举行的宗教仪式对延续部族的兴盛至关重要。

为了把城里的水资源集中起来，他们建造了两座大型水库，一个在城东，一个在城西。后来城里所有的水井都被毁了，连那些私人家里的也不例外，所有的水管都与那两座水库相通。这样一来，城内所有的水就有了相同的源头，一旦哈里玛在水库里施行了“塔希尔”咒语，就能对每个人起作用了。

“塔希尔”的一个功效是消除人们的好奇心。一旦喝了那水，就不会再产生疑问。至少，他们都不会再质疑部族首领的行为。他们会成为没有疑问、没有目标、让干什么就干什么的模范。哈里玛不断地在旧咒语失效之前对水施行咒语。除了她自己之外，没有人知道她对水施行了什么咒语，自然有了很多传言。其一是说她对首领们的洗澡水施了魔咒，然后又把它释放到水库里。她和首领们都相信，只要人人喝过施了“塔希尔”咒语的水，他们就能高枕无忧。

当新的屠宰场投入使用时，所有其他屠宰场都关闭了。不幸的是，新屠宰场离海滨浴场很近，那是最有人气的海滩。没过多久，因为受到屠宰场排放的血水和下水的吸引，海滨浴场水域出现了吃人的鲨鱼。在不少人葬身鱼腹后，人们再也不敢去浴场了。政府没有对此做出任何声明。很显然，对这个国家的统治者来说，为盖斯·艾德奉献祭品的屠宰场远比海滨浴场重要。

哈里玛时常去屠宰场检查祭品的情况。她也定期调整祭礼以强化它的功效。

形势发展对部族和她自己越来越有利，哈里玛开始越来越相信一切都归功于她。部族的首领们也相信，他们持续已久的成功均得益于哈里玛和她的精灵。他们授予了她很多荣誉，每次遇到重大议题，都要向她咨询。她的建议事后都被证明非常有价值。比如说，她曾想出一个点子，要让民众们物资短缺，这样他们就会俯首帖耳。果不其然，精心策划所造成的日常用品短缺，使得人们为了生存而疲于奔命，根本无暇顾及政府的胡作非为。部族首领们感到前所未有的踏实。

离哈里玛第一次进城快二十年了。她仍在施行魔咒，部族的繁荣依旧在延续。族人依旧占据着政府里的重要职位，依旧控制着国家的财富。而国内的其他人已经越来越难以生存下去了。而且即便有那么几个人有时间和精力去质疑政府，哈里玛的“塔希尔”和其他花样百出的魔法照样会把他们看得紧紧的。族人在哈里玛魔咒的帮助下，继续统治着国家。

寻欢之夜

[坦桑尼亚] 托洛瓦·马蒂·莫莱尔

托洛瓦·马蒂·莫莱尔
Tololwa Marti Mollel, 1952—

生于坦桑尼亚，任教于加拿大阿尔伯塔大学，此外还是加拿大埃德蒙顿公共图书馆驻馆作家。创作以儿童文学为主，擅长将民间故事融入到作品中去。著有《孤儿》（*The Orphan Boy*，1990）、《午饭吃犀牛，晚饭吃大象！》（*Rhinos for Lunch and Elephants for Supper!*，1991）、《凯莱的秘密》（*Kele's Secret*，1997）等，曾获总督奖等众多奖项。

米克局促地坐了好一会儿，全然没有了平时的怡然自得，尽管酒精正在他的血管里歌唱。但是突然，他意识到自己不应该像个傻子一样这么不自在，便清了清嗓子，试探性地问了一句："你叫什么？"——声音响得稍有些过头。

"图玛伊尼的妈妈。"

她头都没抬，只管自顾自地忙着，张罗孩子睡在地板的垫子上。孩子猛地咳嗽起来，小小的身体一阵抽搐。

米克凑上去摸了摸孩子。他的额头汗津津的，烧得厉害。"治过没？"米克问，为终于找到一个不相干的话题而松了口气。

"药店里买不到阿司匹林。"她回答。

在妈妈的安抚下，那个叫图玛伊尼的孩子终于消停下来，伴随着粗重的呼吸睡着了。图玛伊尼的妈妈用一块肯加围巾布裹住自己，又点了一盘蚊香。烟雾缭绕，弥漫在垫子上方。孩子微微动了一下，打了个喷嚏。妈妈蹲在一边，轻轻拍打着，哄他入睡。

“上帝保佑你健康，我的小心肝。”她喃喃地说，“上帝保佑你健康强壮，妈妈的乖乖小士兵！”

“为什么是士兵？”米克不解地问。

“士兵不会挨饿，也不会生病。”她说话时平淡、单纯的语气就像一个孩子。

“没错，他们不挨饿，但他们挨枪子儿。”米克说。

“像这样没有名头地受着煎熬还不如死了呢。”她反驳道，“利利索索地一枪打破脑袋，也比这样饿着病着慢慢拖到死要好！”

“呃，士兵们一样挨饿，你知道的，没东西吃的时候……”米克硬着心肠说。

但是她好像没有听见，她陷入了自己的沉思中。过了一会儿，她像是自言自语地说：“图玛伊尼的爸爸原来就是当兵的。”

“原来？”

“他是个真正的壮士，没人能比得过他。他在的时候，日子还好过些。他就像个父亲那样照顾我和我妈妈。现在，过日子成了苦差。每一件事情都需要费力应付。每一件事，每一件事，你都得付出血的代价，如果身上还榨得出一滴血的话！要是图玛伊尼的爸爸这会儿还在我们身边……”她几乎要哭出来了，但还是忍住了。

“怎么了？他死了？”这么问仅仅是出于好奇，他并没有为女人的悲悲戚戚所动，因此声音洪亮。

“我不想说，你别问了，求你了……”她恳求道，随即哭了起来，边哭边说，“他去乌干达打仗了，是死是活还不知道……”

米克无言以对。图玛伊尼又安静了下来，他妈妈仍然心不在焉地拍打着他的身体。终于，图玛伊尼的妈妈停了下来，吹灭了屋里那盏小小的马口铁皮灯。在黑暗中，她默默地、尽职地、专业地将自己委身于人。完事后，米克从她身上下来，却完全没有往常那种征服感。尽管欲望得到了满足，但他并不开心，隐隐的还有些不安。从垫子那边传来的费劲的呼吸声更是让他觉得沮丧。

他不知道自己何时睡着的，醒来时，有一种不知身处何处的惶恐。直到触碰到身边的图玛伊尼的妈妈，他才想起自己在哪儿。

他起床点了根烟。蚊香已经烧完了，蚊子们气势汹汹地嗡嗡叫着。他皱着眉头呆坐在黑暗中，有什么事情困扰着他，但他说不清楚到底是什么。忽然，他意识到了屋里的寂静。

他口干舌燥，脑袋隐隐作痛，起身灭了烟，朝垫子走去。孩子一点动静也没有，黑暗中他只能看到一团悄无声息的、凝滞的雾气，但是他不敢划一根火柴把灯点亮。他的眼睛渐渐适应了昏暗的光线，不由自主地低下头去看那具小小的身体。他伸出手去摸了摸孩子，孩子的身体冷冰冰的，了无生气。在最早的几束晨光映照下，他的样子已经清晰可辨。

图玛伊尼的妈妈微微动了动，嘟哝了一句什么，又睡着了。米克一直等到她的呼吸再度变得深长均匀，才小心翼翼地在床边坐了下来。他又点了一支烟，脑子里飞快地盘算着。

过了一会儿，他蹑手蹑脚地从地上捡起被扔成一团的衣服。穿好衣服，停顿了片刻，眼睛不听使唤地往孩子那儿瞟。不，必须马上就走，他催促自己。被卷入哀悼仪式和葬礼就没什么意思了。那没有意义，只会让他越陷越深。何况，这孩子和他妈妈跟他又有什么关系呢？他想。他机械地掏出钱夹，抽出几张票子，数也不数就放在床头柜上，用灯压住。

开门的时候门嘎吱作响，他停下来，心怦怦直跳，竖起耳朵听着床上的动静。

图玛伊尼的妈妈动了一下。“你这就要走了吗？”她问。

“嗯。”

“这么早？”

“你知道的，交通情况很糟糕，今天我得赶路。”

* * *

不管怎样，他今天必须得走，要争取在天黑前赶到达累斯萨拉姆。整整两天了，他一直被困在这个无聊的小镇里动弹不得。汽油短缺切断了交通线，小镇里挤满了走不了的过路客。前一天，他想避开那些满身臭汗、满镇子无头苍蝇一般找车的人，才决定出来找找乐子。他想喝酒，酒是排遣失望的良药。但是他想喝的啤酒却断货了。去第一家酒吧时，就有人告诉他镇上没有啤酒了，因为这天运啤酒的卡车在通往小镇的一座桥上翻车了。卡车还在那儿，已经是一堆没用的废铜烂铁了。虽然这事估计不假，但米克还是不甘心。他甚至愿意用自己的小指头换一滴啤酒。他很快就跑遍了整个小镇，因为除了汽车站，这镇上也没多大的地儿了。

小镇的主干道是几条灰尘漫天、令人沮丧的窄小巷子，此外就只有几个贫民窟了。他没找到啤酒，只能凑合着喝点当地产的小米酒。他对本地酒没什么兴趣，尽管如此，还是硬着头皮慢慢地喝着。渐渐地，酒精起作用了，他感觉到自己的绝望正在慢慢消散，甚至还兴高采烈地加入到在隔壁桌喝酒的当地人中。但是夜慢慢深了，他猛地发现自己被人抛弃了，跟他一起喝酒的人要么转战其他酒吧，要么回家去了。他也不得不离开，一个人在夜里跌跌撞撞地走着。他怎么也想不起来最后是怎么到了图玛伊尼的妈妈家里的，也想不起来他为什么不肯在借宿的房子里一个人睡上一晚。真是有毛病，花钱租了房间不睡却睡在其他地方，他想。浪费，他严肃地总结道。

图玛伊尼妈妈在说话。“就算这样，你也得让我起来，至少给你沏杯茶，送送你。”这是他最最不愿意见到的事情了。她一起来就会发现孩子没了。他得赶在这之前走。“不，不，”他慌忙说，“我的行李还寄放在旅馆里，我得去收拾收拾。早饭随便找个地方吃一点就行了。”

“那随你吧。”她说着转过身去，又用一种几乎听不到的、微弱的声音祝他旅途平安。

他谢了她，然后带着负罪感一般地嗫嚅道：“钱……你的钱……我放在床头柜上了。”她可能又睡着了，也可能已经受够他了，反正就是没有回答。

米克打开门，急匆匆地走着。屋顶上，天光破晓，贫民窟炊烟袅袅，新的一天又开始了。

赶集

[肯尼亚] 基亚罗·马蒂沃

Kyalo Mativo, 1945—2021
基亚罗·马蒂沃

生于肯尼亚传统农民家庭，20 世纪 60 年代开始写作并发表短篇小说。其作品散见于非洲、欧洲及美国的杂志，并曾改编为电影。现生活于加利福尼亚，为自由作家、演员与电影制作人。

卡马里·兰戈半夜就起床了，比村里的猫头鹰还要早。他的妻子可齐亚已经帮他准备好了早饭：头一天吃剩的玉米饭在开水里热一热，一杯二级咖啡加点儿奶沫，还有酸奶。他吃得津津有味。

他用力地不出声地嚼着。煤油灯的火焰扑哧扑哧作响，似乎想打破那令人难受的寂静。炉子里余火未尽的煤块也在积极地响应，发出熟悉的噼里啪啦的声音。

一个小孩动了一下，吓得夫妻俩大气也不敢出。当爹的停止了咀嚼，当妈的屏住了呼吸……要是有办法消除食物那危险的气味就好了……好在小孩只是翻了个身就又睡着了。虚惊一场。

“别忘了，我妈大后天要来。”可齐亚悄声说。卡马里没有马上回答，尽管他心里记得比谁都清楚，但不能就这么表现出来。

“我记着呢。”

“到时候我该怎么办呢？”

“估计那时候我已经回来了。”

“如果没来得及呢？”

妻子不是喜欢刨根问底的人，但在困难时期，模棱两可的回答就是一种犯罪。

“大后天还没到呢，急什么？”他辩解道，又说，“我们还没到一败涂地的时候，还能再想想办法。难道你也和那些绝望的人一样，只知道到处嚷嚷‘我们没法活了，我们没法活了，再也受不了了……再也……’？”这话差点把他的嗓子眼噎住了。一个挥之不去的响亮的声音闹铃似的在他的脑海里回响：“……再也受不了了……再也受不了了……再也受不了了……再也……”

的确，再也受不了了，特别是在刚才那令人不快的对话之后。于是他站起身，拎起卷好的毯子、手杖、小火把，走进漆黑寂静的夜里。从云谷山谷的对面，传来一条狗微弱而孤独的呜咽声。

沉思片刻之后，当妈的拿起灯举过头顶，弯下腰察看了一下睡着的孩子们。然后，吹灭灯，继续睡觉。

这些都已经习以为常了。上礼拜她就是这么做的。上上礼拜也是。去年，当她还只有七个孩子的时候，也是这么做的。而到她的第九个孩子开始蹒跚学步的时候，她还得这么做。

男人摸黑走在路上，掰着他的手指头。他对这条路了如指掌，他走这同一条路已经……我们来算算……三年……四年？不，至少五年了。可以说，即便是在最黑暗的夜里，他也不会迷路。“太阳每天都要升起，即便不总是为了上帝的荣光。”这句话堪称他的魔杖，他的慰藉。但也只是慰藉而已。

去年，他计算着，他赚了，哦，我们算算……呃……大约……一百……还是……对，净赚一百先令。他卖了多少牲口？花斑、尖嗓门小母牛、棕色公牛、白冠牛、黑头……还有……就这些。还有？对，就这些。不管怎样……不管怎样，太阳每天都要升起，“即便不总是为了上帝的荣光”。今年如果一切顺利的话，“如果天下雨的话……”，他停顿了一会儿，苦苦思索起来。“这里曾经是一片茂密的森林，充满生机……现在却只剩下一阵干燥的旋风……不管怎样，如果今年下雨，我就能赚上，哦，两百，三百……”但是想到这儿他停了下来。他想起来，在过去的两年内，如果没记错的话——一滴雨也没下过，连一滴雨的影子都没见着。而且两三天以前，劳工电台还提醒大家，干旱少雨以及它导致的饥饿是自然现象，人类对此无能为力。它还说：“那些指责政府不作为的人都得明白，他们制造谣言是会受到惩罚的。”

两三个雨季之前，卡马里·兰戈给自己买了台晶体管收音机，为的是获取最及时的信息。那天晚上，当这条消息传到人们耳朵里时，农民们议论纷纷，对于广播中所说的真理连连点头称是，捶胸顿足地咒骂那个无情的、隐形的、无法控制的罪魁祸首——大自然。造成这一局面当然是政府失职，他们没能募集到足够的资金来修建水利工程，傻瓜都知道这一点。但有件事是显而易见的，天气预报已经很久没有关于寒冷期和低压云的简明预报了。取而代之的那套说辞完全就是为人民政府开脱的，他们由着性子选择了最适宜的、当今世界最流行的民主。

黎明。

到现在为止，男人已经沿着小路走了不少路。当第一缕曙光照在他身上时，他依旧步伐坚定，但已不再是踽踽独行。每隔一千米左右，就会有一队村民从山那边过来，牵着毛驴去相反方向取饮用水。据说他们走一个来回要花上四天工夫。老人们说，他们有生以来还是头一次碰上这样的事。哦对了，这是在制造谣言。不过那又怎样？就像那鼎鼎有名的广播所说，“你别指望东西会像圣餐一样从天上掉下来”。

“早！”

“过得怎么样？”

“好着哪。你呢？”

“还有人民。”

人民——嗯，对不起——人民也好着哪。

天亮了。

赤裸裸的太阳缓慢而坚定地爬上来，这只可恶的不怀好意的红球。连着几天，它都是以同样的姿态从同一座山上升起来。很显然，天又亮了。而就在他身边，扬起漫天的尘土，男人对此已经见怪不怪了。他的双脚蒙上了一层红土，但仍然雄赳赳，气昂昂地扛着他往前走，一如往常。他歪着脑袋，冲着天空吐了几口唾沫。口水储备还算充足。天气好的时候，一个这样的早晨迎接他就像迎接一位大权在握的君王一样，用露水洗净他的双脚，用清新的空气消除他难闻的体味。他摇摇头，从白日梦中清醒过来。就在这时，他抬起头，发现这小路早已不是他一个人的天下。在他前后，有越来越多的人加入这支队伍，誓与暴戾的太阳斗争到底。队伍越来越长，男男女女很快就形成了一股稳定的人潮。现在，这小路一扫先前的寂寥，已是一派生机勃勃的景象。人们小声地说着话，窃窃私语声慢慢地变成了嘁嘁喳喳声。铃铛声也加入进来，嘈杂声中渐渐形成一种律动的节奏。人们唱起歌，吹起口哨。领唱的那人天生就是一个挥着云帚的诗人。他走在队伍的最前面，娓娓述说着乡村中种种令人骄傲的事迹。男人们以指定的音程加入进来，女人们则负责唱副歌部分。这时在歌颂的是一名年轻的男子，他走遍世界各地，获得各种学位，最后却选择徒步走回自己的故乡。白人文化没能同化他。他回到家乡为人民服务，不管他们分配给他什么职位。关于这个年轻人的动人故事再度在歌声中展现，自然界中的万事万物对此都有目共睹：

领唱

月光皎洁
那是因为穆布拉
在看望人民；

风声萧萧
那是因为穆布拉
在照顾病患；

太阳升起
那是因为穆布拉
早起去探望儿童；
那么你该说些什么？

合唱

我们听到他的脚步声

在芦苇丛中走动
在雨天的乡村
我们看到了他的行动；

我们感受到他的热泪
流过我们的脸颊：

齐唱
他让饥者不再受饿
因为他是国家的儿子。

正是唱这歌的时候，大家都知道其中的含义。就连卡马里·兰戈都不能说自己对此一无所知。事情进展迅速，在政治的泥沼中露出头绪。这支队伍如此。烈日如此。很快他们就会到达那儿。

潘克里斯·穆布拉早就已经到了。与他的对手不同，他是第一个到那儿的。另外还有一些人也已经到了，但演说还没有正式开始。一直等到人气足够旺的时候，他才站起来阐述他的施政纲领：免费教育，免费医疗，修建灌溉设施，开设乡村诊所和护理学校。

“但是，”他接着说，“没有什么能代替自我救助。我们得从具体的事情着手，而主要依靠的力量就是你们。对我来说，我会——就像我一直以来都在做的那样——尽我所能为建立一个公平的社会做出自己的贡献。我会说服政府，为这些项目拨款。现在我站在这里，向大家保证，我会全心全意为你们服务。前任议员在其任期中的所作所为，我会引以为戒。他滥用职权，不代表你们，却代表他自己和他亲朋好友的利益。十年前他进入议会时穷得像只蝴蝶，十年后却变成了一条肥胖的蛆，成了百万富翁。更无耻的是，他竟然还想厚着脸皮谋求连任！”

雷鸣般的掌声。

“我想再重申一次，真正的力量掌握在你们手中。你们的选票是如此宝贵，绝不能投给一只嗜血成性的寄生虫。选我做恩甘加尼的议员吧，告诉你们，两年之内，你们就能亲眼见证这些变化。如果我的承诺两年内没有兑现，你们完全可以往我的脸上吐口水。我会毫不犹豫地引咎辞职。”

“你对天不下雨有什么好法子吗，孩子？”人群中传来一个鳏夫有气无力的声音。

“是这样的，”他清了清嗓子，“你们都听到广播里说，没有雨水是自然灾害。而事实上，现在我们就坐在一池水之上，两边是两条常年不会干涸的河流。抬起你们的头看看，”他指向远处，“你们看到那座高耸入云、山顶有积雪覆盖的山了吗？其实，那‘顶’就是一个结了冰的湖泊，每年会融化四次，顺着山脊流下来，流经周围茂密的森林，弯弯曲曲地流下斜坡。那融化的湖水的量相当于我们自然降水量的两倍。只要利用好那水，我们就能把这半沙漠化的地方变成四季常青之地。对此我们有信心，也有能力……”

人群中又爆发出一阵掌声。

“要是有谁胆敢怀疑这一点，怀疑人民的力量……”

又一阵掌声。

“……现在，我只想赢得你们的选票，你们珍贵的选票，来使梦想成为现实。”

热情高涨的人群开始歌唱：

我们听到他的脚步声
在野草丛中走动
在雨天的乡村
我们看到了他的行动；

我们感受到他的热泪
流过我们的脸颊：

他让饥者不再受饿
因为他是国家的儿子。

对卡马里·兰戈来说，这一套连过程带手法都已经再熟悉不过了。他之前就已经见过、听过，也和其他人一样，等待着承诺中的变化发生，现在仍在等待。他离开政治活动现场，继续他的行程。

已经是中午了。

市场上挤满了爱吹牛的农民，苍蝇成群，烈日当头，母牛哞哞叫，公牛大声吼。在这些混杂的声音中，不时传出一阵痛苦的尖叫声。那是一个婴儿的啼哭声，他想要的是此时根本无法得到的——食物。卡马里从西到东穿过市场，一直走到所有熟悉的场景中最熟悉的那个地方——牛棚。

拍卖会正进行得如火如荼。牛粪味、牲口不停的叫唤声、商贩的吆喝声和滚烫的土地，都增加了竞争的激烈程度，将竞争对手们推到了白热化的战场上。挥着你的刀子，不是你死就是我亡，这就是交易的本质。

“现在上场的是一头血统高贵的公牛……瞧瞧它，昂首阔步，浑身都是劲儿。”拍卖师向闹腾的竞拍者们介绍了下一个拍品。

“两百。”一个潜在客户出价道。

“两百。”拍卖师重复。

“两百五十。”有人加价。

“两百五十……两百五十……”

“三百。”另一个竞拍者喊道。

“四百。”

“四百……四百……**四百**。成交！”拍卖师宣布。

卡马里·兰戈沉思片刻。现在他再也不敢打包票说自己参加竞拍可以不冒任何风险。就在这时，风险来了。另一头公牛上场了。

“……一头健康、健壮的牛。”拍卖师夸奖道。

“三百……三百……”

“四百……四百……”

“五百……五百……五……”

“六百。”一个公山羊一样的声音尖厉地划破天空，不怀好意。那是孟戈。围观者中间发出一阵嘀咕声。这个半路杀出的报价人是当地赫赫有名的牲口商，据说他有实力在任何时候通吃当地牲口圈的所有现货。生意场上，他的话能一锤定音。所有人都知道这一点。但是按照惯例，拍卖师仍要进行三次叫价。在他还叫着的时候，一个风一吹就倒的瘦子从竞买者看台上走下来，挤过人群往竞价棚的中间走去。自信于自己的经济实力，孟戈不等三次叫价结束就已经早早地把牛往外牵了。

“七百！”

让人们吃惊、笑得岔气或者目瞪口呆的不光是这声音，主要还是因为事情有了出人意料的变数。孟戈惊讶得连拐棍都掉了。他呆呆地站了一会儿，像是后背冷不防中了一箭一样。然后捡起拐棍，走回竞买者看台。他只消简简单单喊上一句“一千”就能让任何一个可能的挑战者闭嘴，但他不打算接受一个其貌不扬的农民的挑战。不，他轻蔑地拒绝了这次挑战。与此同时，拍卖师已经完成了三次叫价。在这一刻，卡马里·兰戈感觉自己就是一个经验丰富的猎手，他走下看台，自豪地去收获他的猎物。所有人都看着他穿过竞价棚，牵过他新买的牛。

他走到付款处，从兜里拿出七百先令。这是他的全部家当。

七百先令是他一辈子的积蓄，是他五年来做买卖的资本。现在，这钱变成了一头四条腿的、会自己长个儿的牲口，他应该可以赚上……呃……一百……两百先令？谁知道呢？也许更多，也许会少一点。但是他不需要担心，这种事对他来说已经不是第一次了。和往常一样，太阳每天都会升起。

黄昏。

那天晚上，卡马里·兰戈和往常一样住在一个朋友家。朋友家刚好位于买进和卖出两个市场的半道上。第二天日落时分，他就能赶到卖出牲口的那个市场。卖了牛以后，他打算连夜就搭巴士回家。不过中途要在凯姆市场下车，买上两麻袋玉米，再等从海边开来的夜车。把两袋玉米装上车，一直坐到离家最近的卡姆拉姆巴汽车站，他的妻子和另外三名妇女会在那儿等他。她们会卸下玉米，打开麻袋，把玉米分装到三个小一点的篮子里，然后背着玉米回家。家里丈母娘已经等着了。他会分一点玉米给丈母娘，付给三名妇女每人两罐粮食，剩下的就是留给自己家了。这些粮食够他们吃到做下一次买卖的时候。

这程序烂熟于心。没什么新鲜的，也没什么大不了的。

天黑了。

他的牛表现不错，看起来也不需要吃太多。他给牛喂了一些事先准备好的草。走了一整天，天又热，一直走到人困牛乏。他打算在树荫底下歇歇脚。他把牛系在近处的一棵小树上，躺下来打了个盹。四周静悄悄的，他睡得很沉，不知道一觉睡了多久。醒来时，看见牛还在身边，不过它也趴下了。好了，该走了，他解开系牛的绳子，拍了拍它的后背。

“嘿，起来了，我们该走了。”

牛纹丝不动。他只好拿棍子轻轻打它。

“起来起来，我说……该走了。”

牛还是一动不动。他又重重地打了它一下。牛还是不动。他抓着它的耳朵，想把它拉起来。还是没用。他又在它背上抽打了两三下。这下牛四脚朝天挣扎起来，嘴里还吐起了白沫。

卡马里·兰戈一把扔下行李，赶紧扒开牛的嘴巴。要扒开它的嘴巴可不容易，牛咬紧牙关呻吟起来。随后就一声不吭了。

过了很久，男人才收拾起自己的行李——手杖、火把、裹成一团的毯子，走了。一大群秃鹫目送着他离去，很快就凑了上来。它们早就已经等得不耐烦了。和这头牛不同，这些天空卫士可不会被癫痫打败。

卡马里·兰戈沮丧地想到，在卡姆拉姆巴车站，他的妻子和另外三名妇女还背着空篮子等他呢。他拖着沉重的步子，失魂落魄、跌跌撞撞地往家的方向走去。

离巢

[坦桑尼亚] M. G. 瓦桑吉

M. G. 瓦桑吉
M. G. Vassanji, 1950—

生于内罗毕，长于坦桑尼亚，求学于美国，后移居加拿大。20世纪80年代开始文学创作，成为加拿大最具声望的作家之一。其作品聚焦于同他一样的东非印度人的处境，关心历史的作用与个人和公共历史之间的互动。著有《麻袋》（*The Gunny Sack*，1989）、《秘密之书》（*The Book of Secrets*，1994）、《维克拉姆·拉尔的两难世界》（*The In-Between World of Vikram Lall*，2003）、《杀手之歌》（*The Assassin's Song*，2007）等，曾获英联邦作家奖（1990）、吉勒奖（1994，2003）等文学奖项。

科奇威勒街现在改名叫乌鲁街了。我的两个姐姐毕业后嫁了人，妈妈时常想念她们。在一茬接一茬的追求者中，梅露最终选择了我们学校板球队的前开赛击球手，住在城里。拉齐亚嫁到达累斯萨拉姆以北的海滨城市坦噶，当起了阔太太。菲罗兹在中学的最后一年退了学，大家都说他读书能读到这个程度已经是个奇迹了。他在东方商场给书店老板当助理，时不时地捎一点文具回家。

妈妈把她的希望寄托在两个最小的孩子——阿鲁和我身上，她不希望我们为铺子里杂七杂八的事情分心。某天晚上，她最后一次将结实的镶有嵌板的门上那六把各式各样的挂锁检查了一遍，把铺子卖了。这件事发生在拉齐亚婚礼后的一个星期，拉齐亚哭哭啼啼地带着不舍的心情出了嫁，把心烦意乱的老妈留在了尘土飞扬的乌鲁街。

我们把家搬到了乌潘佳的住宅区。与喧闹的乌鲁街相比，新社区显得清净多了。路上没有巴士、自行车和小汽车的嘈杂声，取而代之的是蛙叫和虫鸣。夜晚寂静荒凉，使人不安，过了好些日子我们才慢慢适应。晚上七点以后，乌潘佳的马路就空荡荡的了，小路上更是漆黑一片，连路灯都没有。这一区域的大部分地方还没有住人，房子后面是丛生的灌木和大得吓人的猴面包树，还有芒果和椰子树林。

有时到了晚上，妈妈会颇有些伤感，阿鲁和我就会陪她玩一会儿“二三五”——惠斯特纸牌的一个变种，适合三个人玩。那时我已经上了大学，周末才回家。阿鲁在上中学的最后一年。他成绩优异，好得出乎我们的意料。

那年，之前在我们学校任教，同样也曾在我们学校就读的达图先生从美国回来了。他是男生们最喜欢的老师，回来时受到了热烈的欢迎。在接下去的几天中，他在城里转悠，像花衣魔笛手[1]一样被一大群崇拜他的男孩子簇拥着，这帮孩子中就有阿鲁。

这激动人心的事情让阿鲁看到了希望，他觉得自己不仅有可能被美国的大学录取，还有可能获得它们提供的奖学金。因此，在这一年剩下的日子里，他给美国的大学写了无数封信，校名都是从美国新闻处的书上挑选的，选择是随机的，有的甚至只是因为校名好听。

妈妈对此的态度是一笑置之。她笑着说：“你在美国的叔叔们会帮你支付几千先令的学费供你上大学。”显然，她觉得他这是在浪费时间，但是阿鲁也绝不能说妈妈没有尽其所能全力支持他。

几个星期内，他的申请就有了回音，有几所学校表示了谨慎

1　花衣魔笛手：Pied Piper，中世纪传说中解除普鲁士哈默尔恩鼠疫的魔笛手，因未得到报酬而把当地的孩子全部拐走。

的鼓励。渐渐地，阿鲁也知道了哪些是好学校，哪些才是真正的名校。很快，一些大学的情况一览表寄过来了，看起来都很不错。阿鲁在申请过程中投入得越多，想去美国上大学的愿望似乎也越强烈了。即便是著名的学校也没有断然拒绝他。他知道了一些以前闻所未闻的学科：基因学、宇宙学、人工智能等等。整个宇宙都在等着他，只要他伸出手去。他不确定自己是否真的可以，是否足够优秀，因此时而信心满满，时而又灰心丧气。

当然，阿鲁已经获得了本地大学的入学资格。这一年年底，录取名单公布在报纸上，阿鲁榜上有名。但也许是官僚主义作祟，也可能是因为腐败，阿鲁原本憧憬的未来却变成了一个打击。他申请的是医科，结果却被录取到了农科。他从来没想过有朝一日要在乡下当个农业官员，尽管听起来很爱国。除了学校组织去国家公园游玩，他还从来没有离开过城市。

当阿鲁收到加州理工学院的信，说要为他提供奖学金时，他一下子蒙了。他把信读了一遍又一遍，不相信信上说的是真的，怀疑自己弄错了。他央求我帮他读一遍。当他得知信上所说是千真万确的时候，这才扬扬得意起来。

“让农学见鬼去吧！”他笑着说。

但是他得先说服妈妈。

妈妈根本不相信。“去吧去吧，别来寻我开心了，我头都大了！”

“是真的！”阿鲁抗议说，“他们还给我奖学金呢。”

我们三人坐在桌边，茶水刚刚从热水瓶里倒出来。妈妈坐在我对面，盯着她的茶碟看了一会儿，然后抬起头。

“是真的吗？”她问我。

“没错，是真的。”我说，“他只需要带上四百美元零花钱就够了。”

“那是多少先令？”她问。

“大概三千。”

“我们上哪儿去搞这三千先令？你买彩票了吗？还有机票钱怎么办？难不成他们还会寄机票给你？”

被她这么一说，阿鲁的前途瞬时变得黯淡了。她说得对，阿鲁需要的钱可不是一笔小数目。

“我们不能借点钱吗？”他问，“我可以在那边打工。对，我可以去当侍应生，侍应生！我知道你们能帮我借钱的，我会寄钱回来！”

“也许你真有几个美国叔叔可以帮你，”妈妈说，“但是这里没人会帮你。”

阿鲁垂头丧气地摆弄着他的茶杯，就快哭出来了。妈妈坐在那里喝她的茶，眉头紧锁。夜晚的灯光从我身后的窗子照进来，照在她的眼镜上，闪闪发光。最后她放下了杯子。她生气了。

“你为什么非得跑那么远，离我们远远的呢？这就是我辛辛苦苦把你拉扯大的结果吗？让你可以离开我，跑到外国去？你就不会想我们吗？你到底想去哪儿？我们对你来说，就那么无足轻重吗？万一出了什么事……”

阿鲁哭了。他抽泣着，眼泪掉进他的杯子里。“那么多孩子去了又回来了，什么事也没有……既然如此，你当初为什么要误导我？既然不想让我去为什么又让我申请？为什么给了我希望又把它们都粉碎了？”他冲着妈妈大声嚷嚷，这还是我头一次见他这样，他整个人都在发抖。

后来他再也没有问过那些问题，只是为去农学院做着准备，等着新学期开学。在家时，他就窝在沙发上，捧着一本小说打发一整天。

如果教育部的官僚主义不那么严重，阿鲁不会这么意志消沉，妈妈也不会觉得有责任试着为他做点什么。

不久以后的一个星期天上午，妈妈从缝纫机上抬起头来，对我们俩说："我们去找找威尔吉先生，让他看看这封信。他在这方面很有经验。我们去听听他的建议。"

威尔吉先生先前在我们学校管事。他有一个硕大的鸡蛋形脑袋，身材矮小结实。大大的脑门和大大的黑框眼镜，使他看起来像漫画中典型的聪明人。而且他风度翩翩。我们三人坐在他家的客厅里等他。他像一个玩具士兵一样一板一眼地走进来，欢迎我们。

"大姐，你好啊！"他说，"有什么我能帮得上忙的事吗？"

阿鲁和我恭恭敬敬地站起来，等着他落座。

"我们想来听听您的建议……"妈妈说。

"那就说吧。"他乐呵呵地靠在椅背上，双手交叉抱在脑后。

妈妈开始向他讲述自己的故事，告诉他自己的出身，嫁到哪家，当我父亲去世后她又是怎样把我们这些孩子抚养大的。她把我们家的情况基本上都说清楚了。"现在这个孩子，"她指着我说，"已经在这儿上大学了，那个想去美国。把那些文件给先生看看。"她指示阿鲁道。

阿鲁像费了好大的劲似的从沙发上站起来，慢吞吞地把文件交到威尔吉先生手上。威尔吉先生在看文件之前，先问了一下阿鲁他的毕业考成绩。

听了阿鲁的回答，他睁大了眼睛。"什么？全 A？"

“是的。”阿鲁回答，温顺得有点过头。

威尔吉先生飞快地翻了一遍文件，粗略地看了一下，而后仔细地读了起来。他看着整整齐齐附在原件后面的长长的签证表格复印件，看着来自留学生顾问的措辞友好的信件，还被男大学生联谊会热情洋溢的邀请函深深吸引了。最后他抬起头，带着谦恭的神色。

“这孩子说得没错，”他说，“这所大学很好，而且还给他提供奖学金。祝贺您。”

“但是我该怎么办？”妈妈紧张地问，“您的建议是？告诉我们该怎么办吧。”

“呃，”威尔吉先生说，“去的话对他的学业肯定是有好处的。”他抬起头清了清嗓子。接着，又慢慢地说：“但是如果你送他出去的话，您就会失去您的儿子。”

“美国很远。”他总结道，飞快地挥着手，“喝点什么？茶还是橙汁？”

他的妻子变魔术般地为我们端出饮料。

“富人家的孩子每年都出去，都没有丢。”回家路上，阿鲁小声地嘀咕。妈妈什么也没说。

那天晚上，她照例在缝纫机上忙碌，阿鲁躺在沙发上看书。收音机的音量被调得很低，微风送爽，从敞开的前门那儿吹进客厅。我站在门边。香蕉树在外头沙沙作响，一辆汽车在路上飞驰而过，影子映在邻居家的房子上。一对夫妻在外面散步，喃喃细语着穿过高高低低的树篱；一群男孩女孩叽叽喳喳地聊天，随后消失在夜色中。妈妈缝纫机的电动马达断断续续地响着。当她坐在房间的另一头时，天色更暗了。

她抬起头，假装若无其事地说：“至少让我看看那大学长什么样吧——把那本书拿来给我瞧瞧。”

妈妈从来没有看过那本大学情况一览表。她对此视而不见，对阿鲁心驰神往的地方没有流露出一点点的好奇心。这会儿我们仨围在一起，翻看亮光纸印刷的册子，看到新古典主义建筑的正立面和穹顶，看到高耸入云的圆柱，看到学生们兴冲冲地去参加活动，看到他们在浓密的树荫下、葱翠的草坪上上课。一切看起来都是那么令人向往。

“不错吧？”阿鲁小声说，兴奋之情溢于言表。“他们开了上百门课程，”他说，“他们把火箭送往太空……送到其他世界……送到月球上——”

“如果你去了月球，我的儿子，我会怎么样呢？”她幽默地说，抬头看我们的时候眼中闪烁着光芒。

阿鲁继续看书，妈妈继续干活儿。

过了一会儿，我抬头看到妈妈在发呆，和往常沉浸在忧思中的时候一样，托着下巴，思绪不知道飘到了哪儿。在我看来，这是我第一次看到她作为一个人，而不仅仅是作为我们的妈妈而存在。我猜想着她脑子里会想些什么，想着她是怎样历经艰险把我们抚养成人。爸爸去世时她三十三岁，之后屡屡有人求婚，都被她拒绝了。因为他们无一例外地要把我们送到寄宿制的孤儿院去。爸爸去世前，照片上的妈妈光彩照人，身材丰满但不肥胖，发型时髦，穿着高跟鞋，化着妆。有一张在照相馆照的照片，爸爸把它放大了，现在和他自己的照片并排挂在一起。照片上的她，站在黑色的布景前，时髦地拿着一本书，身上穿着一条尼龙织锦裙，裙褶优雅地垂下来，裙边上装饰着的亮片闪闪发光。我从没见过她那个样子。我只见过她那张严厉的脸越来越严厉，脸部线条僵硬，头发稀疏，身材走样，声音也变粗了。

我回想起阿鲁和我轮流和妈妈睡在她那张大床上。想起她怎样用她那圆滚滚的胳膊箍住我，把我搂在她的胸口，闷得我喘不过气来。我暗暗忍着，盼着她能快点放开我，让我喘气。

她看到我望着她，说，不是对我：“答应我，如果我让你去了，你可别娶一个白人姑娘回来。”

“哦妈妈，你知道我不会的！”阿鲁说。

“答应我不要抽烟，不要喝酒。”

“你知道我会答应的！”他快要哭了。

* * *

阿鲁的第一封信在他离家一周后就到了，信寄自伦敦，他在那儿停留，看望一个老同学。字里行间洋溢着兴奋之情。“我该怎么形容它呢，”他写道，“从飞机上望出去……是一英里接一英里仔仔细细开垦过的良田，地面被分割成一块块整齐的绿野……就连山脉也是整洁而文雅的。还有伦敦……哦伦敦！看起来大得没有边界……一个街区连着一个街区的房子、广场、公园、纪念馆……还有更大的城市吗？要是把我们的达累斯萨拉姆放在这座巨大的城市里，那该有多少个达累斯萨拉姆啊？”

一只鸟儿拍打着它的翅膀。威尔吉先生坐在他的椅子上睿智地点着头，妈妈的视线投向远方。

北部非洲

这个外国人，这个外国女人的姐姐

[阿尔及利亚] 阿西娅·杰巴尔

阿西娅·杰巴尔
Assia Djebar, 1936—2015

生于阿尔及利亚舍尔沙勒。1957 年出版其首部小说《渴》（*La Soif*）。她是北非最有影响力的作家之一，以其女权主义立场知名，作品多关注女性所面临的困境。曾获纽斯塔特国际文学奖、德国书业和平奖等奖项，2005 年入选法兰西学术院。著有《爱情，幻想曲》（*L'Amour, la fantasia*，1985）、《远离麦地那》（*Loin de Médine*，1991）等。

“我知道，我知道，”斯林喃喃自言，“我知道总有一天我会大声说出来的！”她凝视着身边的小孩，此刻，睡眼惺忪的男孩和女孩是她仅有的听众。

她叹了口气。尽管斯林和妹妹玛雅在五年多前到达麦地那时，就已经改信伊斯兰教了，她的一些邻居仍然称她为“信仰基督教的女人”。她起床准备给孩子们熬粥时，心想：“怎么感觉好像已经有五十多年了！”

玛雅一离开斯林（玛雅一个星期来看姐姐一次），斯林就会开始思念故乡，匆忙召集她所有的信徒：她的大儿子，四岁的阿卜杜拉赫曼，小家伙一出生就使得斯林变成了一个自由女性；还有两个小女孩，出生的时间相隔不久但是长得却一点都不像（一个白肤金发，像玛雅姨妈一样有着一双大眼睛，另外一个却皮肤黝黑，身体虚弱）；除了她自己的这三个孩子，还有两个孩子，是丈夫和其他女人生的。

这些女人通常都不会去拜访这个“信仰基督教的女人”，如果在公共场合碰见了，她们也很少交谈。但是，如果她们发现自己的孩子们很不听话，就会送到斯林那里去，她们认为孩子是她的精神支柱。

她会让他们在自己周围围成一圈坐下，就如今天一样，无论他们听懂与否，每件事情她都会以非常正式的口吻大声地说，好像她的听众都是成年人一样。对于斯林来说，每件事情就是指她曾经在亚历山大的生活以及童年记忆中的繁华都市等等。她在讲述的时候，那些色彩斑斓的节日活动依然萦绕于心，仿佛自己又回到那个时候。全家人都穿着节日的盛装，尤其是小孩子们，伴着吵闹的乐队舞者拥上街头，列队来到河边。一些人手脚并用费劲地爬到船上，而另一些人在整个“沐浴之夜”都只待在岸边。斯林想起了科普特语[1]的说法，人们称这个节日为“灯笼节”。

孩子们排成队，带着蛋糕和染成各种颜色的熟鸡蛋！斯林把自己想象成一个小女孩，和聚精会神地聆听她说话的女儿们一般大的年纪；她看见自己拿着两个鸡蛋，鸡蛋被染上了非常绚丽的颜色，以至于她都不舍得剥开吃下去，想把这样一个五颜六色的东西留到永远！

还有很多色彩斑斓的回忆，漂浮在不间断的音乐之河（嚓嚓的铙钹声，隆隆的鼓声，让时间属于年轻人的声音……）上的影像。永远都是亚历山大的街道，永远都是日夜通明！围着她妹妹和她自己的妇女，头戴花环，交换着无花果和石榴。这些无花果可是亚历

1　科普特语：属闪含语系含语族，由古埃及语演变而来，现仅用于科普特基督教会礼拜仪式中。

山大最美的果实啊！

回忆这些有什么好处呢？如何才能使这里的人想象这些财富，拯救这些跟随旅行队伍的人，拯救在阿比西尼亚生活多年的移民妇女们呢？

* * *

当斯林讲完故事，有的听众睡着了，有的已经很不耐烦，她又开始用科普特语歌唱，声音悦耳动听。她依稀记得六岁的时候，自己是那个教堂里唯一一个被挑出来唱歌的。她清晰记得那高大宏伟的教堂和昏暗的灯光，难道事情就发生在昨天吗？七个牧师身穿礼拜仪式的长袍，上面还金光闪闪，都举着巨大的蜡烛，这时一个人（她认为是她患病的父亲）被抬进来，表情很痛苦，身上涂满了圣油，斯林不停地唱着，声调也越来越高，最后都变声了。今天，她唱着同一首圣歌，但是比之前柔和很多，在麦地那这首歌的基调是怀旧的，然而在亚历山大却是激情洋溢的……

“要是伊斯兰教这样被女人和孩子们的声音包围的话，”她叹息道，“我心中充满信念和热烈的爱是多么令人兴奋的事情啊！会帮助我与我童年的城市搭起一座桥梁！”

这儿大多数的男人好像都很粗俗，他们的妻子都多疑，有个困惑的想法，这想法是斯林和玛雅留下了什么。但是，斯林回忆起过去的那些日子，她们和波斯血统的父母一起被捕，她们的父母被亚历山大的新教长，可怕的塞勒斯（他们带有敬意地叫他高加索人塞勒斯，强大的帝王）送往只有上帝才知道的地方。她还记得十二岁的时候，自己和妹妹是怎样被带到他面前的。他用暴君的眼神瞪着她们，并决定将她们全部作为礼物献给穆罕默德，另外还有一头母驴和色彩斑斓的亚麻布！她们由一个阉人和穆罕默德的使者陪伴着，使者从麦地那来，很有外交手段。她们长途跋涉了几个星期，在黎明时分到达满是橡树的城市，在她们看来，和乡村没什么差别。

* * *

不久后，斯林很幸运地与先知喜爱的一位诗人——哈桑·伊本·萨比特结为夫妻。此后的五年，哈桑从未怀疑过斯林会三心二意地对待圣歌。她能够瞬间再现他自己的即兴创作，经过改写使它们更具悲剧性，但是哈桑从未在她面前表演过。有一次，他曾经无意间闯进斯林的房间，当时她正背对着门搅拌树根准备做成油膏，并下意识地用母语哼着歌。这是多么难以言语的伤痛啊！她还没唱完，哈桑就挖苦说："我原以为伊斯兰教在你身上已经根深蒂固了！"

"难道伊斯兰教徒说母语有错吗？"

他向后退了退，没有表现出要为自己辩解。

"当然没错，只要你不用这样的外国口音说阿拉伯语就好！"他说道。

"在真主面前，我的心灵是很纯洁的！"她准备顶嘴，但还是保持沉默。毕竟，她只是一个妾，她一定不能忘了这点。哈桑称呼斯林为"奥姆·阿卜杜拉赫曼"（阿卜杜拉赫曼的妈妈），他感到很自豪的是自己不仅是穆罕默德喜爱的诗人，而且因为儿子而和先知家扯上关系了。因为斯林的妹妹玛雅已经为穆罕默德生了一个儿子，唉，可惜这个儿子在两岁的时候夭折了，但是哈桑和斯林的儿子——阿卜杜拉赫曼仍然是穆罕默德的儿子易卜拉欣的表兄弟！

比起他在穆罕默德的有生之年所获得的文学荣誉，哈桑更自豪于这种意想不到的关系。

* * *

从此以后斯林在丈夫面前只说阿拉伯语。在过去的两到三年里，她始终感觉自己有一种不可压制的需求去回忆从前的时光，一旦她得以独处的话——“独处”是指和孩子们在一起。

“从前的”是指离麦地那很远的亚历山大，现在她每天晚上都会想起这个地方，有时塞勒斯那恐怖的眼神会再现，她曾经看到的教长会把她吓呆。她在风尘仆仆的长途跋涉之后看到的穆罕默德，表情是多么的平静啊，容光焕发，充满仁慈。

夜晚总是有大量的人群拥向宽阔的河边，看着水涨起来，慢慢变成红色，一些人惊呼：“河水变成红酒了！”笑声，歌声，铜钹的摩擦声，到处都是光着脚跳舞的小孩。

每天黎明时分，当哈桑跪在黑暗的小屋里做首次晨祷时，斯林躺在床上翻来覆去，耳边响起亚历山大的节日歌声。她还是“信奉基督教的女人”吗？她的邻居和亲戚的说法对吗？斯林开始怀疑自己。她强迫自己起床，开始她作为母亲的每日必修课：叫醒儿子，给两个女儿洗漱。午睡后，没轮到她陪哈桑的时候，她就又开始给孩子们讲故事，充满忧郁，像一个流浪歌手。

* * *

玛雅被大家尊称为奥姆·易卜拉欣，过去常常在周四拜访斯林，一周来一次。

她来的时候经常用面纱裹得严严实实（非常罕见的浓蓝绿色的亚麻面纱，质地很柔软），脸被挡住了，但是她那优雅的背影还是能够被人们认出来。阉人走在她前面，因为年迈而步履蹒跚。玛雅由两个侍女陪伴左右，其中一个是年轻的黑人，背着几只口袋，里面装满能给孩子们带来惊喜的礼物。

与斯林一起的其他的妻子们都努力表现得彬彬有礼，她们的礼数多数也是出自真心的。妇女们聚集在小院阴凉处的一棵橡树下面。其中一个女人从自己的房间里得意扬扬地拿出一个丝绸垫子、一个银质托盘、一把扇子……

玛雅像往常一样大方地坐下来，仔细聆听她们的谈话，回答她们向她提出的关于她健康状况和财富方面的问题。斯林看见妹妹非常开心，享受着孩子们向玛雅投来的崇拜的眼神。主啊，玛雅依然是那么漂亮！不仅是漂亮，更是光彩夺目。

斯林知道，一旦玛雅离开，麦地那的妇女们都会一一回忆“先知的科普特妻子”的每一件事情：先知一生中是如何在妻子的咒语下度过的。玛雅有着白皙的皮肤，明亮的眼睛，婴儿般的脸蛋，柔软的鬈发，腼腆的笑容。是的，玛雅离开后，斯林一回到自己房间，这些妇女就又开始谈天说地：穆罕默德被玛丽亚所吸引，他的一些妻子为此心生嫉妒，而这嫉妒在先知“最喜爱的人”阿伊莎身上更是显露无遗。

“她们说到了‘最喜爱的’。”斯林干活的时候嘴里会低声嘀咕，“我看见过先知如何对待我妹妹的，我知道他最喜爱的那个人就是玛雅，她让他神魂颠倒……”

* * *

今天，那只是斯林每天习惯自言自语的开始。虽然先知已经去世三年了，斯林明白她必须在玛雅和穆罕默德的关系这件事上保持沉默。“是的，此刻我什么都不能说”，否则会冒犯最年轻的、最受尊敬的遗孀。她是哈里发的女儿，是受敬爱者的守墓人……斯林想起这件事的利害关系，她的内心一片混乱，发现自己没有一个值得信赖的人。和自己的妹妹玛雅也从不谈及这个话题，即使只有她们俩独处时。看着玛雅天真无邪的脸，她那清澈明亮、水汪汪的双眼，斯林不愿意惹任何麻烦。

所以奥姆·易卜拉欣走后的那些天的晚上，即使斯林明明知道哈桑可能要进她的房间，她仍然开始哼唱从前的那些曲子。小阿卜杜拉赫曼坐在她的腿上，听着难以理解的语言，露出特别痛苦的表情。

不久之后，斯林终于鼓起勇气向阿卜杜拉赫曼的父亲宣布：“我坚信，我的儿子小阿卜杜拉赫曼也将会成为一名诗人！”

“他的儿子也会是一名诗人，我的父亲已经是一名诗人，是穆罕默德的祖父阿卜杜·穆塔利布的朋友。”哈桑回应道。

其实斯林并不想说她视阿卜杜拉赫曼为一名诗人。当她为这个孩子一个人歌唱时，孩子带着兴奋的眼神聆听着。斯林深信一定是奇怪的口音吸引了孩子。不，不是奇怪的，而是来自异域的。

* * *

二十年后或许更久，哈桑·伊本·萨比特的儿子阿卜杜拉赫曼讲给蒙迪尔·伊本·阿比德听，然后他又讲给乌萨马·伊本·扎伊德听，再传给穆罕默德·伊本·奥马尔，伊斯兰教就这样被正确地传承下去，慢慢地被持怀疑态度的传统主义者所接受。阿卜杜拉赫曼开始回忆：

“有一天，我的妈妈斯林告诉我：‘先知的儿子小易卜拉欣垂死之际，玛雅、我还有先知都在房间里（愿真主让他的灵魂安息），坐在他儿子的床边……妹妹和我都在哭泣着，呻吟着，穆罕默德一言不发。易卜拉欣死了。先知告诉我们不要再大声哭泣！’”

转眼，斯林步入了老年，她的儿子也确实成了一名诗人，非常听话。她深深地思念着妹妹玛雅，因为玛雅在穆罕默德去世后的第六年也离开人世了。

斯林悲伤地回忆着：“当易卜拉欣死的时候，是先知的大堂弟法德勒·伊本·阿巴斯清洗的遗体。穆罕默德仍然坐着一动不动，看着儿子的身体被擦洗，没有流露出特别悲伤的神情……唉，没想到他的死期在一年后就到来了！穆罕默德站在他儿子的墓穴旁边，叔叔阿巴斯站在他的旁边。两个年轻人——法德勒，还有扎伊德和奥姆·安曼的儿子乌萨马，爬下墓穴。都是他们家族的人。”

斯林沉默不语，低头冥想，阿卜杜拉赫曼在旁边静静地坐着，他已经习惯这样突然的沉默，因为她在回想过去的时光。

“你还在回想易卜拉欣去世的那一天吗？”他最终问道。对于他素未谋面的表兄弟、先知的儿子，他感到苦恼。

如同麦地那或旷野的回音，斯林用阿拉伯语轻柔地、几乎是无声无息地继续说道：

“那一天有日食。人们惊愕地说道：‘这是为纪念易卜拉欣的死亡啊，因为他是我们先知的儿子！’先知走回到玛雅的房间，默默沉思，气势汹汹地说（我现在还能听到他说话的语气）：‘无论你是谁，都不会有日食是为你的死亡或者出生而发生。’”

斯林沉默了。她已经很多年没有用母语叙说心中的回忆了……斯林，奥姆·阿卜杜拉赫曼，漂亮的奥姆·易卜拉欣的姐姐。

后来，斯林与二儿子穆罕默德、大女儿萨菲亚离开了麦地那，定居伊拉克的巴士拉，最终老死在这里。

她的子孙后代都生活在这个城市里。在这个繁华的城市中斯林的故居变成了一个著名的景点，至少直到伊斯兰教纪年 150 年，她曾孙生活的那个时代。“斯林故居”那时成了和平天堂，成了受奴役的妇女们、受惊吓的女仆们的避难所。那时新社会——由受保护的基督徒、奴隶和不同等级的自由民共同组成——的富足不可避免地造成了歧视，内部的暴力。

有一件小事情——伊本·奥恩有虔诚的个性，他和斯林的一个曾孙女结婚了——让我们得以一瞥斯林传下的一些情感：伊本的一个女仆，当她呈给他一口充满浓烈大蒜味道的锅，引起了奥恩的震惊。他没有掩饰他的恼怒：受到惊吓的女孩儿逃到斯林故居了。这是一个平凡生活中的平凡故事……

斯林一直活在我们心中；她的生活从亚历山大开始，和麦地那有着不可分割的联系；在漂亮温柔的妹妹玛雅的陪伴下，她见证了穆罕默德那些年的幸福……作为诗人阿卜杜拉赫曼（哈桑的儿子）的母亲，她已经变成了一名自由女性，她最终离开了麦地那，并没有回到她的出生地（虽然埃及已经变成了一个穆斯林省），而是向更远的东方旅行：死于巴士拉，永远流亡，成为女佣、女奴隶、无依无靠的女人们的保护神。

关卡

[苏丹] 贾迈勒·马哈古卜

贾迈勒·马哈古卜
Jamal Mahjoub, 1960—

生于伦敦，后随父母迁居苏丹喀土穆。曾获《卫报》暨海涅曼非洲短篇小说奖。著有《造雨人的航行》(*Navigation of a Rainmaker*，1989)、《努比亚之蓝》(*Nubian Indigo*，2006) 等。

说书人开的是一辆红色丰田海拉克斯，车子的喇叭能发出七种不同的声音。车上没有镀铬涂层的地方一律漆上了华丽的银色。他在皮卡后部安上了红色尾灯，旋转起来就像凯瑟琳转轮式烟火，前部的丙烯酸仪表盘上则挂着一串五颜六色的小彩灯。后挡板上用阿拉伯文歪歪扭扭地抄录了《古兰经》上的句子，“安拉”的字眼频频出现。即便安拉当真开眼看到了这一幕，他也绝不会对说书人刮目相看的。

他的父亲自然是老说书人。在红海山脉一直到努比亚沙漠一带不计其数的小村庄里，人们还对老说书人念念不忘。他在贝贾部落里名声很响，早年经常在那儿走街串巷，用他的故事换回一顿饱餐。人们封他为“最好的末代说书人之一”，当然，他们还记得的大部分说书人不是死了就是疯了。

老说书人的儿子则是一个靠活络的头脑谋生的人——一个走私商。他贩卖数量可观的进口葡萄酒，还有几乎所有你愿意掏钱买的东西。这些货物统统来自魔城萨瓦金老港。

* * *

宵禁时间已过，事实上已经到了凌晨。他在夜色中疾驰，这条安静的小路将把他带往远离海岸线的内地。因为在萨米娜妈妈那儿和一个姑娘厮混了太久，远远超过预先安排，他出发得晚了。狭窄的道路在他面前延伸，尽管已经有点晚了，他还是在这个十二月凉爽多尘的夜里，怡然自得地哼着小曲儿。

关卡由一个光砖垒成的方形棚屋和一棵巨大的合欢树组成，每次只有两人值守。波纳坐在那儿，膝盖上架着他的来复枪，试着把椅背靠在棚屋的墙上。他的搭档早就进屋睡觉去了，说是绦虫搅得他疼痛难忍。搭档是个臭烘烘的胖子，波纳很讨厌他。他们分别来自这个国家的一南一北，波纳是南方的阿赞德人，搭档则是北方人。他们之间当然也有部落间的相互敌视，但最令波纳受不了的，还是那家伙吃起来像头猪，闻起来也像头猪。只要这里的轮班一结束，他就希望离那家伙远远的，越远越好。

丰田车的灯光越来越近。说书人忘了还有这么个关卡存在，因为这是最近才增设的。等意识到是怎么回事时，他知道自己已经被发现了。要避开岗哨其实很容易，只要离开主路，从侧面绕个大圈子，再回来就行。但是，他对这边的地形并没有熟到了如指掌的地步，万一掉进一个大坑，或者被一颗流弹击中就得不偿失了，他不愿冒这个风险。他运送的这车苏格兰威士忌值大价钱，在乌漆漆的夜里演一出疯狂追逐的戏可不是闹着玩的。他放慢车速，关掉车灯。走运的话，哨兵们也许已经睡了。

看到车灯灭了，波纳慢腾腾地站了起来。波纳把旧的李-恩菲尔德步枪斜挎在肩头，垂挂在胸前，把手摁在枪上，这个姿势是从一部意大利牛仔片里学来的。他走到路中央，站定，双腿交叉，面朝着夜色中黑暗的窄路。

在缓缓靠近检查站的时候，说书人看到了夜色中那个人的轮廓。他低声咒骂着打开了车子的边灯，看到那个瘦高个打了个简单的手势示意他停车。当散热器上安装的喇叭差点碰上那个雕像般的哨兵时，他停了下来。

波纳走到车边，枪管对准驾驶座上的人。“出来。”他用步枪示意。

说书人从车里出来，一边为自己的愚蠢懊恼不已，一边寻思着这士兵的搭档在哪里。他在考虑拿什么来行贿。

波纳则在琢磨自己靴子的尖利皮革是怎么割破光着的脚丫子的。他在意自己的形象，正试着回忆最近有没有擦过这支步枪。

“这么晚了你要去哪里？”

“回家。我在城里睡着了，但是我白天都在码头工作。”

波纳瞥了一眼皮卡后部用油布盖着的东西。

“今天你是在码头工作？”

另外那人点点头：“我在医院上班。”

“哪家医院？”波纳谨慎地问。他走到丰田车后面。说书人想摸根烟出来，波纳举起枪，枪栓发出啪嗒一声。

“只想找根烟。”说书人说着掏出一盒烟。波纳摇摇头回绝了递过来的烟，等着说书人把烟点上。说书人把烟盒放回白袍兜里，一手搭在屁股上，偷偷别在腰间的手枪触手可及。他冲哨兵笑了笑。

“哪家医院？”

“美国医院，在奎兹-拉贾巴。我住在那儿。”

“我不知道这里还有这么一家美国医院。”

“是吗？大概是因为新开的关系。”

波纳舔了舔牙窟窿，两颗门牙是他乳臭未干那会儿拔掉的。在司机吸烟吐烟圈的时候，波纳看得很仔细，那烟是外国烟。

“那这车上装的是什么？医院的东西？”

“药品。”他拍了拍胸脯说，“给咳嗽病人和肺炎病人用的。”波纳若有所思地点点头。他走过去拉了一下盖在上面的油布，示意司机把它掀开。“让我看看。”他说。

说书人扔掉烟头，走到对面解开绳子，掀开油布好让哨兵看个清楚。他伸手做了个“请”的姿势：“请吧。”

波纳退后一步，在昏暗的灯光下眯起眼睛察看。

“Don’t be vague,”他慢慢地读着英文，“ask for Haig[1].”

说书人的手又摁在了勃朗宁自动手枪上。他没想到这人竟然懂英文——谁能想到一个愚蠢的哨兵竟然懂英文？他挠了挠脑袋。

波纳抬起头看着司机。说书人也看着他。

“这是什么意思？”他指指那行字。“Don’t be vague.”他又读了一遍。

哨兵退了回去，等着他回答。说书人用空着的那只手挠了挠头皮。他看看箱子，又看看这个又黑又瘦的南方佬——他的裤腿卷起一半，裤子和靴子之间露出一段约莫六英寸长的光腿，皮包骨头，

1　Haig：苏格兰威士忌著名品牌。此句英文为其广告口号，意为“别犹豫，来杯海格”。

瘦得像两根细麻秆。

哨兵耸耸肩，调整了一下持枪的重心。他在等着。说书人揉了揉脖子。“Don’t be vague, ask for Haig？”他重复了一遍。他不大懂英文，不知道这话是什么意思，他只是重复了一下哨兵说过的话。

“意思是，”他说，“你千万不能让自己生病，还有你必须按时吃药。”他热切地点点头，很满意自己表现出来的信誓旦旦。波纳又调整了一下持枪的重心，舔了一会儿牙窟窿。

“让我来瞧瞧这神奇的药。”

“您想看一下？不过是咳嗽药水，棕色液体而已。”

波纳举起枪，枪管直直地对准了另外那人的胸口。这会儿拔枪肯定来不及了，还没等拔出来就已经被哨兵打死了，他只需扣动一下扳机即可。

说书人举起双手，示意自己手上没藏家伙。

“没有问题，长官。”他微笑着说，“如果您想看那就看。我这就来帮您打开。”他接着说，“一箱一箱来。”他一面夸张地补充道，一面伸出根手指以强调自己的诚意。

波纳笑了笑，歪了下脑袋示意他这就可以直接开箱了。说书人别无选择。他径直走上前去，猛地拉开油布，他的恼怒只停留了数秒钟。哨兵别过头去暗自得意。卡纸板被撕开，箱子打开了。小瓶装的威士忌在星光下闪着微光。波纳一个手指搁在扳机上，走上前从箱子里抽出一瓶。他举起瓶子，威士忌在灯光下闪亮。他用牙齿咬开瓶盖，把瓶口凑到鼻前闻了闻。

“咳嗽药水？”他又问了一遍。

说书人顺从地点点头。波纳仰起脑袋，把整瓶东西一股脑儿灌进了喉咙里。他咽了咽，舔了舔嘴唇，然后一把把空瓶子扔了出去。他清了清嗓子。

“咳嗽药水。”他若有所思地点点头，退后一步又举起了步枪。

这是说书人早就应该预料到的一幕。他真该把这家伙打死。他的手指凑近了枪把手。波纳又说话了。

“这些都一样吧？都是同一种药水？”

说书人点点头，手指摸到了扳机。

“给我一箱。”波纳飞快地说。

“什么？”

“那箱东西，我要了。”他回头瞥了一眼岗哨，确认一下他的搭档有没有醒来，尽管他知道那猪要一直睡到明天中午。“把它扛到边上，就搁那儿好了。”

说书人犹豫了一下，然后迅速行动起来。他拉过那箱东西，从后挡板内侧搬出来。波纳点点头，做了个手势示意他快走，他自己则走到一旁，放下来复枪。两个人对视了一会儿，说书人这才一言不发地重新盖好油布，系好绳子。他钻进驾驶室，发动引擎，挂挡，飞一般地驶入迎接他的夜色中。在引擎的轰鸣和窗外呼呼的风声中，他觉得自己听到了哈哈大笑声。从反光镜上，他看到哨兵正走回岗哨，胳膊下夹着他的战利品。

尽管人们还是叫他说书人，但他并没有继承父亲的衣钵，这就是他要带把手枪的原因。

西部非洲

会合之城

[尼日利亚] 本·奥克瑞

本·奥克瑞
Ben Okri, 1959—

生于尼日利亚，现居伦敦。1981年出版其首部小说《花与影》（*Flowers and Shadows*），后创作《内心的风景》（*The Landscapes Within*，1981）、《饥饿的路》（*The Famished Road*，1991）、《危险的爱》（*Dangerous Love*，1996）等作品，曾获英联邦作家奖、《巴黎评论》阿迦汗小说奖、布克奖（《饥饿的路》）等奖项。

阿戈第早上醒来时，神明似乎仍与他同在。阳光从窗外照进来，在他的脸上玩耍嬉戏。睁开眼看到的第一束光让他想起扫罗的失明[1]，这提醒他该做祷告了。

他在单人房的床边跪下，带着满嘴不洁口气开始祈祷，却完全没有了平时的热情。他感觉自己受到了观众的欺骗。妻子去市场卖加里[2]了，两个孩子也都去上学了。做完祷告，他跨过地上凌乱放着的空麻袋和发黑的炊具，从陶罐里倒了一杯水漱口。他一边想着怎么解决资金难题，一边往窗外吐漱口水。水碰巧吐到一个刚从人群中挤出来的姑娘身上。姑娘停下脚步，立即破口大骂起来。她涂着红色口红，戴着红色耳环，穿着高跟鞋，腿看起来非常纤细。阿戈第支支吾吾地道了歉，姑娘却仍然不依不饶。

1　扫罗：《圣经》中的人物，以色列的第一位国王。他在去大马士革的路上因受到上帝强光的照射而失明，失明后转变成保罗。

2　加里：尼日利亚人的主食，用木薯粉制成。

“让上帝敲你的脑壳！”她怒气冲冲地嚷道。

“谁？我？”

“对，说的就是你，你这个混蛋！”她边说边换了一个放松的姿势，一副凛然不可侵犯的嘲弄模样，“我说的就是你，你这个把口水吐到别人身上的家伙！你是羊，不是人！你这个无耻的傻瓜，除了往别人身上吐口水就不会干点别的！让你吐口水吐到死！”

阿戈第试着心平气和地说：“这点小事就把你气成这样？如果你有这么多不如意，我倒是愿意帮你祈祷祈祷……”

“为你自己这个混蛋祈祷吧！”姑娘打断他，“我不怪你，要怪只怪你妈让你爸碰了她！”

阿戈第正想替她祈祷呢，冷不防听到她连自己的父亲都不放过，一下恼羞成怒，大吼了一声：“让魔鬼堵住你的屁眼！”边说边冲下楼去追赶她。

他旋风般地跑下一层楼，这才想起身上只穿了个裤头，只好掉头往回走。但照在肮脏扶手上的阳光和姑娘的辱骂激起了他心中某种奇特的使命感，他决定向她布道传教，尽管尚无任何迹象表明会有什么转变发生。他接着往下跑，一头冲到了大街上。唱片店震耳欲聋的音响把他吓蒙了，很快他就在人群中找不着北了。

他四下寻找姑娘，发现她就在前面不远处，正挑衅地冲他做着侮辱性的手势。他在后面边追边喊：“喂，这位姑娘，今天上帝的话语在召唤你！你的人生充满罪恶我不怕。你咒骂我的父亲，我却为你的母亲祈祷。你为什么要跑？上帝的话语在召唤你，你却要跑。”

人群自动为他闪开一条道。姑娘已经在全力奔跑了，但因为穿着高跟鞋，跑得踉踉跄跄。阿戈第怒气冲冲地追着她。人群中有人问，是他欲求不满、让他女人落荒而逃了，还是因为这个妓女把淋病传给了他。阿戈第没有搭理他们。因为生怕姑娘从他的视野中消失，他推了边上的人一把，那人正像一只丑小鸭一样摇摇摆摆地走着。阿戈第的手指很快卷到那人的袖子里了。

“你有病啊？”那人说着绊了阿戈第一脚。阿戈第摔了个嘴啃泥，挣扎着爬起来，这才发现面前站着一个五短身材的人，一脸霸气狂妄的笑。这人看起来像一个发育不正常的侏儒。他把长袍袖子捋到肩上，短短的胳膊上肌肉闪亮，青筋毕露。

“找抽吧你？”男人饶有兴趣地问。他脸上有吓人的伤疤，像是曾经从大火中死里逃生的人。阿戈第后退了一步，遗憾地看着姑娘消失在人群中。

“要是不想挨揍，就立马向我道歉。”

阿戈第以万能的主的名义道了歉。男人把玩着他的长袍，慢条斯理地舒活着他的肌肉，说这道歉他不满意。看热闹的人越来越多，这正合他的心意，他又找碴儿说他所祭拜的神祇只接受狗肉为祭品。阿戈第结结巴巴不知如何是好。眼看人群中出现了几个姑娘的身影，时机已经成熟，那人便要求阿戈第再道一次歉。阿戈第光顾着注意每一个吐口水的人了，没听到男人说话。他还闻到了一阵腐尸的气味。正当他满头大汗、迷惑不解，思忖着这气味是不是来自他对手身上时，突然发现路边有一头四脚朝天、已经腐烂了的死牛。欣喜若狂的苍蝇们聚集在死牛上方嗡嗡地打转，形成了一团黑压压的密云。阿戈第刚从惊讶中回过神来，就被那男人敲了两下脑壳。他被这个放肆的矮子激怒了，一气之下便伸出拳头挥舞了起来。他跳将过去欲赶走男人，同时还吁请地狱的烈焰和罪人的痛苦前来助阵。那人看出了阿戈第的企图，怪吼一声，一把将阿戈第扔到了空中。阿戈第重重地摔在带着恶臭的腐尸脓水上，惊得苍蝇们仓皇失措。周围闹哄哄的，他感觉自己成了千夫所指，赶紧抓住牛角，挣扎着站了起来。而此时，他身上的裤头已经完全湿透了。

阿戈第跌跌撞撞地走回家，整个城市的人都跟在他屁股后面，同时跟着的还有一支苍蝇小分队。小屁孩们也跟着嘲笑他。那个让他丢尽脸的男人也没闲着，他开始忙着分发他的名片。他豪爽大气，对每个人都笑脸相迎，只是那笑容让人心里发毛。他的名片上印着这样几行字：**武术教练。前职业摔跤运动员。为财产、加油站、畜牧场和街道提供保护。有求必应。曾在全球各地受训**。他名叫阿杰思科·阿特拉斯。

发完名片，他又同几个人握了手，说他刚从印度来到这儿。大家都啧啧称奇。姑娘们众星捧月似的围着他，跟着他屁颠屁颠地走了。

阿戈第把自己关在浴室里。全世界的人都看到了他的笑话，消息肯定会传到“永恒的希望”教堂那儿去的。他原打算去教堂借一小笔钱。五年来，他一直以一个忠诚的仆人和斗士的身份与他们在一起。教堂的主事曾经说，教堂应该像银行一样为其信徒提供保障资金，设立一个由内部高层长者们管理的专项基金。只有在借贷人确实有需要，并且有能力光耀教堂的前提下，他们才会拨款。阿戈第边考虑着这些问题，边把沾在身上的脓水洗去，眼角的余光落在一条正沿着破破烂烂的板壁爬行的马陆上。三条蚯蚓从水里爬出来，爬过湿漉漉的沙地。他擤了一把鼻涕，鼻涕正好甩在马陆身上。他责备自己没有在左脸挨打的时候将右脸也奉上，但心里明白，如果真那样做的话，恐怕早就小命不保了。这世界真他妈的不公平。他擦干身体，走上楼去。

阿戈第往身上抹了些椰子油，点上三支蜡烛和一支香，做了三十分钟的祷告。祷告词是一个完整的长句，长得让人喘不过气来。他念着祷告词，祈求着和平与繁荣，恳求不要让那件不体面的事情传到教堂，诅咒所有与他作对的人都遭到报应。

做完祷告，他感觉浑身又充满了力量，终于可以安稳地过上一天了。他几乎可以肯定，他诚心诚意的祷告都会奏效。他浑身酸痛地套上一件开了线的法式西装，勉强维持着仅有的一点体面。

他下楼走到店里，小店就在房子前面。那是一个有着斜坡屋顶的木棚，盖着生锈的瓦楞铁板。房子被漆成了蓝色，门上挂着一把锁。

店里卖些衬衫、裤子、意大利皮鞋、遮阳帽、假发套之类的东西，大部分都是靠买通码头上的官员后走私进来的。他的招牌上写着：**J. J. 阿戈第父子商铺。进出口总代理。敬请试用。一试就知好坏**。阿戈第走进店铺，在祈祷中重新召回了木棚的神明。店内空气污浊，木椅子和货品的堆积使空间显得更加狭小。没读过的旧报纸散落一地，他没有注意到那封寄给他的信。他想开窗，却发现窗户被什么东西卡住了。试着用了一下蛮力，但是有一片碎屑嵌进了他的肉里。他攥紧拳头敲窗户，巴不得那木头框子能散架，还是没用。最后又试了一下，这次窗子终于开了。

他盘点了一下这一周的账目，进账少得可怜。货品乏人问津，买的人更是寥寥无几，只能指望那些在码头上寄售的小商品能改变大局了。他瞎算一气，似乎用些算术上的小伎俩就能使进账翻倍一样。他的胳肢窝湿透了。这个月的房租还欠着呢。算得不顺，使他留心起店外发生的事。一只耗子吱吱地叫着，一只金龟子从他脸上爬过，一条蜥蜴正在墙上快速爬行。阿戈第盯着蜥蜴看，令人惊奇的是它竟然也回过头来盯着他看。阿戈第想顺手抄起个家伙打它，一时却不知道拿什么好。蜥蜴点点头。阿戈第鬼鬼祟祟地脱掉一只鞋子扔了过去，却没有命中目标。蜥蜴又点了点头。阿戈第胡乱抓起一把报纸，还没等他出手，蜥蜴就已经溜了，地上只剩下它的尾巴还在痛苦地扭动着。

阿戈第惦记着钱的事。看看手表，它已经罢工了。他晃了晃表，指针又开始咔嗒咔嗒走动起来。他拨快了一个钟头，穿上鞋，准备进城去。

站起身的时候，他看到了地上那封写给店铺主人的信。他打开信，信上说："店主，今晚我们前来拜访。愿意的话就报警好了。对我们来说，什么时候都合适。"

阿戈第把信读了三遍，活动了一下僵硬的脖子。经常有店铺收到这样的信，但好像从来没听说哪家真的被抢过。他想，如果盗贼们真的惦记上你，才不会事先写信通知呢。尽管如此，他还是祈祷了一下。他的声音有些颤抖，祈祷渐渐变成了抱怨。蜥蜴断了的尾巴使他看到了外面一幕幕的城市景象：他看到人们躺在街角挠痒痒；他看到年轻人在愤怒中长大，早晚变成武装的强盗；他看到那些在海滩边被处死的人；他也看到孩子因为饥饿把木头塞进嘴里，四天后死去。这些场景幻化成一波波变形的眩晕向他涌来。他坚信自己刚刚得到神谕，又一次想到了扫罗。真正的问题是他直到这时还粒米未进，已经饿得头昏眼花了。他召唤着先知，召唤着教堂的神父和耶稣基督，用他们的力量驱走了幻影。

那一刻，要是没有人正好推门进来，阿戈第就要昏倒了。以为有生意可做，而且想狠狠地赚上一笔，阿戈第总算挺了过来，但是他惊奇地发现，进来的人竟然没有穿裤子，就连内裤也已经破得不成样子。那人皮包骨头，脸也很瘦削。头发看起来像是从来就没梳过。他的样子把阿戈第吓得尖叫起来。他猛地伸手拿出了藏在桌子底下的扳手。来人瞪大眼睛呆住了。阿戈第把扳手扔过去，那人夺门而出。阿戈第追了出去。

那男人飞快地朝街对面跑去，在热浪、噪声和尘土中死命地挥动着胳膊，一直跑到街对面也没有被一辆车撞倒。他停下脚步，又迷惑不解地往回跑，站在街道中央往两边看。什么也没看到，除了一个老女人骑着自行车冲他驶来。当他发现世界上最繁华的街上竟然没有一辆车的时候，忍不住哈哈大笑起来。他也笑阿戈第，阿戈第从店铺中追出来，挥舞着扳手，恐吓说他曾有过单手擒贼的壮举。

男人为自己的安然无恙而扬扬自得。他很惊讶，索性躺了下来。小汽车和公交车从他身边急转弯绕过，司机们气得破口大骂。骑摩托车的人几乎与他擦身而过。一场令人头疼的交通堵塞就这样开始了。街道和主干道都堵住了，汽车和卡车只能在原地“突突突”地等着。很快，堵在路上的车辆就变成了一条又长又可恶的金属做的马陆。

国家元首正在回家路上，他刚开完一个贸易会议，忙了一上午。护送他的车队发现他们被堵在了路上，卫兵和巡警们四处出击。他们踢别人的车子，打卡车司机，揍那些看起来可能引发堵车的人。炎热的天气像一味火上浇油的兴奋剂，护送队忙得不亦乐乎。

但是元首很生气。他觉得交通堵塞是因为民众想让他下台，存心跟他作对。当他看到车子里三层外三层地包围着他的时候，突然觉得很惶恐。他打电话给情报局，命令他们不惜一切代价立即解决堵车问题。他抬起头，看到他的手下的影子，正像一条蚯蚓一样在茶色玻璃上移动。他用眼角的余光瞟了一眼“蚯蚓”，草草写下一道缓解堵车的新法令。

突然有人开了一枪，子弹击碎了窗玻璃，但没有打中他的脑袋。他的头往前一栽，像是个经过训练但功夫还不到家的士兵。他听到了一阵更遥远的枪声，这是在过去五年中每天晚上都会听到的声音。他攥着刚刚写下的笔记，静静地等着，但什么也没听到。过了几分钟，有人告诉他危机解除了，密谋造反者已经被处决。随后，交通堵塞疏通了，车辆开始移动起来。

元首决定改革他的国家。他拟定了一系列法令，想尽快与最高军事委员会讨论。单子列得很长，纸很快就写完了。公务车全速启动，元首看了一遍自己刚刚写下的笔记。听着呼啸的警报声，他意识到这些法令是不切实际的，只会酿成各种迫害。他不仅得考虑自己的安全，也得考虑那些卷入到挪用公款事件中来的同僚们的安全。他知道，一旦他想铲除同党的想法走漏了风声，想要他命的人就更多了。他第一次意识到自己并没有真正统治这个国家，不知道谁才是真正的统治者。热气从破窗中吹进来，他花了远没有必要的大力气把便条纸撕了。车队离营房越来越近，前方整洁的公路上种着笔直的行道树，他又立马觉得平民们并非一无是处。让他们去扛这个国家的苦难吧，他只想去“蚯蚓们”去的地方。

* * *

引发堵车的那个罪魁祸首试图爬起来。但他太饿了，摇摇晃晃地挣扎了一下就又倒下了。人们急忙跑过去扶他起来，把他拖到路边。问他出了什么事，他却没头没脑地说“沙丁鱼和芬达”。人们赶紧像躲瘟神一样地跑开了。

那人就这样在街上躺了整整一天。他看到尘土飞扬。他看到空气中满是烟，听到绝望的音乐充斥着整个街区。他看到人们从恶语相向到大打出手。他看到富人，也看到他们怎样制造贫穷。他看到老鼠怎样蚕食穷人，这把他逗乐了。他听到那些长着隐形的八字脚的人，不分白天黑夜地干着跟踪人的勾当。他听到那些人在跟踪。他们数量庞大。他还听到阿戈第发动他的黄蜂牌小摩托进城去了。阿戈第一走，四周便安静下来，可以好好睡上一觉。他在梦里点了点头。

* * *

进城后，阿戈第看到人们在公交车站为挤上车而争先恐后推挤着，便很庆幸自己没有把“小黄蜂”卖掉。在伊多车库，他看到两个女人扭打在一起。她们互相撕扯着对方的衣服，直至两个人都几乎赤身裸体。阿戈第停好车。很快，许多人都围了上来看热闹。三名士兵在路边设置路障。一个男人爬上一辆拖车，开始发表演说，他谴责执政当局，滔滔不绝地说着为什么要消灭士兵、消灭小偷和妓女，但听者寥寥。他说大火就要蔓延过来。还没等他说完，其中一个女人就被打倒在地了。突然，士兵们发现他们的钱和身份证被偷了。他们暴跳如雷，挥舞着簇新的鞭子抽打着人群。阿戈第很高兴自己是上帝的子民，自顾自地骑上车走了。

但是皈依上帝并没有对他在码头上的事情有任何帮助。他必须坐在炎热的室外，等那个与他接头的人，一直等到快热晕过去了。他只好起身去给自己买了点吃的和喝的。回来时发现他的联系人已经在不耐烦地等他了。联系人直截了当地告诉阿戈第，他走私的货品被查封了。

他说："朋友，检察官很生气，说那点钱简直是打发叫花子的。"

阿戈第结结巴巴说不上话来。

阿戈第知道该怎么做，但他得先尝试一下谈话。他告诉联系人上帝的意愿，告诉他有一天某人有可能变成某物，之后又可能变成完全相反的物类。阿戈第苦口婆心地说着，汗水直淌下来，流进嘴里。

联系人既没有被上帝的教化感动，也没有被吓到。他说："省省你的口水吧，我的朋友。要么拿钱来，要么就滚蛋。"

阿戈第算了一下，他顶多还能再出五十奈拉，于是把钱掏了出来。联系人把这点钱看成是对他的侮辱。他转身慢慢地走了。阿戈第咽了咽口水不知如何是好。

那人说："他们肯定会把你的东西烧个精光。你在开玩笑吧？如果你是认认真真想做事，就知道该怎么做了。你又不是没钱，我的朋友。"

阿戈第连连哀求，急得快哭出来了。那人没理他。阿戈第只好低声下气地求那人发发慈悲，说自己有多么多么不容易。

但联系人丝毫不为所动，一张脸像石雕的一样没有表情。他说：“你这是在浪费我的时间。我不是到这儿来听你诉苦的。我有我自己的麻烦，懂吗？你到底想不想要那批货？痛快点。”

阿戈第信誓旦旦地说会再想想办法。男人打了个呵欠。阿戈第请求给他一天的宽限。联系人琢磨了半天，终于答应了。阿戈第骑上“小黄蜂”，感觉自己力挽狂澜了一把。

他需要钱，可是教堂已经没钱了，他去得没那么勤快了。另外还有他老婆那边，她也没什么钱了。他已经欠了她太多钱。她每天很晚才从市场回来，一天比一天憔悴。因为整天被市场上的尘土笼罩着，被辣椒熏着，两只眼睛一直都是红通通的。她的颧骨突出，心肠也变硬了。她显然已经没钱了，何况，她还要支付两个孩子的校服费。

阿戈第骑着“小黄蜂”在城里转了一圈，绞尽脑汁地想着解决的办法。他去亲戚朋友们的办公室和家里借钱。他们都不大待见他，给了他一些吃的，但没钱借给他。他已经欠了他们一屁股债了。天黑了，阿戈第只好打道回府。

* * *

躺在街上的男人看着一天溜走，但一无所获。他在一条排水沟附近把自己安顿下来，身上盖着没读过的报纸。他像死人一样躺着，时不时会发狂一样地抽动一下。他几次看到阿杰思科·阿特拉斯从身边走过，炫耀着他在印度的辉煌。阿杰思科·阿特拉斯逼着人们收下他的名片，不厌其烦地告诉每一个人他是前摔跤冠军，同时他还是一个二十四小时不打烊的生意人。他说战争时期他曾参加过占领两座城市的战斗，甚至还和国家元首做过生意。一整天，他都在警告人们，如果遭到抢劫，那完全是他们咎由自取。他觉得自己已经尽了最大努力在向人们提供质优价廉的保护了。事实上，阿杰思科·阿特拉斯已经在街上开了一间小小的事务所，经常在大庭广众之下做那些让人触目惊心的练习。

躺在街上的男人同样饶有兴趣地观察着 J. J. 阿戈第的店铺。他是唯一一个目睹道路移动的人。他看到阿杰思科·阿特拉斯忠实的追随者移动了。后来又看到店铺轻轻移动了。他看到它高高升起，像被一只强有力又难以捉摸的手拎起来了一样。后来，店铺就消失在了黑乎乎的街道上。

* * *

阿戈第回到院子里，仔细地锁好“小黄蜂”。他想着要好好盘点一下账目。只要一百奈拉就能起死回生，他想。最后得出的结论是，商品的价格得翻倍。他寻找着自己的店铺，却没有找到。奈拉之鸟。他在院子里走了一圈，又走到后院，还是不见店铺的踪影。扫罗瞎了。他叫来全院的人，叫来全世界的人，来看看他不幸的遭遇。扫罗的一百奈拉。全世界的人都跑了过来，看到原来那个破破烂烂的小店不翼而飞了。他们什么也没找到，除了一条死蜥蜴。他们瞪着眼睛看看蜥蜴，又看看阿戈第，然后一个接一个地走了。

阿戈第看着那块已经没有店铺的空地，在外面呆坐了一个晚上。他等待着出现失而复得的奇迹。他咒骂着这座城市，一直骂到嗓子也哑了。他把妻子和两个孩子都叫了过来。筋疲力尽的妻子像在梦游一样。他要求他们一起祈祷店铺重新回来。他开始放声大哭，妻子毫不留情地斥责着他。孩子们哭了，妻子也跟着哭了起来。

睡在街上的男人在梦里点头，像是悟到了什么。无足挂齿的小事。他知道蚯蚓们去哪儿了。

阿戈第整宿地盯着那条死蜥蜴。天亮以后，他去取了圣水，把整瓶水浇到了蜥蜴身上。什么奇迹也没发生。阿戈第一遍又一遍地祈祷着。他觉得神明已经抛弃他了，便取来煤油，放火把它烧了。

* * *

一个星期后，阿戈第重新盖起了店铺，比先前那个还要寒碜。他没有开张，也没有人愿意租用。走私的货品已经在码头上卖完了。之后的某一天早上，妻子带着孩子回她自己的村子去了。

阿戈第突然消失了。整整一个月，没有人见过他的影子。当他再次出现时，身上穿着紫色和黄色相间的袍子。胡子变红了，头发编成了一根根小辫子。他声称自己在城市的丛林中失明了，而且见到了上帝。他宣称现在他是一个真正的先知了。他说，上帝和金钱密不可分。他成立了一个新教会，印了几张名片。他的新招牌出现在了繁华的街道上。阿杰思科·阿特拉斯曾经光顾过几次。每个人都有自己的麻烦事。

* * *

情况慢慢好转，阿戈第注意到了躺在街上的那个男人，那家伙经常盯着他看。有时，阿戈第很肯定那人就在街对面好奇地望着他。有时，阿戈第也会想起那个糟糕的早晨，被他烧掉的那条蜥蜴。它已经化成了空气。

旅馆

[尼日利亚] 阿德瓦莱·马扎-皮尔斯

阿德瓦莱·马扎-皮尔斯

Adewale Maja-Pearce, 1953—

生于伦敦，长于尼日利亚拉各斯。著有短篇小说集《效忠及其他小说》(*Loyalties and Other Stories*, 1987)、游记《在我父亲的国度》(*In My Father's Country*, 1987）等，编有《海涅曼非洲英语诗歌》(*The Heinemann Book of African Poetry in English*, 1990）等。

这个小镇和他路过的其他北方小镇并无二致，但因为待在火车上不舒服，进站时他便下车去找了家旅馆。

旅馆进门处的桌子后面坐着一个女人，抬头看到他，笑了笑。

“您要住宿吗？”她问。

“是的。”

“这边走。”

她带着他爬上几格楼梯，穿过昏暗的走廊。

“您运气不错。明天这里要开一个大型会议，就只剩下这一间房，其他都被预定了。”她说着打开门。他走进房间，放下包。房间里只有一张桌子、一把椅子和一张床，别无他物。

“厕所和浴室在走廊尽头。”她说着打开窗，从这扇窗可以俯瞰到底下的院子。一个十来岁的男孩儿正对着墙壁扔球玩。

“这是我儿子。”她说。接着她又走到床边，拉开床罩检查了一下床单。

“希望您在这儿住得愉快。”她说。

“但愿如此。”他答道。

“如果您饿了，可以去那家价格实惠的餐馆，就在这条街的半道上，靠左边。”她提醒说。

“谢谢你。”他说，然后她就告辞了。

他脱掉鞋子，躺在床上。夜幕降临。他打开灯，从包里拿出一本书，试着读了起来，但读不进去。他决定出去走走。

在门厅，他又碰见了那个女人。她抬起头冲他笑笑。

“我想出去走走。”他说。

“您想要把钥匙留在这儿吗？”她问。他把钥匙递过去，看着她把它挂在一枚钉子上。

月亮已经升起来了，天上凌乱地点缀着星星。白天的暑气散去，一阵凉风从沙漠那边吹过来。随处可见身穿白色长袍的高个子男人，他们行色匆匆。他漫无目的地闲逛着，一直走到一块耕地边上。他点了根烟，但是刚吸上一口，就呛到了喉咙，还被呛出了眼泪。他转身朝旅馆走去。

女人不在门厅。他从钉子上取下钥匙，爬上楼梯。他在床上躺了很久，隐约听到有男人的声音，后来就睡着了。

他在晨曦中醒来。他的梦很生动，但能记起来的尽是些让他困惑的场景。他听着其他人吵吵嚷嚷，大喊大笑。等了很久，他们终于走了。他起身去冲了一个澡，然后坐在床上盘算着怎么去赶火车，可因为半途中断了旅行，他有些意兴阑珊。

十点左右，那个女人过来敲门。

“很抱歉打扰您，我得打扫一下房间。”她解释说。

“好的。”他说。

“您会再住一晚吗？”她问。

“如果可以的话。”他说。

“但愿昨晚没有打扰到您，他们太吵了。”她说。

“没有，我没有被吵到。”他说。

“他们早上已经退房了，今天您可以一个人在这儿清清静静地待着。”

他去吃了午饭，然后在房间里待了一整天。晚上，他听到皮球从墙壁上弹回来的声音。过了一会儿，又听到女人在喊男孩进屋。

就这样过了一个礼拜，每天都像是最后一天。

一天早上，女人走进他房间时说：“如果有什么需要我帮忙的，尽管说。”然后，她有点不好意思地把头扭向了别处。

“没什么事，谢谢你。”他说。

“如果您愿意今晚和我们一起吃饭，我会很高兴的。”她说。

他有些犹豫。

“也没什么好东西，就鸡肉和米饭。”她说，眼睛仍看着别处。

“谢谢。”他说。

一直等到她喊男孩进屋，他才下楼。她有两个房间和一个露天的厨房。吃饭的那间是她的卧室，男孩单独住一间。

吃完饭，她打发男孩去睡觉。他们默默坐着，直到她打破沉默：

“您为什么会来这里？”

他耸耸肩：“偶然路过。”

“喜欢这里吗？”她问。

“不怎么喜欢。”

“我也不喜欢。”她说，“这儿是我丈夫的老家，我是跟着他才来的。但是他死后，我也不大想走了。这个旅馆可以让我维持生计，虽然有的时候比较操心。”

“他去世多久了？”

“五年前，也是现在这样的十二月。”她说。

“对不起。”他们再度陷入沉默。过了一会儿她又说：

“最难的是孩子，没有父亲。”

“是。”他说，然后猛亲了一下她脸。她抱住他哭了起来。

过后，当他们躺在床上时，她说：“开着这个旅馆，照这样过下去也不坏。”

“不坏。”他附和道。

“时间上可以自己掌握。两个人的话，这根本算不了什么。”

早晨，他上楼回自己房间，查了一下时刻表，把钱包放进兜里，下了楼。男孩上学去了，女人为他做好了早饭。吃饭的时候，女人说想重新装修一下旅馆，还报了个预算的价格，但他没有往心里去。

中午，他说要出去一趟。女人想陪他一块儿去，但他坚持一个人去。

大步流星地走在令人窒息的热浪中，灰尘钻进了他的嘴巴和眼睛。他及时赶到站台，听到了火车进站的声音。

侍女

[尼日利亚] 奥克·齐克波

奥克·齐克波
Okey Chigbo, 1955—

生于尼日利亚，1976年迁居加拿大，于温哥华西蒙·弗雷泽大学获得经济学学位。他是多伦多《商业杂志》的特约编辑，此外还为《加拿大商业》做事实核查。其文章散见于《西非》《新非洲人》《加拿大商业》等，他的首部短篇小说《秘书长的选择》（*The Chief Clerk's Choice*）发表在多伦多期刊《非洲来信》上。

听好了，我接下来要告诉你的这些事情，希望你不要传出去。上一次，我说的那些事被可恶的长舌妇恩可齐·奥贝爱格听到了，鬼知道她是怎么听到的，现在好了，全世界都知道我的过去了。我有没有告诉你夫人已经从拉各斯回来了？你应该已经看到她带回来的那些东西了吧。上帝啊！拉各斯是个多么令人向往的地方啊！各式各样的小饰品散发出的光芒就仿佛太阳和月亮都跑进了夫人的旅行箱里，还有各种令人眼花缭乱的东西，就像是来自天堂一样。那里的人穿戴都是最时尚的，几乎一个星期就淘汰一次。她给奥贝爱格丽买了件五彩斑斓的长袍，足以让整个阿纽戈乌村庄漂亮花儿都感到羞愧。同时她也不忘让奥贝爱格丽把她那件旧的长袍给那个“女巫”塞琳娜穿。

* * *

和往常一样，她没有给我买东西，你是知道怎么一回事的。塞琳娜能得到东西仅仅是因为她和夫人是老乡。我知道像我这样一个老侍女，对于夫人而言算不了什么。全世界都知道我的烹饪手艺是多么精湛，老爷经常让我给他做可口的葫芦汤，但是夫人会关心吗？全世界都知道我的家务活干得有多棒，但是夫人会在乎吗？你可曾见过塞琳娜打扫房间？就好像她妈妈从来没教她做任何事一样。我有时候问她，你准备把那个脏角落留给谁打扫？噢，这应该是另外一个故事了。

* * *

你还记得夫人的儿子卡利斯图斯什么时候回来的吗？我想大概是三个月前吧。他在埃努古的学校里表现得非常不好，老爷给他的选择是要么走人，要么努力学习。他压根就不想读书，十分顽皮。你知道吗，他成天和一个妓女到处鬼混呢。这个妓女是恩瓦舒库长官的女朋友，当年他的第五个妻子和一个男人在卧室里厮混被他抓个正着，当场就用双管霰弹猎枪向他开了火。你知道我所说的这个长官了吧。卡利很幸运，没有被恩瓦舒库逮住。奥贝爱格丽说卡利肯定给了妓女不少钱，因为他经常身无分文。多么傻的孩子啊，是吧？你能想象一下像我们这样十六岁的侍女把自己一点微薄的工资全给男孩之后的情形吗？哈哈！我们得先向他们要钱。

* * *

听说他过去几乎每周都写信向夫人要钱，编造各种各样的理由，比如，定制学校的新校服啊，购买新教材啊。夫人很快就会给他寄过去，因为这可是她最心爱的儿子。长期与部队做生意让夫人赚了不少钱，但是每当我向她提及我的工钱，她要么不予理睬，要么狠狠地打我。唉！世界多么的残酷啊！难道就因为我向她要回我自己应得的报酬，她就可以这样惩罚我吗？你知道吗，自从我父亲死后，她就再没给过我一分钱。唉！世界多么残酷啊！没有人帮我捍卫我的利益。请不要介意我一边擦眼泪，一边继续讲我的故事。

* * *

卡利在家里等待父亲对他的处理。当有朋友来拜访他时，我常听到他还拿与妓女有染这件事吹嘘呢。我假装在他隔壁的房间里打扫卫生，你知道我肯定会竖起耳朵偷听的。所以你必须相信我所说的这些事。如果这个家里发生了一些值得听的事情，我都会去听，包括男孩子们习惯谈论的那些事。上帝啊！那些男孩简直比爬满蛆的熟水果还要烂。

* * *

一天早晨，我发现他坐在餐桌边，胳膊肘搁在桌上，双手托腮，看起来像是全世界最烦恼的一个人。我问他发生什么事情了，他没有回答我而是站起来走开了。我也没太在意，继续打扫他的房间。你猜我在他房间看见谁了？看见塞琳娜正在干活！准确地说她已经停下手中的活，站在桌旁，看着桌上的什么东西。我必须告诉你，自打卡利从埃努古回来时起，塞琳娜就开始讨好他，甘愿为他做牛做马，为他整理脏乱的房间，总是在他身边用她那甜美的声音问他："卡利，还有什么需要我做的吗？我可以帮你洗衣服吗？我可以为你准备些沙拉吗？"这种行为可能会让别人觉得恶心，可我并不这样觉得，因为我的承受力很强。塞琳娜的龅牙使她看起来很像可怕的精灵面具亚喀巴，足以把人吓出心脏病来，卡利根本就不会注意她，这没什么好奇怪的。

* * *

我站在卡利门口盯着她看，她好像正在读桌上的什么东西。过了一会儿，我忍不住了，便走了进去。

“塞琳娜·奥科里！”她被吓了一跳，连忙拿起扫帚开始扫地。发现是我便慢慢停了下来。“你在桌子那儿看什么？我要告诉卡利斯图斯。你这个贼！愚昧无知的白痴！”你也看出来了吧，我十分擅长用英语骂人。我那五年小学可不是白上的。

* * *

“你妈才是愚昧无知的白痴。”她冷冷地回了我一句。我告诉你，这个女孩可是能干出让人发疯的事来的。顿时我脑袋轰的一声，一股热血冲进大脑。

“什么！我妈惹你了，你凭什么骂她？”

“你先骂我的。”

“不错，是我先骂你的，但是我没有骂你妈。”

“这叫一报还一报。”

“我现在就给你点厉害瞧瞧。”说完我就举起手准备给她一记耳光。

* * *

那天算她走运，当我举起手时，她从我手下溜了，跑到院子里去了。我眼睁睁地看见她跑了，事后她又回来继续打扫房间。天知道，我是没打算看卡利桌上的东西的。上帝知道我是个无罪的人，但要是一封信就这样随意摊开在桌子上，有什么可以阻挡我心中的恶魔呢？首先我当然是和恶魔做斗争，但结果你应该知道是怎样的了。

我开始读那封信。

* * *

是埃努古那个妓女的一封来信。她称呼他为“亲爱的”。哈哈！我敢肯定，她还有二十个亲爱的。信中说她已经和恩瓦舒库长官结婚了。上帝啊！有些人就是贪图金钱啊！要不然一个女人怎么会为恩瓦舒库这样的老男人而放弃卡利这样年轻俊秀的男孩呢？据说这个长官快破产了，这是真的，奥贝也这样说。噢，我可什么都没有说啊，我可不想找麻烦，不想变成和恩可齐·奥贝爱格一样令人讨厌的长舌妇，她散布的消息比电台的还要多。

* * *

妓女在信中说她不想再看见卡利，希望从此相互不再有任何联系。哦！我想他今天不开心的原因大概就是这封信。但是我认为这应该是件好事。现在有些妇女真的不知羞耻，一个二十五岁的女人怎么能和一个十七岁的男孩在一起呢？而且还花光了他的钱，简直太过分了！

* * *

当他回房间的时候，我遇见了他，我说：“我知道你所有的事情，包括你的隐私。”

“你什么意思？”他用怀疑的眼神看着我。

“我知道你所有的事。”我说。他皱了下眉头，朝他的房间里看了看。

“亲爱的，亲爱的。”我一边唱着，一边飞快地跑开了。

“什……什么？过来！”他朝我大叫着。我在前面边笑边跑，他在后面追我，嘴里还歇斯底里地吼着：“康福特！康福特，你读了我的信，我要杀了你！”

* * *

在门口的阶梯上他抓住了我，把我推倒在地，开始挠我痒痒。我们在地上翻滚着，我笑得眼泪顺着脸颊往下流。你为什么用那样的眼神看着我？请收起你脸上的怪表情，这都是些无邪的玩笑。你的脑子里总是想着不正经的事情。就在这时，我们一抬头看见了老爷——卡利斯图斯的爸爸！

“卡利，我看你和女人们很玩得来呀！你给我记住，要是你把她们当中任何一个弄怀孕了，你就必须和她结婚！”他严肃地说。我很想问，他为什么还没有和教师奥涅杰奎小姐结婚呢。你知道吗，她最近已经怀孕了，据说是老爷的呢。千真万确，是恩可齐告诉我的，不要告诉其他人啊。

* * *

之后不久，夫人就去了拉各斯。在她离开的前一天，我走进会客厅，看见她正和生意场上的朋友摩西坐在那儿。你知道摩西的，她胖得足以填满整个房间和客厅，所以整个沙发就她一个人占着。再看看夫人，就像我们用来做汤的瘦干鱼一样（我总是忍不住要羞辱她，因为她对我实在太坏），坐在对面一把椅子的一角上。尽管夫人的生意越做越大，但她却越来越瘦，因为她的内心已经麻木不仁。再看看摩西，虽然生意没有夫人的那么成功，但她越来越胖，因为她很善良，很仁慈。有一天她给恩可齐买了双高跟鞋，让她穿去教堂呢。你认为我们夫人会为她的哪个侍女这么做呢？我所想说的就是如果你很善良，上帝将会赐你一副福相，但如果你很恶毒，不管你多富有，上帝都会让你看起来像饿死鬼一样。

* * *

那天晚上，两个“商场女性”在谈生意，当我进去给摩西倒第四杯烈性啤酒的时候（在阿纽戈乌，这个女人喝酒不比任何男人差），听到夫人对摩西说，放开喝，现在生意很红火，不在乎这些钱。夫人还告诉摩西她准备去拉各斯会见一个军队的将军，和他谈一笔生意，这笔生意可是大有赚头的。当我听到这时，心跳加速，脑子里盘算了一下：要是这笔生意谈成了，她就能大捞一把，我就可以开口向她要我的工钱了。这也是她在我父亲临终前向他许下的承诺。我忘了以前是不是和你说过，她答应过我要带我一起做生意，教我如何成为一个像她一样的成功生意人。这也是我还跟着她的原因，要不然我早就去给别人打工了，但我不想一辈子都只做一个侍女。因此，那天晚上，摩西走后，我决定去要我的工钱。

* * *

摩西走后，夫人径直走进卧室收拾行李，为这次旅行做最后的准备。我必须承认，是时候去找她要了，我的心开始怦怦乱跳，跟敲鼓一样。我在她房间门口来来回回走了七趟，就是没有勇气进去。正当我准备要离开时，她突然说了一句：“谁在外面？”

* * *

我想拔腿就跑，不过最终还是打消了这个念头。我为什么要跑？我只不过是想要回我应得的报酬。

“是我，康福特。”

“有事吗？”

“我想和你说点事。”

“哦，说吧。”

“是关于……嗯，你知道……你还记得吗……”

“**嗯，什么？**快点说，我还要收拾行李呢。”

“是，是……夫人，是关于我的工钱。”

“你就为这事打扰我？**出去!!**你不能找个合适点的时间来谈这个吗？难道你不知道我现在很忙吗？”

* * *

我冲出房间来到后院，夜晚这里通常很凉爽，我坐在地上号啕大哭起来，如同上周的暴雨一般。不一会儿，卡利看见了我。

“康福特，你怎么了？”他蹲下来，凝视着我的脸。

“没事。”我说，我不想在他面前说他妈妈的不是。

“不要哭了，我们回屋吧。”他拉着我的手说，“告诉我到底怎么了？是夫人打你了吗？”

我真想告诉他我到底为什么哭，他心地很善良，一定会同情我的，但我还是不想在那个时候告诉他，毕竟说的是他妈妈的不是。

“我明天再告诉你吧。”说完，我们便慢慢地往回走。

* * *

第二天凌晨四点半，所有的用人就开始为夫人的出行忙碌起来了。每当这个时候夫人总是希望大家像士兵一样，反应迅速，动作灵敏。此时家里呈现出一派热火朝天的景象，司机罗马纳斯洗车去了，塞琳娜在为夫人烧洗澡水、熨衣服；我在准备早餐，煎豆饼和做玉米汁。天还没有亮，一些小虫依然在眼前飞来飞去的。公鸡开始打鸣，幽灵也会在这个时候四处飘荡。

* * *

我们看着车灯消失在黑暗之中，驶向日夜通明喧闹纷繁的都市。大家都进屋了。我假装去厨房准备这一整天伙食的原料，发现没人注意我，我便蹑手蹑脚地走回房间。铺好被褥，换上舒适的睡衣，准备再美美地睡一觉。这就是为什么每当夫人出行时我总是很开心的原因，我能多睡一会儿，不必五点半就起床。天知道，我又不是士兵或者公鸡，每天却必须起那么早。

* * *

好像我刚刚入睡，夫人突然就回来了。她可能忘了什么东西，我想我必须在她抓住我睡觉之前赶紧起来。可我就是爬不起来，仿佛被粘在了床垫上，这时夫人走进来了，打开了灯。

“康福特！”

我猛地跳了起来，足足有六英尺高，大叫一声：“夫人饶命啊！”举起手臂去挡即将袭来的耳光。

* * *

但是当我睁开眼睛看见从窗户里射进来的阳光时，只听见角落传来塞琳娜咯咯的笑声。

“夫人饶命啊！”她学我刚才说的话，然后哈哈大笑。我告诉你，我简直无法忍受了，必须要和她好好聊聊了。

“塞琳娜·奥科里！”我说道。

“到，睡神小姐。”她调侃地说。

“塞琳娜，不要冒犯我，我是你的前辈，年龄也比你大，这可不是开玩笑的，所以请尊重你的前辈。记着，夫人不在家时由我分配伙食。你如果不收敛点，老鼠吃的可能比我分给你的都要多。”

此后的日子里塞琳娜一直表现得不错。

* * *

那天晚些时候，卡利把我叫到他房间里，问我前一天晚上为什么哭。我说：“都过去了，没事了。”“别怕，告诉我。是夫人，对吗？我就知道是她。你告诉我，我不会对她说的。”我沉默了。

“告诉我。”他执意要我说。

“让我看看你……女朋友的照片，就是那个和恩瓦舒库长官结婚的。”

“如果我给你看，你就能告诉我你为什么哭吗？”

“可以。”

“骗人，你比童话故事中的乌龟还狡猾呢。”

“我保证看过照片后肯定告诉你。”

他给我看了一张她的彩照。她非常漂亮，鹅蛋脸，皮肤白皙。

我对他说：“她很可爱，但是我不喜欢她的穿着。你看她穿的裙子开衩都开到腰部了，搭配着深V领的衬衫，为什么要穿成这样，还不如不穿衣服的呢。”他笑了笑，伸手过来抓我，我轻而易举地就躲开了。然后我告诉他自从一年前父亲去世后我就再也没有拿到过工钱了。过去我父亲常常在月底的时候来向夫人结算我的工钱。一个月十奈拉，他会给我三奈拉作为零花钱。那时的我非常富有，买得起耳环、手镯还有口香糖。

“我妈现在欠了你多少钱？”他问我。

“一百五十奈拉。”我说，他沉默不语。

“好，我知道我该怎么做了。”

“这些不要告诉任何人啊。”我说完便转身准备离开，“顺便说一下，我希望你不要再为她哭泣了。用不着担心她，她只是想要钱。我相信你在埃努古会找到很多比她更漂亮的女孩。听着，夫人走后，就该我为你准备可口的早餐了，如果我还有时间的话，我还会来和你聊天的。这样你很快就会忘了那些不愉快的事情了。”他笑了笑，我离开了房间。

* * *

几个小时之后，当我经过他的房间时，他把我拽了进去，迅速地把一沓钞票塞到我手里。我一下子惊呆了，钱就这样纷纷扬扬地散落到地上。他捡起来又塞到我手里。我数了数，一共三十奈拉，问他哪儿来的这些钱，他不说。我说如果我不知道这钱从哪里来的，我是不会收下的，他连忙说是他自己攒的零花钱。

* * *

我不相信他说的话。可当我盯着手里这些钱时，心跳加速，内心仿佛在说，耳钉，耳环，手镯，耳钉，耳环，手镯……大脑飞速地运转起来：谁知道卡利哪来的这些钱？他可能是从他父亲的皮夹中偷来的，或是撬开了夫人的保险箱，他是个调皮的孩子，说不定他有造假币的朋友呢！但是话又说回来，这或许就是他攒的零花钱。我先替他保管一段时间吧；如果有人说自己丢了三十奈拉的话，我就把钱还给卡利，否则我就自己花。

* * *

不幸的是，我没有把这个家伙和他的恶习联系到一起。他通常神不知鬼不觉地就把女孩子弄到手了。第二天，奥贝爱格丽叫我独自去市场购买做汤的配料，而通常我要么和她一起去，要么和夫人一起去。我恳求她和我一起去，但是她说想去拜访一个很久没见的朋友。那么我只好独自去。我打算带上那三十奈拉，因为心中的恶魔告诉我："如果把钱留在这儿的话，塞琳娜可能会发现的。"

* * *

买了做汤用的秋葵和棕榈油之后，我绕道去了小饰品摊位，想去买一个可以用来存放钱的盒子。对我们这些年轻的侍女来说，身上长期没有钱可不是件好事，尤其是市场上有那么多漂亮的东西卖，而且恩可齐·奥贝爱格和其他侍女们，成天穿着高跟鞋，戴着耳环在身边晃来晃去的。没有钱让我们心存嫉妒，我们当中有些人甚至就去偷窃，还有些人只要有一点钱就会挥霍一空。我买了两对耳环，身上就只剩五奈拉了，只好离开了市场。

* * *

恶魔那家伙是很狡猾的，他怂恿你去做坏事，然后他会笑着跑开，让你觉得自己看上去像个傻子。我知道我不能向其他侍女炫耀我的新宝贝，因为塞琳娜肯定会把这事报告给夫人的。想到这我就有一种莫名的恐惧：如果那些钱不是卡利自己的，是从老爷或是夫人那里偷来的，怎么办？如果有人发现自己钱丢了，报了警，怎么办？卡利会承认吗？我告诉自己卡利是个好孩子，他会承认的。如果他们发现他不在镇上，去学校或者到其他地方去了，怎么办？我能做些什么呢？老爷或夫人肯定会报警的，会找一些便衣警察潜伏在普通人身边，他们只要通过观察你的面部表情马上就能断定是不是你偷的钱。一想到这些，我开始害怕起来，都要哭了，因为我不想进监狱。

* * *

我回到家里，想象着有人站在我面前问我说："康福特，三十奈拉在哪儿？"但是屋里没有人，很安静，突然我看见塞琳娜从卡利房间走出来。"你！"我大叫，"难道我没有告诉过你吗？你不能进卡利房间，你这个女巫！"

"我想去哪儿就去哪儿，"她挑衅地对我说，"关你什么事？"

"说话注意点，当心我抽你。"

"你有本事抽一个我看看。"她怒视着我，紧握拳头。

* * *

我想给她一巴掌，但是又觉得不太妥当，因为我刚刚买的耳环还放在身上没来得及放回房间里，万一在打斗中掉下来就不好了。就在这时，卡利从他的房间探出头来，说："你们俩为什么打架？康福特，放开她。是我让她来打扫房间的。"

* * *

那天晚上，我走进了他的房间，告诉他我买了耳环。我告诉他，当我看到耳环时，我是如何不能自拔，他笑了。他让我戴上耳环，戴上后我对着镜子欣赏着自己。你必须发誓，这件事决不告诉任何人。我还在自我陶醉之中，他站了起来，来到了我的身后，搂住了我的腰，慢慢地双手摸向了我的胸部。是的，他确实碰到它们了。卡利真是个野孩子。我恳求他不要这样："卡利，请不要这样啊，这样是不可以的。"但是他好像什么也没有听到。"卡利，住手！这是罪恶的。"这样他才停了下来，我们就这样木讷地站着，不敢注视对方。这也是他第一次对我做这样的事。我知道我很丰满，每当我弯腰捡东西时，男孩子们总会偷看，我不知道卡利是否也偷看过。

* * *

一阵尴尬的沉默之后，他伸手从口袋里掏出十奈拉。

"拿着。"他说。

"为什么？你把我想成什么人了？"我大喊。

"让你拿着就拿着，这比起我母亲欠你的那些来说只是九牛一毛，快拿着，不要犯傻了。”

“你不要傻了，我不会要的！”我很生气地说，然后离开了他的房间。但是最终我还是拿了，因为他跟在我后面，恳求我收下，最后我只好拿着了。如果你真想知道我们之后是否还有亲密接触的话（因为你脑子里总是想些不正经的事情），我告诉你，有过很多次，好了不能再多说了，但是请记住我是个好女孩，我自有分寸。

* * *

就在夫人回来前不久，卡利被送到奥韦里去了。他的叔叔在当地的一所中学教书，和老爷是弟兄，是一个非常严厉的人，即使像卡利这样大的孩子，要是不听话，他还是会用藤条抽打。这正是老爷送卡利去那里的原因。如果这个叔叔都不能使卡利好好学习的话，那么这个世界上将没有人能管得了他了。

* * *

夫人回来了，带了很多礼物（正如我所说，没有我的）。一切都恢复了正常，直到几天前，我正在厨房做饭，塞琳娜和夫人在房间里。好像是她在重新整理包裹，一些钱从包裹里掉出来了。那个愚蠢的女孩就把它放在那儿，忘了这件事。

“塞琳娜，这十奈拉你是从哪儿得来的？”夫人尖叫道。

“我的十奈拉。”我当时马上想到自己的钱，“那个女巫肯定是从我盒子里拿的！”我轻轻走近房间想听一听到底是怎么回事。

“塞琳娜，我问你，你哪来的这十奈拉？难道你的舌头被魔鬼拽住了吗？在我动手之前，你最好老实交代！”

"我在路上捡的。"

"我让你说谎！（**啪**！）我让你说谎！（**啪**！**啪**！）我知道你肯定是从我的保险箱里偷的，是不是啊？说！（**啪**！）你个忘恩负义的家伙，我把你从贫困中解救出来，你还偷我的钱！我不是定期都给你母亲钱了吗？为什么还从我这里偷？"

"夫人饶命啊！这钱是卡利给我的，卡利给我的！"

"好啊，你知道他不在，你就把责任推给他。卡利为什么给你十奈拉？你这个可恶的骗子！小偷！我要把你关起来。你给我在房间里好好待着吧。今天我要饿着你，明天我就把你送回家。"

* * *

当我听到这个时，我身体忍不住颤抖起来，就像患了疟疾一样。一开始，我想塞琳娜已经偷了我的钱，上帝现在正因她偷东西而在惩罚她。可接着，大脑又飞速运转起来：如果她真的从我的盒子里拿了钱，为什么她没有如实说，没把我牵扯进来呢？也许她说的是真话，卡利真的给她钱了。于是我决定去看看我的钱是不是还在盒子里，可就在这时，我听到夫人在叫我："康福特！"我的心跳开始加速，回道："夫人饶……我就来！"我迅速去了她的房间，我的心一直在猛跳。

* * *

"把手中的活放一放。"她说，"去摩西家，把她从阿巴卡利基给我带的甘薯拿回来。快去，或许在汤做好之前还能赶回来。我来看着汤，你去吧。"我飞快地冲出了家门，好好地松了口气。在路上我又开始担心起来。到底是不是我的钱啊？就算不是，我也会倒霉的，因为那是卡利给我的钱，现在可以肯定的是卡利的钱是从夫人保险箱里拿的。我要不要去坦白啊？顺便还能救塞琳娜，她其实也不坏，我们也就是相互嫉妒。要是我告诉夫人卡利也给我钱了，她会相信吗？她向来不相信卡利会干坏事，没准她认为我和塞琳娜都偷了钱，因为卡利不在家，现在都想栽赃于卡利呢。我可以请求她写信给卡利证明这钱确实是他给我们的，但是我认为夫人是不会这么做的，更不可能为她的侍女们这么做。她可以很轻松地就找到新的侍女。而且，我确信她是在寻找机会好解雇我。

* * *

这些思绪在我脑子里就像一群苍蝇一样嗡嗡乱飞，我从摩西那儿拿着甘薯回来了。当我踏进厨房的时候，看见塞琳娜正坐在一罐汤前，漫不经心地搅动着。“你出来了！”我气喘吁吁地说。

“是的，上帝不会平白无故地惩罚像我这样的好人。”她说。

原来是奥贝爱格丽从学校回来发现塞琳娜被关起来了，就询问了原因。夫人把事情经过告诉了她，她笑了笑，告诉夫人塞琳娜说的是真话，就在夫人去拉各斯的那段日子，她亲眼看到卡利从保险箱里拿过钱。塞琳娜被放了出来，被警告再也不允许从家中任何人那里拿来路不明的钱。听到这个消息，我想没有人比我更轻松了。我发现那十奈拉依旧原封不动地在我的盒子里，告诉自己要让它成为永远的秘密。

* * *

现在，除了塞琳娜，其他一切都很正常。这些日子她经常哭泣，皮肤变得更加白皙了，胸部似乎也变得比以前更加丰满。

奇迹

[喀麦隆] 巴比拉·穆提阿

巴比拉·穆提阿
Ba'bila Mutia

生于喀麦隆维多利亚（现林贝），现任教于雅温得大学，讲授非洲与现代英国文学。其作品曾于BBC广播过，著有《奇迹》（*The Miracle*）、《谁之地》（*Whose Land*，1996）、《昨日此刻之前》（*Before This Time, Yesterday*）等。

巴米阿焦急地等待着妈妈和塔比神父从教堂里走出来。每周日第二场弥撒结束后，塔比神父总会出来和教堂的信众见面，这已经成为惯例了。这天早晨，巴米阿特别焦躁不安。他双手抓着结实的铁木拐杖，离开教堂，一瘸一拐地往学校的院子走去。

他撑着拐杖，靠一条右腿往前跳，萎缩的左腿拖在后面。动作娴熟，几乎已经成为一种下意识，做起来可以像杂技演员表演一般毫不费力。因为肩膀长时间地格外用力，他胸肌发达，二头肌和前臂也强壮得有些夸张。但是他腰细、肚子小，原本应该长着左腿的裤管空荡荡的，再加上晶亮的小眼睛和高耸的颧骨，使他看起来像一个脾气暴躁的人。

他站在学校后面，盯着下面的酒椰树和象草。他知道妈妈会找他，而且会像往常一样因为找不到他而焦急。他在草坪上坐下来。天慢慢热了起来，但草坪是干燥而舒适的。他把铁木拐杖放在一边，把萎缩的左腿放得更舒服一些。一只老鹰在下面空中滑翔，随着气流忽上忽下。他的目光跟随着蜿蜒流淌的小溪，看着它流向山谷。独自一人待在这里，他觉得很安宁。

曼伊四处寻找巴米阿，不知道他去了哪儿。一群孩子在教会产房一角的水泥池下面玩耍，但不见巴米阿的身影。她只得顺着神父的住处，往更远处找去。她看到玛丽-简修女往教会的客房走去。客房与单栋楼的小学连在一起。当地的教堂信众在石头建造的老教堂前三三两两地站着。男人们围成一圈，女人们互相谈笑着。女人们穿着当地人自己印染的上衣和围裙，男人们穿着手工织布做的衬衫，孩子们穿着传统的褂子，色彩艳丽。这些亮丽的衣服和木槿、万寿菊，以及九重葛一起，使教堂有了一种宛如天堂的美感。

塔比神父从这群人处走到那群人处。他与虔诚的教徒们挨个儿握手、谈笑，专注地听他们说着家长里短。这时，他注意到了曼伊。

“啊，曼伊，你去哪儿了？我正找你呢。”

“早上好，神父。”曼伊说。

塔比神父见她愁眉不展，便问：“出什么事了吗？”

“嗯，”她说，“巴米阿不见了，我刚刚看到他离开教堂。”她又说：“神父，我很担心他。在我的三个孩子中，他是最孤僻的。”

“他还是个孩子。”神父说，“不用太担心，等他长大了自然会好起来的。”

“我不知道，神父。”她若有所思地说，“他快十四岁了。家里每个人都很宠他，但以他现在的情况，没法让人不担心啊。”

“说到他的情况，”塔比神父说，“你还打算去曼德吗？这个星期教皇就要来我们国家了。”

“当然，神父。”她的脸上燃起一种虔诚的神采，“教皇能在复活节的时候来访，真是我们的大幸。”

塔比神父笑了。“的确如此，我国是他在非洲大陆上造访的第三个国家。期待他能在曼德体育馆做一场复活节礼拜弥撒。”

“复活节。”曼伊喃喃自语道。“主复活的日子，奇迹发生的时刻。神父，”她说，提高嗓门，“您看巴米阿能痊愈吗？”

“痊愈？”

“对。我想带他去一趟曼德。他应该有一条完整的腿。看到他拖着那条残腿一瘸一拐的，我心里就难受。我一直都希望他能像其他孩子那样正正常常的。”

塔比神父沉默着。

“他能治好的，对吗？”

“这就得看心诚不心诚，上帝愿意不愿意了，”塔比神父说，“你是他的妈妈。如果你信念坚定，就听从你心灵的召唤吧。这事你和孩子的爸爸商量过吗？他可从没来过教堂……”

曼伊还没来得及回答，就被一个男孩的声音打断了：“早上好，神父。”他们回过头去，是巴米阿。谁也没看到他是怎么一瘸一拐走到教堂前面来的。

“啊，早上好，巴米阿。”塔比神父应道。他伸出胳膊和孩子握了握手。

“你去哪儿了？”曼伊问，“我到处找你。”

“那你们先聊着。”塔比神父说，“我过去和比阿特丽斯修女说个事儿。”

“非常感谢你，神父。”曼伊笑着说。

“上帝保佑你，曼伊。”

“快跟神父说再见。”曼伊对儿子说。

“再见，神父。”孩子的声音中有一丝不快。

“再见，巴米阿。别忘了你的教理问答课。”

神父走后，男孩对妈妈说：“妈妈，我饿了，咱们回家吧。”

曼伊原本想跟其他女人拉拉家常，但听孩子这么一说，就改主意了。她不愿意让孩子受冷落。他身体上的残障总是让她心软。她向几个朋友挥挥手，和巴米阿一起往家里走去。

曼伊做完弥撒回到家，格万－丰巴特正等着她。他家住的是这里唯一一幢用水泥砖砌墙、用铝板做屋顶的房子。丰巴特大院里的其他农宅都是用灰泥砌的墙，用晒干的长茅草做的屋顶。

曼伊是他的第三任妻子，给他生了一对双胞胎，最受他的宠爱。他希望她是自己的最后一任妻子。娶她是因为他一心想要个男孩，这样就有人继承他的姓氏，为丰巴特家族传宗接代了。

原配一连给他生了三个女儿，他才娶了第二任妻子，谁知第二任妻子又生了三个女儿。在老父亲的坚持下，他娶了曼伊。在生下双胞胎女儿娜娃和娜杰拉之前，曼伊名叫科嘉。那之后，她变成了“曼伊”——双胞胎的母亲，而他也变成了“坦伊”——双胞胎的父亲。对女人来说，生下双胞胎就意味着她很能生养。也许他日思夜想的男性继承人的种子就躺在曼伊的子宫里。

双胞胎出生后两年，格万－丰巴特的父亲去世了，享年八十六岁。他去世六个月后，曼伊怀孕了。九个月后，她分娩了，格万－丰巴特知道自己献给宗庙的祭品和恳求祖先显灵的祈祷没有白费。妻子生的是个男孩，期盼已久的丰巴特家族的继承人终于诞生了。

但事情还是有些不大对劲。孩子的左腿看起来细小瘦弱，不太正常。格万－丰巴特已经过世的父亲出生时，左腿也是萎缩的。但是他幽默地掩饰了这一点。而且他年轻时，左腿就在一次伐木作业中受伤了。这样一来，知道他左腿真相的人就更是寥寥无几了。

现在，曼伊的宝宝也有一条孱弱无力的左腿。格万－丰巴特在天主教产房里第一次见到宝宝时，并不露声色。尽管事实显而易见，他还是自欺欺人地想，孩子的这一状况只是暂时的，过些日子就好了。他没有按照惯例在孩子出生三周后为其取名，而是整整等了三个月。

三个月后，城里来的医生做出诊断，证实了格万－丰巴特的猜想。孩子的左腿没有血液循环，没有知觉，有的只是一小块骨头和一些坏死的组织。这是一条坏死的腿，回天乏术。

直到那时，格万－丰巴特才下令为孩子举行取名仪式。他为延期的取名仪式支付了两只公羊和一桶棕榈油。他知道是他的父亲还魂了，所以给孩子取名为“巴米阿”，意为“父亲回来了”。

女人和孩子做完弥撒回来的时候，他正想着这些事。他差大女儿去叫曼伊。

几分钟后，曼伊进屋了。她微微欠了欠身，击了三下掌。

“坦伊，”她说，“你好，听说你要见我。我刚从教堂回来，还没来得及做饭。”

他也问候了她，示意她在壁炉旁的凳子上坐下。他往炽热的余火上扔了几片木头，拿起一张硬纸板扇了扇。火苗碰着木片，熊熊燃烧起来。他又加了几块大点的木片，黄色的火焰把半黑的屋子照亮了。他穿着棕色的卡其布短裤和褪色的工装上衣。壁炉里的火光映照着这个已经五十好几、马上就要奔六十了的男人的脸。他长着宽阔的脑门，深陷的眼窝上长着浓密的眉毛。头发已经全变灰了，往壁炉里扔木片的手又大又厚实。

“叫你来不是因为我饿了。”他说，又用一根长木棍拨了拨火堆，盯着跳跃的火星默默沉思。随后他从火光中抬起头，注视着她。她也有四十五岁上下了，但她的脸并没有出卖她的年龄。瘦削的脸颊、高耸的颧骨和坚实的胸脯只会让她看起来更加动人。

他不习惯拐弯抹角，所以开门见山地问：“巴米阿在哪儿？”

“在院子里呢。”她说，“有什么事吗？”

他又拨了拨火堆，躁动不安的火苗映照着他的脸。沉默片刻后，他抬起头问：“听说你要带巴米阿去曼德，这是怎么回事？”

“你想知道什么？”她反问。

她的咄咄逼人让他猝不及防。他哈哈大笑，那是一种短促的、挖苦的笑声。“这么说，你又把皮球踢回给我了？”他问。

“我不明白你的意思。告诉我你到底在想什么，我好一一回答。”

他又笑了，笑声收敛成皱着的眉头和紧咬的嘴唇。他把牙齿咬得咯咯响。逐渐暗淡下去的火焰在他脸上留下一片阴影。

“巴米阿属于这个地方，”他握紧拳头强调说，“他的地盘就在这里，和他祖先的宗庙在一起。”

一阵狂风从敞开的门外吹进来，搅动了火光。曼伊的脸上光影斑驳。她毫不示弱地看着她的丈夫。

“上帝庇佑着他。他属于教堂。这个星期教皇会从罗马过来，在曼德做复活节弥撒。这是让巴米阿接受治疗的好机会。”

“他不需要治疗。”坦伊打断她，“他并没有得什么病。他生来就是这个样子。”

“他应该和其他孩子一样，正常地成长。”

“如果真有什么是他应该承受的，作为父母，我们的责任就是帮助他接受现实。他有权利成长为一个男人。你这种妇人之仁对他没什么帮助。”

“你不懂上帝的方式……”

“有件事你还不知道，巴米阿的这个特点是从我们祖先那儿继承下来的。”

“什么意思？”

“他是他爷爷的转世化身。巴米阿出生的时候，我就知道我父亲决定回归这个家庭了。他的命运在他出生之前就已经注定了。我们能做的只是帮助他接受现实。”

“怎么信仰是你的自由。”她说，“也许他是你的父亲，但他也是我的儿子。我知道他靠一条腿跳来跳去的痛苦。这就是我要带他上曼德的原因。”

她的声音中有一种容不得再商量的意味。壁炉里的木柴已经全烧完了。格万-丰巴特拨了拨壁炉，看了看灰烬中炽热的木炭。他四下里寻找了一下，又发现了几块木片。原本想再往木炭里加点柴火，重新把壁炉烧起来，但他改变了主意。他抬起头看着曼伊。

“我也没有其他办法能说服你了。”他说，“但真相是永远不会被掩盖的。当夜幕降临，白天逝去，飞鸟总会归家。巴米阿长大后，会知道自己属于哪儿。”

已经快到中午了。阳光从板壁的缝隙中照射进来。它们替代了壁炉里的火光。

“都中午了，”格万-丰巴特对曼伊说，“我有点饿了。”

曼伊站了起来，她觉得自己没有错。只要对巴米阿有好处，她永远都会按自己的方式去做。就算孩子真是坦伊转世的父亲，是丰巴特家族的继承人，他也仍然是她的儿子。

“我知道，”她说，“你叫我时我正打算去煮一点糊糊。”她已经站在门边上了。“煮好了我让娜杰拉叫你。”说着她走了出去。

她回到自己屋子，巴米阿在等她，脸上有一种挑衅的表情。

“怎么了？”他妈妈问他。

“你又和爸爸吵架了？肯定又是因为我的事。”

“不管我做什么、说什么，都是为你好。”曼伊说。

“你从来没有让我自己做过选择。”孩子抗议说，“我就没有机会说一下自己的想法吗？爸爸和你从来都没想过我也有自己的头脑，知道什么对我好、我是谁？”

曼伊沉默了一会儿才开口：“对不起，巴米阿，我从来都不想——”

“我不想让任何人同情我。”他脱口而出，“我能照顾我自己。”他突然转过身，抓着他的拐杖，一瘸一拐地走了出去。

接下去的那个星期天，曼伊和巴米阿在鸡叫三遍以后才起床。她穿着一身色彩绚丽的三件套衣服。她儿子则穿着一件金色刺绣的褂子和一条海军蓝的裤子，随身带着拐杖。

等他们赶到车站的时候，第一班巴士已经开走了。第二班巴士在他们还没到车站的时候也已经满了。第三班巴士过了很久才坐满人。一直到七点半他们才从车站出发。

八点钟他们赶到曼德的时候，街上已经挤满了人。最引人注目的莫过于穿着各式校服的孩子们，到处都是他们的身影。学校的乐队也到处都是。警察在每一个十字路口都设置了路障，检查人们的身份证明。巴米阿只来过曼德四五次，一路上看什么都觉得新奇。

从体育场到山顶天主教堂的路两边挤满了人。有些人凌晨三点就到了，就是为了在路边抢占一个有利的位置。

巴米阿和他妈妈就没这么走运了。他们尽可能地往体育场那头挤。人群太密集，根本走不了多远。最后他们在人群外围挤占了一个立足之地，但是离教皇车队会经过的主路还有一段距离。

已经九点多了。体育场内的弥撒刚刚开始，高音喇叭里传来唱诗班的歌声。他们找了个地方坐下来等候。

十一点半户外弥撒结束了。巴米阿听到从小小的市立体育场传来的上千人兴奋呼喊、尖叫的声音。他站起来转身看看妈妈，她正在打瞌睡。

“喂，曼伊，”他摇摇她的肩膀说，“体育场里的弥撒好像结束了。”

她站起来，扭了扭脖子，望望路的那头。人们已经三五成群地从体育场内出来了。因为人太多，大多数人都没办法进场。站在路边的信众人数似乎比体育场内的人还多。他们都在耐心地等待着。

巴米阿和他的妈妈被越来越拥挤的人群往后推了十到十五码。一个嘴里含着哨子的警察拿着一根牛皮鞭抽打着路边倒霉蛋的脚。人群假装往后退，水泄不通的人潮像波浪一样起伏，激起的涟漪一直波及站在后面的巴米阿和他妈妈。

体育场的大门在没有任何预警的情况下突然洞开了，浩浩荡荡的车队从场内开了出来。车队骑手身着洁白的盛装。他们穿着白色制服、白色靴子，戴着白色风镜、白色头盔和白色手套。警笛还没拉响，但红色警灯已经在闪烁了。教皇在体育场内的露面时间没有巴米阿预计的那么长。边上曾有人说他们可能得在大太阳底下等上三个多小时。

巴米阿借助拐杖的支撑把头往上抬高了一两英寸。当他看到黑色的奔驰车出现在车队后面时，心沉了下去。他转过身对妈妈说：

“塔比神父说，教皇一般会走下车来和教徒握握手。”他的声音中流露出一丝失望。

“别灰心，孩子。”妈妈安慰他，“我们来这儿不会一无所获的。上帝会帮我们的。我相信奇迹——”

孩子没有听到她最后的几个词。她还没说完，黑色奔驰车突然在半道上停了下来。教皇从车上下来，很快他的身边就围满了侍从和政府安保人员。一个穿白色长袍的主教也从车上下来了。微风不时吹起教皇的白色祭服，他本能地伸出手去按住头上的白色便帽，防止它被风吹走。

“妈妈！妈妈！快看！他从车上下来了。他在跟人握手呢。妈妈——”

“奇迹，我的孩子。要相信奇迹。我告诉过你。我们必须相信奇迹。”

教皇就在五十码开外的地方。巴米阿开始想办法。他前面的人群太密集了。如果不迅速行动，就会错失一辈子的良机。当他妈妈回过头看他原来站着的地方时，孩子已经不见了。一开始她很惶恐，但很快就在五码开外的地方看到了他，幸亏他身上穿着那件颜色鲜艳的褂子。

“巴米阿，”她喊着，“巴米阿！往这边走，别往那边。那边人太多了。”孩子没有听到她的话。她的声音被人群中爆发出来的喝彩声盖住了。

巴米阿开始在稠密的人群中曲折地往前挤。碰到人太多的地方，他干脆在大人们的大腿间爬行。他再次站起身来的时候，离路的边缘就只剩三码了。他用那条好腿支撑着爬起来，用拐杖支撑着身体，抬头往体育场的方向望去。教皇还在往这边走过来，不时停下来摸摸信众的额头和手，为那些向他伸出手但没有够到的人默默祝福。现在他就在约三十码开外的地方了。

巴米阿很快就下定了决心，开始俯下身子匍匐前行。他离最靠近路边的人只有八码远，虽然只有八码远，但必须绕过一条条大腿和飞扬的尘土。他紧紧地抓着拐杖，往前爬去。脏鞋子和脚的臭味，喉咙口和鼻孔内难闻的生土味使他几乎难以忍受。那气味让人窒息。他觉得自己再也爬不动了，就要晕过去了。等他爬过最后一个人的两条腿，才猛然发现自己已经在路边了。他站在一个矮矮胖胖的人面前，那人正拿着照相机对准越来越近的教皇随从们。

“你这个脏不拉叽的瘸子，”那男人斥责道，“赶紧滚，再不走当心我踢你。你没看到我正照相吗？”

孩子道了歉，反而激怒了男人。“在我踢你回去之前赶紧滚！”

巴米阿从男人面前挪开，试探性地往随从前来的方向挪了两步。他坚决地把木拐杖撑在地上，昂起脖子，很自然地把瘫痪的左腿缠绕在拐杖上，又成功地用健康的右腿勉强维持着身体平衡。

现在离教皇只有二十码远了，人潮往前涌，人们争相去握他的手。他握了这个又握那个，尽可能让更多的人沐浴到上帝的恩泽。

一个形容枯槁的老妇人挣扎着想引起他的注意。正当她打算放弃的时候，教皇伸出手摸了一下她的头。她的脸顿时笑成了一朵花，咧着嘴露出两排掉光了牙齿的黑乎乎的牙龈。

不远处，车队正缓缓行驶着，与教皇保持着一定的距离。教皇从一位母亲怀里抱过一个小女孩，亲了亲她的额头。孩子皱起眉头哭了起来。他又把孩子还给她的妈妈。

巴米阿担心地等待着，心里紧张得怦怦直跳。教皇就在几码远的地方了。孩子屏住呼吸，调整了一下拐杖的位置以保持平衡。

他突然发力，急匆匆地往前走去，把保安和便衣警察吓了一跳。他们想把孩子推开。他躲闪了两次，假装摔跤，从他们的腿间溜了过去。他抬头看见了教皇垂下来的白色长袍，用左手拽住了它。右手还抓着拐杖，他不能把拐杖给丢了。两名保安过来想把他拉开，但他仍死死地抓着长袍。

教皇抬起手做了个手势制止了他们。保安和警察犹豫了一下，只好忧心忡忡地站到边上，伺机寻找任何一个微小的借口来把孩子支开。有好一会儿，人人都屏住了呼吸。

巴米阿把他的拐杖牢牢地撑在地上，直起身体。他只有四英尺半高。他把身体重心放在右腿上，又迅速用左手轻轻松松地托起了残废的左腿，整个动作幅度很大，极富戏剧性。围观者中发出一阵同情的唏嘘声。

教皇把右手搁在孩子的额头上，笑眯眯地问："你叫什么名字？"声音低沉，口音很重。

"巴米阿。"男孩小声说。他的身体突然不听使唤地颤抖起来。他咳嗽了一下，清了清嗓子说："我想请您帮帮我，让我能直着走路。”他说得很迫切，黑色的眼睛望着教皇那张宽阔的脸。

“我会为你祈祷……”教皇说。

“但是，但是……”孩子结结巴巴，犹豫地说，“我妈妈说您到这儿来是代表上帝。您能跟他说话。她说您能让我直着走路。”

旁观的人显然已经不耐烦了。车队已经赶上了教皇的随从们。随从们焦急地看着他们的手表。车队骑手已经在发动引擎了。

“我传达上帝的话，”教皇说，“我只是他的声音和信使。”

有人小心翼翼地拍了拍教皇的右肩。教皇回过头去，一名随从贴着他的耳朵说了句话。他点了点头，又转过身，看了看孩子尘土满面的脸。

巴米阿的眼中噙着泪水。“我想像其他孩子那样走路。告诉上帝让我正常行走。帮帮我吧，给我个奇迹。”他说。

黑色奔驰车在离随从们几英尺远的地方停了下来。

“你就是上帝的奇迹，”教皇回答，“是他爱和创造力的奇迹。你要向他做祷告。”他甩开手，在男孩头上画了个十字。他想了想，又从长袍的兜里掏出一串念珠，交给男孩。“用这个向圣母玛利亚祈祷，她是上帝的母亲。上帝会答应你的祈祷的。”巴米阿接过念珠，塞进了布褂的兜里。

又一个随从走过来和教皇说了点什么。教皇又往前走了走，和人们握了握手。等到他再回过身的时候，电视台和报社的记者已经把他团团围住了。

一名穿制服的助手打开奔驰车的后座门，车子已经等了好一会儿了。教皇看看冲他招手的人群，抬起手做了最后一次祈福祈祷。

“我该怎么跟妈妈说呢？”巴米阿听到欢呼的人群中自己的喊

声。他的声音淹没在人群的嘈杂声和宝马车队的引擎轰鸣声中。

教皇脸上最后一次展现出一个让人记忆深刻的微笑，随后就坐进了奔驰车的软座。穿制服的人机械地关上车门。车队穿过主市场，往曼德天主教会的神父住处驶去。护送车队的骑手们打开了警笛和警灯。

人群开始散去。巴米阿发现自己又陷在了大腿、身体和灰尘的丛林中。不知道什么时候，他把拐杖给丢了。他爬来爬去，绝望而迷惑地寻找着。等他看到妈妈时，已经上气不接下气、筋疲力尽了。他的脸上、胳膊上和腿上都是灰尘。他开始咳嗽起来。

"发生什么事了？"妈妈问他。

他的眼里噙着泪水。妈妈伸出一只胳膊，让他扶着站起来。他的嘴唇颤抖。进入到肺里的灰尘又呛得他咳了起来。

"到底发生什么事了？"妈妈又问。

"没什么，"他啜泣着回答，"没事。"

"没事？"

"真的没事。我把拐杖给丢了。"

"你……你看到他了吗？他摸你了吗？"

"车队已经走了。"男孩说，抹掉眼泪，"我累了，想回家。"

他们开始沿着原先的路往汽车站走去。她半搀半扶着他。他们默默走着。一种难以打破的沉默突然横亘在了她和她的儿子之间。他面无表情，好像已经不在意身边是否有她做伴。他退回到了一个深不可测的世界。她不想闯入他的私人世界，所以保持着沉默。

他们终于到了车站。往返于曼德和他们村的小巴士几乎已经客满了。乘客们付了车费，司机发动车子，小巴士驶出了车站。

车上的每个人都静悄悄的。巴士单调的引擎声偶尔被换挡的声音所打断。曼伊再也受不了这沉默，她瞟了一眼巴米阿。

“我们该怎么对塔比神父说呢？”她问，试图打破她和儿子之间的静默之幕。

“不知道。”他说，“还有我爸爸，你会怎么跟他说？”他声音平淡，不带任何感情色彩。

曼伊没有接话。过了一会儿，她又问：“你在想什么？”她的声音中有一丝微微的绝望。

“我的拐杖。”他说，“我需要一根新的拐杖。”过了一会儿，他从布褂的口袋里掏出那串念珠。“这个，”他说着，把念珠交到她手上，“你拿着。教皇给我的。”

“为什么给我？”她问，“这是你的。”

拿着念珠的手还是没有收回去。他的脸上没有表情。曼伊不情愿地接过去。巴士开始爬第一座陡峭的山了，他们一共要翻过三座这样的山才能回到村里。

“坦伊得给我做一根新的拐杖。”沉默了一会儿后，他又说。

“他是你爸爸，”曼伊严厉地说，“你不能叫他坦伊，只有大人们才这么叫。”

“我是巴米阿。”他若无其事地说。

“你什么意思？”曼伊问。

“坦伊的父亲。”他回答，“我转世回到这个家族，来继承属于我的东西——”

“巴米阿！别胡说！”她惊恐地往后退，脸顿时变得煞白。男孩的脸上出现一种光亮。他那若有所思的眼神消失了，取而代之的是一种心知肚明的眼神。他身上散发出来的怪异气息让妈妈震惊。

“我知道我是谁。”他接着说，“我的地盘是和祖先们在一起的。坦伊会让我在宗庙里和他们交谈。但是，他得先给我做一根新的拐杖。”

巴米阿没有听到妈妈的回答。司机换了一下排挡，巴士猛抖了一下。他们身后，车子扬起的尘土升腾起来，又立即沉了下去。巴米阿闭上眼睛，听着引擎疲倦的轰鸣，再度陷入长时间的沉默。

织布鸟王国

[冈比亚] 蒂扬 · M. 萨拉赫

蒂扬 · M. 萨拉赫
Tijan M. Sallah, 1958—

生于冈比亚，后在美国接受教育，从弗吉尼亚理工学院获得经济学博士学位，现任职于世界银行。著有诗集《当非洲是一年轻女子》（*When Africa Was a Young Woman*，1980）、《科拉琴之地》（*Kora Land: Poems*，1989），短篇小说集《新地之前》（*Before the New Earth*，1986）等。

织布鸟，黄色羽毛上长着黑色斑点，聚在一起时吵吵嚷嚷热闹得很。它们聚集在我们棕榈树细细长长的叶子上，脖子和喙扭向四面八方。它们把喙伸进羽毛，捉捉虱子找找乐子。它们啄食红色的棕榈果，碰上果子往下掉的时候，就会瞪大眼睛，盯着屡试不爽的万有引力再次发挥它神奇的作用。院子里骨瘦如柴的孩子们，手上拿着碎石块或碎砖条，追逐着从树上掉下来的棕榈果，伺机敲开果壳，吃掉果仁。

织布鸟是传奇的鸟儿，也许算得上是鸟类中的说唱艺人。它们酷爱发出吓人的声音、发表刺耳的演说，就像一伙喋喋不休的海盗沾沾自喜地夸耀着自己劫掠盗窃的成果。它们叽叽喳喳叫个不停，不分晨昏地在棕榈叶上跳来跳去，有时也会教幼鸟学飞行。织布鸟的喙小巧玲珑，与它们的大嗓门极不相称。

织布鸟还是伟大的建筑师。它们用干草、树枝、卵石、树叶和羽毛精心修筑起自己的巢。它们的巢像一只只悬挂着的精巧易碎的葫芦，葫芦柄上有入口，豪华的门厅通往织布鸟们的卧室。有时，乌鸦和兀鹫会与织布鸟争抢棕榈树上的草泥，但最后总是最壮硕的胜出。这时，织布鸟们只好四下纷飞，逃到遥远的天边。但也有时候，获胜的是数量最庞大或头脑最机灵的群体，这时那些大个子的鸟儿只好臣服于织布鸟王国，除了妒忌它们在数量上的绝对优势外别无他法。

织布鸟带英国口音，用尖锐刺耳的声音哗众取宠。它们习惯于把事情搞得一团糟，还要冠冕堂皇地说是为了维多利亚女王的荣光，为了伊丽莎白女王的继位，为了英联邦或者英国共同体的福祉。它们热烘烘臭兮兮的粪便落到院子里，破坏了土生土长的巴哈马草、紫罗兰和蘑菇们原本平静的生活。有时，它们的粪便化作肥料，为猴面包树、芒果树、番石榴提供养分。这些树木因为有了织布鸟粪便的滋养而蓬勃生长。

织布鸟并不在意在哪儿搭窝筑巢。传说它们来自北方某个冰天雪地的小岛。在那儿，太阳只是偶尔露面。在那儿，要是有谁胆敢冒犯织布鸟，它们就会气得竖起脖子上的羽毛。织布鸟从不顾忌别人的感受，一开始它们会派出先遣部队，随后大部队就会成群结队、斗志昂扬地跟上。

草族之歌

上帝体恤可怜的织布鸟，
是它教会了我们如何去爱。
它爱我们的亲戚茶树。

它爱我们大象的长牙。
它爱用我们的身躯所筑之巢。
它爱来自我们圣土的黄金。
它爱居于其身的神明。
它爱卑鄙者的卑鄙。
其爱深入如其喙，
上帝体恤可怜的织布鸟。

织布鸟不喜欢草族之歌，觉得那根本算不上歌，顶多只能算是赞美诗。草族不会唱歌、不通音律，除非经过织布鸟长期精心的调教。织布鸟为自己出身高贵而骄傲，自以为是地瞧不上无翅族的土地文明。它们以“拯救异教徒的灵魂”为名烧毁草地、森林和灌木。它们强迫草族为其歌功颂德。

受压迫的草族之歌

荣光只属于织布鸟，它最高贵。
荣光属于它的血统，它最纯洁。
荣光属于它的智慧，它最高尚。
荣光属于它的挚爱，它最美好。
荣光属于织布鸟，它最荣耀。

有时，草族也会抵制，像豪猪竖起身上的尖刺，反抗织布鸟的威权。每每这时，织布鸟便会心狠手辣地将它们付之一炬，践踏所有的草民。

“我只希望，”一株小草说，“下一场大雨，让我们从煎熬中解脱。”

“雨啊雨，”一只织布鸟回答，“多么奸诈的家伙。未开化的婊子。彻头彻尾的傻子。它不懂规则，只会盲目营救草族。它淋湿了我们的羽毛。雨啊雨，一个多么奸诈的家伙！”

雨水之歌

亲爱的织布鸟，制造痛苦的恶棍。
我会让你自作自受，自食其果。
唯有如此，你才会明白，世上不只有织布鸟。
威力只尊重
那些尊重他人之人。

织布鸟一点儿也不喜欢雨水之歌，不过好歹称其为“圣歌”。圣歌对它们的空中力量构成了威胁，压制了它们的气焰，淋湿了它们的羽翼，使它们无力飞翔。满怀希望的雨水顺着河流奔腾，带来了那最根本的力量，那些力量能解救因受欲望牵绊而晦暗的灵魂，能解放因无法摆脱亚当情结而抑郁的肉体，能用与生俱来的铮铮铁骨唤醒良知。尽管心中有雨水，织布鸟还是一味沉溺于自我崇拜和自我荣耀中。它们宁可在自我吹捧为圣所的鸟巢中死去，也不愿正视雨水所说的事实。

织布鸟自认为是出类拔萃的鸟儿，也许正是因为这个，它们才更加目中无人。它们嗓音独特，便想以此来统治世界；它们举止特别，便想以此作为全世界的规范；它们的风俗与众不同，便觉得整个世界都应该以它们为范本。它们对古埃及的金字塔、法老、务实神秘的人视而不见；认为廷巴克图[1]的桑科雷学习中心[2]不值一提；印度的香料、茶叶和灵修没什么大不了；中国的陶器和精美设计、波斯和美索不达米亚的神秘智慧和文化、古希腊的阿波罗神的忧虑和狄奥尼索斯的狂欢也没什么了不起。相反，织布鸟们认为，真正的历史源于它们，在此之前是一片黑暗。或者它们会说，历史由古希腊始，而后便进入了它们的岛屿，而整个世界的历史就是一部关于它们的传奇，记载着它们在这个等级森严的世界里对草族和其他劣等物种的启蒙。

织布鸟用自己的粪便精心制造出死亡之粉，它们掌控着这粉末，这使得它们比受困于地域局限的草族和灌木更有优势。扎根于一地的草族和灌木，从未曾想过拓展到最初发芽的地方之外，尽管织布鸟移植了它们，强迫它们唱这首歌。

受压迫的“劣等”灵魂之歌

上帝庇佑织布鸟王国，
上帝拯救国王陛下。
上帝庇佑织布鸟王国，
上帝拯救女王陛下。

1　廷巴克图：Timbuktu，或译“通布图”“丁布各都”，马里历史名城，在撒哈拉沙漠南缘。

2　桑科雷学习中心：廷巴克图古代三大学习中心之一。

上帝庇佑，上帝拯救
织布鸟王国的
国王和女王陛下。

织布鸟们喜爱这样的歌曲，特别是当草族在织布鸟帝国的权杖前脱下帽子一样的流苏、光着脑袋弯腰致意的时候。织布鸟们乐意看到劣等族群庆祝吸血鬼节（被委婉地称为“帝国日”[1]）。吸血鬼节那天，礼炮齐鸣，草族、灌木、地衣列队而行；织布鸟的代言人发表抑扬顿挫的赞美演说；对草族的奴役被视作文明胜利的向日葵；织布鸟王国内最荣耀的岛上的成员在其王国的教堂里赞美起黑白颠倒的神明，由大主教领唱。

织布鸟的布道书

我们的天父，将我们视作唯一的选民。
我们是您庇佑的鸟群，庇佑我们
将您的光明播撒到世界各地。
用我们的方式和任何其他方式，
将野蛮人驯化成和我们一样开化，
但永远，永远不会与我们平等。
因为我们，织布鸟，属于
您所选定的织布鸟王国。

1 “吸血鬼节”（Vampire Day）与“帝国日”（Empire Day）谐音，意在讽刺织布鸟的贪得无厌。

我们的天父，赐予我们天堂的艺术，

我们的名字，我们伟大的织布鸟王国，神圣不可侵犯。

我们的王国疆域宽广

已经超越岛屿的界限。

永远赐予我们心和喙，

原谅我们的英勇善战和巧取豪夺，

就像我们原谅未开化的草族

抵抗和谋杀

我们挚爱的教友，用

异教徒的宝剑、砍刀、大头棒和弓箭。

我们的天父，只属于我们的天父，

请勿将我们引向复仇，

因为我们太宽宏大量。

请将我们从一百万

手舞足蹈的未开化族群的

怨恨和嫉妒中拉开。

保佑我们的王国。

为我们的荣耀赐予力量。

吸血鬼节那天，织布鸟们反复吟诵这段经文，自我感觉好得飞上了天。

世界各地的草族，从刚刚发芽一直到枯黄老去，都被织布鸟反复灌输着这样一个真理：世界生来就是为织布鸟王国服务的。它们的狡猾刁钻毫不掩饰，逻辑和行为冷酷无情，它们还依据颜色，武断地将顺从其统治的劣等族群分成三六九等。用勋章、肩章、徽章和奖章，区分出伐木工织布鸟、猎人织布鸟、船长织布鸟、机长织布鸟、传教士织布鸟、教授织布鸟、神父织布鸟、士兵织布鸟和议员织布鸟。它们身披王室授予的铠甲，足迹遍及全球各个角落，去发掘那些当地人自己早已发掘的，去散播织布鸟的种子，小心照料它们，培育它们，直至它们萌芽，以此弥补织布鸟本岛资源匮乏、天寒地冻的宿命。

在织布鸟王国中，谁最接近织布鸟的言行举止，谁天生最具备织布鸟的特性，谁就最有可能在王国中步步高升。印度草、穆拉托[1]花和阿拉伯灌木，都在织布鸟王国的风中点头哈腰。它们模仿织布鸟的高傲甩着它们的流苏，心甘情愿接受织布鸟至高无上的地位，对自己的处境心满意足。有时它们也会狗仗人势，使自己凌驾于非洲草之上。即使在非洲草内部，织布鸟也狡猾地为某些成员颁发了奖章，授予了荣誉，诸如“织布鸟吸血鬼勋章”和“织布鸟吸血鬼之忠诚仆人”，为它们加官晋爵，将它们转化为自己的帮闲，一手栽培出正直的跑腿伙计、妄自菲薄的教义传授者和本族文化的自觉扼杀者。

织布鸟们知道自尊自爱的雨水是它们的对手；遍及全球的草族和灌木以织布鸟为敌，谋求自身蜕变，迎接新世界的到来。不怕牺牲的草族甚至消灭了织布鸟的帮闲，抢占织布鸟巧取豪夺、存放在瑞士土地上的肥料，用草族中盛行的审问方式羞辱它们，警告织布鸟别再妄想对草族进行压迫。

1　穆拉托：黑人与白人的第一代混血儿或有黑白两种血统的人。

寻找耶稣的接班人

[加纳] 科乔·莱恩

科乔·莱恩
Kojo Laing, 1946—2017

生于加纳库玛西，从格拉斯哥大学获得硕士学位，曾任职于加纳大学非洲研究所。曾获加纳国家诗歌奖、国家小说奖等。著有《寻找甜蜜乡》（*Search Sweet Country*，1988）、《飞机上的女人》（*Women of the Aeroplanes*，1988）等。

一辆小卡车从天空缓缓降落，大家发现车上装有黄金木和许多为饥饿之人准备的无籽番石榴。当卡车从一层层清冷的空气中降下时，富人们都跃跃欲试，准备买下它，而穷人们却很厌恶它。人群中的智者惊奇地张大嘴巴朝上看着，持怀疑态度的人则不屑一顾。卡车就这样选择降落到这个镇子，这里非常干净，令城市都无法企及。车轮一直在转动，当它们发光时，大多数人则认为是上帝的镜子。大家都想上前摸摸这辆卡车，可它却下降得非常慢。露水已经散尽，整个上午就这样过去了，卡车还是没有着地，鸟儿有些停留在黄金木上，有些在空中飞翔，好一幅祥和的景象。这时，一阵暴风雨突然袭来，智者仍然抬头注视着卡车，穷人们则乱成一堆，富人们也合上了他们的钱包，但没有人离开。他们说，装着黄金木的卡车，尾气最干净的卡车，落地吧。

一个老妇人正在哭泣，大家问她为什么哭泣，是为逝去的光阴，还是即将到来的卡车。“快净化我吧，卡车啊，快带走我的心！为了健康我吃了太多的木薯，我还打破了太多的箴言。”人们刚开始盯着她看，慢慢地就不再注意她了，因为卡车的绳索松了，正加快下降呢。要是它能送些树脂黄油给绷紧脖子的人们就好了……告诉那些鸟儿不要大声歌唱，因为他们想听听卡车发动机发出的声音。“但是我们不想要物质，只想要奇迹，拯救灵魂。”穷人们说。持怀疑态度的人看着穷人们，仿佛在说：谁说不需要物质了？卡车并不介意下面强大的好奇心。鸟儿们小小改了一下歌唱的方向，那些番石榴依旧整齐地排列着。充满水果与爱意的天空传来柔软的触感。

刚开始，没有人看见卡车车轮下面挂着的条幅。午后暖暖的阳光下，孩子们快活地蹦蹦跳跳。深色的玻璃在阳光照耀下折射出巨大的阴影。条幅在大雨突然袭来时自动收起来了，太阳出来时便又打开了，上面写着：“寻找耶稣的接班人”。人群开始骚动：疑惑者感到自己的疑惑被证实了，朝天哼道，永恒的法律绝不会偏袒对奇迹称臣的人，也不会偏袒清白无辜的人，并且说，如果心灵在今天关闭了，那么它在明天也会被关闭。不管怎样，快乐只不过是脑部能量的一种运动。他们说，那些非洲科学家也如此，多么可惜啊！在他们自己眼里，智者的名望日增，因为神秘事物的到来会增加问题，减少答案，由此为他们保留了可以自信进入的空间。穷人们在等待，而富人们却在忙着填支票。他们都在准备着，时刻准备着。此时，那个老妇人说：“看那些蹦蹦跳跳的孩子，他们真应该感到羞愧，他们本应该一直跪着的，现在都不教孩子学会尊重了。”

在零星的苦楝树丛中以及市区外宽广的热带大草原中，那些满是结节的老棕榈树，鸟儿都没法停落在上面，因为它们已经不能再承受任何重量了；这些鸟儿飞到了卡车上。“如果我们有鸟儿飞走，反常迁徙的话，我们将会有麻烦的。”一个戴着帽子的年轻人拉着一个姑娘的手低语道。“夸库你这个孩子！你难道看不出来吗？那卡车是过来宣传的，寻找耶稣接班人，不管是黑人还是白人都可以。我们从来没听说像这样的事，我饭都吃不下了……可是你，这样的新时代将悄无声息地绕过你！”一个满脸都是胡子的老人尖叫道。那老人轻蔑地看着老妇人，惊讶她什么时候会再变成先知。夸库朝他心仪的女孩笑了笑，但那老人没有理他，在阳光下轻轻捋着他的黑胡须。

即便在这人人抬眼上望的时候，你怎么也不会明白为什么这个地方如此的阴晴不定。阴影是被从炎热山谷偷走的休息处。把你们的眼睛转开，你们这群人！随着那金色卡车和它上面神圣空位的降落，它们正变得愈来愈大。“要杀人了！”一个在阴影之间乱跑的小女孩叫道。狗、绵羊、山羊、母鸡顿时也骚动起来。孩子嚷着：“爸爸，给我买卡车，爸爸，给我买卡车，我现在就要卡车！”

不久牧师和警察来了：原因很简单，有谣言说一个古铜肤色的男人坐在卡车里。“我们过会儿就可以和能摸得着的东西谈谈了。”两组人热情地说着。在牧师来之前，他们已坚决要求镇上必须有一半的地方都得是教堂，因为如果这是个神圣的事物，那么首先去拜访的肯定就是教堂。此外，如果人的儿女们相信有“寻找耶稣的接班人”的条幅正在山谷上空飘动，那么可以确信的是所标示的寻找将会是在教堂里。此刻，巴瓦主教问韦亚神父：“在福音书中有没有记载关于寻找耶稣接班人？”韦亚神父，这是一个有着自己处事方式的男人，利用空翻来到了山谷，而这种空翻也曾是他试图教给主教的。这些不寻常的圣职人员比那些普通的到得早，而且也比药剂师和传统的牧师都早。“主啊，我们正处在非常时期……我爱它！”空翻引起了一声响亮却短暂的欢呼。但智者却很嘲讽这些巡视表演。

的确，在卡车方向盘位置坐着一个男人，双眼清澈，古铜肤色。抱怨声在人群中传播着，由于那个带着黄金索、有着纯洁双眼但不修边幅的男人一直面无表情。又是一阵雨，卡车淋湿了，但人群没被淋湿。韦亚神父边跳边祈祷，此时孤独的传统牧师已经来了，以极快的速度倾洒祭酒。他企图在金色卡车落地之前把它打造成丰饶女神。山羊的嘶叫声卡在了嗓子里，韦亚神父在山羊旁边走来走去，努力让它们叫出来。他喊道：“我们表现得越来越像世界末日，神人就越容易从我们身边经过。让山羊们正常些！”“展示你的非洲空手道吧，神父！”后面一个人喊道。在小池塘的边上，羊草一动不动，鸽子在鸣叫。当巴瓦主教在种满水稻和辣椒的广阔农场时，人们告诉他发生的事情。那时他正在他的室外祭坛后面闲逛。他和韦亚神父都惊讶地跳起来了，韦亚神父比他跳得还高。

小卡车着陆前开始剧烈抖动。车里古铜色的男人表情变了，看起来注意力高度集中。警察回来了，手中的武器下意识地时刻准备着。奇怪的是，人们都往前拥，而不是后退。韦亚神父高举双手庆祝胜利……

那个男人抬起粗胳膊以迅雷不及掩耳之势给了韦亚神父一拳。韦亚还没倒地，他又快速地夺走了警察的来复枪，而且他根本没离开卡车。早在军队的三辆装甲车发动前，他就废了车轮和车上的枪。老妇人一边照料韦亚神父一边在抽泣。穷人们等待着旧秩序被打破，而富人们在慢慢散开，收起了支票：车上还有一个冒充耶稣寻找者的粗暴司机，这样的一辆车你怎么买？“我难道没有告诉你们吗，他是来杀我们的。”那个小女孩再一次喊道。支票拥有者们一定哭死了，长胡须的老人心想。

夜幕降临时分，那个男人从卡车里跳出来了，专注地盯着大地看。天空拽走了最后一丝红日，黄金索无用地挂在天空。枝丫着火，鸟儿从浓烟中逃离，那个男人还在专注地看着大地，大家都受不了他了。

“我什么都不怕！”他突然大叫道，“我是上天的主宰，我在第一百万个星系后面杀了耶稣。我来寻找一个能替代耶稣的新的主。因为自从他死后，星系变得不一样了。我是个暴力的人，来寻求和平。”巴瓦主教用更多是蔑视而非同情的眼神看着眼前的这个男人。怀疑者对目前发生的一切感到很沮丧，他们想弄明白事情的真相。聪明的人抛出了问题：“如果你杀了主，为什么还要寻找新的主呢？”

“你已经给我饶恕你的机会了。”韦亚神父含糊地说，一边试图在被遗忘的老妇人手下站起来。巴瓦主教示意韦亚继续歇着，他则走上前去说话，此时他脑海里回响着他的水稻与辣椒农场：他一直觉得，通过在危机之中看到的平淡实物形象，就离上帝更近了。“如果你杀了耶稣，这个小镇就是你的葬身之地。”小女孩坚定地说。这个男人掸掸头发上的尘土，动物们都躲开了。聪明的人想通过奇迹来解放他们的智慧……但奇迹代表的是谁？“鄙视杀害主的人！”有人对着这个男人怒吼道。当初的主是仁爱的，如今已变成粗鲁的命令和暴力了。巴瓦主教一直在问：“你杀了主的灵魂还是肉体?”这个男人朝主教哼了一声，说:“告诉我邻近城市最重要的三个地方，我就告诉你关于耶稣的秘密。”

“只要你愿意做两件重要的事情，我就会告诉你五个地方，一个是这儿，其他四个在城里。第一件事，你怎样杀主的就怎样杀了我，但在杀我之前，你必须告诉我关于卡车的全部事情。”韦亚神父说。传统牧师已经站在山上看着山谷中发生的每件事。直到深夜，这个男人才没有警示地用脚猛踢狗头以示同意。“鄙视暴力!”牧师朝山谷里大声喊道。旅行者抬头看了看，站在原地睡着了。

黎明时分，他就和韦亚神父去往城里了。巴瓦主教和牧师已经召集了群众，全都发过誓随时准备反抗巨人的毁灭，反抗这个永世的杀手。他们决定占有金色卡车，并利用它来帮助他们。当然，任何金色的东西都是好的……“但这卡车并不比它的主人好，我告诉你。”小女孩警告道。

去城里的路上，似乎空气都散发着威胁，甚至是诅咒。韦亚神父也尝试着对这个男人踢、砍、使绊子，但是后者的力量是惊人的。这些举动只是让他发怒，生出一种似乎不属于这世界的无情。这个巨人小便时，尿液就像溪流一样源源不断。韦亚继续往前走，喘着气，一路上和这个金色男人较着劲。整座城市都沐浴在阳光之下。

“你这个恶魔，我将领你去太平间、政府、法庭、博物馆。第五个地方就是城里的教堂。”神父说，而那个男人再次表现得全神贯注……好像在思考什么。“有时我感到主的灵魂，所以我想尽快找到新的主，这样我的内心也将纯洁……我有来自其他星系的敌人。我是第一个邪恶的银河系的非洲恶魔，在我来到简单一些的地方比如地球之前，我通过一种秘密的潜移默化的方式发送了美丽与和平的虚假形象……”“你为什么在像杀耶稣一样杀我之前和我说这些呢……？”韦亚神父抱怨道，未显出丝毫恐惧。那个男人继续说：“我那卡车它有自己的思想，是通过新型计算机制作而成的。在星系中我们称之为精神圣主！”说完自己笑了。但是韦亚神父已经不在听这个男人说话了，他的腿正在流血，刚才不小心被常春藤和黑莓划到了。“我们首先去太平间，但是我们需要先申请……”韦亚说。“我站在远处就能把门踹开。”这个男人生硬地说。

韦亚神父在巨人的大步流星前停止了奔跑，问道：“你为什么会选择太平间作为三个想看的地方之一呢？那儿都是死人啊，如何代替耶稣啊……”巨人并没在意刚才的话，反而突然异常专注。他低沉地说：“有两辆坦克藏在门附近……”说完坦克就开火了，炮弹飞向他的胸口却反弹了出去，如同小石头一般。他一脚踹开太平间的门，爆发出一阵大笑，说：“通常好人都死得早啊。如果我发现某个人适合的话，我会把带他回去，通过冻结和操作时间的方式使他复活……”当他把坦克的履带砸碎时，还在笑，然后走进太平间，官员和随从们都惊恐地散开。“你难道不喜欢遇见一个有学识的人吗？”韦亚神父试探地问道，而大笑仍在继续，韦亚为他产生的直觉而感到后悔——他应该把空手道学得更好，因为还没有人期待一个不可战胜的人。

下午的光线透进模糊的窗子，变得昏黄，气氛已经变了。韦亚神父没能再从古铜肤色男人口中得到一句话，后者冷漠无情地走在解剖台台上台下那些冷冻和未冷冻的尸体中间。当死者被亵渎时，韦亚气得发抖，又准备施展他那毫无用处的空手道了。他迅疾而又严肃地做了祈祷，对那个巨人大吼，似乎处于恍惚状态：“别碰那张冰凉的脸，那个穷人上周刚死于伤心和糖尿病，因为孩子嫌弃他老了，口吃又没钱；压死他的最后一根稻草是大女儿结婚都没有通知他。他的妻子还在助长子女对他的仇恨……那个女人在一场事故中去世了。你允许女人替代耶稣吗？如果不，请把她排除在外！决定这些人的命运对你来说是举手之劳，我这么说完全出于对他们保护的需要。我知道你又认为我给你提供消息，真愚蠢！”韦亚神父所受到的打击让他完全昏过去了。

韦亚神父听到敌手所说的这些话，惊醒了。“我已经选出了两个有潜力的候选人。他们就躺在地板上。把他们抬到外面金色卡车里。马上就办。”韦亚发现自己正在照办。这种服从是他要与之相抗争的——情愿的和不情愿的奴役。然而他心中有一部分仍是自由的，充满了散乱的祈祷。鸟儿不再围绕金色卡车，那些作为贿赂的番石榴也已经腐烂了。“但是他们当中有一个是女人！”韦亚惊呼，非常清楚他会得到新耶稣有可能是女人这样的回答。他没得到回答，卡车自动驶往第一次着陆的地方，要把尸体放到那里。山谷现在已是空空如也，只有教堂和神殿里密集活动传来的回音，还有那个相同的小女孩的身影。

“传统的激光枪用起来是很带劲的，这来自多少个世纪用木薯、草药、骨头和金属做的实验。星系是非常古老的，所以才有杀主和寻主。如果只有手段没有神灵的话，那么就由手段做主了……”这个巨人傻傻地笑着说，一边很野蛮地推着韦亚神父到下一个地方——法庭。“我相信这神灵既邪恶又善良。”韦亚神父气喘吁吁，试图改变心中对这个来自星系、开着变戏法般的金色卡车的男人的仇恨。“在星系里，方式证明结局。”巨人大喊，在推搡神父的间隙不仅微笑而且大笑。韦亚突然停了下来，当他再次被推着向前去时说：“我觉得你没有真正的智慧……”

古铜肤色男人的笑声从太平间直接传入法庭。法庭里，昏黄的光线仍然蔓延在风扇和赭色水磨石地板之间。已经快傍晚时分了。但是笑声穿过韦亚神父后背时，并未受到影响。奇怪的是，法庭里的法官和其他人还在各忙各的，好像压根就没看见巨人和神父。星系来的男人在场，他们继续审理案件。“我习惯被人关注。”他大吼，高举双手，几乎就触到天花板了，“在行星之间我被人关注，在这里当然也要求关注。”律师们还在就他们的案件辩论着，证人进来了。韦亚神父累得筋疲力尽，坐在法庭的地板上发呆。“我来这里是为了找一个能替代耶稣的人，如果看到合适的了，我就会强行带走他……”

“法官阁下，我相信对方律师误解了我所要表达的与辩方律师第三证人有关的观点……”法庭里依然没有人理会巨人，此时韦亚神父缓过来了，正好奇地环顾四周。

让从金色卡车上下来的男人感到惊怒的是，法官突然直接对他说起话来。“我很高兴你作为被告已经被拘押，但我要求你在法庭上注意你的言行举止。我或许不得不藐视你。我们在这城里已经等了你多个世纪，就是为了要审判你对太空神灵的罪恶破坏，杀害宇宙之主的儿子就是最大的标志。我们不怕你那残酷的力量。审判会继续进行，无论你把我们一下全杀了，还是一个一个地杀了。”全场一片寂静，这时巴瓦主教走进法庭，一脸蔑视地站在法官下方。他一只手拿着辣椒，另一只手拿着稻谷。他对这个男人说：“在你去过法庭、政府、教堂和神殿之后，我们将在博物馆等着你……我们保证你在那儿将会找到所需要的所有候选人。”巨人一拳杀死了一个法警，怒吼道：“快告诉我政府在哪里，我的耐心是有限的！”在他的意识里，他之所以留了法官一条性命，是因为他可能是一个活的耶稣接班人。巨人并没有忘记韦亚神父：他拉着神父，巴瓦主教则急忙奔回镇上，脸色严肃。

刚开始内阁里散发着政治那惯有的气息：半真半假，偏见，愤世嫉俗，机密，阴谋破坏，谋杀，无赖，腐败，盗窃，冷漠，阿谀奉承，谎言，不守信誉，消遣，擅自主张，偏爱以及湮没，要么保守要么激进……韦亚神父认为，这取决于新的变化源自内在的还是外在的必然性。“我在寻找政治上最腐败的人，当我找到他，我将会净化他，让他成为新耶稣的有力竞争者。”部长们好似正在跳着时髦的舞蹈，因为巨人正在大力维护他们：他不是来毁灭他们这些领导的，而是地位在他们之下的人。管理政府就是要展示自己的能力，尤其是要创造价值：要不然何以被选为天上最高职位的候选人呢？上帝不正是世界上最有权力的政治操纵者吗？同样，古铜肤色的男人迅速而有力地出拳打中一位部长的腹部，让他在一边死去。“那个死去的部长是我们当中最腐败、最没有原则的一个。”一个部长遗憾地说道，“但愿他能成为耶稣的接班人吧！”“你们的领导呢？”从天而降、双手沾满鲜血的来访者问。“他去山谷找你去了，想为整个国家做笔交易。”凡事都有终结，韦亚神父疲惫地自言自语。“我会把领导和这死的部长作为两个候选人。”巨人说完又拽着韦亚神父和他一起。卡车已经开过来把死者运去山谷了。巨人在擦拭手上的鲜血时，露出很可怕的眼神。他那宽厚的膝盖可以很自如地和金属进行对抗，不会有丝毫的损伤。“我毫不在乎你的生与死。”他轻蔑地说。

路上树荫相连，韦亚神父与古铜肤色的男人走回镇里，远离了肮脏的城市，那里的人们目瞪口呆，无助地与金色卡车司机相对抗。韦亚神父的空手道都没用了，他几乎走不了路了，受伤的膝盖也不允许他祈祷。“但我也是个信徒，你的宗教和我的区别在于距离。从星系的角度看，你们对神殿和祭坛的崇拜看起来是多么的滑稽与渺小，你们也没有任何能力做到与我们平等。就是因为主那无止境的同情——你知道吗，他最初是一个星际的勇士——我才杀了他。对于一个掌握力量和手段的人来说他的感情太丰富了。”巨人又爆发出大笑，但他眼中并无笑意，绷紧的黝黑皮肤泛起光泽，变得更加紧绷起来。

没有哪一个人、哪一个民族能永远主宰整个宇宙，韦亚神父这样想着，不时感到彻底的绝望。如果有人成功地做到了，那么我们所有人都能看到各个星系那可怕的狭隘性，看到那想要谋杀神灵的欲望。但是神灵会活下去，前往星际中另一个角落。韦亚神父停下了，好奇地看着巨人。他对巨人说：“没有必要把我们中的任何一个人变成接替主的神灵，因为圣灵是不可分割的……如果你一个人统治了宇宙，将会陷入自己制造的麻烦中。我们并不害怕天上那些排外的、有能力的人，而且随着我们让神灵更加崇高，你会发现我们对你们那个狭小的世界会是个威胁，是坚不可摧的！”

巴瓦主教正在镇郊等待巨人和韦亚神父，那儿到处都是楝树叶和虎尾兰。他和那个小女孩还有药剂师在一起。巨人愤怒地停下来。“我们带来了新的神灵，要打败你，让你知道不管你多么强大，我们都知道你的秘密：我们的神灵和来自星系的人的神灵是一样的，不可分割的。”巨人表现出聚精会神的样子，因为他看不见也无法通过无线电联系到他的金色卡车。他大步向前准备出手打韦亚神父，但是韦亚已经迅速爬到了主教带领的这一队人马一边。

“你不能再杀镇上的人了！取消你杀人的能力一年，因为你已经滥用它了……”小女孩大喊道，她的手放在头上，脖子上还挂着草药。韦亚神父也大叫：“你的最大秘密也是你不想告诉我们的秘密，那就是肉体并不是灵魂最终的归宿！灵魂是不可分割的原子，原子的原子的原子！”药剂师直勾勾地盯着巨人。巨人的面部表情看起来越来越紧张。“啊，巨人，”小女孩尖叫道，“快看天空！看不到你的金色卡车正奔向空中吗？没有你，它也能自己沿着绳索向上爬！”“是的！”巴瓦主教补充道，“作为天堂的主人，你来到我们这里，那么亲爱的主人，请问你现在统治的能力在哪里！”“但我们还没有打败他啊，还没有打败他。他正试图从他的创造者那里再获能量！但是创造者们不喜欢提前被索要能量！所以，我们也不要这么快就跳舞庆祝胜利！”药剂师嚷道。

“给他描述形象，讲奇怪但是真实的故事！让他的内心充满我们的世界，这是唯一能够分散他注意力的办法。”主教高举双手奔跑着。当金色卡车继续缓缓地升向天空时，韦亚神父喊道：“我们知道你那关于神灵空缺的神秘实验，蜥蜴产卵之前死亡；我们有一层层的空气来运一辆因正当理由服从它创造者的卡车，不过在主人的眼里是错误的；在星系中，我们从来没有看见过受来自其他星球、身缠电线的野蛮人控制的金银花；那些抑制不住的鸟儿的意识，它们排成一行，排成翼形，飞向宇宙真正的主人，他并不吹嘘自己的掌控能力；我们所需要只是一个具有洞察力的热带孩子，能穿越邪恶，耶稣基督位置空缺！”

巨人正在缩小，但他仅缩了两英寸，因为他的意志仅够他维持自己的高度；但这个意志却不够他留住卡车。“博物馆在哪儿？”古铜肤色的男人问道，现在他的声音不再冷漠了，充满疑惑。“就在这室外，在你面前的是不同代的人。”韦亚神父回答道。“你所谋杀的人真的死了吗？”药剂师问。“瞧，瞧，那车顶好像有些东西！”小女孩喊道。

卡车后面留下的一些番石榴间，站着巨人愤怒之下的受害者，还活着。他们在挥手。就在卡车上面，一个穿着白色长袍、留着灰胡须、有着深色肌肤的人，从突然出现在天空的十字架上跳下来，正好奇地看着手上的疤痕，他是谁？“主啊！”韦亚神父出神地喊道，“我知道你会从最广阔、最困难的宇宙来！你是直升机里最谦虚的！我知道你会来到这片热带土地上，因为这里值得骄傲，而且很干净……”小女孩问正在消失的黑色耶稣：“啊，宇宙之主的儿子，可以展示一下你从上帝那儿得到的任命函吗？”愤世嫉俗的人皱着眉头，聪明的人点头，穷人和富人反应一样，动物们自由了……巨人呻吟着，几乎是个凡人了。但是他找到他的和平了吗？

图书在版编目（CIP）数据

非洲短篇小说选集 /（尼日利）钦努阿·阿契贝，（澳）C. L. 英尼斯编；查明建等译. —南京：译林出版社，2022.2

ISBN 978-7-5447-9019-2

Ⅰ.①非… Ⅱ.①钦… ②C… ③查… Ⅲ.①短篇小说-小说集-非洲-20世纪 Ⅳ.①I404.5

中国版本图书馆 CIP 数据核字（2021）第 261525 号

African Short Stories
The Heinemann Book of Contemporary African Short Stories
by Chinua Achebe and C. L. Innes

著作权合同登记号　图字：10-2021-539号

非洲短篇小说选集　［尼日利亚］钦努阿·阿契贝　［澳大利亚］C. L. 英尼斯／编
查明建 等／译

策划编辑　王理行
责任编辑　韩继坤　张　睿
特约编辑　竺文治　李玲慧
责任校对　蒋　燕
装帧设计　韦　枫
责任印制　颜　亮

原文出版　Heinemann, 1987, 1992
出版发行　译林出版社
地　　址　南京市湖南路 1 号 A 楼
邮　　箱　yilin@yilin.com
网　　址　www.yilin.com
市场热线　025-86633278
排　　版　南京展望文化发展有限公司
印　　刷　南京爱德印刷有限公司
开　　本　850 毫米 × 1168 毫米　1/32
印　　张　17.5
插　　页　4
版　　次　2022 年 2 月第 1 版
印　　次　2022 年 2 月第 1 次印刷
书　　号　ISBN 978-7-5447-9019-2
定　　价　78.00 元